Narratives

Muratsan

ՊԱՏՄՎԱԾՔՆԵՐ

ՄՈՒՐԱՑԱՆ

Narratives

Contact:
IndoEuropeanPublishing@gmail.com

ISNB: 978-1-60444-780-4

ISNB: 978-1-60444-780-4

Տիկին Փիլարյանի վիշտը

(ՁՐՈՒՅՑ)

— Այդպես է. ես պնդում եմ. նրանք օգնություն կստանան, կազատվին և դուք, հոռետեսներդ, կամաչեք այն ժամանակ... — եռանդով բացականչեց օրիորդ Սնիկյանը և արագ յուր տեղը նստելով՝ երեսը դարձրեց դեպի ուսուցչանոցի այն պատը, որի վրա կախված էր դպրոցի հիմնադրի սևաներկ պատկերը:

Օրիորդն այլևս չէր կամենում նայել յուր պաշտոնակիցների վրա, որոնք, կարծես դիտմամբ, զայրացնում էին իրան: Այդ պատճառով նա աչքերը սևեռեց հաստափոր հիմնադրի ուռած երեսին և ծալ-ծալ ծնոտին, որոնք ներկայացնում էին կուշտ կերած ու խմած մի մարդու, որ պատրաստվում է քնել: Եվ սակայն, չնայելով պատկերի այդօրինակ արտահայտությանը, նա կարողացավ ոգևորել օրիորդին, որ մի քանի վայրկյան նրան դիտելուց հետո, նորեն վեր թռավ տեղից և ձեռքը դեպի պատկերն ուղղելով հանդիսաբար բացականչեց,

— Պարոններ և օրիորդներ, այս պատկերը նախատում է ձեզ՝ ձեր աններելի թերահավատության համար... նայեցեք սրա պատկառելի դեմքին, սրա կրակոտ աչքերին և ասացեք, արդյոք չե՞ք ճնշվում սրա առաջ, արդյոք ամոթահար չէ՞ անում սա ձեզ...

Իմ ընթերցողները, իհարկե, գուշակեցին, որ այս խոսակցությունը տեղի էր ունենում հայոց դատարկ մնացած դպրոցներից մինում, ուր այդ օրը դիպվածո՞վ, թե կանխավ սահմանած ժամադրությամբ, հավաքվել էին հայոց պարապ մնացած ուսուցիչներն ու վարժուհիները «հոգեզվարճ բամբասանքով» զբաղվելու, կամ, ինչպես իրենք էին ասում՝ «ազգային նորություններից» խոսելու:

Օրիորդ Սնիկյանի վերջին բացականչությունը, որ, ըստ երևույթին, յուր հոգվո ամենաքնքուշ լարերի ձայնն էր, և այդ պատճառով էր նրա շարժուն ու կենդանի դեմքի վրա մի թեթև շառագույն բերավ, ոչ միայն ցանկալի ազդեցություն չարավ պաշտոնակիցների վրա — այլև շատերի ծիծաղը շարժեց:

Դրանցից մինն էր պ. Մեհերյանը: Սա թեպետ մեծ խելքի տեր չէր, բայց որովհետև ավելի շատ լռում էր, քան թե խոսում, այդ պատճառով օրիորդները վախենում էին նրանից իբրև, խորագետ մարդուց:

Ինչի՞ համար եք ծիծաղում, պարոն Մեհերյան, — ձայն տվավ

օրիորդ Լազարյանը, իբր թե Սնիկյանին պաշտպանել կամենալով, բայց նա իսկապես ցանկանում էր վարժապետի ծիծաղի պատճառն իմանալ, որպեսզի ինքն էլ ծիծաղեր:

— Ես չեմ ծիծաղում, — ասաց Մեհերյանը:

— Ոչ, ծիծաղում էիք, ես այդ տեսա, — պնդեց օրիորդը:

— Այո՛, այո՛, ծիծաղում էիք, մենք տեսանք, ինչո՞ւ համար եք ծիծաղում, — ձայն տվին այս ու այն կողմից մի քանի վարժուհիներ, գրեթե ճչալով:

— Դեհ, լավ, ծիծաղում էի, ի՞նչ եք ուզում այժմ, — խոսեց Մեհերյանը կարծես բարկացած:

— Կամենում ենք, որ ձեր ծիծաղի պատճառը բացատրեք, — պատասխանեց օր. Լազարյանը:

— Ծիծաղում եմ նրա համար, որ օր. Սոփին (Սնիկյան) այս պատկերի աչքերում կրակ է գտնում և կամենում է, որ մենք նրանով ոգևորվենք:

— Ի՞նչ, ուրեմն դուք կրակ չե՞ք գտնում, — ճչալով հարցրեց օր. Լազարյանը, աշխատելով յուր ծիծաղը բռնել:

— Ինձ թվում է թե՝ այդ աչքերի չորս կողմից երկու ֆունտ ճարպ կհանեին, եթե մեռած ժամանակ անդամատեին... — պատասխանեց պ. Մեհերյանը և նորից ծիծաղեց, հավատալով որ շատ սրամիտ դիտողություն է արել:

Բայց որովհետև վարժուհիներն էլ այդ կարծիքին էին, ուստի նրանք էլ սկսան ծիծաղել:

Օրիորդ Սնիկյանը նորից վեր կացավ, դառնությամբ նայեց յուր շուրջը, և նորից խոսեց.

— Պարոններ, գուցե ես սխալվեցա որ կրակ գտա այս բարերարի աչքերում, ներողություն եմ խնդրում այդ մասին: Բայց այն, որ ասացի թե սա ամոթահար պիտի անե ձեզ, իրավացի էր: Դուք ձեր հոռետեսությամբ չար ապագա եք գուշակում մեր տաճկահայ եղբարց համար: Ասում եք թե՝ բռնության երեսից փախչողներն ու մեզ ապավինողները՝ քաղցիցու մերկությունից պիտի կոտորվին, իսկ բուն հայրենիքում մնացողները բարբարոսների սրածությունից: Այդպիսով ուրեմն, եթե ձեզ հավատանք, տաճկահայերի համար երկու ելք է մնում, կամ ազգովին կորուստ, կամ հավիտենական ստրկություն: Իսկ ես ասում եմ, որ դուք ամենքդ էլ չարաչար սխալվում եք: Մի ազգ, որ ունի յուր մեջ այնպիսի հարուստ ու կարող անձինք, որպիսին մեր ազգն է, անկարելի է, որ թույլ տա յուր որդվոցը այդ ձևով անհետանալ: Մեր հարուստները, այո, սիրտ ունին, հոգի ունին և ճգնաժամի միջոցին բախտի ձեռքը չեն թողնիլ օգնության կարոտ եղբորը: Իբրև ապացույց բերում եմ ձեզ ահա այս պատկերը...: Ո՞վ է սա. մի հարուստ, գուցե և տզետ հայ, բայց յուր բոլոր կարողությունը կտակել է ազգին, նրա միակ կամքը փրկել է հարյուրավոր մանուկներ տգիտության ճանկերից: Արդ, եթե մի հասարակ հարուստ կարողացել է այս անել, ինչ՞եր չեն անիլ այժմ մեր միլիոնները, որոնց թիվը, բարեբախտաբար, հետզհետե աճում է — շնորհիվ Բաքվի ինքնաբուխ ոսկիների...

Ասում եք թե՝ ընդհանուր գաղթականների կարիքը հոգալու, նրանց նորեն հայրենիք վերադարձնելու, կամ Հայաստանում մնացող սովալլուկների դրությունը բարվոքելու համար բավական է հինգ հարյուր հազար ռուբլի: Արդ, մի՞թե հայ ազգը այնքան ընկել, նվաստացել է, որ նրա հարուստները իրանց եղբարց փրկության համար չեն կարող այդ փոքրիկ գումարը հայթայթել...

— Փոքրի՞կ. 500 000-ը փոքրի՞կ գումար է, — ճչալով հարցրեց վարժուհիներից մինը:

— Այո, մի ընդհանուր կարոտություն դարմանելու համար շատ փոքր է, — շարունակեց ճառախոս օրիորդը, — և այդ գումարը կարող է հայթայթել հենց մեր այսօրվա հարուստներից մինը...

— Եթե կամենա, — ընդհատեց Մեհերյանը:

— Եվ անպատճառ կկամենա, — հարեց օրիորդը եռանդով: — Երևակայեցեք, որ մենք այսօր այնպիսի հարուստներ ունինք, որոնց օրեկան եկամուտը հասնում է տասը, քսան և, մինչև անգամ, երեսուն հազարի...

— Երեսուն հազա՛ր... ի՞նչ եք ասում, հեղե՞ղ է այդ, թե՞ կարկուտ, որտեղ են պահում այդ փողերը, — ընդհատեց օրիորդին մի հաստ վարժուհի և աչքերը չռեց նրա վրա:

— Այո՛, օրեկան երեսուն հազար, այդպես է ասում հայրս, որ լավ տեղյակ է Բաքվի հարուստների առասպելական եկամուտներին: Եվ, նրա ասելով՝ հենց այդ է պատճառը որ մի միլիոն ռուբլին, որ մինչև այսօր 60 կամ 70 տարվա մեջ էին աշխատում, այժմ մարդիկ զանձում են մի քանի ամսվա ընթացքում: Արդ, մի՛թե չէ կարելի հուսալ՝ թե կգտնվեն մեր մեջ չորս-հինգ այդպիսի հսկա հարուստներ, որոնք կժողովեն իրանց մեջ պահանջված հինգ հարյուր հազարը և կբարվոքեն դրանով մի ամբողջ ազգի թշվառ կացությունը:

Պարոն տեսուչը որ, թեև նոր էր մտել ուսուցչական սենյակը, բայց լսել էր օրիորդ Սնիկյանի բոլոր ճառախոսությունը, իրավունք տվավ նրան այդպիսի գեղեցիկ հույսերով իրան պարուրելու: Բայց որպեսզի համոզեր, նաև, մյուս թերահավատներին, հետևյալն ասաց.

— Փաստը, հարգելի օրիորդ, ամենից զորավոր միջոցն է թերահավատներին հավատի բերելու համար: Եթե Քրիստոս Թովմայի մատները յուր կողը խրած չլիներ, մինչև այսօր էլ խեղճ առաքյալը անհավատների շարքը կդասվեր: Եկեք մի շոշափելի փաստ տվեք այս անհավատների ձեռքը, եթե կամենում եք, արդարև ամոթահար անել նրանց:

— Ուրիշ ի՞նչ փաստ կարող եմ տալ. մի՞թե դպրոցի հիմնադրի այս պատկերը բավական զորավոր փաստ չէ ձեր առաջ:

— Դա հին է. դուք ավելի նոր, ավելի շոշափելի փաստկարող եք ձեռք բերել, եթե կամենաք:

— Օրինա՞կ:

— Իսկույն կասեմ: Այստեղ, Թիֆլիսում, ինչպես գիտեք, ապրում են այդ նավթային կրեսոսներից մի երեքը, չորսը: Եկեք դիմեցեք դուք նրանց: Այս րոպեին ես ինձ մոտ ունիմ պատշաճավոր իշխանության կողմից տրված ժապավինյալ մատյան: Վերցրեք ձեզ հետ այդ մատյանը և դիմեցեք հիշյալ հարուստներից մինին և նպաստ խնդրեցեք գաղթականների օգտին: Եթե այդ հսկա հարուստներից մինը միանվագ 100 ռ. ստորագրեց ձեր մատյանում, այդ կնշանակե թե՝ նա հազարներ կստորագրե, եթե ավելի կշիռ ունեցող անձինք ներկայանան նրան, իսկ եթե ոչ…

— Ես հավատացած եմ որ 1000 էլ կստորագրե, — եռանդով բացականչեց օր. Սոփին՝ ընդհատելով տեսչին:

— Եթե այդպես է, վերցրեք մատյանը և հենց այս րոպեին էլ դիմեցեք նրանցից մեկին:

— Ամենայն սիրով, տվեք ինձ մատյանը:

— Իսկ դուք առաջ որի՞ն կդիմեք:

— Որն ուզում է լինի, ինձ համար միևնույն է:

— Ես խորհուրդ կտայի գնալ Փիլարյանի մոտ: Նա թեպետ միլիոներ, բայց գավառացի է, հետևապես թե ավելի զգայուն սիրտ կունենա և թե կցանկանա յուր առատաձեռնությամբ շլացնել թիֆլիսցի վարժուհուն:

Այս ասելով՝ տեսուչը վերադարձավ յուր սենյակը և ժապավինյալ մատյանը բերելով հանձնեց օր. Սնիկյանին:

Վերջինս գործը այն աստիճան հաջողված էր համարում, որ ուսուցչանոցից ելնելու ժամանակ կարևոր համարեց պահանջել, որ եթե ինքը վերադառնա Փիլարյանի տնից մի կլորիկ գումարով, պ. Մեհերյանը պիտի չոքե ուսուցչանոցում և ներողություն խնդրե յուր խոսքերը ծաղրելուն համար:

(Այո, այո, — գոչեցին այս ու այն կողմից վարժուհիներն ու վարժապետները:

Բայց պ. Մեհերյանը, որ շատ թանկ էր գնահատում յուր պատիվը, համաձայնվեց այդ պահանջին միայն մի պայմանով, այն է, որ Սնիկյանը ստանար Փիլարյանից առնվազն 500 ռուբլի, հակառակ դեպքում օրիորդն ինքը պիտի չոքեր ուսուցչանոցում:

Սոփին պետք է վախենար այս պայմանից, բայց նա այն աստիճան էր հավատում միլիոներ Փիլարյանի առատաձեռնության, որ սիրով ընդունեց այս պայմանը և մատյանը կռան տակն առնելով հեռացավ:

Մի քառորդ ժամից ետ նա արդեն կանգնած էր Փիլարյանի տան առաջ: Հազիվ օրիորդը յուր քնքշիկ մատով էլեկտրիկ հնչակի կոճակը խթեց, և ահա դուռը բացվեցավ, և նրա առաջ արձանացավ «կոյի» դեմքով, բայց բարապանական կատարյալ համազգեստով մի դռնապան, որ անշնորհք քաղաքավարությամբ հայտնեց օրիորդին թե տիկին և պարոն Փիլարյանները հենց իսկույն դուրս պետք է ելնեն տնից այցելության գնալու համար:

Եվ արդարև, հազիվ դռնապանը յուր զեկուցումը տվավ, և ահա մի փայլուն ու փառավոր կառք, լծված անգլիական ահիպարանոց ձիերով՝ եկավ ու կանգնեց տան մուտքի առաջ:

«Անհարմար ժամանակ եկա», մտածեց ինքն իրան օրիորդը և չկամենալով պատահել այստեղ տանտերերին խույս տվավ դեպի մերձակա փողոցը, որոշելով այցելել նրանց մի երկու ժամից:

Հեռանալու ժամանակ նրա ուշադրությունը գրավեց Փիլարյանի շքեղ կառքը յուր փայլուն արտաքինով, մետաքսազարդ ներքինով և անգլիական ահավոր նժույգներով, որոնց աչքերից կրակ՝ իսկ ռունգերից ծուխ էր դուրս գալիս:

— Անկարելի է, որ այս հոյակապ տան մեջ ապրող և այս փառավոր կառքով պտտող մարդիկ փոքր ու գծուծ հոգի ունենան... — մտածեց օր. Սնիկյանը և հեռացավ:

Մի քանի վայրկյանից Փիլարյանների կառքը յուր ռետինե, անձայն անիվներով և ամեհի, արազաքայլ նժույգներով սլացավ վարժուհու առջևից: Նրա մեջ ձգված ամուսինների վրա օրիորդը նայեց բարեհաճ աչքով (որովհետև հավատում էր նրանց վեհանձնության) և ինքը յուր մեջ որոշեց, թե արդարև Փիլարյանները արժանի էին այն ամենին, ինչ որ աստված պարգևել է նրանց:

Չնայելով, որ երկու երկար ժամեր ուներ յուր տրամադրության ներքո, այնուամենայնիվ, օրիորդը չկամեցավ վերադառնալ տուն — քանի դեռ սպասված գումարը չէր ստացել: Այդ պատճառով նա ուղղվեց դեպի բազմամարդ պրոսպեկտը, ուր օրվա այդ ժամին զբոսնում էր պարապորդների մեծ բազմություն, որի 8\10-ը հարկավ, կանայք էին: Օր. Սնիկյանի համար, իհարկե, դժվար չէր ընկերուհի գտնել զբոսնող բազմության մեջ, բայց նա դրա համար չմտածեց, որովհետև յուր ուղեղը ավելի ծանրակշիռ խնդրով էր զբաղված:

«Ի՞նչ պիտի անեմ, եթե հանկարծ մերժեն ինձ և կամ 1000, 500 ռուբլու փոխարեն՝ միայն 100 ստորագրեն... Միթե պիտի չոքեմ ուսուցչանոցում և ներողություն խնդրեմ պ. Մեհերյանից...»:

Այս միտքը, որ անսպաս կերպով ծնունդ առավ օրիորդի գլխում, դող հանեց նրա սիրտը, Սոֆին երկչոտ չէր. Բայց հպարտ էր և պատվասեր: Նա, արդարև, չէր կարող մինչև այդ կետն ստորանալ: Ինչով պիտի՝ ուրեմն վերջանար գործը, եթե ձեռնունայն վերադառնար

Փիլարյանների տնից: Այս մտածությունը շատ պիտի տանջեր օրիորդին, եթե, բարեբախտաբար, մի ավելի մխիթարական միտք չհաջորդեր առաջինին:

«Ինչ իրավունք ունիմ ես կասկածելու այնպիսի մարդկանց առատաձեռնության վրա, որպիսին են Փիլարյանները, կշտամբեց ինքն իրան օրիորդը, մարդիկ, որոնք օրեկան առնվազն տասը հազար եկամուտ ունեն, մի՞թե կարող են մերժել իրանց օրվա եկամտի մի տասանորդը հայ վարժուհուն, որ ողորմություն է խնդրում յուր մերկ ու թշվառ հայրենակիցների համար: Ոչ, անկարելի է: Նրանք էլ հայեր են. նրանք էլ սիրտ ունին. նրանք հո չեն կարող հանգիստ հոգով վայելել աստծո տված այդ մեծափարթամ հարստությունը, եթե առատորեն բաժին չհանեն իրենց մերկ, քաղցած և անպատսպարան ազգակիցներին: Բոլոր հայությունն զբաղված է այսօր հալածական հայ գաղթականներին խնամելու և պատսպարելու հոգսերով նույնիսկ բազմանդամ ընտանիքների աղքատ հայրերը ազատ չեն համարում իրենց այդ թշվառներին օգնելու պարտավորությունից, օտարներն անգամ ձեռք են կարկառում նրանց, միթե, ուրեմն, միլիոնատեր Փիլարյանները անտարբեր պիտի մնան դեպի թշվառության այս զոհերը... հարկավ, ոչ: Հարստությունը, որ շատ վայելչության հետ է ծանոթացնում մարդկանց, անշուշտ Փիլարյաններին էլ ծանոթացրած կլինի այն քաղցր ու անսահման հաճույքի հետ, որ մարդ արարածն զգում է յուր կարոտ նմանին օգնած ժամանակ...»:

Այս մտածություններն այն աստիճան էին գրավել օրիորդ Սոփիին, որ նա չէր կարողացել նկատել թե՝ վաղուց արդեն հեռացել է պրոսպեկտից և թափառում է Վերայի փողոցներում: Ուստի երբ սթափվեց, նայեց ժամացույցին, տեսավ, որ երկու ժամն արդեն անցել է: Ուստի շտապեց դեպի անցնող ձիաքարշը և նստելով նրա վրա, դիմեց դեպի Փիլարյանների տունը:

Այս անգամ արդեն համազգեստ հագած «կռոն» խիստ սիրալիր ժպիտով ընդունեց օրիորդին և, բացի այդ, կարևոր համարեց հայտնել, որ «աղջիկ պարոնն ու աղան հենց նոր վերադարձան այցելատեղից»:

Վերին հարկում օրիորդին ընդունեց մաքուր հագնված մի սպասավոր, որ առաջնորդեց այցելուին դեպի նախասենյակը և այդտեղ գտնվող հնչակը խթեղով հայտնեց ում որ անկ էր նորեկ հյուրի մասին:

Երևեցավ իսկույն մի նորատի սպասուհի, որ շնորհաշուք կերպով ողջունելով օրիորդին, լսեց նրա զեկուցումը՝ թե կամենում է տեսնել տիկին Փիլարյանին: Առաջնորդելով հյուրին դեպի ընդունարանը, սպասուհին շտապեց տիրուհու մոտ, հարկ եղածը նրան հայտնելու: Ապա նորեն վերադառնալով ավետեց օրիորդին թե՝ տիկինը կբարեհաճե ընդունել իրան մի քանի վայրկյանից:

Օրիորդը, որ մինչև այն նստած էր փոքրիկ, ծակոտկեն աթոռի

վրա, կարծես, համարձակություն առնելով այդ հայտարարությունից, երբ սպասուհին հեռացավ, ինքն էլ վեր կացավ տեղից և առաջանալով դեպի փափուկ թավշապատ բազկաթոռը, ձգվեցավ նրա մեջ և սկսավ դիտել ընդունարանի հարուստ զարդարանքները, որոնք բոլորն էլ փարիզական արհեստի արտադրություններ էին:

Մինչդեռ նա հանգիստ նայվածքով և թաքուն հիացմամբ դիտում էր իրեն շրջապատող ճոխությունները, հանկարծ նրա ականջին զարկեց տիկին Փիլարյանի ձայնը: Նա վիճում էր ընտանիքի անդամներից մեկի հետ:

Օրիորդը, որ լավ ականջ ուներ, լռությունը լարեց:

— Ասում եմ, որ պետք է անպատճառ կտրել… այդպես թողնել անկարելի է…— բարկացած և հրամայող ձայնով խոսում էր տիկինը:

— Իսկ ես ասում եմ, որ թույլ չպիտի տամ… կտրել անկարելի է պատասխանում էր ավելի հանդարտ, բայց հաստատուն ձայնով մի տղամարդ, որ ըստ երևույթին պ. Փիլարյանն էր:

— Ինչպե՞ս թե թույլ չես տալ: Դու ուրեմն կամենում ես որ փողոց դուրս եկած ժամանակ մեզ ծաղրեն....

— Ո՞վ պիտի ծաղրե, ա՜յ կին, ինչեր ես խոսում: Ամբողջ Թիֆլիսում որի՞նն է կտրած որ մենք կտրենք:

— Դու թիֆլիսցիների ընկերը չես, Թիֆլիսումն էլ շատ միլիոներներ չկան, բայց դու միլիոներ ես… բացի այդ, ով ունի այստեղ ճաշակ, ո՞վ է ծանոթ Եվրոպայում ընդունված նորություններին: Դու նայիր թե՝ ինչպես են անում Փարիզում, Լոնդոնում և նույնիսկ Պտերբուրգում. ամեն տեղ էլ կտրում են: Այդ է այժմյան ընդունված ձևը, որ գործնականապես էլ օգտավետ է, այսինքն փոշուց ու ցեխից ազատ է մնում:

— Ավելորդ են այդ խոսակցությունները, ասում եմ որ չեմ կտրիլ, և թույլ չեմ տալ որ կտրեն: Նորաձևության հետևեցեք դուք որքան կարող եք: Եթե ցանկանում եք, պատվիրեցեք, որ փետուրների փոխարեն աշտարակներ կանգնեցնեն ձեր գլխարկների վրա. ես ընդդիմանալու բան չունիմ:

Բայց խնդրում եմ, որ թույլ տաք չորքոտանիներին ապրել աշխարհում այնպես, ինչպես որ ստեղծել է նրանց աստված, այսինքն, առանց նորաձևության, առանց մոդաների...

— Օ՜, տգիտություն, տգիտություն, ի՞նչ չարիքներ չես գործում, — բացականչեց ողբերգական ձայնով տիկին Փիլարյանը և լռեց:

Ըստ երևույթին նա հեռացավ ուրիշ սենյակ:

«Ի՞նչ վեճ է այս, տեր աստված, — մտածեց ինքն իրեն օրիորդ Սնիկյանը.(միթե միլիոների տանն էլ են վիճում...միթե նրանք էլ ունին ցավեր...»:

Այս հարցին, սակայն, նա չկարողացավ պատասխանել: Բայց հիշեց իմաստունների այն խոսքը թե՝ «Աշխարհում ոչ ոք է երջանիկ...»:

Վերջապես մի քառորդ ժամից ետ ընդունարանի դուռը հուշիկ բացվեցավ և երևաց տիկին Փիլարյանը:

Նա միջահասակ, գիրուկ մարմնով, բայց դալկադեմ մի կին էր: Ուներ մեծ-մեծ աչքեր, որոնց մեջ սակայն մարած էր երիտասարդական կրակը, մեծ և կիսաբաց բերան, որ եզերված էր հաստ շրթունքներով, դրանցից վերինը քաշված լինելով դեպի ռունգը՝ արտահայտում էր մշտական դժդոհություն: Նրա երկու ականջներից կախված էին երկու խոշոր ադամանդներ, իսկ կրծքի ու մատների վրա շողում էին գույնզգույն գոհարներ: Տիկնոջ հագուստը շքեղ էր և հարուստ, բայց նա գեղեցկություն չէր տալիս նրա հասակին: Փոքրիկ կուրծքն ու կարճ թիկունքը, որոնք ամփոփված էին ավելի ևս կարճ սեղմ իրանի մեջ, կազմում էին հակակշիռ նրա մարմնի ներքին մասին, որ ավելի երկար էր: Այդ պատճառով և մետաքսյա հագուստը, որ կարված էր ըստ վերջին տարազու, չէր գեղեցկացնում նրան: Ուռած ու փքված թևերը, որ փարիզեցի արվեստագետները հնարել են, երևի իրենց գեղեցկուհիներին հրեշտակների կերպարանք տալու համար, տիկին Փիլարյանին նմանեցնում էին ուռած հնդկահավի, որ ճեմում է յուր մարիների մեջ:

Ծանր քայլերով մոտեցավ տիկինը օրիորդին, որ արդեն ոտքի էր ելել և հպարտ գլուխը աննշմարելի կերպով խոնարհելով՝ ողջունեց նրան:

— Դուք կամեցել էիք ինձ տեսնե՞լ, — հարցրեց նա. օրիորդին առանց նստել առաջարկելու:

— Այո, մեծապատիվ տիկին, ես կամենում էի առաջարկել ձեզ...Օրիորդը խոսքը վերջացնելու փոխարեն ձեռքի մատյանը երկարացրեց դեպի առաջ և մեկ էլ նորեն ետ ամփոփեց նրան:

— Այդ ի՞նչ է, ստորագրության մատյան:

— Այո, ինչպես գիտեք, գաղթականների թիվը հետզհետե ավելանում է քաղաքումս, օգնության հասնող ձեռքերը սակավաթիվ են. իսկ ձեռք բերված նպաստներն աննշան..— հարյուրավոր տղամարդիկ, կանայք ու մանուկներ թափառում են փողոցներում քաղցած, բոկոտն և անպատսպարան... դրանք բոլորն էլ կարոտ են զորավոր ձեռքի օգնության, աննշան նվերները չեն կարող ընդհանուր աղետը դարմանել... այս մատյանը հանձնված է ինձ մասնաժողովի կողմից...

Օրիորդը տակավին շարունակում էր յուր ճառը, երբ տիկ. Փիլարյանը յուր արդեն բաց բերանը մի փոքր էլ բանալով, ընդհատ և, կարծես, ակամայից խռնող ձայնով ասաց.

— Ցավում եմ, որ անհարմար ժամանակ եք եկել... այժմ ես զբաղված եմ մի ընտանեկան ծանր խնդրով, որի անհաջող լուծումը մեծ հոգս պիտի պատճառե ինձ... բարեհաճեցեք վաղը շնորհ բերել... եթե ձեր բախտից հիշածս խնդիրը ըստ իմ ցանկության լուծումն ստանա, գուցե ավելի մեծ գումար ստորագրեմ... :

— Ներեցեք, խնդրում եմ... ես չգիտեի... ներեցեք... ես կերթամ. աստված տա որ այդ ընտանեկան ծանր հոգսը ամենահաջող լուծումն ստանա...Եթե կհրամայեք, ես կարող եմ գալ մի քանի օրից...

— Ոչ, վաղը շնորհ բերեք: Խնդիրը մինչև այն լուծված կլինի, — ասաց տիկինը:

Օրիորդ Սնիկյանը խոնարհ հարգանոք և շնորհալի ժպիտով ողջունեց տիկնոջը և դուրս գնաց:

— Ամեն ընտանիք ունի յուր հոգսերը, — մտածում էր նա սանդուղքից իջնելով. — Մենք այնպես ենք կարծում թեմիլիոնատերը հոգս ու ցավ չունի, թե ամեն օր նրան շրջապատում են հրճվանք, խնդություն ու ծիծաղ: Բայց, ընգհակառակը, մեծ սարի վրա մեծ էլ ձյուն է նստում... ով գիտե ինչ դժվարատար վիշտ է ծանրանում այժմ տիկին Փիլարյանի սրտին... և որքան զորավոր է այդ վիշտը, որ միլիոնը չի կարողանում նրան մեղմել...:

Այս մտածությամբ դուրս գնաց օր. Սնիկյանը Փիլարյանների տնից, որոշելով վերադառնալ այդտեղ հետևյալ օրը, միևնույն ժամին:

Այդ ավուր երեկոյան Սոփին գնաց, մինչև անգամ, եկեղեցի և, իբրև հայոց բարեպաշտ վարժուհի. երկու հատ 10 կոպեկանոց մոմեր վառեց ս. աստվածածնի առաջ, խնդրելով նրան՝ հաջող լուծումն տալ տիկին Փիլարյանի ընտանեկան մեծ խնդրին, որպեսզի նա յուր ստորագրության մատյանում 1000 ռուբլի ստորագրելով թե գաղթականներին զգալի մի օգուտ բերե և թե իրեն ուսուցչանոցի մեջ չոքելուց ազատե:

Եվ հետևյալ օրը, միևնույն ժամին, օրիորդ Սնիկյանը Փիլարյանի տան հնչակը քաշեց:

Համազգեստով «կոոն» դարձյալ դուռը բացավ և վերին դստրիկոնում միևնույն ձևով ընդունեցին օրիորդին և առաջնորդեցին դեպի ընդունարան:

Միակ նորությունը, որին հանդիպեց այսօր վարժուհին, այդ՝ յուր նախկին ընկերուհիներից մինին, օրիորդ Լուսիկ Փամբուկյանին այդտեղ տեսնելն էր:

Վերջինս խիստ մտերմությամբ և սիրաժպիտ ողջունեց վարժուհուն և բազմեցրեց նրան ընդունարանի ամենից գեղեցիկ և ամենից զարդարուն բազկաթոռի վրա, կամենալով հասկացնել ընկերուհուն թե՝ ինքն էլ որոշ իրավունքներ է վայելում այդ միլիոների տանը:

— Լուսիկ, ինչ ես շինում դու այստեղ, — հարցրեց Սոփին հետաքրքրությամբ:

— Երեխաներին հայերեն դաս եմ տալիս, — պատասխանեց Փամբուկյանը:

— Մի՞թե, ես այդ չգիտեի, իսկ երեխաներ շատ ունին սրանք:

— Ահա՛, նայիր, դրանք բոլորը Փիլարյանինն են... — Այս ասելով

օր. Փամբուկյանը մատնացույց արավ ընկերուհուն դեպի պատշգամբը, ուր այդ միջոցին խաղում էին մի քանի զույգ երեխաներ, նրանց հետ կանգնած էին մի խումբ գեղեցիկ հագնված զանազան տիպերի կանայք:

— Իսկ սրանք ովքեր են, — հարցրեց Սոֆին:

— Դրանք էլ վարժուհիներ ու դաստիարակչուհիներ են:

— Այսքան բազմությո՛ւն...:

— Այո, ամեն մի երեխա մի դաստիարակչուհի և մի սպասուհի ունի: Տեսնո՞ւմ ես այս բարձրահասակ ու շիկահեր կինը: Դա անգլուհի է, որ դաստիարակում է երեխաներից մինին և, միևնույն ժամանակ, անգլերեն սովորեցնում բոլորին: Իսկ այս գեղեցիկ երիտասարդուհին, որ խաղում է երեխաների հետ, ֆրանսուհի է, որ վարում է նույնպիսի պաշտոն: Այս կողմը կանգնած առողջ դեմքով ու խաժ աչքերով աղջիկը գերմանուհի է: Այս անցուդարձ անողը ռուս է: Մյուսները՝ սպասուհիներ են:

— Աստվա՛ծ իմ. և այս երեխաների ուղեղը չի շփոթվում ամեն օր դաստիարակուհիների և սպասուհիների այսքան բազմություն տեսնելով կամ նրանց լսելո՞վ…

— Ամեն ոք պարապում է որոշ ժամերում, շփոթություն չի լինում:

— Իսկ դու օրվա ո՞ր ժամերումն ես պարապում:

— Ես ունիմ շաբաթվա մեջ միայն երկու ժամ:

— Միայն երկու ժա՞մ... Եվ ինչ ես սովորեցնում այդ երկու ժամում:

— Միայն խոսել:

— Ինչպե՞ս թե խոսել, ուրեմն այդ երեխաները հայերեն խոսել չգիտեն:

— Բնավ, տիկինը համոզված է, որ մինչև անգամ հարկավոր չէ նրանց հայերեն սովորել, «երեխաների լեզուն կկոպտանա, հայերենը գռեհիկ լեզու է, կոշտ է հնչում», ասում է նա:

— Բայց ինչպե՞ս է, որ հրավիրել են քեզ:

— Ինձ հրավիրել է ամուսինը, նա գավառացի լինելով՝ դեռ մի փոքր հայություն ունի յուր մեջ, պահանջում է, որ որդիքը հայերեն սովորեն, տիկինը, իհարկե, չի հակառակում, որովհետև գիտե, որ ամուսինը կամակոր է, նրան համոզել չի կարող. բայց դրա փոխարեն ինքն էլ որդվոց հետ հայերեն չի խոսում:

— Հապա ինչերե՞ն է խոսում:

— Յուր չգիտցած լեզուներով:

— Այսի՞նքն:

— Ռուսերեն, ֆրանսերեն:

— Բայց եթե չգիտե, ինչպե՞ս է խոսում:

— Օրվա մեջ հազիվ է յուր երեխաներին մի քանի վայրկյան տեսնում, իսկ այդ վայրկյանների համար մեծ պաշար չէ հարկավոր: Մի երկու զույգ «մայա — տվայա», մի քանի հատ «բոն ժուր — մոն ժուր» և այդպիսով նրա զրույցը վերջանում է:

Օրիորդ Փամբուկյանի տված տեղեկությունները անհաճո տպավորություն արին Սնիկյանի վրա, նա սկսավ վախենալ «քիչ ստանալու» համար, և մտածում էր տիկնոջ փոխարեն՝ յուր խնդիրն առաջարկել պարոն Փիլարյանին:

Երբ նա այդ մասին ընկերուհուն հարցրեց, Լուսիկը պատասխանեց.

— Փողի խնդրում տիկինն ավելի առատաձեռն է. նա մեծ հաճույքով նպաստներ է բաժանում իրեն դիմող երիտասարդներին: Ամուսինը, ընդհակառակը, ատում է ընդհանրապես նպաստ խնդրողներին:

Այս միջոցին տիկին Փիլարյանը, որին հայտնել էին արդեն այցելու օրիորդի մասին, ներս մտավ ընդունարանը մի ծրար ձեռքին:

Այսօր նա հագած էր ավելի համեստ զգեստ, որն և ավելի քիչ էր տգեղացնում նրան: Բայց դեմքը նույնպես տխուր էր, ինչպես էր երեկ: Մոտենալով վարժուհուն՝ նա ողջունեց նրան մի բռնազբոսիկ ժպիտով և ասաց,

— Ցավում եմ, որ ինձ հոգս պատճառող խնդիրը իմ ցանկության համեմատ չլուծ վեցավ. այդ բանը ծանր վիշտ պատճառեց ինձ… Այնուամենայնիվ դուք կարող եք մի բան տանել մեր կողմից ձեր դժբախտ զաղթականների համար:

Այս ասելով նա ծրարը մեկնեց դեպի վարժուհին:

Վերջինս, որ արդեն շփոթվել էր տիկնոջ տխուր հայտարարությունը լսելով, քիչ էր մնում, որ ծրարը չընդուներ. նա ցանկացավ, մինչև անգամ, մի քանի մխիթարական խոսքեր ասել տիկնոջը նրա ընտանեկան խորհրդավոր վշտի նկատմամբ, բայց լեզուն չհպատակվեց իրեն: Դրա փոխարեն, հայտնի չէ թե ինչու, նա մատյանը պարզեց դեպի տիկինը և խնդրեց նրան՝ ստորագրել յուր նվերը մատյանի մեջ:

— Թեպետ ավելորդ է, բայց հոգ չէ, տվեք, մեր ստորագրությունը կարող է ուրիշներին էլ խրախուսել…(ասաց տիկինը և վերցնելով մատյանը, մոտեցավ սենյակի անկյունում դրված փոքրիկ, թավշապատ գրասեղանին, որի վրա փայլում էր արծաթե սիրուն կաղամար՝ ոսկե գրչով և ստորագրեց մատյանի մեջ տված նվերը:

Տիկնոջ վերջին խոսքը թե՝ «մեր ստորագրությունը կարող է ուրիշներին էլ խրախուսել», օրիորդ Սնիկյանի սիրտը ուրախությամբ լցրեց, «Ծրարի մեջ ուրեմն բավական բան կա» մտածեց նա ինքն իրեն և առանց տիկնոջ ստորագրությանը նայելու՝ առավ մատյանը՝ սրտագին շնորհակալություն անելով դուրս գնաց:

Օրիորդ Փամբուկյանը հետևեց ընկերուհուն մինչև նախասենյակը:

— Լուսիկ. ասա խնդրում եմ, ինչ ընտանեկան ծանր խնդիր էր, որի մասին երեկ և այսօր ակնարկեց տիկինը և որի անհաջող լուծումը վիշտ է պատճառել նրան, հարցրեց օր. Սնիկյանը ընկերուհուն, երբ նրանք նախասենյակն անցան:

— Ընտանեկան խնդիր... ծանր վի՞շտ... ի՞նչ ասեմ, սիրելիս, ամաչում եմ... լավ է որ չիմանաս:

—Խնդրում եմ ասա, բաց արա ինձ այդ գաղտնիքը, — թախանձեց Սոփին:

— Բայց ախր անմիտ բան է, է՛...

— Միևնույն է, ասա, ես սաստիկ հետաքրքրվում եմ:

— Դու տեսել ես դրանց կառքն ու ձիերը:

— Այո երեկ տեսա:

— Այդ կառքն ու ձիերը նոր են բերել տվել Պետերբուրգից: Տիկինը ցանկանում և պահանջում էր, որ ձիաների արտաքինը եվրոպական տարազով լինի, այսինքն որ նրանց պոչերի 2/3 մասը կտրվեն, ինչպես այդ անում են եվրոպական մեծ քաղաքներում, իսկ ամուսինը հակառակում է:

— Լուսիկ, դու կատա՞կ ես անում, — վիրավորվելով հարցրեց Սոփին:

— Ոչ, սիրելիս, ես իսկությունն եմ հայտնում:

— Բայց անկարելի է, որ այդ լինի հիշված ընտանեկան հոգսը:

— Այդ է. դրա մասին էր ամուսինների այս երկու օրվա վեճը:

— Եվ ուրեմն մեր այս դժբախտության օրերում, երբ մի կողմից կոտորում և մյուս կողմից հալածում են մեր թշվառ հայրենակիցներին՝ ձիերի պոչովն են զբաղված այդ միլիոներները:

— Այո՛, ինչպես տեսնում ես:

Օրիորդ Սնիկյանը չէր հավատալ ընկերուհու խոսքերին, եթե նախընթաց օրը յուր ականջով լսած չլիներ «կտրել կամ չկտրելու» մասին եղած վիճաբանությունը: Նա մի վայրկյան մնաց սառած և ապուշ-ապուշ նայում էր ընկերուհու աչքերին:

Ապա հանկարծ մտաբերեց տիկնոջ նվերը և շտապով մատյանը բացավ տեսնելու համար, թե ի՞նչ է ստորագրվել: Եվ որքան եղավ նրա զարմանքը, երբ այդտեղ ստորագրած գտավ միայն 10 ռուբլի: Օրիորդը, կարծես, չհավատաց յուր աչքերին և շտապեց ծրարը բանալ, որ հաստ թղթից լինելով՝ բազմատ պարունակ էր թվացել իրեն: Եվ սակայն այդտեղ էլ՝ մի ուրիշ ծալած թղթի մեջտեղում, դրված էր միայն երկու 5-անոց, որոնց գումարը, ինչպես հայտնի է մաթեմատիկոսներին, դարձյալ լինում էր 10 ռուբլի:

Օրիորդ Սնիկյանը հիշեց իսկույն ուսուցչանոցում արած վիճաբանությունը, պ. Մեհերյանի հետ բռնած գրազը և ամոթից ու բարկությունից շառագունեց: Չկարողանալով այլևս խոսել ընկերուհու հետ, նա ծրարը դրավ մատյանի մեջ և. «մնաս բարև» ասելով արագ-արագ իջավ սանդուղքից:

— Սոփիա, Սոփիա, լսիր ինձ, խոսք եմ ասում, — կանչեց Լուսիկը նրա հետևից, բայց Սոփիան առանց ետ նայելու դուրս թռավ փողոց:

Հազիվ նա հասավ Երևանյան հրապարակը և ահա, կարծես դիտմամբ, նրա դեմը ելավ օրիորդ Լազարյանը:

— Հա , Սոփի, ի՞նչ արիր, ստացա՞ր հազար ռուբլին, մերոնք այսօր էլ հավաքված են, քեզ են սպասում:

— Ի՞նձ...

— Այո՛, դեռ էլի շարունակում են վիճաբանությունը: Պ. տեսուչը քո կողմն է և հույս ունի, որ Մեհերյանին պիտի չոքացնես ուսուցչանոցում…

— Այդ խոսքերը կարծես հարվածներ իջեցրին Սոփիի գլխին. նա ընդհատեց ընկերուհուն.

— Լսիր, Վարդուհի, ես էլ ուսուցչանոց չեմ մտնիլ, վերցրու այս մատյանն ու միջի ծրարը և տար հանձնիր տեսչին…

— Ինչո՞ւ ինքդ չես տանում, ինչ է այս, հապա տեսնենք, ո՞րքան է ստորագրել... իրար ետևից հարցրեց Վարդուհին ու շտապով մատյանը բանալով մեջը նայեց.

— Այս ի՞նչ է... տասը ռուբլի... կատա՞կ է այս...

Նա գլուխը բարձրացրեց Սոփիին նայելու, բայց վերջինս էլ չկար, նա շտապ-շտապ հեռանում էր դեպի Միջին փողոցը:

— Ա՛յ դու թշվառական, փախչում ես, հա՞... չե՞ս ուզում ուսուցչանոցում չոքել, բայց մենք քեզ կգտնենք ու կչոքացնենք, — չարախնդությամբ ասաց Վարդուհին փախչողի ետևից:

Բայց օրիորդ Սնիկյանը էլ այնուհետև չերևաց ուսուցչանոցում, չնայելով որ փափագելով փափագում էր մասնակցել երբեմն վարժուհիների «հոգեզվարճ բամբասանքներին»: Բացի այդ, նա սկսած այդ օրից, այլևս ոչ մի տեղ չի վիճաբանում այն մասին՝ թե հայ թշվառները կարող են երբևիցե ազատվել իրենց ճակատագրից կամ հասնել բարօրության...:

ՊՍԱԿՆԵՐԻ ԲՈՂՈՔԸ

Սրբազանը դեռ նոր էր զարթնել քնից, երբ առաջնորդարանի ծառան ներս գալով՝ հայտնեց սենեկապան սպասավորին թե Մայր եկեղեցու լուսարարը վաղուց սպասում է դռանը սրբազանին տեսնելու համար:

— Ի՞նչ ունի լուսարարը սրբազանի հետ, — հարցրեց սենեկապետը մի առանձին արհամարհանքով:

— Չգիտեմ, ասում է թե գաղտնիք ունի սրբազանին հաղորդելու:

— Գաղտնի՞ք:

— Այո:

— Այդ հետաքրքրական է, կանչիր նրան այստեղ, — հրամայեց սենեկապետը, ընդունելով որ քահանաներից մինը անպատճառ դավաղրություն է սարքել սրբազանի դեմ:

Մի քանի րոպեից ներս մտավ լուսարարը:

Սա մի նիհար, միջին հասակով, համակրելի դեմքով և քաղցր նայվածքով երիտասարդ էր: Տարիքը կլիներ մոտ երեսուն: Եվ որովհետև սարկավագի աստիճան ուներ, ուստի հագած էր երկար պարեգոտ, որ նրա դալկահար ու մորուսով ծածկված դեմքին տալիս էր բարեպաշտ հավատավորի կերպարանք:

— Ի՞նչ ունիս սրբազանի հետ, որ այսպես վաղ կամենում ես անհանգստացնել նրան, — հարցրեց սենեկապանը՝ դիտելով լուսարարին մի բարձրահոն նայվածքով:

— Շատ կարևոր հաղորդելիք, — պատասխանեց վերջինս:

— Այսինքն:

— Այսինքն այնպիսի մի բան, որ միայն սրբազան Հորը կարող եմ հայտնել:

— Այդ միևնույն է. առաջ կարող ես ինձ հայտնել, — նկատեց սենեկապանը այնպիսի մի եղանակով, որից կարելի էր ենթադրել թե որքան իրավունքներ է վայելում նա առաջնորդարանում:

— Չեմ կարող:

— Ինչպե՞ս թե չես կարող, — հարցրեց սենեկապանը՝ զարմանալով լուսարարի հանդգնության վրա:

— Ասում եմ, որ չեմ կարող, մի՞թե հասկանալի լեզվով չեմ խոսում. — նկատեց լուսարարը, այս անգամ արդեն վրդովվելով:

Սենեկապետը առաջին անգամն էր տեսնում մի խնդրարկու, որ

համարձակվում է սրբազանին հայտնելիք գաղտնիքը իրանից ծածկել: Նա սովոր էր նայել առաջնորդի մոտ եկող ամեն մի խնդրարկուի վրա ինչպես յուր հարկատու հպատակի, որը նախ յուր առաջ պիտի խոնարհիեր, յուր բարեհաճությունը պիտի վաստակեր (քաղցր խոսքերով լիներ այդ, թե քաղցրագույն նվերներով) և ապա թե սրբազանի մոտ մտներ:

Եվ արդարև, չէ՞ որ սրբազանի սենեկապան լինել նշանակում է՝ առաջնորդարանի տեր լինել: Որին որ կուզե թույլ կտա ներս մտնել, որին չի ուզիլ՝ կասե սրբազանը չէ կամենում ձեզ ընդունել: Շատ համառողին՝ կառարկե թե առաջնորդը հիվանդ է, կամ թե՝ ներսում պաշտոնական անձանց խորհուրդ կա, որն ուշ գիշերին կվերջանա և այլն և այլն:

Այս է ահա պատճառը, որ բոլոր խնդրարկուները, նամանավանդ սրբազանից կախում ունեցող հոգևորկանները, մեծ ակնածությամբ են նայում սենեկապան Հակոյի վրա, քաջ գիտենալով, որ սրբազանը նրան լսում է սիրով, հետևապես և հաճախ այդ սպասավորի կամքից է կախված թե ինչ տրամադրությամբ կընդունե առաջնորդը այս կամ այն խնդրատուին:

Եվ որովհետև Հակոն միշտ պատրաստ ունի ձեռին երկու տեսակ ծանուցումն, որոնցից մեկովը տրամադրում է սրբազանին բարեհաճ աչքով նայել եկողի վրա, իսկ մյուսովն՝ ընդհակառակը, ուստի ամեն ոք աշխատում է չգրգռել Հակոյի զայրույթը, որպեսզի արժանանա առաջին տեսակի ծանուցման:

Լուսարարը, սակայն անզգույշ գտնվեցավ:

Թողնելով նրան դահլիճում, սենակապանը մտավ սրբազանի մոտ, որն այդ րոպեին լվացվում էր, և յուր երկրորդ տեսակի ծանուցումն արավ:

— Մայր եկեղեցու լուսարարը, սրբազան, առավոտվանից եկել դուռը կտրել է, ասում է սրբազանին պիտի տեսնեմ: Ասում եմ՝ դեռ նոր է վեր կենում, գնա մի ժամից արի, ասում է՝ չէ, ես հենց հիմի պիտի տեսնեմ, ասա թող ընդունի, չեմ կարող սպասել:

— Եռ՛, — բացականչեց սրբազանը էջմիածնական տոնով:

— Հապա՞, չեմ իմանում խմած է, թե գժված:

— Այ տղա, զգույշ կաց, այդպիսի մարդկանց մի ընդունիր:

— Ինչ անեմ, սրբազան, ասում է առաջնորդի մոտ եմ եկել, դու ինչ իրավունք ունես, որ չընդունես:

— Ե՞ս:

— Հապա՞:

— Ուրեմն հարբած է:

— Կարծեմ:

— Այդպես վա՞ղ:

— Շատ փչացածն է երևում:

Սրբազանը իր լվացումը վերջացրեց և սպասավորի օգնությամբ

հագնվելով՝ հրամայեց թեյ տանել ընդունարանը: Ապա ինքն ևս ուղղվելով այդտեղ կարգադրեց կանչել լուսարարին:

Երբ վերջինս ներս մտավ, սրբազանն արդեն նստած էր բազմոցի վրա:

— Հա, ի՞նչ ունիս, — հարցրեց նա լուսարարին, երբ սա խորը գլուխ տալով կանգնեց դրան առաջ:

Սրբազան հայր, եկա ձեզ խնդրելու, որ իրավունք տաք ինձ՝ հանել մեր եկեղեցու վերնատանը գտնվող մետաղյա պսակները և փշրել այնոք:

— Ի՞նչ, — աչքերը մեծ բանալով հարցրեց առաջնորդը:

— Պսակներն եմ ասում, սրբազան, այն, որ ննջեցյալների տերերը տալիս են մեզ՝ եկեղեցու վերնատանը կախելու համար:

— Իրավունք տա՞մ որ հանես ու փշրե՞ս:

— Այո, սրբազան հայր:

— Ինչո՞ւ:

— Որովհետև նրանք պղծում են եկեղեցին:

— Ինչե՞ր ես խոսում, այ տղա:

— Այդպես է, սրբազան հայր, այդ իրենք պսակներն են ասում:

— Պսակնե՞րը:

— Այո, պսակները, որոնք ամեն օր կրկնում են այդ խնդիրը բողոքելով:

Սրբազանը ոչինչ չպատասխանեց, այլ աչքերը մեծ բանալով նայեց աջ ու ձախ և ապա ուժգին հնչակը քաշեց: Ներս մտավ սենեկապանը:

— Թուղթ ու գրիչ բեր, — հրամայեց նա կամացուկ:

Հակոն հեռացավ:

— Ծրար էլ, — կանչեց ետևից սրբազանը:

Մի քանի րոպեից սպասավորը վերադարձավ գրության վերաբերյալ նյութերը ձեռին, զորս և դրեց սրբազանի առաջ:

Վերջինս շտապով ու երկյուղալից գրեց մի համառոտ նամակ, դրեց ծրարի մեջ և հասցեն գրելով՝ դարձավ լուսարարին:

— Լավ ես ասում, որդի, պետք է այդ պսակները հանել եկեղեցուց և փշրտել: Բայց ամեն իր այդտեղ ցուցակագրված է երեցփոխական մատյանում, իսկ այդ մատյանները քննում են ժողովրդից ընտրված հաշվատեսները: Դրանցից մինը, ինչպես գիտես, բժիշկ Մալուխյանն է: Տար նրան այս նամակը, որով ես արդեն տվել եմ իմ համաձայնությունը, եթե նա ևս կհամաձայնվի, այն ժամանակ հանիր պսակները և փշրտիր:

— Իսկ դուք չե՞ք կամենում հարցնել թե ինչու համար եմ ես այդ հրամանը խնդրում ձեզանից, — հարցրեց լուսարարը վիրավորված ձայնով:

— Ի՞նչ հարկավոր է, որդի, ես արդեն գիտեմ պատճառը. դու գնա Մալուխյանի մոտ և հարկ եղածը նրան բացատրիր — Այս ասելով սրբազանը շտապով վեր կացավ տեղից և, կարծես, այցելուի ետևից փախչելով՝ ուղղվեցավ դեպի առանձնարանը, հրամայելով Հակոյին հետևել իրեն:

Երբ վերջինս մոտեցավ, նա շշնջալով ասաց.

— Այ տղա, դուրս տար դրան այստեղից շուտով:

— Ի՞նչ կա, սրբազան, ի՞նչ իմացար, — հետաքրքրվեց Հակոն:

— Դուրս տար, ասում եմ, ապուշ, ինչ մասլահաթի ժամանակ է, — բարկացավ սրբազանը և ներս մտնելով առանձնարանը՝ դուռը ետևից փակեց:

Հակոն վերադարձավ, վերցրեց սեղանի վրա դրված ծրարը, հանձնեց լուսարարին և դահլիճի դուռը բանալով՝ հրավիրեց վերջինիս ելնել ընդունարանից:

Լուսարարը շուռ եկավ մեքենայաբար և մտամոլոր դուրս գնաց առաջնորդարանից:

— Տո հիմար, ո՞ւր ես այն խելագարին ներս բերել այստեղ, — հարցրեց սրբազանը սենեկապանին, երբ վերջինս ներս եկավ սարկավագի գալստյան պատճառն իմանալու:

— Խելագարի՞ն. մի՞թե նա խելագար է, սրբազան:

— Իհարկե, ինչպե՞ս է որ չես իմացել:

— Ինչպե՞ս իմանայի, սրբազան:

— Ինչպե՞ս պիտի իմանայիր, ապուշ, չէիր տեսնում որ աչքերը խառնված, մազերը գզգզված, պինչերը լայնացած...

Այդպես բաներ ես չեմ նկատել:

— Իհարկե, չէիր նկատիլ, քանի որ դու եկողի դեմքին չես նայում, այլ գրպանին:

— Սրբազան…

— Դե, լավ, մի երկարացնիլ: Ասա տեսնեմ, դուրս անել տվիր գժին, թե՝ ոչ:

— Բոլորովին:

— Պատվիրիր որ բակի դուռը փակեն, նա կարող է վերադառնալ: Դռնապանին զգուշացրու, որ ներս չթողնե այդպիսիներին, — հրամայեց սրբազանը և Հակոն դուրս գնաց այդ պատվերը ևս կատարելու:

Լուսարարը, սակայն, իր քայլերն ուղղեց դեպի Մալուխյանի տունը, և, չնայելով, որ գուշակում էր թե սրբազանի նամակը յուր պատիվը շոշափող հաղորդագրություն է պարունակում, այնուամենայնիվ, նա հանգիստ սրտով քաշեց բժշկի տան հնչակը, երբ հասավ նրա մուտքին:

Դուռը բացող ծառան հայտնեց, որ բժիշկը տանն է, ուստի լուսարարը զոհությամբ բարձրանալով սանդուղքներից, մտավ ծառայի ցույց տված ընդունարանը և նստեց մետաքսապատ աթոռներից մինի վրա:

Տասը րոպեից ետ՝ ներս մտավ բժիշկը:

Լուսարարը տեղից բարձրանալով ողջունեց բժշկին խոնարհությամբ և ծոցից հանելով սրբազանի նամակը, տվավ նրան:

—Այս ումի՞ց է, հարցրեց բժիշկը:

— Առաջնորդից, — եղավ պատասխանը:

Բժիշկը բացավ ծրարը, կարդաց, ապա նամակը դնելով սեղանի վրա, մոտեցավ լուսարարին:

— Դուք հիվա՞նդ եք, — հարցրեց նա մի առանձին հոգածությամբ:

— Ոչ, — պատասխանեց լուսարարը:

— Բարի, բայց և այնպես, մի որևէ թուլություն չե՞ք զգում:

— Ոչ մի թուլություն:

— Եվ ոչ էլ ջղային անհանգստությո՞ւն ունիք:

— Ես բոլորովին առողջ եմ, պարոն բժիշկ:

— Հըմ... հասկանում եմ. իսկ գիշերները հանգի՞ստ եք քնում:

— Բոլորովին հանգիստ:

— Բարի, բարի... — Այս ասելով բժիշկը ավելի մոտեցավ լուսարարին և նրա երեսը դեպի լույսը դարձնելով սկսեց ուշադրությամբ աչքերը քննել, տեսնելու համար թե՝ խառնված չե՞ն նրանք, կամ բիբերից մինը մեծ և մյուսը փոքր չէ՞:

Սակայն լուսարարի աչքերը, ինչպես միշտ, պարզ էին ու փայլուն, իսկ բիբերի մեծությունը իրար հավասար:

— Հանեցեք ձեր լեզուն և ուղիղ կախեցեք դեպի վայր, — հրամայեց բժիշկը:

Լուսարարը, որ մինչև այդ խոնարհությամբ տեղի էր տալիս բժշկի քննության, այս անգամ արդեն կանգ առավ.

— Ի՞նչի համար է այդ քննությունը, պարոն բժիշկ, — հարցրեց նա:

— Իսկույն կասեմ, սիրելիս, իսկույն, հանեցեք ձեր լեզուն:

Լուսարարը հանեց լեզուն և ուղիղ ձևով կախեց դեպի վայր:

Բժիշկը տեսավ, որ հակառակ յուր սպասածին, լուսարարը չէ ծռում լեզուն ոչ աջ և ոչ ձախ կողմը, այլ պահում է ուղիղ դիրքում:

«Այստեղ մի թյուրիմացություն կա»... մտածեց ինքն իրեն բժիշկը և որոշեց մի ուրիշ փորձ անել, — Հապա, սիրելիս, փակեցեք ձեր աչքերը և սենյակի այս կողմից անցեք մյուսը ուղիղ գծով:

— Բայց պ. բժիշկ, բացատրեցեք խնդրում եմ, ինչի համար են այս բաները:

— Ասացի որ կբացատրեմ, դուք դեռ արեք ինչ որ ասում եմ:

Լուսարարը ժպտաց և առանց հասկանալու թե ինչի համար է ինքը այս տարօրինակ քննություններին ենթարկվում, փակեց աչքերը և ուղիղ ու հաստատ քայլերով գնաց ցույց տված տեղից մինչև մյուսը:

Բժիշկը տեսավ, որ նա չշեղեց ճանապարհը, կամ, ինչպես սպասում էր, չողղաց, և ոչ էլ ջղաձգական ոստյուն արավ:

«Չեմ հասկանում, այս մարդը առողջ է, ինչի համար են ինձ մոտ

ուղակել», հարցրեց բժիշկն ինքն իրան և որոշեց մի վերջին փորձ ևս անել. — Հապա, հանեցեք ձեր պարեգոտը, դարձավ նա լուսարարին:

Վերջինս այս անգամ չընդդիմացավ:

— Այս ներքնազգեստն ևս:

Լուսարարը այն էլ հանեց:

Ապա բժիշկը մոտենալով՝ սկսավ իր բութ մատով ակոսել հիվանդի ողնաշարը:

— Այստեղ ցավո՞ւմ է, — հարցրեց նա ցույց տալով ողնաշարի վերին մասը:

— Ոչ, — եղավ սարկավագի պատասխանը:

— Իսկ այստե՞ղ:

— Ոչ էլ այդտեղ:

— Հագնվեցեք, — ասաց բժիշկը և սկսավ անցուդարձ անել սենյակում:

Երբ սարկավագը հագնվեցավ, բժիշկը ետ եկավ և նստեց յուր բազկաթոռի վրա: Ապա հրավիրելով լուսարարին յուր մոտ, ասաց,

— Նստեցեք և պատմեցեք ինձ ձեր կյանքից մի բան:

— Ի՞մ կյանքից:

— Այո:

— Օրինակ, ի՞նչ:

— Օրինակ թե՝ որտեղ եք ծնվել, ինչ ծնողներ եք ունեցել, ինչպես եք ուսում առել...

— Բայց պ. բժիշկ, ասացեք վերջապես, ինչի՞ համար են այդ քննությունները: Չէ՞ որ ես գործով եմ եկել այստեղ և շուտ էլ պիտի վերադառնամ:

— Բարի, ես դրա դեմ ոչինչ չունեմ: Բայց դուք պատմեցեք մի փոքր:

— Ինչի՞ համար պատմեմ:

— Հենց այնպես:

— Տեր աստված, ոչինչ չեմ հասկանում:

— Վնաս չունի, պատմեցեք: Բժշկի խնդիրքը չեն մերժիլ:

— Շատ բարի, կպատմեմ, բայց մի պայմանով:

— Այսինքն:

— Առաջ կարդացեք ինձ սրբազանի նամակը. ես կամենում եմ իմանալ թե՝ ի՞նչ է գրել ձեզ:

— Սրբազանի նամակը... ձեր ինչին է պետք. մասնավոր գործի համար է:

— Ոչ, պ. բժիշկ, ես նրան այսօր մի առաջարկություն եմ արել, և նա կարծեց թե՝ խելագարվել եմ: Այդ պատճառով ինձ ղրկել է այստեղ, որ դուք քննեք ինձ, այնպես չէ՞:

Բժիշկը նայեց լուսարարի վրա և ակամա ժպտաց.

— Այդ ճշմարիտ է: Եվ եթե այդքանն արդեն դուք գուշակել եք:
— Կնշանակե խելագար չեմ, այնպես չէ՞:
— Ոչ, այդ չէի ուզում ասել... Բայց միևնույն է: Դուք ինձ այն ասացեք, ի՞նչ առաջարկություն եք արել սրբազանին:
— Ես նրան առաջարկեցի թույլ տալ ինձ վերցնել մեր եկեղեցու վերնատանը պահվող բոլոր պսակները և ջախջախել: Նա ինձ չմերժեց այդ, բայց ասաց թե՝ ձեզանից ևս պիտի իրավունք առնե: Եվ այժմ ես եկել եմ դրա համար, իսկ դուք ինձ քննում եք իբրև խելագարի:
— Բայց դուք ինչի՞ համար եք կամենում պսակները փշրել:
— Նրա համար, որ նրանք պղծում են եկեղեցին:
— Ինչպե՞ս թե պղծում են:
— Այնպես էլի, նրանք իրենք վկայում են, որ իրանց գոյությունը այդ եկեղեցում նախատինք է տաճարի սրբության համար:
— Այսինքն դուք ինքներդ եք ասում, թե՞ պսակները:
— Իհարկե, պսակները:
— Նրանք, ուրեմն, խոսո՞ւմ են:
— Փառավորապես:
— Եվ դուք լսո՞ւմ եք նրանց:
— Այնպես պարզ, ինչպես որ այժմ լսում եմ ձեզ:
— Ինչպե՞ս եք լսում, հապա պատմեցեք: — ասաց բժիշկը, ինքն իր մեջ ուրախանալով, որ ահա վերջապես հաջողվեց իրեն մի բան պատմել տալ հիվանդին, որը եթե պատմության թելը կորցնե, կամ դեպքերի հետևությունը կխառնե իրար, կնշանակե թե, ինքը հարկ եղած ուշադրությունը կդարձնե նրա հայտնած տարօրինակ նորության վրա:
— Եթե այդ հարցը սրբազանն արած լիներ, պ. բժիշկ, այն՝ ժամանակ, երևի, ստիպված էլ չէր լինի, ինձ, իբրև խելագարի, ուղարկել ձեզ մոտ: Բայց չարավ: Նրանց զբաղեցնում է միայն խնդրի արտաքինը և այդ պատճառով էլ իրանց որոշումները կապ չեն ունենում ներքինի հետ: Ինչ որ է, ես հոժարությամբ կպատմեմ ձեզ այս դեպքը, հուսալով որ դուք, իբրև բժիշկ և հոգեբան, ավելի լավ կըմբռնեք ինձ և կբացատրեք թե ինչ է նշանակում այս: Միայն թե նախ իրավունք տվեք ինձ ծանոթացնել ձեզ մի փոքր իմ անցյալի հետ:
— Խնդրեմ, խնդրեմ, ես սիրով կլսեմ ձեզ:
— Ես, պարոն բժիշկ, աղքատ ծնողների զավակ էի, ուստի հազիվ կարողացա թեմական դպրոցի ուսումն ավարտել:
Եվ որովհետև դիտավորություն ունեի քահանայանալ, այդ պատճառով պաշտոն ստանձնեցի եկեղեցում և սարկավագություն ստացա: Բայց քահանայանալս ուշացավ, որովհետև քահանայացնողն ինձ չի սիրում: Բացի այդ, սրբազանի առաջ հարգ վայելող պաշտպան էլ չունեմ, որ բարեխոսե իմ մասին: Այսուամենայնիվ, ես չեմ վհատում, հուսալով, թե մի օր՝ իմ արժանիքը, գուցե, միջնորդե իմ մասին....

Բայց այդ թողնենք: Այժմ այն ասեմ, պ. բժիշկ որ ես հաց աշխատելու համար չէ, որ քահանայանում եմ, այլ նրա համար, որ այդ պաշտոնը գրավում է ինձ և որ դրանով եկեղեցուն, հետևապես և ժողովրդին լավապես ծառայելու կոչումն եմ զգում իմ մեջ: Որ այդ իմ հոգվո բնական հակումն է, ապացույց՝ որ ես առաջին ու միակ մարդն եմ, որին գրավում ու զբաղեցնում է եկեղեցին այնպես, ինչպես ուրիշներին՝ աշխարհային զվարճությունները: Մինչդեռ իմ ընկերները հազիվ հասնում են ժամերգության և օրհնեալ եղերուքը չլսած՝ թողնում են եկեղեցին, ես, ընդհակառակը, դեռ ժամերգությունը չսկսած՝ ժամ առաջ արդեն այդտեղ եմ և զբաղված գործով, այսինքն նայում եմ տաճարի կարգավորության, մաքրել եմ տալիս փոշիները, ուղղում աշտանակներն ու պատկերները, կարգի բերում եկեղեցական սպասները, պատրաստում մոմերը, դպիրների շապիկները, քահանաների փիլոնները և այլն: Իսկ ժամասացությունից ետ դարձյալ մի ժամաչափ մնում եմ այնտեղ, նորից ամեն բան յուր տեղը դնում և ապա թե դուրս գալիս եկեղեցուց: Ինչ տոներին է վերաբերում, այն ժամանակ իո օրվա մեծ մասն անցնում եմ տաճարում, որովհետև, ավելի գործ եմ ունենում կատարելու: Իսկ լուր օրերը, հենց որ ազատ ժամանակ եմ գտնում, դարձյալ մտնում եմ եկեղեցի և նստելով այդտեղ, կարդում եմ հայսմավուրք կամ ավետարան: Միով բանիվ ինձ դրսում ոչինչ չէ գրվում, մինչդեռ եկեղեցում շատ բան եմ գտնում իմ մտքին ու հոգուն կերակուր տալու համար: Ուրիշ բան եմ զգում՝ օրինակ, երբ սուրբ գիրքը կարդում եմ տանը, և բոլորովին ուրիշ բան, երբ այն կարդում եմ եկեղեցում: Այն ժամանակ ես ինձ չեմ տեսնում երկրի վրա, այլ մի ինչ-որ բարձր ու վեհ աշխարհում, ուր մարդկայինն ու ապականելին անհետանում են իմ աչքերից: Այն ժամանակ զգում եմ, որ եկեղեցու օդն անգամ տոգորված է սրբությամբ, ես այն շնչում եմ ավելի լիքը կրծքով, մի ներքին, հոգեկան բերկրությամբ...

Ինչն է այս ամենի պատճառը, չգիտեմ: Մայրս պատմում էր, թե ինձնով հղի եղած ժամանակ, վեց ամիս շարունակ անց է կացրել մեր վանքերից մինում, ուր հայրս, իբրև որմնադիր, նորոգում է եղել եկեղեցու փլած տանիքը: Իսկ ինքը բոլոր այդ ժամանակ ծառայել է տաճարին: Գուցե այս, է պատճառը, որ ես այժմ սիրում եմ եկեղեցին...

— Անշուշտ, այդ մի ժառանգական բարեպաշտություն է, — հաստատեց բժիշկը:

— Եթե այդպես է, ուրեմն ավելի լավ. կնշանակե դեպի աստծո տունն ունեցած իմ սերը անցողական չէ: Եվ այդ հենց երևում է նրանից, որ ես սիրում եմ եկեղեցին թե այն ժամանակ, երբ նա հոծ ու լի է աղոթողների բազմությամբ, երբ դպիրները երգում, քահանաները կարդում կամ քարոզում են, երբ պատարագի ժամանակ քշոցները շաչում և բուրվառը խնկարկում է, երբ մարդկանց բազմությունը մի վայրկյան աշխարհը մոռանալով՝ հոգվով սլանում են դիպի վեր... և թե այն ժամանակ, երբ եկեղեցին դատարկվում է աղոթողներից և մնում ինքն յուր սրբության, յուր պատկերների և սպասների հետ:

Այսպիսի վերաբերումն ունենալով դեպի եկեղեցին, ես միշտ, պ. բժիշկ, հանգիստ սրտով եմ ներս ու դուրս արել այդտեղ: Երբեք մի երկյուղ, կամ թաքուն զգացմունք չէ խռովել հոգիս, ինչպես այդ պատահում է շատերի հետ: Իմ ընկերներից մինը, օրինակ, ասում էր թե՝ եկեղեցին ժողովրդից թափուր եղած ժամանակ, երկյուղ է ազդում իրան, իսկ մի ուրիշը կարծում էր, որ եթե գիշերը պատահմամբ մնա եկեղեցում, երկյուղից կարող է մեռնել: Այդպիսի բաներ ինձ հետ չեն պատահել: Ես հաճախ սուրբ գիրքը կարդալուց՝ հոգնել ու քնել եմ եկեղեցում, օրը անցել ու գիշերը վրա է հասել: Եվ երբ զարթնելով տեսել եմ ինձ տաճարում, դուրս եմ եկել այդտեղից հանգիստ սրտով, առանց որևէ երկյուղ զգալու:

Բայց ահա քանի օր է ինչ մի տարօրինակ դեպք անհանգստացնում է ինձ: Այդ առթիվ էր, որ ես սրբազանի մոտ գնացի, բայց նա չկամեցավ ինձ լսել և ուղարկեց ձեզ մոտ: Այժմ դուք լսեցեք և ասացեք ճի՞շտ է այն կարծիքը, որ ես կազմել եմ իմ մասին թե ոչ...

— Ի՞նչ կարծիք:

— Այն թե եկեղեցու սրբության ոգին կամենում է իմ միջոցով խոսել ժողովրդի հետ և հայտնել նրան ճշմարտություններ, որոնց անծանոթ է նա մինչև այսօր:

«Ահա, եղջյուրներն երևում են»... մտածեց ինքն իրան բժիշկը և ապա լուսարարին դառնալով ասաց. — Խոսեցեք, ես այդ կասեմ, երբ մինչև վերջը կլսեմ ձեզ:

— Բարի, — հարեց, սարկավագը և դիրքը աթոռի վրա ուղղելուց՝ ետ՝ շարունակեց. — Եթե ես սիրում եմ եկեղեցին, պ. բժիշկ, բնական է, որ սիրեմ, նաև, եկեղեցական փառավոր հանդեսները, շքեղ թափորները, փայլուն հուղարկավորությունները, այնպե՞ս է թե ոչ:

— Անշուշտ:

— Էհ, պիտի իմանաք, որ ես, իսկապես, ամենից ավելի սիրում եմ վերջինը, այն է՝ հուղարկավորությունը, որովհետև նրա շարժառիթը սովորական լինելով հանդերձ, միևնույն ժամանակ և շատ խորհրդավոր է: Հանկարծ մի մարդ, որ երեկ ապրում էր մեզ հետ, որ տեսնում էր աստծո լույսը և շնչում երկրի օդն այնպես, ինչպես մյուս բոլոր մարդիկ, որ ուներ զգացումներ՝ վշտի և ուրախության համար և տենչանքներ լավագույնին տիրելու, որ եռանդով մաքառում էր հակառակորդի դեմ, կամ աննահանջ կռվում մի ափ գետին ավելի ստանալու հույսով, այսօր անսպաս թողնում է անխոս ու անտրտունջ հեռանում է աշխարհից՝ նրա գոյությունը բացասելով, հեռանում է մեզանից՝ մեր ձգտումները ծաղրելով:

Այս կետը մտածել է տալիս մեզ, այնպես չէ՞, և այս առթիվ երկար կարելի էր խոսել, բայց ես չեմ կամենում մտադրյալ նյութից հեռանալ…

— Հըմ... Ուրեմն սխալվում ենք. — մտածեց դարձյալ բժիշկը և ուշադրությունը լարեց:

— Այո, չեմ կամենում հեռանալ, որովհետև խնդիրը կապ ունի միայն հուղարկավորության հետ, ուստի նրա վերաբերմամբ էլ պիտի խոսեմ:

Մեզ մոտ, հո գիտե՞ք, ինչպես փառավոր են թաղում: Այս բազմամարդ ու բազմացեղ քաղաքում միայն հայոց հուղարկավորություններն են, որոնք գրավում են առանձին ուշադրություն: Ես շատ օտարազգիներից եմ գովեստներ լսել դրանց արտաքին փայլի ու շուքի մասին: Զվարճախոսներից մինը, մինչև անգամ, ասում էր մի օր թե՝ «անկարելի է, որ հայոց մեռելների հարությունը հասարակ ձևով կատարվի, երևի երկնային ոգիները նույնպիսի հանդեսներով կհարուցանեն նրանց, որպիսի հանդեսներով որ թաղված են»: Սա, իհարկե, կատակ է: Բայց ես պիտի խոստովանեմ, որ չափազանց շատ եմ սիրում այդ հանդեսները: Եվ որքան այնոնք ավելի շքեղ ու փառավոր են լինում, այնքան ավելի ինձ հիացումն ու հափշտակություն են պատճառում: Հուղարկավորության հանդեսի մեջ ամենից ավելի ինձ գրավում է այն դիակառքը, որ ծածկված է լինում պսակներով: Օհ, այդ պսակները, հանգուցյալների այդ տխրաշուք արդուզարդերը միակ սիրածս շքեղություններն են աշխարհում... Այդ բազմերանգ ծաղկահյուսերը, իրենց մեծագին ժապավեններով, իրենց ոսկետառ և հաճախ սրտաշարժ մակագրություններով ոչ միայն գեղեցկին սիրահար աչքերս են պարարում, այլ սիրտս լցնում են մի թաքուն, միայն ինձ հասկանալի երկյուղածությամբ: Ինձ թվում է, թե դրանք պատկերացնում են ընդհատված կյանքի օղակները, որոնք իրարից տարաբաժան, անկարող են այլևս միանալ: Դրան միևնույն ժամանակ ամփոփում են իրանց մեջ՝ հանգուցյալի կորուստը ողբացող սիրելիների արտասուքը, փոխակերպելով այնոնց վարդի ու հասմիկի, հակինթի կամ շուշան ծաղկի: Եվ իրավ, եթե արտասուքները կերպարանափոխվին ինչ կարող են դառնալ, եթե ոչ ծաղիկներ, ակնապարար գույներով, անուշ բուրումներով...

Եվ ահա այս էր պատճառը, որ ես, առհասարակ, մեծ հաճությամբ էի ընդունում ու եկեղեցում պահում այն գեղարվեստական պսակները, որոնք հայտնի ննջեցյալների վրա դրած լինելու պատճառով՝ վերջինների տերերը բերում և հանձնում էին եկեղեցուն, խնդրելով՝ կախել այնոնք վերնատանը, իբրև հիշատակ թանկագին հանգուցյալի:

Եվ այդ պսակները եկեղեցում զետեղելով՝ ես հոգում էի նրանց մասին մի առանձին քնքշությամբ, աշխատելով, որ դրանք երբեք չփոշոտին, կամ կոպտությամբ շոշափվելով՝ ծաղիկներից չզրկվին:

Դուք գուցե հարցնեք, թե ինչու այդ աստիճան հոգածությամբ էի վերաբերվում նրանց. — պատճառն այն էր, որ ինձ թվում էր թե՝ այդ պսակները եթե շունչ չունին, գեթ, զգացմունք ունին և կարող են վշտանալ՝ եթե փոշու շերտերը նրանց փայլուն տեսքը ծածկեն կամ կոպիտ ձեռքեր իրանց գեղեցկությունն ավրեն: Այդ զգացմունքն, իհարկե ապրում էր ոչ թե նրանց՝ այլ իմ մեջ: Որովհետև ես ընդունում էի (և իրոք էլ այդպես է), թե այդ պսակների մեջ միաժամանակ մարմնանում ու միավորվում են երկու հարգելի և կարի թանկագին կատարելություններ — մինը՝ առաքինության կամ հանճարի արժանիքը, մյուսն՝ այդ արժանյաց կորստի համար զգացված վիշտը: Ամենքը գիտեն, որ քանի դեռ առաքինին կամ հանճարը շրջում են կենդանիների մեջ, նրանց արժանիքը, մեծ մասամբ, մնում է անհայտ, երբեմն իրանց համեստության, իսկ հաճախ՝ նախանձոտների չկամության պատճառով: Բայց նրանց մեռնելուց ետ, երբ կրքերը լռում են (որովհետև հանգչողի հետ բաժանելու այլևս ոչինչ չեն ունենում), այն ժամանակ, ահա, երևան են գալիս մեռնողի արժանիքը մեծագրող մարդիկ և արտահայտում են իրանց վիշտը հրապարակով:

Ահա այդ գնահատված արժանիքը և նրա կորստյան համար արտահայտվող վշտերն են, որոնք միանալով՝ կազմում են մի մարմին և դառնում պսակ: Ինչպես որ դուք չեք կարող առանց խղճահարության պատառել կամ ոտնահարել հանճարեղ նկարչի մի գեղեցիկ ստեղծագործությունը, որքան էլ նա անշունչ մի առարկա լինի, և եթե անեք՝ կզգաք, որ հանճարի արդյունքը բողոքում է ձեր բարբարոսության դեմ, այնպես էլ ես չէի կարող ակնածությամբ չվերաբերվել այն ծաղկահյուս պսակներին, որոնք, ինչպես ասացի, մարմնացնում էին իրանց մեջ մեռնողի արժանիքը և մնացողի վշտերը:

Հաճախ ես միայնակ այդ պսակների առաջ կանգնած խոսում էի նրանց հետ: Դուք, իհարկե, զարմանում եք, թե ինչ կարող էի խոսել անշունչ առարկաների հետ: Իրավունք ունիք: Բայց, ասացեք խնդրեմ, դուք չե՞ք գտնվել երբեք այնպիսի դրության մեջ, որ ցանկանալով ցանկանայիք հասու լինել ձեր հետաքրքրությունից խուսափող մի որևէ ճշմարտության: Եվ տեսնելով, որ այդ նպատակին չեք կարող հասնիլ եթե դիմեք մարդկանց օգնության (որոնք միայն ստել գիտեն և կեղծել), սրտանց փափագել եք, որ լեզու ստանային այն անշունչ առարկաները, որոնք ինչ-ինչ պատճառով առնչություն են ունեցել որոնածդ ճշմարտության հետ և այնոնք ցույց տային ձեզ, նրա թաքստյան տեղը:

Օ՛, ես շատ անգամ եմ այդպիսի դրությունների մեջ գտնվել… Չնայելով տարիքիս, որ մեծ չէ, այսուամենայնիվ ես աշխարհում ապրել եմ բավական երկար: Եվ մինչև անգամ վշտեր եմ կրել, որոնց պատմությունը, իհարկե, մեր զրույցին չի վերաբերում: Այսքանը միայն կասեմ, որ ինձ համար, առհասարակ, սովորական բան է եղել՝ դիմել անշունչ առարկաներին, երբ ցանկացածս ճշմարտությունը իզուր եմ որոնել մարդ արարածի մոտ:

Այսպես, ահա, երբ եկեղեցում մի բան կարգավորելու ժամանակ անցնում էի ես հիշյալ պսակների մոտով և տեսնում նրանց գեղապաճույճ տեսքն ու հարուստ ժապավենների ոսկեգիր մակագրությունները, գլխումս հանկարծ ծագում էին հարցեր, որոնց լուծումը կամենում էի ստանալ իսկույն: Ուստի և կանգ առնելով՝ խոսում էի պսակների հետ:

Բայց ի՞նչ էի խոսում. — ահա, մի սիրուն պսակ, որ շինված է մրտենու կանաչ ոստերից և զարդարված, հասմիկի ու նարնջածաղկի փնջերով: Նրա լայնադրոշ ժապավենի վրա գրված է այսպիսի մի մակագրություն՝ Անկեղծ ու ազնիվ բարեկամին՝ վշտահար Ա. Ե.-ից:

Ես կարդում եմ այդ մակագրությունը և ինքս ինձ մտածում այստեղ գրված են միայն չորս բառեր: Բայց որքան զգացմունքներ են պարունակում նրանք: Եթե մինը լիներ և մեզ այդ մտքերը բացատրեր, կամ այդ զգացմունքների պատմությունը աներ, դրանով նա որքան խրատական, կամ որպիսի գորովաշարժ պատկերներ կբանար մեր առաջ... Այսպես մտածելով՝ ես դառնում էի պսակին:

— Ասս, ով անշունչ իր, դու, որ առաջին անգամ գրկեցիր քո տիրոջ դիակն, արդյոք ճանաչեցի՞ր նրան, իմացա՞ր որ աշխարհում նա եղել է մարդկանց անկեղծ ու ազնիվ բարեկամը: Արդյոք ոգիները չպատմեցի՞ն քեզ նրա անցյալը, կամ շշնջացին ականջիդ թե՝ ինչ մեծ պատվի արժանացար, որովհետև քո ծաղիկները չէին, որոնք զարդարեցին հանգուցյալին, այլ նա ինքն էր, որ շոգ տվավ քո գոյությանը: Չի դու հյուսած ես այն նյութերից, որոնց բնությունն առատորեն սփռում է ամեն տեղ և զորս ամեն ձեռք կարող է ժողովել ու փնջել, մինչդեռ անկեղծ ու ազնիվ բարեկամներ որոնք աշխարհից հեռանալով՝ վշտահար թողնեին սրտերը, չկան, ամեն տեղ նրանք հազվագյուտ են խիստ: Եթե չես իմացել այդ բոլորը, գեթ այժմ գիտցիր այն, որ այդպիսի անձի դագաղը գրկելուդ համար է, որ արժանացել ես դու սրբարանում կախվելու:

Այս եղանակով էլ դառնում էի մի ուրիշին, որ հյուսած էր սպիտակ վարդերից և եզերված ձյունափայլ շուշաններով և որ յուր կերպասե ժապավենի վրա ուներ այսպիսի մակագրություն,

«Անկաշառ, հրապարակախոսին,
Ճշմարտության դրոշի տակ
Ազնվաբար մարտնչողին»:

Այսպիսի մակագրությունն ինձ արդեն հիացնում էր, ես կարդում էի այն մի քանի անգամ և ոգևորված բացականչում. — «Դեհ, խոսիր, ով պսակ, պատմիր կյանքն այն մեծ մարդու, որին չհրապուրեցին աշխարհի գանձերը, որ ճշմարտության դրոշակը ձեռքին կռվեց տկարի իրավունքի համար, զրկվածին պաշտպանեց...հալածվածին պատսպարեց... Ասս, ճանաչեցի՞ր դու նրան, հպարտացա՞ր արդյոք, երբ հանգչեցրին ճշմարտության զինվորի սուրբ նշխարների վրա. կամ ինչպես պատահեց որ լեզու չստացար և օրհներգ չերգեցիր նրա հանգստյան համար...»:

Այսպես, պարոն բժիշկ, ես խոսում էի մերթ այս և մերթ այն պսակի հետ, նայելով թե նրանցից որն էր ավելի շատ իմ ուշադրությունը գրավում յուր արտաքին տեսքով, կամ մակագրության խորհիմաստությամբ:

Բայց ահա թե այդ առթիվ ինչ պատահեց ինձ մի քանի օր առաջ: Հենց նոր առավոտյան ժամերգությունը ավարտել և քահանաները դուրս էին գնացել, որ ես մոտեցա իմ սիրելի պսակներին, որոնց մի շաբաթ էր ինչ չէի նայել և սկսա փուքսով նրանց փոշին մաքրել: Ապա ժապավենները մի-մի թափ տալով ու կարգավորելով՝ նորեն մի քանիսի մակագրությունները կարդացի, նորեն գլխումս մի քանի հարցեր ծագեցին, մի քանի նոր մտքեր պտտվեցին և ես նրանցից ամեն մինին մի որոշ լուծումն տալով՝ ընդնմին և պսակների հետ խոսակցելով՝ գործս ավարտեցի և եկեղեցու դասը վերադարձա:

Այստեղ նստելով ավագերեցի աթոռակի վրա, ցանկացա մի փոքր հանգստանալ: Շատ ժամանակ անցավ թե քիչ, չեմ հիշում, մեկ էլ հանկարծ լսեցի, որ մի քանի մարդիկ միաձայն ետևիցս բացականչեցին.

— Խեղճ մարդ, մի՞թե հավատում ես:

Վեր եմ թռչում իսկույն և ետ նայում իմանալու համար, թե ովքե՞ր են խոսողները: Տեսնում եմ ոչ ոք չկա, եկեղեցին դատարկ է այնպես, ինչպես որ առաջ: Այսուամենայնիվ, ես չեմ հավատում աչքերիս և սկսում եմ նայել սյուների ետևը, կարծելով թե այդտեղ մարդիկ են պահված: Ապա խոնարհելով նայում եմ առաջնորդական բազմոցի տակը:

— Ումն ես որոնում, մենք այստեղ ենք, — գոչում են նույն ձայները:

Ես նորից վեր եմ թռչում և եկեղեցու մեջ արձանացած նայում այս ու այն կողմը: Նայում եմ երկար, ոչ ոք չէ երևում: Այդ մարդիկը երևի խորանում են, մտածում եմ ինքս ինձ և երկյուղագին մտնում նախ՝ մեկ և ապա մյուս խորանը, և սակայն ոչ մեկի մեջ ոչ ոքի չեմ պատահում:

— Մենք այստեղ ենք, ո՛վ բարի մարդ. — նորեն հնչում են ձայները, բայց այս անգամ ավելի տխուր, մելամաղձոտ եղանակով:

— Բայց ո՞վքեր եք դուք վերջապես, — գոչում եմ ես բարձրաձայն և եկեղեցու կամարները արձագանք են տալիս իմ հարցին: Այդ արձագանքն արդեն սարսուռ է ազդում վրաս: Պատասխան չառնելով՝ ես պատրաստվում եմ փախչել: Բայց հանկարծ, ո՛վ հրաշք, տեսնում եմ առաջիս կանգնած է մի շարժուն ցանկապատ, որ ամբողջապես կազմված է այն բոլոր պսակներից, որոնք գտնվում էին եկեղեցվո վերնատանը և որոնց փոշիները սրբել էի ես մի ժամ առաջ:

— Այդ մենք ենք խոսում, բարի լուսարար, մի՞թե մեր ձայնը

անձանոթ է քեզ, — ասում են պսակները միաբերան և ժապավենները շարժելով՝ ծածանում օդի մեջ:

Ես երկյուղից բռնված՝ նորից ետ եմ փախչում և որոնում մի անկյուն՝ ուր կարողանայի պահվել:

— Պահվելու փոխարեն, բարեկամ, առաջ անցիր դու, բաց արա եկեղեցու դռները և մեզ բոլորիս դուրս շպրտիր այստեղից, զի արժանի չենք մենք այս սրբարանում կախվելու, — ասում են նրանք այնպիսի մի դառն ու վշտահար ձայնով, որ ես համարձակություն եմ առնում նրանց վրա նայելու:

Եվ ահա այդ ժամանակ, պսակներից մինը, որ աչքի էր ընկնում յուր փառահեղ մեծությամբ, ծաղիկների առատությամբ և հարուստ ժապավեններով, և որի վրա, առհասարակ, ես հիացմունքով էի նայել միշտ, զատվելով մյուսներից, մոտեցավ ինձ և ասաց.

— Իզուր ես դու այդքան հոգ տանում մեր մասին, բարեկամ, դրանով դու արդեն մեղսակից ես դառնում նրանց, որոնք մեզ դրին ի ցույց ժողովրդյան՝ կախելով դիակառքերից, կամ ավանդ տալով այս եկեղեցուն: Մենք ոչ այլ ինչ ենք, եթե ոչ կեղծիք և ստության, մեր գոյությունը՝ հերքամն է ճշմարտության: Մի՞թե այս անհայտ է քեզ:

Ես լուռ ու զարմանքից սառած՝ հառում եմ աչքերս խոսող պսակին:

— Նայիր դու, ահա, այս մրտենու ճյուղին, — շարունակում է նա նույն եղանակով, — ինչպես փայլուն, ինչպես դալար ու ճապուկ է երևում: Անշուշտ քեզ թվում է թե՝ նա կյանք ունի յուր մեջ, թե նրան ոռոգել են առվի ալիքները, թե նրան օրորել են գարնան հովերը: Բայց ոչ. նա շինված է ժանգոտ երկաթից, որից կռում են թե ստրուկի շղթան և թե դահիճի տապարը... Նայիր, հապա, այս վարդերին, այս շուշաններին, որքան են սիրուն, քնքուշ, կենսալիր... Թվում է թե հենց նոր փնջեց նրանց պարտիզում մանկամարդ մի կույս, թե հենց նոր ցողը վերացավ նրանցից, թե նրանք բուրում են անուշից բուրումն... Բայց մեկ մոտեցիր ձեռքով շոշափիր: Օ՛հ, ի՛նչ անարգանք... նրանք շինված են թիթեղի կտորներից, կավից, ճենապակուց, նույն այն նյութերից, որոնցից շինում են և լվացարաններ, և անմաքրության անոթներ... Այսպիսով, ուրեմն մենք ներկայացնում ենք՝ աստուծո ձեռքով բնության մեջ դրած ամենաքնքուշ ճշմարտության խարդախանքն ու կեղծիքը, վայ մեզ, վայ մեզ...

Այս բացականչության վրա բոլոր պսակները հառաչեցին, իսկ նրանցից մի քանիսը սկսան գոչել «հանիր մեզ այստեղից»:

Իմ զարմանքն ու ապշությունը հետզհետե աճում էին, բայց ես ինձ չէի կորցնում, և երկյուղն իմ մեջ սկսել էր արդեն տեղի տալ հետաքրքրության:

Եվ ահա խոսող պսակն սկսավ հուշիկ դեպի վեր բարձրանալ և շքեղ ժապավենը օդի մեջ ծածանելով շարունակեց.

— Մենք ոչ միայն կեղծիք ենք և ստություն, այլև պաշտոն ունինք մարդիկ մոլորեցնելու, մտքեր խարդախելու, զգացմունքներ գողանալու: Ապացույց, ահա, այս մակագրությունը, որ ոսկյա տառերով դրոշմված է իմ մետաքսյա ժապավենի ծայրին: Կարդա, եթե հաճելի է քեզ. «Յուր արժանավոր որդյուն մեծազրող ժողովուրդը»: Այսպես է գրված այստեղ: Եվ այս հինգ բառերի մեջ կա հինգ հազար սուտ: Հանգուցյալը, որին ժողովուրդը «յուր արժանավոր որդի» է անվանում, էր, իսկապես, նրա անարժան ծնունդը: Տղայության ժամանակ, իրավ է, նա ապրեց այս ժողովրդի մեջ, բայց չսիրեց նրան, չխոսեց նրա լեզուն, չհարգեց նրա կրոնը: Երբ ուսումն ավարտեց և աշխարհ մտավ, նա ամենից առաջ վազեց յուր շահի և փառքի ետևից: Եվ բախտը հաջողեց: Նա դարձավ անվանի, մեծ գործեր կատարեց, մեծ պատիվներ ստացավ, բայց այդ մեծ գործերը չէին վերաբերում հայրենի երկրի, ստացած պատիվներից մաս չուներ «յուր» ժողովուրդը: Նա ապրեց առանց հայրենիք ճանաչելու, առանց յուր ժողովրդի ցավերն իմանալու, առանց նրա վշտին գեթ հեռվից կարեկցելու, կամ մատի ծայրով նրա բեռը շարժելու: Բայց, ահա, երբ մեռավ, հուշարարներն հիշեցրին և ժողովուրդը գոչեց «Դա իմ որդին է, ես մեծազրում եմ դրա արժանիքը»:

Բայց նա սուտ էր ասում: Ժողովրդի մարդիկը գիտեին, որ հանգուցյալը յուր անունով, հռչակով ու փառքով իրանց չէր պատկանում, որովհետև նրա սիրտը երբեք չէ բաբախել իրանց համար: Սակայն սնոտի փառասիրությունը՝ հավաքական կեղծավորության հետ միանալով հանգուցյալին շինեց յուր արժանավոր որդի, շքեղ պսակներով նրա դագաղը զարդարեց, և կենդանության ժամանակ հոգվով ու սրտով օտարացածին՝ մեռնելուց հետո հռչակեց հարազատ, ամփոփեց նրան յուր եկեղեցվո բակում, և ինձ, նրա ստախոս պսակին, տեղ հատկացրեց այս սուրբ տաճարում… վայ ինձ, վայ ինձ…

Վերջին բացականչության՝ դարձյալ միացան բողոքող հառաչանքներ: Ապա խոսող պսակին հաջորդեց մի ուրիշը, որը նույն կերպով օդի մեջ կախվելով շարժեց մետաքսյա ժապավենը և ասաց.

— Իսկ այստեղ ինձ վրա տես թե ինչ են գրել: «Առաքինի բարերարին՝ երախտագետ հասարակությունը» — օհ, եթե իմանայիր, թե ո՞վ էր այն մարդը, որին տվել են ոչ միայն բարերար այլև առաքինի անուն: Սա մի թշվառ էակ էր. մարդկային հոգվո կատարելություններից զուրկ: Աշխարհային հաջողությունները բերել էին նրան մեծ հարստություն, իսկ դրա փոխարեն՝ զրկել նրան խղճից, ամոթից և կարեկցության զգացումից: Աղքատին տեսնելուց նա փակում էր աչքերը, ընկածին պատահելուց՝ կոխում էր ու անցնում: Արհամարհում էր եղբորը՝ եթե անկարող էր տեսնում նրան և ատում հարազատին, եթե սա իրանից օգնություն էր հայցում: Յուր կենդանության ժամանակ նա չբախտավորացրեց ոչ ոքին և ոչ էլ գործեց մի բարիք, որի արդյունքը տեսներ յուր աչքով: Դրա փոխարեն նա շատ մարդկանց զրկեց և շատերի աչքից արցունք հոսեցրեց: Այս ամենի հետ միասին նա անբարոյական մարդ էր, շնացող և ագահ՝: Եվ այդ ճանապարհի համար շրայլում էր առատորեն: Ժողովրդի անեծքը նա լսում էր անտարբերությամբ և նրա անզորությունը ծաղրում աներկյուղ: Բայց երբ մեռավ այս հրեշը, ժառանգները եկեղեցուն տվին մի թշվառ բաժին և դրանով գնեցին ահա այս բառերը, որոնք դրոշմված են իմ ժապավենի վրա: Այս բավական չէր, նրան թաղել տվին տաճարի բակում, որպեսզի եկող սերունդը խաբեն և նրա բերանով, գոնե, օրհնել տան անցյալ սերունդից անիծված մարդուն: Օ՛, ամոթ և նախատինք...

— Ամոթ և նախատինք... — կրկնեցին միաբերան մյուս պսակները և ճանապարհի տվին իրենցից մինին, որ շարժուն ցանկապատից ելնելով բարձրանում էր դեպի շատ վեր:

Բայց, աստված իմ, սա այն պսակն էր, որը ես այնքան սիրում էի, և որ պատկանում էր ամենից նշանավոր մարդուն, մի՞թե սա էլ պիտի չարախոսե յուր տիրոջ մասին, մտածեցի ես: Բայց ահա թե նա ինչ ասաց.

— Դու բերան գիտես իմ մակագրությունը, ով բարեկամ, և նրա վերաբերմամբ տվել ես ինձ հարցեր, որոնց ես սակայն դեռ չեմ պատասխանել: Այժմ լսիր ինձ: Հանգուցյալը, որի դագաղն ինձմով զարդարեցին, անուն ստացավ աշխարհում բախտի, անարդար բերմունքով: Նրան անվանեցին «Անկաշառ հրապարակախոս, ճշմարտության դրոշակիր, ազատամիտ մարտնչող և այլն և այլն», և այդպիսի խոսքեր էլ դրոշմեցին, ահա, իմ ժապավենի վրա, որպեսզի ընթերցողներն հավատան թե իրանց մեջ, արդարև, ապրել է այսպիսի մարդ... բայց ավաղ բարեկամների հյուսած այդ ներբողականը ոչ այլ ինչ էր եթե ոչ խաբկանք ու ստություն: Այդ մարդն, իրավ, հրապարակախոս էր, բայց կաշառակեր, ձեռքին ուներ մի դրոշ, որ ճշմարտության չէր պատկանում, մարտնչում էր, այո, բայց ոչ ազնվաբար: Դու երևի զարմանում ես թե ով կարող է հրապարակախոսին կաշառել: Բայց խելամտիր թե՝ ի՞նչ բան է կաշառքը: Դա մի անարգ վարձատրություն է, զոր մարդիկ ստանալով ծածկում են ճշմարտությունը և խղճի ձայնը լռեցնում: Դրա հետևանքը լինում է այն, որ արդարը խաչվում է, իսկ հանցավորն ազատվում. առաքինին անարգվում է, իսկ մոլին փառաբանվում: Արդ նման վարձատրությունը կարող է լինել և բարոյական: Հրապարակախոսն, իհարկե, կառաշվում էր բարոյապես: Ամեն բանից ավելի յուր եսը սիրելով (ինչպես բոլոր այն մարդիկ, որոնց բնությունը ստեղծել է փքացող և անհանճար), նա, բնականաբար էր և փառամոլ: Հետևապես, ով որ շոյում էր նրա եսը, ով որ ասում էր թե՝ «Դու ես Մեսիան, թե քո քարոզն է ճշմարիտ, քո ուղղությունն է փրկարար, քո խելքն է կատարյալ»... լիներ այդ ասողը մի սինլքոր շողոքորթ թե մի խորամանկ սրիկա այդ միևնույն է, հրապարակախոսը նրան հռչակում էր ազնիվ մարդ, ճշմարտության զինվոր, ուղղամիտ դատավոր և այլն և այլն: Դրա հակառակ. եթե մինը համարձակվեր նրա եսը շոշափել՝ հայտնելով մի հասարակ ճշմարտություն, ասեր, օրինակ թե՝ «Դու մեծ մարդ չես, այլ միայն փքացող, որ մեծի կապիկն է, թե քո արժանիքը ոչ թե էական, այլ երևութական է. ասեր թե դու ազատամիտ չես, որովհետև բռնանում ես քո հակառակորդի խղճի և կամքի վրա և քեզ հետևողների ուղեղը պատրաստ մտքերով նախապաշարելով արգելում ես նրանց ազատորեն մտածել. ասեր թե՝ դու արժանի չես ուրիշներին առաջնորդելու, որովհետև խոսքով սրբություն ես քարոզում, իսկ գործով պղծությունը քաջալերում, այն ժամանակ, օ՛, ականջներդ պիտի խցեիր որպեսզի հրապարակախոսի հայհոյանքը ուղեղդ չթմրեցներ: Այս պատճառով էլ, ահա, ժողովրդի մեջ ապրող բոլոր խեղկատակները, շողոքորթները, զրպարտիչները հռչակվում էին իբրև կատարելություններ, մինչդեռ արժանավոր ու առաքինի մարդիկ մատնվում անարգանքի, իսկ հանճարները՝ մնում անհայտության մեջ... Այս առթիվ եղած տրտունջն ու բողոքը չէր լսվում դրսում, որովհետև հրապարակախոսը հրատարակում էր միայն բարեկամների գրվածքները, որոնք, մեծ մասամբ, փառաբանում էին իրան: Այսպիսով էլ, ահա, նրա արժանիքը գնահատվեց մեծազնի, իսկ ճշմարտությունը, որ կարող էր մարդկանց մտքերը լուսավորել, մնաց կալանավոր... Դու ամեն օր լսում էիր թե ինչպես այդ հրապարակախոսը բողոքում ու լուտանք էր թափում այն մարդկանց հասցեին, որոնք նյութական շահու համար հարստահարում էին իրենց տկար ընկերներին, որոնք պարտք խնդրող աղքատից, հարյուրին քսան տոկոս էին առնում: «Հարստահարիչներ, կեղեքիչներ, ավազակներ»... գոռում էր նա զայրագին և արարած աշխարհին հայտնում, թե մեծ ոճիր է կատարվել, որ Մաթուս աղայի օրերից սկսած մինչև այսօր պարտքով ապրող Հաբեթոսը 100 արծաթին 20 տոկոս է վճարել: Ի՛նչ հարված, ի՛նչ թշվառություն: Ինչո՛ւ բանաստեղծները ողբերգություն չեն գրում Հաբեթոսի համար, իսկ երկրի վարիչները ինչո՞ւ չեն կախում 20 տոկոս ստացող Մաղքոս աղային... Այս աղմկարար բացականչությունները, ո՞վ լուսարար, դու լսում էիր ամեն օր, բայց չէիր լսում թե՝ ի՞նչ էր մրմնջում կալանավոր ճշմարտությունը. «Կեղծավորներ, փարիսեցիներ, — ասում էր նա. — դուք որ այդպես լավ ճանաչում եք հանցավորներին, ինչո՞ւ ապա մինչև այսօր հրապարակ չեք հանում միտք հարստահարողներին, խիղճ կեղեքողներին, սիրտ ու հոգի առևանգողներին: Ինչո՞ւ չեք հայտնում աշխարհին թե՝ այդ մարդիկը հենց դուք, աղմկարարներդ եք, որ հանդուգն և համարձակ ճեմում եք հրապարակում, խոսում բարձրագոչ, շաղակրատում անընդհատ, որ ներկայացնում եք ձեզ՝ իբր բարոյականության վարդապետներ, լուսավորության շահեր, պրոմեթեան կրակի մատակարարներ... Եվ Ժողովուրդը լսում է ձեզ և հասարակությունը հրճվում որ յուր միտքը, կարծիքը և ցանկությունները կառավարում են ձեզ նման անշահասեր և հավետ անձնվեր առաքյալներ... ինչո՞ւ չեք հայտնում, թե դուք խաբում եք նրան, թե այն ամենը, ինչ որ գրում ու խոսում եք, ստություն է և կեղծիք, թե բարվո ու առաքինության մասին ձեր հերյուրած ճառերը լոկ ուռկաններ են, արվեստակյալ այնպես նուրբ, ինչպես սարդի ոստայնը, որի մեջ խճճվում են գաղափարի սիրահար ճանճերը… ինչո՞ւ չեք ասում թե՝ այն դրոշակը, որի վրա փայլուն տառերով գրված են ազնվություն, անկեղծություն, գերագույն գաղափարներ և այլն, հաստատված է, ոչ թե ձեր սրտի ու հոգվո, այլ ստամոքսի վրա և որ դուք հրապարակով «քամում եք մժղուկները» միայն նրա համար, որպեսզի գաղտուկ «ուղտերը կլանեք» և ազատ մնաք հասարակաց դատաստանից... Եվ սակայն, ավաղ, ճշմարտության այս ձայնը միայն ես եմ լսում, որովհետև նա կապված է խավարի ու անհայտության մեջ: Ես տեսնում եմ նրան ամեն օր և սրտագին վշտանում: Իսկ երբ դու, ով լուսարար, գալիս ու սրբում էիր մեր ծաղիկների փոշին, կամ իմ ժապավենի մակագրությունը կարդալով հիանում, ես ամոթից կարմրում էի և աստծուն աղաչում, որ լեզու տա ինձ քեզ հետ խոսելու և ճշմարտության խելամուտ անելու... Օ՛, եթե գիտենայիր թե ինչպես ծանր է տեսնել անմեղ մարդկանց խաբվելը... Այժմ, ահա, լսեցիր ինձ, նաև, իմ ընկերներին, և, ուրեմն հանիր մեզ այս տաճարից և գրվիր փողոցում, թող մարդիկ մեզ կոխոտեն, թող եկեղեցին, որ վեհավայր է սրբության և ճշմարտության, չպղծվի մեղմով, որ մարմնացումն ենք ստության...:

Այս ամենը, պարոն բժիշկ, ես լսում էի և տեսնում: Ես հավաստում էի, որ սա մի երևույթ, մի գերբնական տեսիլ էր և թեպետ սկզբում հետաքրքրվում էի դրանով, բայց հետո իմ հետաքրքրությունը փոխվեցավ երկյուղի: Ես զգում էի, որ կուրծքս հետզհետե ճնշվում, շունչս սպառվում է, որ մարմինս արդեն պատել է սառը քրտինք... Ես փորձ փորձեցի ճեղքել պսակների ցանկապատը և փախչել եկեղեցուց: Այդ հաջողեց ինձ մասամբ, ես մոտեցա դռանը: Բայց հենց այդտեղ ցանկապատը նորեն ստվարացավ և պսակներից մինը տխուր ձայնով բողոքեց.

— Ինչո՞ւ, ով լուսարար, չես լսում, նաև ինձ: Չէ որ դու էիր, որ հարցնում էիր թե՝ գիտե՞մ արդյոք ինչ կնշանակե լինել «ազնիվ ու անկեղծ բարեկամ», որ աշխարհից հեռանանալով՝ «վշտահար» է թողնում սրտերը: Այդ խոսքերը դու կարդացիր իմ ժապավենի վրա. այժմ թող որ հայտնեմ թե ով էր այդ ազնիվ ու անկեղծ հանգուցյալը: — Դա մի զարգացած և հարուստ մարդ էր, որին սիրում էին շատերը, որովհետև նա գիտեր հաճելի լինելու արհեստը: Բայց այդ շատերից մինը, Ա. Ե. նրան ոչ թե սիրում, այլ պաշտում էր, որովհետև հանգուցյալը, առանց որևէ ակնկալության՝ օգնության հասավ իրան վտանգի ժամանակ: Ա. Ե.

զգացվեց խորապես, որովհետև հավատաց թե հանգուցյալն այդ արավ բարձր մարդասիրության զգացմունքից դրդված, ուստի և դեպի նրան սկսավ տածել անսահման սեր: Սակայն ճշմարտությունն այս էր: Ա. Ե. ուներ մի կին, որ գեղեցիկ էր և առաքինի: Հանգուցյալը վաղուց գրավված էր նրանով, բայց մոտենալ չէր համարձակվում: Երբ Ա. Ե. ընկավ վտանգի մեջ, հանգուցյալն ուրախացավ և շտապեց օգնել նրան, որպեսզի դրանով Ա. Ե.-ի տանը մոտենա: Թակարդը հաջողեց: Հանգուցյալը մտերմացավ Ա. Ե.-ի ընտանյաց հետ: Եվ որովհետև աշխարհում առաքինի են մնում միայն այն կանայք, որոնց չէ պատահում գայթակղեցնողը, ուստի գեղեցկուհին հեշտությամբ հրապուրվեց... Ա. Ե.-ն այդ չիմացավ: Եվ երբ բարերարը մեռավ, նա գնեց ինձ թանկ գնով և «վշտահար» սրտով դրավ նրա դագաղի վրա, յուր կնոջ սիրահարին անվանելով «ազնիվ և անկեղծ բարեկամ»:

Արդեն ձեռքս դրել էի դռան վրա և կամենում էի բանալ, երբ մի շքեղ պսակ կախվելով փեղկերից, բացականչեց.

— Իսկ ինձ, բարեկամ, մի՞թե չես լսում, չէ որ բոլոր պսակներից քնքուշն եմ ու գեղանին, չէ որ իմ ծաղիկները շինված են բյուրեղից և ժապավենս՝ սպիտակ թավշից: Դու զգվել ես ինձ ամենից ավելի և երանել ես նորան, ով արժանացել է ինձ յուր վրա տեսնելու: Դեհ այժմ լսիր թե ինչ պիտի ասեմ:

Ես կանգ առի:

— Ինձ վրա դրոշմված է գողտրիկ մակագիր, — շարունակեց պսակը. — Անզուգական ամուսնուն՝ անմխիթար կողակցից, այս է բոլորը, չորս սիրուն բառեր, որոնք վարագուրում են չորս տասնյակ կեղծիք: Հանգուցյալն, արդարև, բարի ամուսին էր, իսկ և իսկ անզուգական, սիրում էր կնոջը քնքշությամբ և յուր երջանկությունը գտնում միայն նրա մեջ: Կինը նույնպես կաթոգին էր դեպի նա: Բայց հետո փոխվեցավ: Մի երիտասարդ գրավեց նրան ավելի... Ամուսինն այդ իմացավ, տխրեց, հիվանդացավ և մեռավ: Ցավեցին մարդիկ, ցավեց և կինը: Նա ամուսնու սիրույն նվերներ բաժանեց — և իմ թանկագին ժապավենի բերանով հռչակվեց «Անմխիթար»: Թաղումը վերջացավ: Բայց հենց այն վայրկյանին, որ կախում էին ինձ այս եկեղեցու վերնատանը, այրին յուր առանձնարանում գրկած էր սիրահարին և «մխիթարվում էր» նրա համբույրներով...:

Ես ոչինչ այլևս չկարողացա լսել, բացի շտապով եկեղեցու դուռը և դուրս փախա այդտեղից:

Լուսարարը լռեց և աչքերը բժշկին հառած սպասում էր թե ինչ պիտի ասե նա:

Բայց վերջինս, որ շատ էր հետաքրքրվել այս տարօրինակ պատմությամբ, դեռ սպասում էր շարունակության, ուստի հարցրեց.

— Հետո ի՞նչ պատահեց:

— Հետո ես լսեցի թե ինչպես պսակները ողբում էին ու բողոքում, որ պիտի մնան եկեղեցում:

— Վե՞րջը:

— Վերջը այս եղավ, որ ես շտապեցի տուն: Տեսիլը, իրավ է, չքացել էր աչքիցս, բայց ես ամբողջ օր նրա վրա մտածեցի, թեպետ ոչ ոքի ոչինչ չհայտնեցի: Հետևյալ առավոտ, երբ ներս մտա եկեղեցի, պսակները չերևացին: Բայց հենց որ մոտեցա լույս առնելու կանթեղից՝ որպեսզի մոմերը վառեմ, դարձյալ լսեցի բողոքող ձայներ, որոնք հարցնում էին.

— Ծառա աստուծո, ինչո՞ւ չես հանում մեզ այստեղից և փողոցում ջախջախում, ինչու ես թողնում, որ աստուծո տունը պղծվի...:

Ես, իհարկե, գործս թողեցի կիսատ և դուրս փախա: Իմ պաշտոնը կատարեց ժամահարը:

Իսկ այսօր առավոտ, երբ նույն ձայները կրկնվեցան, ես փակեցի եկեղեցին և գնացի ուղղակի առաջնորդի մոտ: Այնուհետև պատմությունը արդեն հայտնի է ձեզ:

Բժիշկը մի փոքր մտածելուց ետ հայտնեց՝ որ լուսարարը երկար ժամանակ այդ մտքերով ապրելով, կամ նրանցով հափշտակվելով՝ ենթարկվել է վերջապես զգայարանաց պատրանքի, այն է հալյուսինասիոնի, ուստի և խորհուրդ տվավ նրան՝ փոխել կյանքի եղանակը և զբաղվել մի փոքր աշխարհային զվարճությամբ:

Գալով առաջնորդի նամակին՝ նա պատասխանեց նրան հետևյալը.

«Սրբազան հայր.

Ձեր լուսարարը խելագար չէ: Նրա հետ խոսել են այն ոգիները, որոնք խոսում էին մի օր Սոկրատի, Մահմեդի, Լոյոլայի, Լութերի, Գյութեի և այլոց հետ: Զանազանությունն այն է, որ հիշյալները հռչակավոր մարդիկ դարձան, իսկ սա, ամենաշատը, պիտի դառնա հայ քահանա: Այսուամենայնիվ, վատ չի լինի, եթե լսեք նրան և մեռյալների պսակները հանել տաք եկեղեցուց: Իրավ որ հաճելի չէ տեսնել եկեղեցում ստություն և կեղծիք վարագուրող իրեր»:

Սրբազանը կարդաց այս նամակը և սարսափեց:

— Հակո, — կանչեց նա:

— Հրամմե, սրբազան, — բուսավ իսկույն սենեկապանը:

— Այ տղա, լուսարարի գժությունը վարակիչ է եղել:

— Ո՞նց թե վարակիչ, սրբազան:

— Այ, բժիշկն էլ է գժվել:

— Եռ:

— Հապա՞: Գրում է, թե ձեր լուսարարը Սոկրատի, Մահմեդի, Լութերի ու Գյոթեի նման խելոք մարդ է:

— Տեր աստված:

— Բաս. առաջին անգամն է, որ այսպիսի բան եմ իմանում: Դեհ,

շուտ վազիր երեցփոխի մոտ և ասա իմ կողմից, որ լուսարարին ներս չթողնե եկեղեցի, քահանաները կարող են գժվել, գուցե, ժողովուրդն էլ վարակվի: Հետո իմացրու բժշկին՝ որ չմտնե առաջնորդարան, ես վախենում եմ նրանից:

Սրբազանի իմաստուն կարգադրության շնորհիվ լուսարարը արտաքսվեց պաշտոնից, իսկ բժիշկ Մալուխյանը այլևս չկոխեց առաջնորդարանի դուռը:

40

ԹԵ ԻՆՉՈ՞Ի ԻՄ ՍՏՈՐԱԳՐՈՒԹՅՈՒՆԸ ՉԸՆԴՈՒՆԵՑԻՆ

Ա

Առավոտ էր, նոր էի լվացվել ու հագնվել, երբ ժամկոչ Պետրոսը սեղանատան դուռը կամացուկ բանալով, գլուխը ներս խոթեց և հանգիստ ձայնով ասաց.

— Ողորմի աստված:

— Հա՛, ի՞նչ ունիս, բարի լինի գալդ, — հարցրի ես ժպտալով:

— Բարի չելած ի՞նչ պտի լինի, աստված չարը քո թշնամուն տա, — պատասխանեց Պետրոսը ծանրությամբ, ապա մեծկակ քոշերը մի քանի անգամ դրսի հատակին զարկելով, ազատեց նրանցից ահագին ոտքերը և մորթե գդակը կռան տակն առնելով, ներս մտավ սենյակ:

— Ախպեր, էս անտեր ցեխն ու ձյունը չեն թողնում, որ աչք բանանք. քոշերս հլե նոր եմ առել, երեկ չէ, մեկել օրը, սկի երկու ամիս չկա. ամա էլի ծակվել ա, գուլպաներս դիփ թաց են ըլել... — այս խոսքերով առաջ անցավ ժամկոչը՝ հառելով աչքերը մորս կողմի վրա, որ սեղանի առաջ նստած թեյ էր լցնում բաժակները:

— Ա՛յ չմեռնես դու, հիմի պոլերը կեղտոտել ես, ոտներդ, որ թաց են, ընչի՞ չես սրբում հետո մտնում, — նկատեց մայրս ժամկոչին:

— Չէ՛, Շուղի-հաքիր, մեղք մ'անիլ, պոլը չեմ կոխել. չտեսա՞ր ոնց ոտիս մեկը շեմքումը դրի՝ մեկելը փահլվանի նման աղըմ արի, խալիչի վրա դրի՞:

— Ա՛ մեռած, խալիչան չի՞ կեղտոտվիլ:

— Խալիչի բանն ուրիշ ա, կեղտը վրան չի երևում, — առարկեց Պետրոսը:

— Լավ, կարճ կապիր, ինչի՞ համար ես եկել, — հարցրի ես:

— Հեր օրհնած, թող մի նափաս (շունչ) քաշեմ է՛, ախր էս նմութին եկա... յա չէ մի ստաքան էս տաք ջրիցը խմեմ, որ խոսամ, — նկատեց ժամկոչը, կարծես վիրավորված:

— Դրուստ ա ասում, թող չայ խմի, հետո կխոսա, — ձայնակցեց մայրս և պատրաստ բաժակը դրավ ժամկոչի առաջ:

— Աստված օրհնի էս չայ շինողին. ասըմ էն ռուսն ա շինել, գիտում չեմ դո՞րթ ա թե սուտ, ամա, հախ աստծու, լավ բան ա, մարդ որ խմում ա, օսկոռները կակղում են, — այս հառաջաբանով մոտեցավ ժամկոչը բաժակին:

— Ուղիղն ասա, Պետրոս, չա՞յն է լավ թե՞ արաղը, — հարցրի ես կատակով:

Պետրոսի աչքերը փայլեցին և նա ժպտալով պատասխանեց.

— Ընդենց բանն ընչի՞ ես ասում... դու որ պսակվել ուզենաս ու ես գամ հարցնեմ թե՝ Սիմո՛ն-աղա, ջեհե՞լ աղջիկ կուզես, թե՞ պառավ, դու ի՞նչ ջուղաբ կտաս:

— Իհարկե, կասեմ՝ ջեհել:

— Բա էլ ընչի՞ ես հարցնում թե՝ չայն ա լավ թե արա՞ղը. խի՞ դու գիտում չե՞ս, որ չայը պառավ աղջիկն ա, արաղը ջեհե՞լ... մատաղ ըլեմ արաղ ստեղծողի հոգուն. մի ռումկա, որ մարդ կուլ ա տալի, ասես անմահական ա դառնում: Ըդենց չի՞, Շողի-հաքիր, — դարձավ ժամկոչը մորս:

— Ես ի՞նչ գիտեմ, արաղ հո չե՞մ խմել, — պատասխանեց վերջինս:

— Բաս է՛ն ա, ասա, անմահական ջրի զորությունը փորձել չես է՞լի... Աստված հաջողի՝ քիչ էլ պառավես, համին կընկնես, էն չախը, որ ռումկան դնես բերանիդ, կասես՝ «հոգիդ լուս դառնա, ժամհար Պետրոս, էս ինչ դիհամաթ (երնելի) զադ ա ըլել»:

— Աստված ոչ անի. ես մինչի մահս արաղ չեմ դնիլ բերանիս, — նկատեց մայրս:

— Չէ, չէ, Շուղի-հաքիր, էդ ասիլ մի՛, արաղը, որ կա, ծերոց գավազանն ա. թե որ մին-մին կուլ չտաս, գիտա, որ հարսդ գլուխդ ծեծելու ա:

— Ընչի՞, ա՛ մեռած:

— Ընդուր, որ օյաղ վախտդ (ժամանակդ) սկսելու ես ամեն բանի խառնվիլ, ամեն բանի հմար խոսալ. հարսդ էլ էս բանը վեր չ՛ուննենալու, էնդուց դենը տուրուդմբոցն սկսելու ա: Ամա դե որ մին ռումկա ռավոտանց կուլ տաս, մինն էլ կեսօրին, մինն էլ րիգունը. մինմին էլ թե կարաս, դրանց մեջտեղումը, էն ա քեֆդ չաղանալու ա, էլ սաղ օրը ո՛չ խերին ես խառնվելու, ո՛չ շառին: Հարսդ էդ բանը տեսնելով՝ փարվան (պտույտ) ա տալու, ջան եք ասելու, ջան լսելու:

— Ա՛ մեռած, բա ես կա՞րամ ըդենց բան անիլ, — հարցրեց մայրս ծիծաղելով:

— Դե որ չանես, տունդ սաղ օրը ղալմաղալում կըլի՛... ա՛յ էդ բանը լավ ա հասկացել մեր երեցփոխը: Հենց էն ա տեսնում ա, որ սկսում եմ մրթմրթալ, առանց դրան էլ հո չէ ըլիլ, մարդ ենք, մի օր էս պակասությունն ենք տեսնում, մեկել օրէն պակասությունը, կարում չենք, որ համբերենք, չխոսանք — էն ա էդենց վախտը (ժամանակ) սիպտակ աբասին դնում ա ձեռքումս հու ասում. — «Ա Պետրոս, տեսնում եմ, որ ծարավել ես, գնա մի դոյինջան (կուշտ) կուլ տուր»: Ես էլ, ի՞նչ մեղքս ծածկեմ, գլուխս քաշ եմ գցում ու թուշ (ուղիղ) Կարունի դուքանը գնում: Նրա արաղը, դորթ ա, խաղողի չի, թութի ա, ամա դե որ տրիցատկան (չափ) քամում եմ, վրան էլ մի կտոր հաց, յա աղի խիյար ծամում, էլ աէմեն ինչ մոռանում եմ, ո՛չ ժամ ա միտս գալի, ո՛չ պատարագ. հենց իմանում եմ աշխարհին իմն ա, միջի մարդիկն էլ՝ մարդիկ չեն, հրեշտակներ են:

— Ուրեմն երեցփոխից է՞լ կաշառք ես առնում, — հարցրի ես ծիծաղելով:

— Կաշառք խի՞ եմ առնում. ես հո նրա դատավորը չեմ. ամա դե մարդ ա, ղալմաղալ չի սիրում, ուզում ա խաթրս առնի, որ դեսուդեն չման գամ ու իրա վրան չխոսամ:

— Ինչո՞ւ, դու ի՞նչ կարող ես խոսել նրա վրա, — հարցրի ես միամտորեն:

— Բա՛, ինչ կարող եմ խոսել է՛... բաներ շա՛տ...

— Օրինա՞կ:

— Այ, հենց մեկել օրը նալբանդ Ուհանի կնիկը ջուր էր քաշում ժամի հորիցը: Ժամավորն էլ դուրս եկած՝ հայաթումը ման էր գալի: Երեցփոխը եկավ բղավեց խեղճ կնկա վրա թե «ինչի՞ էդ շառինջը (դույլ) հորի պատերին ես խփում, հողը ներս թափում. հո մեկել օրն եմ քյանքյանչուն չորս մանեթ տվել հորը մաքրել տվել. ուզում եք, որ ամեն շաբաթ ժամը ձեր ջրի համար չորս մանեթ կորցնի՞»... Խեղճ կնիկը ամոթից քիչ մնաց տափն էր մտնում: Էս բանը քեփումս չեկավ: Եփ որ ժողովուրդը հեռացավ, մոտացի երեցփոխին հու ասացի. — աղա՛, ախր քյանքյանչի Մուստաֆին ես եմ բերել, հորը թամզացնելի փողն էլ — վեց շահի — իմ ձեռքովն ես տվել, բա խի՞ խալխի միջումն ասում ես «չորս մանեթ եմ տվել»:

— Հե՞տո, ինչ պատասխանեց:

— Ասում ա, «հարամզադա՛, գիտում չե՞ս, որ վեց շահին չորս մանեթ պիտի ասեմ, որ էս անզգամ կնանիքը վախեն, հորի ջուրը իթիաթով (խնամքով) բանեցնե՞ն»: Ամա, ի՞նչ մեղքս ծածկեմ. ես ընենց եմ իմանում թե նա, որ էլլիկի (ժողովրդի) առաջին ընենց բարձր ձենով չորս մանեթ ասեց, հենց ընենց էլ գրելու ա իրա հաշվումը:

— Եվ դրանից հետո, ուրեմն, սպիտակ աբասին ստացա՞ր:

— Չէ, աբասին երեկ տվավ:

— Ի՞նչ պատճառով:

— Ա՛յ թե ի՛նչ: Էս քանի օրը, հո տեսաք, մի գլուխ ձյուն էր գալի: Ժամի հայաթումն էնքան էր կիտվել, որ չորս մարդ չէին կարալ թամզացնիլ: Բայց ես ու Մուխսի Գալուստը մի օրում հավաքեցինք, դուրս տարանք քուչեն: Երեկ բռավոտ, ժամից եղը, ես խորանումը շապիկները ծալում եմ, տեսնեմ Լալյունց Մեսրոբը՝ հենց խորանի լուսամուտի առաջ երեցփոխին հարցնում ա թե՝ «ըստեղ մեծ ձյուն կար, հո՞վ դուրս տարավ...», երեցփոխն էլ ասում ա թե՝ «հո՞վ պտի տաներ, չորս դարադաղցի մշակ բռնեցի, հմեն մինը շահով, սաղ օրը բան արին ու անջախ (հազիվհազ) որ հայաթը մաքրեցին»: Էս որ լսեցի, բեյինս (ուղեղս) ժաժ եկավ: Մեկ մտածեցի, թե գնամ հենց Մեսրոբ ազի մոտ խոսամ, մեկ էլ ասացի «նահլաթը չար սատանին, թող մի քիչ համբերենք. էն ա, որ Մեսրոբ աղան հեռացավ, թունդված (զայրացած) մոտացա երեցփոխին, — աղա՛, ասում եմ, ախր էս հայաթի ձյունը մենք ենք թամզել, դրա համար էլ իսկի մեզ երկու շահի չես տվել. բա ընչի ես Լալյունց Մեսրոբին ասում, թե մշակներին փող եմ տվել հու մաքրել տվել: Ասում ա «ա՛յ հայվան, բա դու գիտում չե՞ս, որ մեր ժամն աղքատ ա. եկամուտ չունի՞. ընենց պետք ա ասենք, որ մարդիկ իմանան, թե ժամը ծախքեր ունի, հու մի-մի անգամ օգնություն անե՞ն»: Էս խոսքերին, հալբաթ որ (իհարկե), ես չհավատացի. գլուխս ժաժ տվի ու հենց էն ա, ուզում էի ասեմ թե — չէ, աղա՛, դրուստն էդ չի, դրուստն էն ա, որ Լալյունց Մեսրոբը հաշվատես ա. դու հիմիկվանից նրա ականջն ես գցում էդ բանը, որ հետո հաշվումդ գրես ու նա բան չասի դրա համար:

— Եվ չասացի՞ր:

— Հենց էն ա, ուզում ի ասեմ, մեկ էլ տեսնեմ աղբաթիխերը սպիտակ աբասին դրավ հափռումս (բռանս մեջ). — «գնա՛, ա մեռած, գնա լակիր, ասում ա, տեսնում եմ, որ էլի ծարավել ես, տակից-գլխից, դուրս ես տալիս»: Ես էլ, ի՞նչ մեղքս ծածկեմ աբասիս վեր կալա...

— Եվ իսկույն էլ տարիր Կարունի դո՞ւքանը, — հարցրի ես ժպտալով:

— Բա ընկի թողա՞ցի, որ ջանին քամի դիպչի՞... տարի, հու քու կենացը լավ անուշ արի:

Այս խոսքերի հետ վերջացնելով Պետրոսը թեյի երկրորդ բաժակը, սրբեց բեղերր շալե կապայի փեշով, ապա կնճռոտ դեմքին տալով ավելի մեղմ ու քաղցր կերպարանք ավելացրեց.

— Էսքանը, հաքիր ջան, բավական ա. մին ռումկա էլ էն զահրմարիցը բե՛ր խմեմ, Սիմոն աղին օրհնեմ:

Մայրս, իհարկե, կատարեց ժամկոչի խնդիրը:

Վերջինս ուրախությունից դողացող ձեռքով առավ բաժակը և ժպտալով ասաց.

— Շատ բան չեմ ուզում աստծուց. հենց էնքան ըլի, որ մինչև մահվան օրը կարամ ամեն օր էրկու ռումկա էս անմահական ջրիցը խմիլ: Լուս դառնա Զիլփունց Ուհանջանի հոգին, ասըմ են նա ա արաղը աղաթ գցել մեր երկրումը, առաջ ընկի ըլել չի... — Այս ասելով բաժակը դատարկեց:

— Ա մեռած, բա ասըմ էս արաղ տուր խմեմ Սիմոն աղին օրհնեմ, հմի Զիլփունց Ուհանջանին ես օրհնո՞ւմ,— ընդհատեց մայրս ժամկոչին:

— Բա՛, Շուղի-հաքիր, յանղլիշ էկա (սխալվեցա): Եկ էս մինը թավ չանենք (չհաշվենք), մինն էլ ածա՛ խմեմ Սիմոն աղին օրհնեմ:

— Չէ՛, չէ, ինձ օրհնանք չէ պետք. խմածդ բավական է, այժմ ասա՛, ինչի՞ համար ես եկել, — ընդհատեցի ժամկոչին՝ տեսնելով, որ նա ի չարն է գործ դնում մորս բարությունը:

— Ասեմ բա՛, ախր որ միտս չես գցում, — պատասխանեց Պետրոսը, կարծես նոր ուշքի գալով, — երեցփոխը խնդրում է, որ նեղություն քաշես ու մի սհաթով գաս ժամի օթախը:

— Ի՞նչ կա, — հարցրի ես:

— Ասըմ ա հաշվատեսները եկել են, պետք ա հաշիվներին ձեռք քաշեն. դե տանից էլ մինը պտի ըլի, չուն դուք էլ հաշվատես եք:

— Հայրս է ընտրված, ինձ ինչո՞ւ է կանչում:

— Դե հերդ ըստեղ չի, ասըմ են դիփ մեկ ա, դու ըլես թե նա:

— Ասողն ո՞վ է, երեցփո՞խը, — հարցրի ես, կամենալով հավաստիանալ, թե արդյոք ինձ հրավիրողը միայն նա՞ է, թե՞ նաև լիազորները:

— Երեցփոխն էլ է ասում, հավաքված հաշվատեսնին էլ, — պատասխանեց Պետրոսը: — Ուրեմն հրավերը երկու կողմից էր, հետևապես, կարող էի չմերժել:

— Լավ, կգամ, դու գնա՛, — ասացի ես:

— Դե շուտ եկ, քե մատաղ, ընենց ըլի, որ չեղանաս, երեցփոխը վրաս չըպըրկանա... — Ապա դառնալով մորս,— Շողի-հաքիր, արաղդ փորումս դամ ա տալի, աստված տունդ շեն պահի, — ասաց ժամկոչը և մորթե գդակը գլուխը քաշելով դուրս գնաց սենյակից:

Բ

Ժամհարի դուրս գնալուց ետ սկսա մտածել ստացածս հրավերի մասին և տեսա, որ դա պատվաբեր բան է: Դրանով, ուրեմն, հասարակության լիազորները հայտնում էին ինձ իրենց վստահությունը: Կնշանակե ես արդեն արժանի էի դրան... Եվ այդ վայրկենին, ի՞նչ մեղքս թաքցնեմ, սկսա ինքս ինձ ուռչել և հպարտանալ, որովհետև հասկանում էի, թե ի՞նչ է նշանակում երեցփոխանական հաշիվներ քննելու համար եկեղեցուց հրավեր ստանալ: Այդ նշանակում էր, թե ես արդեն կատարյալ մարդ եմ և պիտի նստեմ լիազորների շարքում... իսկ լիազոր ասածդ, մանավանդ այդ ժամանակներում, հասարակ մարդ չէր լինում, հապա աշխարհում երկար ապրած, շատ չար ու բարի տեսած, մեծ փորձառություն և դրա հետ միասին էլ դիրք ու անուն ձեռք բերած անձնավորություն... իսկ այդպիսիների հետ նստելով հասարակական գործի մասնակցելը, — ընդունեցեք, որ գերագույն պատիվ էր:

Այս իսկ պատճառով իսկույն հանեցի հասարակ հագուստս և փոխարենը հագա սև շորեր (ինչպես կվայելեր հասարակական ժողովի հրավիրված մարդուն), ապա հայելու մեջ լրջորեն նայեցի վրաս, փողպատս ու մազերս խնամքով շտկեցի, նոր բուսնող ընչացքիս ծայրերը ոլորեցի և վերջը մորս առաջարկած թեյի երկրորդ բաժակն այնպես արագ խփշտեցի, որ լեզուս այրեցի: Բայց որովհետև այդ անախորժությունը պատահեց ինձ հասարակական գործի պատճառով, ուստի քաղաքացիական քաջություն ունեցա չտրտնջալու:

Երբ դուրս եկա փողոց, ինձ այնպես թվաց, թե հասակս բարձրացել է, որովհետև մեջքս, հակառակ սովորականին, բռնել էի ուղիղ, իսկ գլուխս բարձր: Դրա պատճառը, ես կարծում եմ այն էր, որ հենց այդ վայրկյանին մտածում էի այն մասին, թե որովհետև երեցփոխն ու լիազորները պատիվ են արել հորս փոխարեն ինձ հրավիրելու, ապա ուրեմն ես այնպիսի խիստ ու լուրջ ձևով պիտի վերաբերվեմ քննության գործին, որ նրանք զարմանան և ասեն թե «ա՜յ հասկացող մարդ»: Այդ վայրկենին ես, իհարկե, հիշեցի, նաև ժամկոչի խոսածները և որոշեցի աչքի առաջ ունենալ նրանց քննության միջոցին:

Որովհետև եկեղեցին մոտ էր մեր տանը, ուստի շուտով էլ հասա նրան: Երբ ներս մտա երեցփոխի սենյակը, այդտեղ արդեն բազմած էին ինքը՝ երեցփոխը և ժողովրդական վեց լիազորներ: Նրանք բոլորել էին մի մեծ, սև մահուդով ծածկված սեղան, որի վրա դրված էին ժապավինյալ մատյաններ, հաշվեցույց թերթեր և մի մեծ համարիչ: Սենյակի մի կողմը բռնած էր մի լայն դարակ՝ զանազան բաժանմունքներով, որոնց մեջ դարսված էին զանազան գնի ու մեծության ոսկեզօծ ու հասարակ մոմեր: Իսկ հանդիպակաց պատի ուղղությամբ դրված էին երկու ապակեծածկ մեծադիր պահարաններ, որոնց մեջ կախված էին թանկագին շուրջառներ ու արծաթե բուրվառներ: Իսկ դրանց վերևը շարված մեծագին թագեր, սաղավարտներ և այլ այնպիսի իրեր, որ անկարելի էր թողնել եկեղեցում, կամ հանձնել հասարակ սպասավորի հսկողության: Սենյակի անկյուններում, նույնպես, դրված էին այնպիսի քշոցներ, խաչվառներ ու աշտանակներ, որոնք գործ էին ածվում միայն հանդիսավոր օրերին: Միով բանիվ, երեցփոխի այդ սենյակը նմանում էր ավելի եկեղեցու մի բաժանմունքի, քան այնպիսի մի հարկի, ուր կարելի էր նստել հաշիվներ քննել, կամ նրանց մասին խոսել:

Ճիշտ շրջապատող իրերի չափ լուրջ կերպարանք ունեին և սենյակում բազմողները: Երեցփոխը, որ մի կարճահասակ, առողջակազմ, փոքր-ինչ հաստափոր և վաթսունն անցած մարդ էր, աչքի էր ընկնում յուր խոշոր ու ազդու դեմքով, որն ամբողջապես ծածկված էր գորշախառն մորուքով: Նա ուներ նեղ ու կնճռոտ ճակատ և երկարամազ ու խիտ հոնքեր, որոնք ավելի ևս խտացնում էին խոր ընկած աչքերի հայացքը, թեպետ և դրանք պատսպարված էին լայնագոգ ակնոցներով: Մի առանձին վեհությամբ նա քաշում էր յուր սաթե համարիչը՝ աշխատելով ցուցահանել ձեռքերի կապույտ ծաղկատիպը, որ, ընդհանրապես, իսկական մահտեսության ապացույց է համարվում:

Երեցփոխի աջ կողմը նստած էր Լալյունց Մեսրոբ դային, իսկ ձախ կողմը՝ Տուտուշենց Մցական բեգը: Առաջինը երեցփոխին հասակակից, բայց նրանից ավելի բարեդեմ մի մարդ էր և քաղաքում հայտնի յուր սնըխչիական (կոտրածը ողջացնող) արհեստով, որով սակայն պարապում էր ոչ իբրև մասնագետ, այլ իբրև սիրող և այդ պատճառով էլ ավելի հարգի էր ժողովրդի աչքում: Երկրորդը նրանից տարիքով պակաս, բայց խիստ հաստափոր մեկը, որ թե՛ խոսելիս և թե՛ ճանապարհը գնալիս շարունակ հևում էր: Սա էլ հայտնի էր քաղաքին իբրև կալվածական վեճերի հմուտ կարգադրիչ կամ նրանց վերաբերյալ խնդիրներ շարադրող, որովհետև քաղաքի հողերը բաժանող մասնաժողովի նախագահն էր: Դրանցից հետո գալիս էին՝ Բալաղուզին և Դաստակենց Ավան ապերը: Առաջինը նիհար և փոքրահասակ, աչքի էր ընկնում յուր միշտ հինայած կարմիր մորուքով. երկրորդը նրանից քիչ հաղթանդամ, բայց տեսությամբ տկար. այնպես որ ձեռքին պատրաստ ուներ միշտ մի մոնոկլ, որով նայում էր հանդիպողին (մանավանդ երիտասարդներին) միշտ մի առանձին ուշադրությամբ: Սրանք երկուսն էլ անորոշ պարապմունքի տեր մարդիկ էին և հայտնի միայն նրանով, որ առաջինն ապրում էր եկեղեցու հարավային կողմը, իսկ երկրորդը՝ հյուսիսային: Ապա գալիս էր Սափարունց Դավութ բեգը, որ թեպետ Մցական բեգի չափ կարճահասակ և հաստափոր լինելով, նրա պես էլ գոտին փորի վրա կապելու տեղ, կրծքի վրան էր կապում, այնուամենայնիվ գիտությամբ բարձր էր նրանից, որովհետև կարող էր ընտիր արզաներ (խնդրագրեր) գրել ոչ միայն կալվածական, այլև քաղաքացիական ու քրեական ամենաբարդ խնդիրների մասին: Ամենից վերջը նստած էր Ղզարենց Աբրահամ ապերը, որ մի բարձրահասակ, բայց հեզ ու հանդարտ մարդ էր և երևելի նրանով, որ Դավութ բեգի հարևանն էր:

Ներս մտնելուս պես բոլորն էլ հայացքները սևեռեցին վրաս, իսկ Մեսրոբ դային հեղինակավոր ձայնով նկատեց.

— Ա՛ բալամ, խի՞ եղացար, էսքան հոգի քեզ ենք սպասում:

— Ներողություն, Մեսրոբ դայի, չեմ եղացել, գուցե ժամկոչն է ուշ եկել, — արդարացա ես:

— Կըլի եր էն հիմարն ա՞ ուշ գնացել, — մեջ մտավ երեցփոխը, կամենալով հաճելի լինել ինձ:

— Լավ, վնաս չունի, էդ ա էկել ես, հմի մեր գործը տեսնանք, — համաձայնվեց Մեսրոբ դային և ապա ավելացրեց.

— Գիտո՞ւմ ես քեզ խի՞ ենք կանչել:

— Կարծեմ երեցփոխի հաշիվներին...

— Հա, երեցփոխի հաշիվներին ձեռք քաշելու (ստորագրելու) համար, — ընդհատեց Մեսրոբ դային և ապա ավելացրեց — ըստեղ վեց հաշվատեսներ ենք, օխտնջինն էլ (յոթերորդ) քո հերն (հայրն) ա, նա հու ըստեղ չի...

— Երկու օրից կգա, — հայտնեցի ես:

— Երկու օրն ուշ ա. էս հաշիվները սրբազանն ուզել ա. էսօր պետք ա ղրկենք կանդստորը, հիմի մենք վեց հոգիս ձեռք կքաշենք, դու էլ, վնաս չունի, քո հոր տեղ ձեռք կքաշես:

— Շատ բարի, — համաձայնվեցա ես:

— Դե վեր ա՛ռ, Դավութ բեգ, թուղթը հազիր քեզ մոտ ա, առաջ դու ձեռք քաշիր, — կարգադրեց երեցփոխը:

— Ընչի՞, թող առաջ մեծերը (հասակավորները) ձեռք քաշեն այ, Մեսրոբ դային, Աբրահամ ապերը...

— Ա բալամ, էլ ո՞ւր ես մեծ ու պուճուր անում, մենք հասակով ենք մեծ, դու խելքով. վեր կալ ձեռք քաշիր, — նկատեց Մեսրոբ դային:

— Չէ, Մեսրոբ դայի, չի ըլիլ, առաջ դու վեր կալ, — համառեց Դավութ բեգը և հաշվի թերթը մոտեցրեց նրան:

— Լավ, ըդել թող քու ասածն ըլի, — համաձայնեց Մեսրոբ դալին և թուղթն առնելով ստորագրեց բարձրաձայն արտասանելով — Մեսրոբ Թառումյանց... Բա՛, էս ցո-ին հաքին (պոչը) շատ երկանացավ, հու վնա՞ս չունի:

— Տնաշեն, հինչ վնաս ունի. թող էնքան երկանանա, որ հլա աղվեսի հաքի դառնա, — ծիծաղելով նկատեց Մցական բեգը և թուղթն առնելով ստորագրեց յուր անունը խիստ արագ:

— Բաh, մարդ էլ կարա ըդենց գիր գրի է՛... ես իրես ագռավի չանչյուլներ (չանգեր) եմ քաշիլու, — ասաց Բալա-դուզին և թուղթն առնելով իրավ որ մի քանի զույգ չանգեր գծեց նրա վրա:

— Ասիլ (իսկական) ստորագրությունն էլ քունն ա որ կա, — գովեց Բալադուզուն Դավութ բեգը, ապա ինքը ևս ստորագրելով թուղթը տվավ Ավան ապորը:

Վերջինս մոնոկլը սազացնելով աջ աչքին, ձախը փակեց և ապա ծնոտը մի կողմ ծռելով և շրթունքները պրպտացնելով՝ գրեց «Ավանես Դաստակով»:

— Դու էլ տո՛ւր Աբրամին, — կարգադրեց երեցփոխը: Ավան ապերը թուղթը դրավ Ղզարենց Աբրահամի առաջը:

Վերջինս զգալով՝ որ լուրջ պարտավորություն ունի կատարելու, սկսավ հանդիսավոր կերպով պատրաստվել դրա համար: Նախ հանեց կապույտ աղլուխը և յուր երկար, լղար քիթը խնամքով նրա մեջ առնելով երկու անգամ ուժգին խնչեց, հետո թաշկինակը ծալելով և գրպանը դնելով, առավ գրիչը նայեց մեկ նրա ծայրին, մեկ էլ ստորագրելի թղթին. հետո գրիչը իրար վրա երեք անգամ թաթախեց թանաքի մեջ, ապա մի վերջին անգամ էլ նայելով գրչի ծայրին թուղթը ջերմեռանդությամբ մոտեցրեց իրեն և սկսավ ծանր ու հանդարտ ստորագրել՝ «Աբրահամ Բագրատյանց»:

— Դո՛ւ էլ լավ գիր ունես հա՛, — վիզը երկարացնելով և կարմիր մորուքը թղթին մոտեցնելով նկատեց Բալա-դուզին:

— Գիր ա, էլի՞, լավ-օսալ գրում ենք, մեզանից հու փիլիսոփա դառնող չինելու, — համեստությամբ նկատեց Աբրահամ ապերը:

— Դե հմի դու մնացիր. վեր առ ձեռք քաշի՛ր, — կարգագրեց Մեսրոբ դային՝ դառնալով դեպի ինձ:

Ես թուղթը առաջս քաշեցի և սկսա թերթել: Հավատացած լինելով, որ վեց հաշվատեսները բավականաչափ ծանոթացել են գործին, պարտքս համարեցի, ստորագրությունս դնելուց առաջ, ինքս էլ ծանոթանալ նրան:

Սկսելով կարդալ սկզբից, տեսա, որ հաշվի մեջ հետզհետե նշանակված էին ել և մուտքի անվափոխ գումարներ, խիստ կարճ բացատրություններով, ուստի դիմելով երեցփոխին, ասացի.

— Ինչպես երևում է՝ սա ձեր հաշիվների ընդհանուր ամփոփումն է, ապա ո՞րտեղ են գրված նրանց մանրամասնությունները:

Երեցփոխը նախ մի զարմացական հայացք ձգեց վրաս և ապա մատնացույց անելով ժապավինյալ մատյանները, արհամարհական սառնությամբ ասաց.

— Ա՛յ սրանց մեջ:

— Կարելի՞ է արդյոք նայել և մի քանի գումարներ ստուգել, — հարցրի ես միամիտ քաղաքավարությամբ:

— Հը՛մ... — արավ երեցփոխը քթի մեջ և չպատասխանեց:

— Ի՞նչ ես ասում... — հարցրեց Ավան ապերը մոնոկլը վրաս ուղղելով:

— Ասում եմ մի քանի գումարներ ստուգեմ:

— Ի՞նչ գումարներ ստուգես, — մեջ մտավ երեցփոխը, այս անգամ արդեն դեմքը խոժոռելով:

— Այ, օրինակ, այստեղ դուք գրում եք. «Ջրօրհնեաց պատրաստության ծախք 34 ռ. 60 կոպ...»: Ես հետաքրքրվում եմ իմանալ թե ի՞նչ ու ի՞նչ բաների են տրված այդ 34ռ. 60 կոպեկը:

— Հը... ըմ, — դարձյալ մնչացրեց քթում երեցփոխը և ապա դառնալով հաշվատեսներին թթված ժպիտով հարցրեց. — ո՞նց եք հավանում սրան:

— Աղա ի՞նչն ես ստուգում, — կես զարմացած և կես վշտացած դարձավ ինձ Մեսրոբ դային:

— Ինչպե՞ս թե ինչն եմ ստուգում... Դուք ինձ առաջարկում եք ստորագրել այս հաշիվներին իբրև հաշվատես. էհ, ես չպետք է նախ սրանց ճշտությունը ստուգեմ, հետո ստորագրեմ:

— Բո՛, բո՛, տես հալա ինչ ա ասում, աղա սա դուքանի հաշի՞վ ա, որ ստուգես. բա ըսկի էս ժամիցը, էս խաչվառներիցը յա քշոցներիցը քաշվում չե՞ս, որ ըղենց բան ես ասում... Սուս կաց որդի, սուս կաց. ջահել ես, մեղքն ու վարձքը չես հասկանում. վեր կալ էդ թուղթը, ձեռք քաշիր ու գնա բանիդ, — խրատական եղանակով խոսեց Մեսրոբ դային:

— Ես չեմ կարող ստորագրել մի թուղթ, որի բովանդակությանն անծանոթ եմ, — պնդեցի ես:

— Տո, էս վեց պատվավոր մարդկանցից ոչ մեկն էլ ա ըղենց բան չասեց, դու էդ ո՞նց ես ջուռիաթ անում (համարձակվում) ասում. բա ըսկի չես ամաչում, — զայրացած նկատեց Դավութ բեգը:

— Որդի, եկեղեցական բանումն ըղենց բան չեն խոսիլ, վեր կալ ձեռք քաշիր, — կամացուկ շշնջաց ականջումս Աբրահամ ապերը:

— Ձեռք քաշիր պրծիր, ուշանում ենք, — նորեն խոսեց Մեսրոբ դային և աչքի ծայրովն էլ առանձին նշան արավ, որ չհամառեմ:

— Չէ, չէ, հարկավոր չէ, — խոսեց երեցփոխը. — հեբը կգա ձեռք կքաշի. թող մի երկու օր էլ բանը եղանա, վնաս չունի:

Երեցփոխի հայտարարությունը և այս ու այն կողմից տեղացող մեղադրանքներն այնպիսի մի տպավորություն արին վրաս, որ կարծես թե իրավ, մեծ հանցանք եմ գործել. մանավանդ, երբ հորս անունն էլ հիշեցրին, էլ բոլոր քաջությունս կորցրի:

— Տվեք ստորագրեմ, եթե կամենում եք, միայն թե...

— Միայն թե ի՞նչ, — ընդհատեց Մցական բեգը:

— Միայն թե հարկ եղած տեղը պիտի հայտնեմ, որ առանց կարդալու եմ ստորագրել այս հաշիվը:

— Հարկավոր չէ, հարկավոր չէ. վեր կաց, գնա՛ գործիդ. քո ստորագրությունն իսկի չեմ ընդունիլ, — զայրացած խոսեց երեցփոխը և թղթերը հավաքեց:

— Ա՛ բալամ, դու իստակ դալմադալչի ես էլել, — նկատեց ինձ Մեսրոբ դային խիստ վրդովված:

— Ձեր հախն ա. (տեղն է.) ձեզ ո՞վ ա ասում, որ երեկ չէ մեկել օրվա էրեխան բերք ձեր միջումը նստացնեք, յա չէ, ընչի՞ չեք մտածում, թե ըսենց ջեհելի ստորագրությունն ո՞վ կնդունի, — խոսեց Մցական բեգը և ձեռքերը դարսեց փորի վրա:

— Ես էլ էդ չե՞մ ասում, — հարեց Բալա-դուզին, չնայելով, որ դեռ ոչինչ չէր ասել:

— Ըղենց ա, բա, — մասնակցեց ընդհանուր մեղադրությանը և Ղարենց Աբրահամը:

Ինձ ոչինչ չէր մնում անել այլևս, ուստի վեր կացա տեղից և ամոթահար դուրս եկա ժողովից:

Կրկնակոշիկներս հագնելու ժամանակ ականջիս հասան երեցփոխի վերջին խոսքերը.

— Տնաշեններ, դուք էլ ասում եք թուղթը տուր ստորագրի: Բա՞ ես խելքս կորցրե՞լ եմ, որ էդ քչեղակին (կաչաղակ) հաշիվ տամ ստորագրի. յա չէ դրա ստորագրությունն առաջնորդը կընդունի՞:

Ես, իհարկե, վրդովվեցա, որ երեցփոխը լիազորների ներկայությամբ ինձ «քչեղակ» անվանեց, բայց ի՞նչ կարող էի անել, թողեցի և հեռացա:

Գ

Երկու օրից հայրս եկավ. բայց այս դեպքի մասին ոչինչ չասացի նրան, մինչև որ տեսնեի, թե պարոններ հաշվատեներն ի՞նչ ձևով են հայտնում եղելությունը:

Երեկոյան նա գնաց եկեղեցի և ուշ վերադարձավ: Իմ հարցին թե ուր էիր, հայրս գլուխը շարժելով պատասխանեց.

— Միթոմ գիտում չե՞ս:

— Ես ի՞նչ գիտեմ:

— Երեցփոխի մոտ էի:

— Հա՞:

— Հա՛:

Մի վայրկյան լռություն տիրեց. հետո հայրս հայացքը սևեռեց ինձ վրա ու հարցրեց:

— Էդ ի՞նչ օյին ես հանել դու:

— Ի՞նչ եմ արել:

— Ո՞նց թե ի՞նչ եմ արել: Էն վեց պատվական մարդիկը, որ քեզ միաբերան ասըմ են՝ ստորագրի երեցփոխի հաշվին, ընչի՞ չես ստորագրում:

— Հո ստորագրում էի, բայց երեցփոխը չընդունեց իմ ստորագրությունը:

— Տե՛ս, տե՛ս, հաչա ի՞նչ ա ասըմ:

— Ի՞նչ եմ ասում:

— Տո դու չե՞ս ասել, թե հաշիվը մեկ-մեկ պետք ա կարդամ, փռնացնեմ (համեմատեմ):

— Հա, ասել եմ, ի՞նչ վատ բան եմ արել:

— Տո՛, բաս ըղենց խոսողի ստորագրությունը կընդունե՞ն: Ես էս ա տասը տարի ա հաշվատես եմ ընտրվում, ե՞րբ եմ երեցփոխի հաշվին մտիկ տվել, յա քննել, որ դու էդ պիծի (փոքր) տեղովդ ուզում ես քննես:

— Ուրեմն լավ բան ես արել, էլի՞, ժողովուրդը քեզ հաշվատես է ընտրել նրա համար, որ դու միայն քո ստորագրությունը դնես երեցփոխի հաշվի տակ և դրանով էլ պարտքից ազատ համարես քեզ:

— Բա էլ ուրիշ ի՞նչ պիտի ըլի:

— Ինչպե՞ս թե ի՞նչ պիտի լինի, չի՞ կարող պատահել, որ երեցփոխը սխալվի, կամ դիտմամբ տվածն ավել, կամ ստացածը պակաս գրի՞, կամ փող թաքցնի՞...

— Սուս կաց տո՛, սուս կաց. էդ ինչե՞ր ես խոսում. խտակ անհավատ ես դարձել... Աղա, ժամի կողքիցը կպած օթախումը, էն խաչերի, խաչվառների միջումը սխալմունք յա գողություն կըլի՞:

— Ինչի՞ չի լինիլ, հենց ժամի միջումն էլ կլինի, — նկատեցի ես:

Հայրս շրթունքները հուպ տվավ, խեթ-խեթ նայեց վրաս և գլուխը տխրությամբ շարժելով՝ դուրս գնաց:

Այդ նշան էր, որ նա այդ վայրկյանին ամենադժբախտ մարդը համարեց իրեն՝ ինձ նման անառակ որդի ունենալու համար...:

ՀԱՏՈՒԿ ԹՂԹԱԿԻՑԸ

Ա

Որ ես այժմ բախտավոր եմ, դրա մասին կասկած չունիմ, բայց կցանականայի, որ դուք էլ համոզվիք, թե իրավ, բախտավոր եմ: Այս ապացուցանելու համար կարիք չկա ճառ խոսելու, բավական է ասել թե թղթակից եմ և ամեն բան կհասկացվի:

Բայց հասկանալուց առաջ բնական է, որ դուք հետաքրքրվիք իմանալ, թե ինչպե՞ս պատահեց այդ, այսինքն որ ես, «առանց պատշաճավոր պատրաստության», դարձա հայոց թերթի թղթակից:

(Չակերտներում դրված բառերը ո՛չ թե իմ խոստովանությունը, այլ ձեր կարծիքն է, որի դեմ բողոքում եմ. որովհետև հասարակությունն իրավունք չունի իմ մասնավոր կյանքը քննելու. իսկ պատրաստություն ունենալու կամ չունենալու խնդիրը, ինչպես հայտնի է, վերաբերում է զուտ մասնավոր կյանքին, ինչպես և իմ կուշտ կամ քաղցած լինելու խնդիրը դարձյալ վերաբերում է դրան):

Բայց ինչ որ է, այժմ ձեզ կպատմեմ, թե ինչպե՞ս պատահեց այդ:

Մի օր ես միայնակ ճեմում էի մեր պատշգամբի վրա, և մտածում ա՛յն մասին, թե ինչպե՞ս են անում մարդիկ, որ մեծ քաղաքներում հրատարակվող թերթերի թղթակից են դառնում:

Խնդիրը լուրջ էր, ես էլ մտածում էի լրջորեն: Հանկարծ մի սաստիկ ցանկություն զգացի թղթակից դառնալու: Չգիտեմ, Պառնասի մուսաների մեջ կա՞ արդյոք թղթակցություն ներշնչող մուսա, թե՞ ոչ, եթե կա, ապա ինձ թվում է, թե թղթակից դառնալու այդ հանկարծական ցանկությունը հենց նա է ներշնչել ինձ, իսկ եթե չկա, դարձյալ չպիտի մեղադրեք ինձ: Ո՞վ չէ ձեզանից գեթ մի անգամ, յուր կյանքում, ունեցել այդպիսի անմեղ ցանկություն... խոսքս, իհարկե, տգետների մասին չէ, այլ ինտելիգենտների:

Հա, այն էի ասում, թե ճեմում էի պատշգամբի վրա... Եվ ահա՛ տես, որ հանկարծ փողոցի մեջ բուսան տեր Շմավոնն ու տեր Սիմոնը և կանգ առնելով ուղիղ մեր պատշգամբի դիմաց սկսան տաք-տաք վիճել: Ինձ այնպես թվաց, թե վեճը շուտով պիտի փոխվի կռվի, կռիվը՝ հայհոյանքի, հայհոյանքը՝ ծեծի... Ուստի ականջներս սրեցի, որ մի բան լսեմ քահանաների վիճաբանությունից, բայց դժբախտաբար չկարողացա, որովհետև փողոցը հեռի էր և արժանապատիվ հայրերի ձայնը ականջիս չէր հասնում:

Այսուամենայնիվ, պարզ տեսնում էի, որ նրանց ձեռքերի, ոտների և մանավանդ գլխի սաստիկ շարժումները հոգեկան ամենազգզոված դրություն էին արտահայտում: Հետևապես, եթե գրողի տաղանդ ունենայի, իմ հոգվո ականջներով կլսեի, թե նրանք ի՞նչ են ասում: Չէ՞ որ մեզանից ամեն մեկը գիտե, թե բարկացած մարդիկ ինչե՞ր կարող են խոսել:

Եվ, ահա՛ հենց այդ վայրկենից ինձ այնպես թվաց, թե այդ տաղանդն ստացա: Որովհետև, երբ տեր Շմավոնը գլուխը երեք անգամ թափահարելով մի քայլ ետ կանգնեց և ապա՝ ձախ ձեռքը կողքին դրած, իսկ աջով գավազանը շարժելով երկու քայլ առաջացավ, ես հաստատ իմացա (թեպետ չլսեցի), որ նա ընկերոջն ասաց.

— Դու մի անպիտան արարած ես:

Տեր Սիմոնն, իհարկե, տակր չէր մնալու, նա էլ (եթե միայն ինքնասիրություն ուներ), պիտի ասեր.

— Անպիտանը դո՛ւ ես, որ զանձանակը խորում ես: Տեր Շմավոնն այնուհետև պարտավոր էր անվանել հակառակորդին «անխի՛ղճ ստախոս», իսկ տեր Սիմոնը նրան՝ «անամոթ ուրացող» և այսպես՝ կարգով առաջ գնալով...Ի՞նչ եք կարծում, վերջն ո՞ւմ պիտի հանգեր...

— Գավազանահարության:

— Հա՛, շատ ապրիք, ես էլ հենց ձեր կարծիքին էի: Եվ այդ պատճառով շունչս բռնած ու սրտատրոփ սպասում էի թե ահա, ուր որ է, մեկի գավազանը կիջնե մյուսի գլխին, ճակատներից մինը կպատռվի, աչքերից մինը դուրս կպրծնի, իսկ արյունը, համենայն դեպս, կծորե մեկի կամ մյուսի երեսից: Բայց, ցավելով պիտի ասեմ, այդպիսի բան չպատահեց և քահանաները, երևի, միայն հասարակ տեսակի հայհոյանքներ ու անեծքներ տալով միմյանց, հեռացան: (Կղերականներն, ասենք, միշտ երկչոտ են. այդ ամենքս գիտենք): Ի՞նչ մեղքս ծածկեմ, շատ կոտրվեցա: Որովհետև ինքս տաք խառնվածքի տեր լինելով և մանավանդ թե կյանքով ու կրակով լի սիրտ ունենալով, չափազանց սիրում եմ վեճ, աղմուկ, կռիվ, հայհոյանք, և նամանավանդ հանդիսավոր գավազանահարություն, — միայն թե այդ բաները ինձ չպատահեն, (այդ դեպքում, առհասարակ, շատ խաղաղասեր եմ), այլ պատահի ուրիշներին, ինձանից հեռու մարդկանց, իսկ ես մեր պատշգամբում կանգնած, հանգիստ սրտով դիտեմ ու զվարճանում: Չեմ սիրում, մինչև անգամ, երբ ինձ վկա են տանում դատարան, այդպիսի դեպքում ես միշտ ասում եմ՝ «թե ոչինչ չեմ տեսել», որպեսզի ապագա գլխացավությունից ազատվեմ: Որովհետև բանը հո չէ վերջանում հաշտարար դատարանով, նրանից հետո գալիս է նահանգական դատարանը, դատաստանական պալատը, կառավարիչ սենատը, մինչև այդտեղ ո՞վ ունի գլուխ թրև գալու: Ա՛յ, ուրիշ բան է լրագիրը, մի լուր հաղորդում ես, սու՞տ թե ճշմարիտ, հարցնող չկա, մարդիկ վրդովվում են, իրար վրա են հարձակվում, իրար միս զզզում, և դու հանգիստ նստած դիտում ես ու ծիծաղում, սրանից էլ լավ բա՞ն:

Բայց մենք խնդրից շեղվեցանք:

Հա, այն էի ասում, թե քահանաները հեռացան առանց կռվելու և այդ հանգամանքը սիրտս շատ կոտրեց. բայց մի փոքր հետո, հենց նույն հանգամանքը մի երջանիկ միտք ծնեցրեց իմ գլխում, — «արի, ասացի, այս դեպքը լուր շինեմ, մի փոքր էլ ծաղկեցնեմ և ուղարկեմ մեր թերթերից մինին, անպատճառ կտպեն: Եվ եթե տպեցին, այդ արդեն ապացույց է, որ ես գրելու տաղանդ ունեմ, ուրեմն և համարձակ կարող եմ իջնել գրական ասպարեզ»:

Ասելու ու գործելու մեկ եղավ:

Ներս մտա խսկույն սենյակ, նստեցի սեղանի առաջ, առա թուղթ ու գրիչ և շարադրեցի հետևյալը.

«Մեր քաղաքում երկու քահանա փողոցում միմյանց հետ կռվեցին գավազաններով և իրար ջարդեցին»:

Երկու անգամ կարդացի այս տողերը: Առաջին անգամ նրանք դուր եկան ինձ, բայց հետո տեսա, որ խիստ կարճ են, (ես առհասարակ շատ էի սիրում երկար գրել, թեպետ չէի կարողանում): Ինչ՛ անեմ, որ թղթակցությունս մի փոքր երկարի, մտածում էի ես: Եվ, ահա՛, հանկարծ հիշեցի, որ հայոց լրագրները կարդալիս, նրանց մեջ պատահած գեղեցիկ բառերն ու դարձվածները միշտ օրինակում եմ մի առանձին տետրակում, որպեսզի նրանցից գործածեմ երբեմն՝ բարեկամներիս նամակ գրած միջոցին, (այդ ժամանակները ո՞վ էր կարծում, թե կգա մի օր, երբ ես լրագրի իսկական թղթակից էլ կդառնամ): — «Այս դեպքում էլ օգուտ կարող եմ քաղել ժողովածուից», — մտածեցի ինքս ինձ և սեղանի արկղից հիշյալ տետրակը հանելով, ընտրեցի նրանից հետևյալները.

1) «Իրենց կոչման բարձրության վրա». 2) «անվայելչաբար». 3) «պատկառելի». 4) «սոսկալի» (այս բառը առհասարակ ես շատ եմ սիրում). 5) «քիթ ու պռունկ». 6) «մխիթարական կամ անմխիթար երևույթ». 7) «բարձր հոգևոր կառավարություն». 8) «ոստիկանության լուրջ ուշադրությունը». 9) «հրավիրում ենք ուշադրությունը» և 10) «գարշապար» (այս էլ իմ սիրած բառերի թվին է պատկանում):

Այս տասն ընտիր բառերն ու դարձվածներն առնելով սկսա ետ ու առաջ դնել նրանց և հարմարեցնել իմ գրվածքին: Երկու ժամվա անխոնջ պարապմունքից ետ այդ գրվածքն ստացավ հետևյալ ձևը.

«Մեր քաղաքի երկու պատկառելի քահանաներ, որոնք իրենց կոչման բարձրության վրա չեն կանգնած, փողոցում անվայելչաբար կռվեցին միմյանց հետ և իրար քիթ ու պռունկ ու գարշապար ջարդեցին: Հրավիրում ենք բարձր հոգևոր կառավարության և ոստիկանության լուրջ ուշադրությունը այս անմխիթար երևույթի վրա»:

Առաջին անգամ, որ կարդացի այս լուրը, գրեթե հիացա: Այնպես լավ էր գրված, այնպես լավ, որ կարծես, իսկ և իսկ, լրագրից էր օրինակված: Միայն թե «գարշապար» բառն ինձ մի փոքր տարակուսանքի մեջ ձգեց: Գարշապարը գիտեի, որ մարմնի մի մասն է, բայց թե ո՞ր մասը, հաստատ չգիտեի, դժբախտաբար, բառարան էլ չունեի, որ նայեմ, իսկ հանել իմ գրվածքից այդպիսի մի սիրուն բառ, ափսոսում էի:

Ի՞նչ անեմ, ի՞նչ չանեմ, մտածեցի ես և վերջը հետևյալ հնարը գտա: Միննույն ավուր երեկոյան գնացի եկեղեցի, (ուր, իբրև ինտելիգենտ մարդ, շատ հազիվ էի լինում) և երբ ժամասացությունն ավարտվեց, դուրս եկա բակ և այնտեղ հանդիպելով մեր քաղաքի գիտնական, բայց խիստ ետադեմ տեր Սեղբոսին, հարցրի նրան ծիծաղելով.

— Տեր հայր, ի՞նչ կնշանակե «գարշապար»:

— Հա, ի՞նչ է, ֆարմասոն, ուզում ես իմ գիտությունը վարձե՞լ, — հարցրեց քահանան ժպիտով, (նա բոլոր լրագիր կարդացողներին ֆարմասոն էր անվանում):

— Այո՛, — ասացի հեգնորեն:

— Դե լավ, որ այդպես է, կասեմ. «գարշապար» նշանակում է ճակատ, պատասխանեց քահանան լրջությամբ:

— Ճշմարի՞տ:

— Այո՛, ճակատին գրաբար լեզվով ասում են «գարշապար»:

Չեք կարող երևակայել, թե որքա՞ն ուրախացա, երբ տեսա սիրածս բառը ամենահարմար տեղն եմ գործածել:

Ես, իհարկե, իսկույն հեռացա տեր Սեղբոսից: Եվ չնայելով, որ նա իմ ետևից ինձ անվանեց «ապուշ», այսուամենայնիվ ես չլսելուն դրի, որովհետև պարզ տեսա, որ նա վիրավորվեց այն պատճառով, որ ես արժան չհամարեցի փոխանակել նրա հետ դարձյալ մի քանի խոսք, այլ արհամարհելով հեռացա:

Վերջապես հասնելով տուն, օրինակեցի իմ շարադրած լուրը և դրի ծրարի մեջ:

Այժմ առաջ եկավ մի ուրիշ, ավելի ծանրակշիռ հարց. — արդյոք ո՞ր լրագրին դիմեմ, ազատամիտ «Հնձվորի՞ն», թե՞ պահպանողական «Սայլորդին»: Մտածեցի երկար, չափեցի, կշռեցի և վերջը եկա այն որոշման, թե՝... բայց ոչ, որոշումս ձեզ հայտնելուց առաջ անհրաժեշտ է մի խորհրդածություն:

Արդյոք սլատահե՞լ է ձեզ երբևիցե գտնվել իմ դրության մեջ, այսինքն այնպիսի դրություն, որ դուք ձեր անձնական մտքերը, հասարակական գաղափարները և քաղաքական հայացքները աշխարհին հայտնի անելուց, կամ ինչպես գեղեցիկ լեզվով ասում են — հասարակության սեփականություն դարձնելուց առաջ, նստեք և մտածեք թե՝ «ո՞ր ուղղության դիմեմ, ո՞ր բանակին միանամ...»: Օ՛, մարդուս կյանքի մեջ այդ խնդրի մասին մտածելու վայրկյանը ամենից փառավորը և հանդիսավորն է... Այդ վայրկյանն է, որ քեզ առաջին անգամ զգալ է տալիս, թե դու ազատ մարդ ես և իրավունք ունես ինչ կամենաս լինելու. այսինքն և՛ ազատամիտ, և՛ պահպանողական, և՛ ետադեմ, և, մինչև անգամ, կղերական... Եվ իրավ, ո՞վ իրավունք ունի ասել քեզ թե «պարոն, ինչո՞ւ ես դու կղերական»: Այդպիսի ապուշին դու ուղղակի կարող ես պատասխանել թե՝ «հենց այն պատճառով, որ դու ազատամիտ ես»: Այդ կնշանակե թե՝ որևէ ուղղության կամ բանակի պատկանելը ոչ թե խելքի կամ խոր իմաստության գործ է, այլ ազատ կամքի: Երևակայեցեք, որ դուք վերարկու չունիք և ձեզ առաջարկում են գնել մեկը չորս վերարկուներից, որոնք բոլորն էլ նոր, գեղեցիկ, փափուկ և վայելուչ են և դուք ձեր սեփական փողը վճարելով՝ նրանցից մեկը գնում եք: Ո՞վ իրավունք ունի ձեզ ասել՝ «պարո՛ն, ինչու այս վերարկուն ընտրեցիք և ոչ մյուսը»: Չէ՞ որ ընտրությունը ճաշակի գործ է և դրա նկատմամբ երբեք չեն վիճում: Եվ ահա՛ դուք ընտրելով այն, որը կամեցել եք, դրանով կատարել եք ձեր կամքի ու ճաշակի պահանջը: Ընտրության միջոցին, իհարկե, չեք կարող որոշել, թե եղածներից ո՞րն է փտած և ո՞րը դիմացկուն, որովհետև ձեր աչքում բոլորն էլ դեռ նոր են: Իսկ փտածն ու դիմացկունը կորոշե ապագան: Այսպես էլ ուղղությունը, բանակը կամ կուսակցությունը: Այսօր երիտասարդ լինելով պատրաստվում ես իջնել գրական ասպարեզ, դրա համար հարկավոր է ընտրես մի կուսակցություն, ինչպես որ ձմեռը հասած ժամանակ վերարկու չունեցողն ընտրում է մի վերարկու: Սկզբում, իհարկե, դու ուշադրություն կդարձնես արտաքին փայլին և մեծահնչյուն անվանը, — իսկ թե հետո ի՞նչ դուրս կգա, այդ արդեն քո բախտն է, չպիտի տրտնջաս:

Ահա՛ ճիշտ այս մտքով գործեցի և ես, երբ հարկ եղավ որոշել, թե ո՞ր լրագրին դիմեմ. — «բոլոր աշխարհն, ասացի, առաջ է գնում, ես ինչո՞ւ եմ ետ մնում: Վերջին վարսավիրան էլ չի ընդունում, որ իրեն չանվանես առաջադեմ կամ ազատամիտ, մի՞թե կվայելե, որ ինձ նման ինտելիգենտը չպատկանի նույնպես ազատամիտների խմբին»:

Այսպիսի գեղեցիկ որոշման գալով ծրարս փակեցի և ուղարկեցի նրան՝ ազատամիտ «Հնձվորի» խմբագրությանը: Եվ որպեսզի աշխատությունս անկորուստ հասներ նրան, ես ծրարը ապահովագրի: Որովհետև մտածեցի, թե կարող է պատահել, որ նամակս Թիֆլիս հասնելուց անցնե հարբած մի ցրիչի ձեռք և սա փոխանակ «Հնձվորին» հանձնելու, տանե և տա պահպանողական «Մայրորդին»... Աստված մի արասցե այդպիսի մի թյուրիմացության շնորհիվ ես ուղղակի զոհ կդառնայի իմ լուրջ սկզբունքներին, այսինքն ստիպված կլինեի պահպանողական դառնալու: Որովհետև պարզ է, որ ինչ թերթում տրվում է մարդու անդրանիկ գրվածքը, այն թերթի ուղղությանն էլ նա պիտի հետևե: Հո չի կարելի սեփական մտքի ստեղծագործությունից հրաժարվել այս ու այն ուղղության պատճառով:

Ինչևէ, փոստային մի ավելորդ մարկա ապահովացրեց իմ համոզմունքը և պարզապես որոշեց իմ ուղղությունը:

Այնուհետև ամեն անգամ, որ Թիֆլիսից ստացվում էր «Հնձվոր» թերթը, ես նյարդային հուզմունքով սկսում էի նրա մեջ պտրտել իմ լուրը: Իմ աչքը չէին գալիս ո՛չ այդ թերթի առաջնորդողները, ո՛չ արտաքին տեսությունը, ո՛չ բանասիրականը... Ես զբաղվում էի միայն նրա ներքին տեսությամբ, որովհետև իմ «երկը» միայն այդտեղ կարող էր լինել: Եվ ես պտրտում էի... բայց ինչպե՞ս էի պտրտում, սրտատրոփ, շնչասպառ... ո՛վ քաղցր վայրկյաններ իմ գրական անդարձ անցյալի...

Եվ ահա՛ մի օր, բայց ո՛չ , մի երջանիկ օր, երբ այլևս հույս չունեի, թե կարող եմ իմ «երկը» տպագրված տեսնել, ստանում եմ «Հնձվորը» և, ըստ սովորականին, նրա ներքին տեսությանը նայում: Հանկարծ, ո՛վ զարմանք, գավառական լուրերի շարքում տեսնում եմ տպված իմ «հաղորդագրությունը»... Տպված եմ ասում, հասկանո՞ւմ եք: Բայց ո՛չ , անկարելի է, որ հասկանաք, կամ գոնե այնպես հասկանաք, ինչպես որ ես էի հասկանում... Դրա համար պետք է, որ կարողանաք հուզվել, ոգևորվել, տքնության ժամեր անցնել, ինչպես որ ես էի անցրել, որպեսզի հասկանաք, թե ի՞նչ է նշանակում «սեփական աշխատությունը» տպագրված տեսնել...

Եվ ես սկսա կարդալ իմ «աշխատությունը» մեկ, երկու, երեք, չորս և վերջապես տասն անգամ կարդացի և էլ չէի կշտանում: Զարմանալի է, որքան էլ որ թղթի վրա գրվածը լավ է թվում գրողին, լրագրի մեջ տպագրվածը նրանից տասն անգամ ավելի լավ է թվում: Եվ դրա գաղտնիքը, ես կարծում եմ, նրանումն է, որ մարդ յուր գրվածքը տպագրելուց հետո է միայն համոզվում թե ինքը, արդարև, «թղթակից է»:

Եվ այսպես, մեծ երանություն պատճառեց ինձ իմ անդրանիկ «երկի» տպագրությունը: Ցավալի էր միայն, որ նրանից հանել էին երկու բառ, առաջինը «ոստիկանություն» և երկրորդը՝ «գարշապար»: Ոստիկանությունը ոչինչ, բայց գարշապար բառի անհետանալը շատ վրդովեց ինձ:

Մեկ մտածեցի, թե վեր կենամ մի նախատական նամակ գրեմ խմբագրությանը և բացատրություն պահանջեմ «թղթակցի» պատվի հետ այդպիսի կոպտությամբ վարվելու համար, մեկ էլ ինքս ինձ ասացի, «ո՛վ գիտե, ո՞ր անգութ ձեռքն է հանել այդ բառերը, նույնիսկ խմբագրի կամքի հակառակ... ավելի լավ է լռել, ապա թե ոչ կարող են մեզ նույնիսկ քաղաքական հանցավոր ճանաչել...»:

Եվ այսպես, ես հաշտվեցի իրողության հետ, մխիթարելով ինձ ա՛յն քաղցր մտածությամբ, թե ես ուրեմն, «գրող» եմ և կարող եմ այսուհետև համարձակ իջնել գրական ասպարեզ և կանգնել այն մարդկանց շարքում, որոնք իրենց անվանում են «թղթակից-հրապարակախոս»:

Հետո «Հնձվորում» տպված իմ լուրի շուրջը կարմիր թանաքով մի հաստ ու գեղեցիկ շրջանակ քաշեցի և թերթը կախեցի իմ սեղանի առաջ՝ հանդիպակաց պատին, լուսանցքի վրա նախապես գրելով հետևյալը. «Այս է իմ գրական առաջին երկը», որ լույս տեսավ 1873 թվականի մայիսի 25-ին: Իմ գրական գործունեության քսանհինգամյակը լրանում է 1898 թ. մայիսի 25-ին»:

Բ

Ասում են՝ դիպվածները շատ անգամ «փոքրիկ» մարդկանց դարձնում են «մեծ»: Եվ այդ ճիշտ է: Եթե տեր Շմավոնի զավազանը իջա, չլիներ տեր Սիմոնի գլխին (գրական էտիկետը պահանջում է, որ մի անգամ հայտնածս ճշմարտության վրա պնդեմ մինչև վերջը), ես, իհարկե, այսօր թղթակից չէի դառնալ ազատամիտ «Հնձվորին», այն էլ ոչ թե պատահական, այլ «հատուկ»:

Այժմ կհետաքրքրվեք իմանալ, թե ե՞րբ դարձա ես «հատուկ թղթակից», քանի որ այդ մասին դեռ ոչինչ չեք լսած: Պատմեմ համառոտ:

«Հնձվորի» համարը մեր քաղաքում ստացվելուց մի օր հետո դուրս եկա փողոց իմանալու համար, թե ի՞նչ են խոսում արդյոք լույս տեսած լուրի մասին: Որքա՛ն մեծ եղավ իմ ուրախությունը, երբ թեմական դպրանոցի ծանոթ ուսուցիչներից մինը հայտնեց, թե այդ լուրը մեծ իրարանցում է ձգել քահանաների մեջ, իսկ սրբազան առաջնորդն այնքան է վրդովվել, որ հրամայել է գործակալներին քննություն կատարել և, հանցավորներին գտնելով խստությամբ պատժել:

— Հետաքրքրական է իմանալ, թե ո՞վ է գրել այդ լուրը, — հարցրի ես կեղծ միամտությամբ:

— Ով որ գրել է, շատ լավ է գրել, թեպետ լուրը կարճ է, բայց երևում է, որ գրողի գրչում թույն կա. երկու խոսքով քաղաքն իրար է տվել:

Քիչ էր մնում, որ այս գովեստը լսելուց խելքս թռցնեի և գրկելով վարժապետին՝ բացականչեի.

— Գրողը ես եմ, ես, պարոն Ճաճուռյան, այդ թունավոր գրիչն ինձ է պատկանում. այդ ե՛ս եմ, որ երկու խոսքով քաղաքն իրար եմ տվել:

Այո՛, ուզում էի այս խոսքերն ասել, բայց չգիտեմ ինչպե՞ս, քաջություն ունեցա ինձ զսպելու: Եվ հենց այդ վայրկյանին մի մեծ գյուտ արի, այսինքն՝ եկա այն համոզման, թե ինը մուսաներից մինը անպատճառ «լռեցնող է»: Եվ իրավ, եթե բոլոր մյուսները ոգևորում են մարդկանց գրելու, խոսելու կամ երգելու, չէ՞ որ մեկն էլ պետք է լինի, որ խիստ եռանդոտների աշխույժը չափավորե՝ գրողի ձեռքը, խոսողի լեզուն և երգողի ձայնը տկարացնելով: Եվ, իմ կարծիքով, այդ «լռեցնող» մուսան ամենից ավելի բարեկամ է մարդկանց, որովհետև յուր ներշնչումով արգելք է լինում անտեղի ստեղծագործություններին: Իսկ այդպիսի ստեղծագործություններ որքա՞ն շատ կարող են լինել աշխարհում: Եվ, ահա, ուրեմն, այդ բարեսիրտ մուսայի շնորհիվ ես չբացականչեցի Ճաճուռյանի առաջ և չմատնեցի ինձ:

Բայց նույն ավուր երեկոյան գնացի եկեղեցի իմանալու համար, թե ի՞նչ հետևանք է ունեցել գործակալի քննությունը: Եվ որքա՛ն մեծ եղավ իմ զարմանքը, երբ իմացա, որ տեր Շմավոնի ու տեր Սիմոնի փոխարեն պատժվել են տեր Գրիգորն ու տեր Սահակը, որոնց մասին, ինչպես գիտեք, ոչինչ չէի գրած: Իմ հարցին, թե ինչի՞ համար են դրանք պատժվել և ոչ թե ուրիշները, քանի որ լրագրում անուն չէ հիշված, — պատասխանեցին թե՝ «հարցուփորձից պարզվել է, որ դրանք մի օր կռվել են իրար հետ գերեզման օրհնելիս»:

— Ուրեմն, ճշմարտություն դուրս եկավ թաքստից, կեցցե՛ լրագիրը,— բացականչեցի ես:

— Հա, ֆարմասոն, չլինի՞ թե դու ես լուր տվել «Հնձվորին», — խոսեց հետևից տեր Սեղբոսը, որ լսել էր իմ բացականչությունը:

— «Ահա՛ գրելու նյութ — թղթակցին պտրտում են...» մտածեցի ես և, չնայելով որ այդ քահանային արհամարհում էի, իբրև հետադեմ կղերականի, այսուամենայնիվ որոշեցի այս անգամ չարհամարհել, մտածելով, թե քանի որ սա ինքն ընդունում է, որ ես կարող եմ լուրեր տալ լրագրին, թո՛ղ այդ պես էլ իմանա և երկյուղ կրե ինձանից:

— Հա, դիցուք, թե ես եմ տվել, ի՞նչ եք ուզում ասել, — հարցրի ես մի առանձին խստությամբ:

— Այն եմ ուզում ասել, որդի, — պատասխանեց նա ձայնը մեղմացնելով, — որ երբ մի բան գրում եք, ուղիղը գրեք:

— Ինչ որ լրագրում գրվում է, նա անպայման ուղիղ է, սովորեցեք, վերջապես, պատկառիլ տպված խոսքից, — բարկացա ես արդար բարկությամբ:

Տեր Սեղբոսը, կարծեմ, երկյուղից կորցրեց իրան:

— Ոչ, այդ չէի ասում... — կակազեց նա, — կարծեմ պատժված քահանաներն իրար չեն խփել, այլ միայն հայհոյել են:

«Ահա՛ գրելու երկրորդ նյութ — իսկությունն ուրանում են», մտածեցի ես և ապա հարցրի.

— Եթե այդպես է, գործակալն ինչո՞ւ էր պատժում նրանց:

— Այդ մեկը չգիտեմ. ա՛յ, հենց նա ինքը գալիս է այստեղ. հարցրու, մենք չենք կարողանում նրա հետ այդպիսի հարցերից խոսել:

— Ինչո՞ւ չեք կարողանում:

— Ինչպե՞ս կարողանանք, գործակալ մարդ է, մեկ էլ տեսար գնաց արքազանի առաջ մեզ զրպարտեց, նա էլ հրամայեց, թե գնա՛ տեր Սեղբոսին պատժիր: Այն ժամանակ ո՞վ է մեզ պաշտպանում:

— Մենք, գրականության մշակներս, — բացականչեցի ես

խրոխտաբար և այդ վայրկենին ինձ թվաց, թե մի առանձին ուժ ստացա տկարներին է անմեղներին պաշտպանելու համար:

Վերջապես մոտեցավ գործակալ քահանան: Դա մի տգետ գյուղացի էր. բայց երեսի պնդությամբ կարողացել էր ոչ միայն գյուղից փոխադրվել քաղաք, այլև այդտեղ կարգվել էր գործակալ:

Իմ հարցին թե ինչո՞ւ պատժել եք տեր Գրիգորին ու տեր Սահակին, նա կոպիտ, գավառական բարբառով պատասխանեց.

— Ինչպե՞ս թե ընչի՞, հեր օրհնա՛ծ, նրանց անիրավութենի համբավը հասել ա Թիֆլիս. սաղ աշխարհը նրանց վրա ա խոսում, հմի դու ասում ես ընչի՞ ենք պատժել:

— Բայց ի՞նչ են արել նրանք, — հարցրի ես խստությամբ:

— Կռվել, հայհոյել, իրար ծեծել են, էլ ի՞նչ պտի անեն:

— Իսկ ես լսել եմ, որ նրանք կռվել են խոսքով, բայց չեն ծեծել իրար:

— Հա, իմ քննության վախտն էլ տըհենց ասեցին, ամա դե ես պատժեցի:

— Էլ ինչո՞ւ էիր պատժում, քանի որ քննությունն այդ լուրը չէ արդարացրել:

— Ընդուր, որ լրագրումը տպված ա ըլել թե ծեծել են: Լրագրի խոսքը թողանք, մարդկանց հավատա՞նք, տպած խոսքը սո՞ւտ կըլի:

Գործակալի այս պատասխանը շատ դուր եկավ ինձ: Չնայելով յուր արտաքին կոպտության, երևաց, որ բավական լուսամիտ է նա, որովհետև ճանաչում է տպագրված խոսքի արժանիքը:

— Կեցցես, տեր-հայր, մինչև այսօր ես նախապաշարված էի քո վերաբերմամբ, բայց այժմ արդեն տեսա, որ արժանավոր գործիչ ես, — ասացի ես:

Խրախուսվելով իմ գովեստից, գործակալը հայտնեց մի խելոք միտք, որը ինձ վրա խորը տպավորություն արավ:

— «Լուր» ասած բանը նման ա ձյունի կլոնդրակի (գնդակի), որ երեխաները գնդելով գցում են ձյունի վրա, եղո սկսում են թոլ տալ (գլորել), որքան շատ ա թոլ ըլում էդ կլոնդրակը, էնքան էլ ձյունը վրան ավելանում ա, հու ենդուց եղը էնքան մեծանում, որ էլ երեխաները կարում չեն տեղից ժաժ տալ: Ուրեմն, եզրակացրեց գործակալը, մարդիք չպետք ա ձյունը գնդեն, այսինքն ամենափոքր անկարգություն էլ ա անեն, չուն էդ անկարգության լուրն ըստեղից մինչև Թիֆլիս հասնիլը տասն անգամ պտի մեծանա, ոնց որ բնական ա: Մեղավորն էլ պետք ա պատժվի, ոչ թե էն չափով, որ մեղք ա գործել, այլ էն չափով, որ գրված ա լրագրումը:

— Բայց տեր-հայր, ձյունի գունդն ուրիշ բան է, չոր լուրն՝ ուրիշ բան, ձյունը գլորվելով կմեծանա, դա բնական է, բայց լուրը պիտի տեղ հասնի ճշտությամբ, առանց մեծանալու, կամ փոքրանալու, — նկատեց գործակալին մի նորընծա քահանա, որ կարծեմ, պահպանողականներից էր:

— Սխալվում ես, որդի, — պատասխանեց գործակալը. — ճանապարհի գնալուց լուրն էլ ընենց մեծանում ա, ոնց որ ձյունի կլոնդրակը, այ, մի օրինակ պատմեմ, լսիր: Օղորմած հոգի դեր (տեր) Պուղին մեր գեղի պատվական քահանաներից մինն էր: Մի առավոտ զարթնելով կնկանն ասում ա — դերակին, էս գիշեր էրազումս էնքան տանջվեցի, էնքան չարչարվեցի, որ ուզում ի մեռնեմ: — Խի՞, ա դեր, — հարցնում ա կնիկը, — ընդուր որ, մի ագռավ ծնեցի, — ասում ա դերը: — Բա՛ քու տունը չքանդվի, ըդենց էլ բան կլի՞, արմանում ա կնիկը, հու ձեռաց վազում իրենց դրացի Օհանի կնկանը ասում՝ — աղջի, Սաքեթ, չե՛ս ասել, մեր դերը էս գիշեր էրկու ագռավ ա ծնել: — Վա՜յ, քոռանամ, էդ ի՞նչ ես ասում, — ծնկներին տալիս ա Սաքեթը, հու ինքն էլ վազում իրա հարևանի մոտ ասում. — Աղջի, Սառումի թոռը, ախր դեր Պուղին ես գիշեր իրեք ագռավ ա ծնել: — Էդ ի՞նչ զուլում (պատիժ) ա, ա՛ կնիկ, — ասում ա Սառումի թոռը, — հու վազ տալի իրա տալի տունը: — Սոփի, Սոփի, — ասում, ա, արմացք բան ասեմ. դեր Պուղին էս գիշեր չորս ագռավ ա ծնել:

«Ինչ գլուխներդ ցավացնեմ, բանը որ հասնում ա քյոխվին, դեր Պուղին օխտը ագռավ ա ծնած ըլում: Քյոխվան, իհարկե, իրա գեղի խեր ու շառին հոգատար մարդ, հավաքում ա գեղականը հու գալիս դեր Պուղու մոտ:

— Ա դեր, էս ի՞նչ զուլում ա հասել մեր գեղին, էդ խի՞ օխտը ագռավ ես ծնել, — հարցնում ա նրան: Խեղճ դեր Պուղին մնում ա շվարած:

— Էդ ո՞վ ասեց, քյոխվա, — հարցնում ա նրան:

— Ո՞նց թե ո՞վ ասեց, սաղ գեղը դրնգում ա (թնդում է), — պատասխանում է քյոխվեն: Հանկարծ դերի միտն ա գալիս իրա երազը, կանչում ա կնկանը հարցնում.

— Դերակին, էս ագռավի բանը քեզ եմ ասել, էն էլ ասել եմ թե մի ագռավ եմ ծնել, հմի էս խի՞ էլլիկը (հասարակությունը) ասում ա օխտն եմ ծնել:

— Ի՞նչ գիտամ, ես Օհանի կնկան էրկուսն եմ ասել,— պատասխանում ա դերակինը:

— Բա խի՞ ես երկուսն ասել:

— Ընդուր, որ մտածեցի թե մի ագռավ որ ծնել ա, հալբաթ (երևի) մի ճուտ էլ հետը կըլեր:

— Այ Օհանի կնիկ, դո՞ւ ինչ ես ասել, — հարցնում են նրան:

— Ես էլ ասել եմ իրեքն ա ծնել:

— Բա խի՞:

— Չուն մտածեցի, թե երկու ագռավ որ ծնել ա, հալբաթ նրանց էլ մի ճուտ կըլեր: — Եվ ըսենց պատասխանում են բոլորը:

Բանն իհարկե պարզվում ա, բայց էդ օրից խեղճ քահանի անունը մնում ա «օխտը ագռավ ծնող դեր Պուղի»:

— Հիմի, ա դեր, — դարձավ գործակալը նորընծային,— դու ասըմ ես լուրը մեծանալ չի: Էս հլա փոքր գյուղում ա, որ մի ագռավը օխտն ա դառնում, բա լուրը, որ ըստեղից Թիֆլիս գնա, տես քանի անգամ պիտի մեծանա է՛...

Գործակալի պատմությունը համոզիչ ազդեցություն արավ լսողների վրա, իսկ ինձ, առանձնապես, հիացրեց: Այդ պատճառով ձեռքս պարզելով նրան ասացի.

— Հայտնում եմ ձեզ իմ անկեղծ համակրությունը: Քանի որ դուք էլ մեր բանակից եք, ուրեմն գործենք միասին:

Գործակալը, կարծես, ասածներս չհասկանալով, քաշվելով հարցրեց.

— Ձեր պաշտոնն ի՞նչ ա:

— Իմ պաշտո՞նը... այդ թող ուրիշներն ասեն, — պատասխանեցի ես ժպտալով և համեստությամբ հեռացա:

Բայց որովհետև քայլերս արագ չէի փոխում... ուստի լսեցի, որ տեր Սեղբոսը մի առանձին անկեղծությամբ ասում էր. — «Հնձվորի» թղթակիցն է, լուրն էլ դա է հաղորդել:

Գործակալը մի զարմացական բացականչություն արավ և, կարծեմ, տեղն ու տեղը սառեց:

Գ

Հա, դուք կամենում էիք իմանալ, թե ինչպես դարձա ես «հատուկ» թղթակից, բայց ես միջանկյալ պատմություն արի, հոգ չէ, այդ էլ հարկավոր էր, այժմ կդառնամ բուն խնդրին:

Վերադառնալով տուն, նախ սկսա մտածել այն մասին, թե ի՛նչ լավ բան է շփումն ունենալ հասարակական գործիչների հետ, կարծիքներ լսել, մտքեր փոխանակել կամ չգիտցածը սովորել:

Առաջին գրական երկս «Հնձվորին» ղրկելու ժամանակ խոստովանում եմ, երկո՞ւ թե երեք վայրկյան խղճի խայթ ունեցա, որովհետև մտածեցի, թե արդյո՞ք լավ եմ անում, որ չեղած բանը գրում եմ թե՞ ոչ: Ասենք դա սկի խղճի խայթ էլ չէր, այլ լոկ անփորձության երկյուղ: Իսկ ա՞յժմ, հայ գործակալի բերած օրինակները լսելուց հետո այնպիսի մի անհողդողդ քաջություն եկավ վրաս, որ կարծես պատրաստ էի աշխարհը գլխի վրա շուռ տալու, եղածը չեղած, սպիտակը սև, փոքրը մեծ, կարճը երկար, հաստը բարակ, մի խոսքով, աներևույթը երևութական դարձնելու, միայն թե կարողանայի շարունակ գրել և այդպիսով ծառայել գրականությանը: Օ՛, ի՞նչ ոգևորություն էր այս և ինչ չէ կարող անել մարդ հափշտակության այդպիսի վայրկյաններում:

Եվ ես սկսա գրել: Բայց ի՞նչ եք կարծում, ի՞նչ... Մի որևէ լո՞ւր, երբե՛ք: Այս անգամվա ոգևորությանը լուրի ոգեվորություն չէր, այլ մի ամբողջ թղթակցության, որ գրական աշխարհը հուզեր, կրքեր վառեր, մտքեր բորբոքեր... Այո՛, և ես սկսա գրել, ո՛չ, շարադրել այդ թղթակցությունը: Եվ շարադրում էի, ի՞նչ եք կարծում քանի՞ օր, — ուղիղ տասներկու, առավոտից սկսած մինչև երեկո: Առաջին երկու օրը զբաղված էի միայն իմ տետրակից բառեր ու ոճեր քաղելով: Հետո կարգի բերի այն հարցերը, որոնց մասին պետք է գրեի: Ապա սկսա իսկական շարադրությունը, որ ինձանից խլեց ուղիղ հինգ օր հետո շարադրությանս մեջ զետեղեցի իմ ընտրած բառերն ու ոճերը, վերջն արտագրեցի, օրինակեցի, միավ բանիվ դուրս եկավ մի իսկայական աշխատություն: Եվ ուրիշ կերպ էլ չէր կարելի, երբ մարդ մի լուրջ բան է գրում, պետք է լրջորեն էլ պարապե, քննե, հետազոտե, ուսումնասիրե...

Որովհետև այդ թղթակցությունն ամբողջապես առաջ բերել չէի կարող, ուստի համառոտ հիշեմ, թե ի՞նչ խնդիրներ էի շոշափել դրա մեջ:

Սկզբում հարձակվեցի այն բոլոր ստոր արարածների վրա, որոնք սկսել էին որոնել լուր հաղորդող թղթակցին, ինչպես օրինակ տեր Սեղբոսը և նրա նմանները: Այս պարբերության համար հատկապես իմ ոճերի տետրակից արտագրել էի հետևյալ գեղեցիկ խոսքերը՝ «Պարոններ, իզուր եք որոնում, կամ հալածում թղթակիցներին, նրանք հանցավոր չեն, որ գրում են ճշմարտությունը, իսկ ճշմարտությունը մի հայելի է, որի մեջ ցոլանում է ձեր պատկերը. հայելին մեղավոր չէ, որ այդ պատկերը նրա մեջ երևում է տգեղ և զզվելի»:

Այս կտորն այնքան գեղեցիկ էր, որ ես հինգ անգամ, իրար վրա կարդացի:

Հետո սկսա խոսել, «մտրակողական» ուղղության մասին, անվանելով նրան «ժողովրդի փրկություն»: Եվ այդ անունն արդարացնելու համար առաջ բերի այն հզոր ազդեցությանը, որ արել էր «Հնձվորը», հրապարակ հանելով քահանաների տգեղ արարքը: «Նույնիսկ կղերականությունը չկարողացավ անտարբեր մնալ այդ մերկացումի առաջ և ստիպված էր պատժել հանցավորներին» ասում էի ես:

Այս առիթով, սակայն, ես հարձակվեցի սրբազանի վրա, անվանելով անարդար և կողմնապահ, որովհետև իսկական հանցավորներին թողած, նա պատժել էր բոլորովին անմեղ մարդկանց (այս մեկն հո հաստատ գիտեի), և այդ արել էր, ասում էի, այն պատճառով, որ պատժվողները սրբազանի հետադեմ ուղղության կուսակից չէին: (Այս մասին թեպետ խոսք չէր եղել իմ ու տեր Սեղբոսի մեջ, այնուամենայնիվ ես պիտի գրեի, որովհետև իբրև թղթակից պարտավոր էի կատարված իրողության իսկական պատճառները հետազոտել, գտնել)...:

Չխոսելով այլևս մյուս հարցերի մասին, այսքանը միայն կասեմ, որ թղթակցությունս այնքան գեղեցիկ էր դուրս եկել, որ նա, մինչև անգամ, նմանվում էր իսկական թղթակցության: Հենց այս պատճառով էլ սիրտ արի նրա վերջում ավելացնելու իմ անձի վերաբերմամբ հետևյալ տողերը.

«Հանձն առնելով թղթակցի պատասխանատու պաշտոնը, մենք դրանով նպատակ ունինք ծառայել հասարակության իսկական շահերին: Մեր պարտքը կլինի ամեն մի դեպքում պաշտպանել արդարությունը, ճշմարտությունը, գեղեցիկը և բարին, իսկ իրավունքը՝ հալածել ու հարվածել անարդարությունը, սուտը, տգեղը և զզվելին»:

Այս ամենից հետո առաջ էր գալիս ստորագրության խնդիրը: Եթե իմ գրածների տակ դնեի միշտ իմ անունն ու ազգանունը, որ էր Հովսեփ Ավետիսյան Օհանյանց, դա շատ երկար կլիներ, և բացի այդ, ես կարող էի հաճախ ենթարկվել հարձակումների, կամ հրավիրվել դատարան: (Չէ՞ որ իբրև իմ կոչման հավատարիմ թղթակից, ես չէի կարող միշտ ճշմարտություններ գրել, մի տեղ որ ուղղություն կա, բանակ կա, կուսակցության շահեր կան, մի՞թե կարելի է միշտ ճշմարտություն խոսել): Այդ պատճառով էլ որոշեցի ընտրել մի կեղծ անուն: Բայց թվելով մի քանի տասնյակ բառեր, օրինակ՝ Բեղզեբուղ, Որոմնացան, Սանտարամետ, Մտրակահար, Հառաջաղեմ և այլն, տեսի, որ դրանք բոլորն էլ թեպետ գեղեցիկ, բայց երկար բառեր են: Ես կամենում էի կարճը և քաղցրահնչյունը: «Արի իմ անվան, հորանվան և ազգանվան գլխատառերն իրար մոտ դնեմ և տեսնեմ, թե ի՞նչ դուրս կգա», — մտածեցի ես, և այդպես էլ արեցի, դուրս եկավ ՀԱՕ, որը ոչինչ չէր նշանակում: Բայց որովհետև պապիս անունն էլ Կարապետ էր, ուստի երբ նրա գլխատառն էլ մեջը դրի, դարձավ ՀԱԿՕ: Ի՜նչ գեղեցիկ ու հրաշալի բառ, բացականչեցի ես և այդ անունով էլ թղթակցությունս կնքելով ուղարկեցի «Հնձվորին»:

Անցավ տասն օր: Տասը դժվարատար, հույսով, ցնորքով և հուզմունքով լի օրեր... Անցուցե՞լ եք դուք երբևիցե այդպիսի օրեր... Իհարկե ոչ: Այդ ծանր, թեթև, քաղցր և դառն, միշտ տանջող և միշտ հաճելի օրերը միայն մեզ՝ գրականության մշակներիս է վիճակված... Այո՛, գրել, ստեղծագործել և սպասել, որ այդ ստեղծագործությունը լույս տեսնե, մտքեր ու սրտեր հուզե, կարծիքներ ծնեցնե, վեճեր հարուցանե և ստեղծագործողի անունը փառավորե կամ... խայտառակե: Վերջին բառն, իհարկե, ինձ չէ վերաբերում. բայց լինում են նաև այդպիսի դժբախտներ, մուսաներից ատված մարդիկ, որոնք գրում, կամ, իրենց կարծիքով ստեղծագործում են և վերջը խայտառակվում: Բայց թողնենք այդ դժբախտներին:

Տասն օր անցավ: Ստացվող «Հնձվորում» չէր երևում իմ թղթակցությունը. սկսում էի հուսահատվել... Հեշտ բան չկարծեք նստել 12 օր, գրել, շարադրել, միևնույն բանը տասն անգամ օրինակել և վերջը նրա տպագրությունը չտեսնել... Օ՛ դա զարհուրելի է... Բայց ինչպես երևում է, ինձ ոգևորող մուսան իսկում է եղել թղթակցությանս: Տասն և մեկերորդ օրը, այո՛, ճիշտ այդ օրը... բայց ոչ, նկարագրեմ, թե ի՞նչ օր էր այդ. — Պայծառ և գեղեցիկ, արևն առավոտը ծագել էր, իսկ երեկոյան պետք է մայր մտներ, հետո լուսինը պիտի ծագեր, մարդիկ և անասուններ եռանդով գործում էին, թռչունները երգում. բույսերը բսնում և ծաղիկները ծաղկում... դրանից կարող եք երևակայել, թե ի՞նչ հրաշալի օր էր այն: Եվ ահա, այդ հրաշալի օրը ստացա «Հնձվորի» մի համար: Տենդային հուզմունքից դողացող ձեռքերով բացի թերթը: Առաջին երեսում ոչինչ չկար, իսկ երկրորդում... Տեր աստվա՛ծ, մի՞թե ճշմարիտ էր, աչքերիս չէի ուզում հավատալ... Այդտեղ, այդ երկրորդ երեսում տպված էր, բայց ո՛չ, լույս էր տեսած, կամ ավելի ճիշտ ասած հրատարակված էր իմ թղթակցությունը... Առաջին անգամ, որ աչքս ընկավ ՀԱԿՕ-ի վրա, քիչ էր մնում, որ ուրախությունից խելագարվեի... ուրեմն դա երազ չէր և ոչ էլ ցնորք: Այո՛ դա իմ թղթակցությունն էր տպված հայոց ազգի պարծանք «Հնձվորում»: Եվ ես սկսա կարդալ: Բայց, ո՛վ զարմանք, ուրախությունն այնքան էր շշմեցրել ինձ, որ ամենից կարևորը, իմ ներկան ու ապագան փառավորողը դեռ չէի տեսել: Իմ հոդվածի սկզբում, «Նամակ խմբագրության» վերնագրի տակ, փակագծի մեջ նոր գրերով տպված էր «Հատուկ թղթակցից»... Հասկանո՞ւմ եք, հատուկ թղթակցից, ուրեմն ես, Հովսեփ Ավետիսյան Օհանյանցս, կամ ըստ անվանակոչության Հակօ-ս, «Հնձվորի» «հատուկ», կամ որ նույնն է ասել «պաշտոնական» թղթակիցն էի: Եվ այս պատվաբեր կոչումը ոչ մի մահկանացու չէր կարող այլևս խլել ինձանից, որովհետև դա արդեն հաստատված, սրբագործված էր տպագրված տառերով ճշմարտության պաշտպան և ընդհանուր աշխարհին հայտնի «Հնձվոր» լրագրում... Ընդհանուր աշխարհին հայտնի եմ ասում, որովհետև նրա ճակատին պարզ գրած էր թե «արտասահմանից մեզ դիմում են հետևյալ հասցեով Tiflis, Redaction «Hindzvor». կնշանակե արտասահմանում նա հայտնի էր ամենքին: Այդպիսով, ուրեմն, ես էլ դառնում էի աշխարհահռչակ, իմ անունն էլ այնուհետև պիտի կարդացվեր ոչ միայն Կովկասում ու Ռուսաստանում, այլև Եվրոպայում, Ամերիկայում, Աֆրիկայում և Ավստրալիայում...

Վերջապես այդպիսի հուզումների և հոգեկան ամենաքաղցր գրգիռների ազդեցության տակ ես կարդացի իմ թղթակցությունը մի քանի անգամ, հիացա, հափշտակվեցի և ապա «Հնձվորը» սրտագին համբուրելով՝ դուրս եկա տանից:

Հասած լինելով արդեն այսպիսի բարձր աստիճանի, ես, իարկե, պիտի աշխատեի այնուհետև հեռու պահել ինձ հասարակ ամբոխից և գտնվել մշտապես որոշ բարձրության վրա: Բայց մինչ այդ դեռ հարկավոր էր իմանալ, թե ի՞նչ ընդունելություն է գտել իմ հոդվածը քաղաքի մեջ, կամ ի՞նչ ազդեցություն է արել նա ընթերցող հասարակության վրա:

Այդ վայրկենին, որ ոտքս դրի քաղաքի հրապարակում, ինձ այնպես թվաց, թե բոլոր մարդիկ աչքերնին սևեռեցին ինձ վրա, իսկ շատերը նրանցից հարգանքով բարևեցին: Ես, իհարկե, չնայեցի ոչ ոքին և առաջ էի գնում հաստատուն քայլերով ու «հատուկ թղթակցին» վայել լրջությամբ:

Օրը տոն լինելով՝ դպրանոցի վարժապետական խումբն ևս այդտեղ էր: Ես, իհարկե, միայն դրանց կարող էի մոտենալ, իբրև փոքր ի շատե ինտելիգենտ մարդկանց: Իմ ողջույնին ամենքը պատասխանեցին սիրով և քաղաքավարությամբ: Իսկ իմ հարցին թե՝ ի՞նչ նոր լուր կա, Ճաճուռյանն ասաց.

— Լուր չէ, այլ մի ամբողջ պատմություն... «Հնձվորի» այստեղի թղթակիցը գլխի վրա է դրել ամբողջ քաղաքը:

— Ինչպե՞ս, ի՞նչ է գրել, — հարցրի ես կեղծ անգիտությամբ:

— Օ՜, պետք է կարդաք, բառերով պատմել անկարելի է:

— Այսուամենայնի՞վ:

— Ասում եմ անկարելի է, է՛լ թղթակից պտրողներ, է՛լ առաջնորդ, է՛լ քահանա, է՛լ կուսակցական անարդարություն և այլն, և այլն չէ մնացել, բոլորն հրապարակ են հանված:

— Եվ լա՛վ է գրված:

— Փառավոր, «հատուկ թղթակցի» գործ է:

— Ուրախ եմ, որ հավանում եք, — ասացի ես ժպտալով: Ճաճուռյանն իսկույն բռնեց ձեռքս և քաշելով ինձ մի կողմ, հուզված ձայնով հարցրեց.

— Մի՞թե դուք եք գրողը:

Ես զարմացա նրա նուրբ հոգեբանական ընդունակության վրա:

— Ինչո՞ւ համար եք այդպես կարծում — հարցրի ժպտալով:

— Օ՛, մի ծածկեք, խնդրում եմ, հայտնեցեք ինձ ճշմարտությունը, ես գաղտնապահ կլինեմ այնպես, ինչպես գերեզմանի քարը, որ ոչ ոքի չի ասում, թե ո՞վ է յուր տակ պառկած:

— Ս՛ս... կամաց խոսեցեք, ի սեր աստծո, — զգուշացրի ես:

— Ուրեմն, սիրելի բարեկամ, այդ դուք եք, դո՛ւք...

— Այո՛, ինչո՞ւ ծածկեմ լավ բարեկամից... Բայց, խնդրում եմ՝ թող ոչ ոք այլևս չիմանա այդ:

— Բայց ախր դուք... ներողություն...

Ինձ թվում էր, թե նա կամենում էր ասել՝ «ախր դուք այնքան մտավոր պատրաստություն չունեք», բայց իմ աչքերի խիստ հայացքը զգաստացրեց նրան, ուստի խոսքը փոխելով հարցրեց.

— Բայց ախր այդ ի՞նչ անուն է, որ ընտրել եք:

— Հովսեփ Ավետիսյան — Կարապետյան Օհանյանցի գլխատառերը միացրեք դա կլինի՞...

Ճաճուռյանը մի փոքր մտածեց և ապա հանկարծ բացականչեց:

— Հակօ:

Բայց հենց այդ բառն էր, որ կարողացավ արտասանել և ապա ամոթից շառագունվեց, որովհետև զգաց, որ մեծ անքաղաքավարություն է արել՝ կասկած հայտնելով իմ մտավոր պատրաստության մասին:

— Ներողություն, սիրելի պարոն Հակո, եթե ես վիրավորեցի ձեզ, — ասաց նա անկեղծ զղջումով:

Հակո անունն առաջին անգամ լսելով կենդանի բարբառով խոսողից, այնպիսի մի քաղցր հաճույք զգացի, որ իսկույն էլ ասացի Ճաճուռյանին կատարյալ ներողամտությամբ.

— Անհոգ կացեք, բարեկամ, այսուհետև այլևս ես սրտիս չեմ առնիլ ոչ մի վիրավորանք: Մի անգամ, որ հրապարակախոսությունն ընտրել եմ իմ գործունեության ասպարեզ, ես պիտի աշխատեմ սովորել համբերություն: Ես պատրաստ պիտի լինիմ թե՛ վիրավորանքի և թե՛ հալածանքի. այդ դեպքում, անշուշտ, ինձ կմխիթարեն և կոգևորեն մեծ հրապարակախոսների օրինակները:

— Անշուշտ, անշուշտ, — պատասխանեց Ճաճուռյանը խորին ակնածությամբ:

Ես կրկին զգուշացրեցի նրան — ոչ ոքի չհայտնել Հակո-յի ով լինելը և հեռացա:

Բայց, բարեբախտաբար, «ոչինչ է ծածուկ որ ոչ յայտնեսցի»: Ճաճուռյանն այս մասին հայտնել էր Մոճոռյանին, Մոճոռյանը՝ Չանչուրյանին, Չանչուրյանը՝ Զանգուրյանին և այդպիսով մի շաբաթից հետո արդեն բոլոր քաղաքը գիտեր, որ ես եմ Հակո-ն, «հատուկ թղթակիցն» ազատամիտ «Հնձվորի»:

Դ

Այժմ այլևս ավելորդ է թվել, թե ի՞նչ նյութերի մասին եմ գրել ես իմ երկրորդ, երրորդ, չորրորդ և այլն և այլն նամակներում: Այդ երջանիկ օրերից սկսած մինչև այսօր անցել են շատ տարիներ և այդքան ժամանակի ընթացքում «Հնձվորում» հրատարակված իմ թղթակցությունների մեջ ես շոշափել եմ հարյուրավոր ու հազարավոր հարցեր: Այդ ամենի մասին հիշել անկարելի է: Այսքանը միայն կասեմ, որ իմ հրապարակախոսական գործունեության ընթացքում հետևել եմ միշտ մի ազնիվ սկզբունքի, այն է՝ խոսել ու գրել ճշմարտությունը, և միայն ճշմարտությունը: Բայց, իհարկե, ոչ այնպես, ինչպես որ նա կա, (այդպես կարող է անել ամեն մի տիրացու), այլ այնպես, ինչպես որ պիտի լինի, որովհետև ա՛յդ է պահանջում կուսակցական ճշմարտության էտիկան, որն ուսումնասիրել և յուրացրել եմ շարունակ «Հնձվորի» գոհարները կարդալով և նրա ուղղության գաղտնիքը վերլուծելով:

Այս իսկ պատճառով ամեն մի թղթակցություն շարադրելիս աչքիս առաջ եմ ունեցել հայր գործակալի «ձյունի կյոնդրակը» և «օխտը ագռավ ծնող տեր Պուղու» պատմությունը: Դրանք, այո, եղել են ինձ համար լուսատու փարոսներ իմ հրապարակախոսական նավի հորձանուտ ճանապարհի վրա և դրանց եմ պարտական գրական ասպարեզում ձեռք բերած իմ հաջողությունն ու հռչակը:

«Հատուկ թղթակցի գործունեության ասպարեզը — մանավանդ այն թղթակցի, որ կոչումն ունի ազատ, մտրակող և մերկացնող ուղղությանն հետևելու, չափազանց ընդարձակ է և շնորհակալ: Գավառի մեջ, մանավանդ, այդ կոչման հետ կապված են որոշ իրավունքներ, որոնցից թղթակիցը կարող է օգտվել ինչպես և ինչ չափով որ կամենա: Բավական է, որ նա յուր ձեռքին ունի մի դրոշակ, որի վրա գրված են հետևյալ վեհ խոսքերը. «ազատամտություն», «նոր և թարմ հոսանք», «հարվածել ու մտրակել», «կորչի խավարը և հետադիմությունը», «ատում ենք կղերականներին», «ով որ մեզ հետ չէ, մեր դեմն է»: Այլև մի բառարան, որ յուր մեջ ունենա 500-ից մինչև 1000, կամ առավելն 2000 ընտիր, բայց, միևնույն ժամանակ ազդու հայհոյանքներ, համեմված հարձակողական և մտրակողական դարձվածքներով, որոնք որչափ հանդուգն լինեն ու սանձարձակ, այնքան ավելի լավ, որովհետև ինչպես գիտեք, քացախի թունդն է լինում հարգի:

Եվ ահա՛ այդ գեղեցիկ ուժերով զինված, դուք մտնում եք... բայց ոչ, այստեղ մի փոքր պիտի շեղվեմ:

Հայոց ազգը հո գիտե՞ք ինչ ազգ է: Երևելի ազգ է, ամեն բան ունի: Ամենից առաջ ունի մի ազգային եկեղեցի, որ թեպետ մի փոքր հետադեմ է, բայց վնաս չունի за то շատ հին է: Նրա գոյությունն, ասում են, Քրիստոսից շատ առաջ է հիմնված, չգիտեմ, Բագրատունյաց ո՞ր թագավորի ժամանակ: Թվականը չեմ հիշում: Ես, առհասարակ այդպիսի սխոլաստիկական խնդիրներով չեմ զբաղվում: Ճշմարիտն ասած նոր սերնդին չի էլ սազում վատնել ժամանակն այդպիսի դատարկ բաների վրա: Այսքանը միայն գիտեմ, որ նա շատ հին է, և ինչպես «Հնձվորն» էլ ասում է՝ ունի ժողովրդական ոգի, որի պատճառով էլ կատարում է ժողովրդական ընտրություններ, ինչպես օրինակ, քահանայի, երեցփոխանի, հաշվատեսի, պատգամավորի և այլն:

Հայոց ազգն ունի, նաև, հոգևոր դպրոցներ, որոնց մեջ դասախոսում են վարժապետներ, իսկ վարժապետներին ընտրում է տեսուչը, տեսչին հոգաբարձուները, հոգաբարձուներին ժողովուրդը, իսկ ժողովրդին... հա՛, ներողություն. դենը ճանապարհ չկա:

Հայոց ազգն ունի հոգևոր ատյաններ, որոնք կառավարվում են անդամներով, իսկ անդամներին կառավարում է առաջնորդը, առաջնորդին կաթողիկոսը, կաթողիկոսին... Այստեղ էլ, կարծեմ, ճանապարհը փակ է, բայց սազում է, որ ասեի «իսկ կաթողիկոսին ժողովուրդը»:

Վերջապես հայոց ազգն ունի բարեգործական ընկերություններ,

որոնք կառավարվում են վարչություններով, իսկ վարչությունը բաղկացած է անդամներից ու նախագահից, որոնց, ինչպես գիտեք, ընտրում է ընդհանուր ժողովը, իսկ ընդհանուր ժողովը կազմվում է անդամներից, որոնք, բոլորն էլ, ժողովրդական ոգի ունին, որովհետև աշխարհականների որդիք են: (Միջանկյալ պիտի ասեմ, որ դրանք միակ հաստատություններն են, որոնք ազատ են կղերական տարրից և նրանց ազդեցությունից. դժբախտաբար դրանք էլ այն վատ կողմն ունին, որ ընդունում են հետադեմ անդամներ, որոնց հետ երբեմն ստիպված ենք լինում ընդհարվիլ):

Ահա՛, այս բոլոր տեղերն ու հաստատությունները, որոնք ժողովրդական ոգու արտադրություններն են, կազմում են «հատուկ թղթակցի» գործունեության ասպարեզը:

Հիշածս դրոշակը ձեռքիս և բառարանը կռանս տակ ես մտնում եմ այդ ասպարեզներից, որը կամենում եմ, որովհետև իմ առաջ բաց է ամեն դուռ, եկեղեցո՞ւ լինի այդ թե՛ դպրոցի, առաջնորդարանի՞ լինի թե բարեգործական ընկերության, միևնույն է. ամեն տեղ էլ ես մտնում եմ ազատորեն, ինչպես որ կմտնեի իմ հոր տունը կամ իմ պապի բախչեն:

Առաջին անգամ, որ կոխում եմ դռան շեմքը, մի թեթև հազում եմ: Ներկա եղողներն իսկույն նայում են ներս մտնողին և զգաստ դիրք ստանում: Այդ ժամանակ արդեն ես գլխարկս հանում եմ: Իբրև ծայրահեղ առաջադիմական, ես այդ անում եմ մի քանի քայլ դահլիճում առաջ գնալուց հետո: (Հետադիմականներն, ընդհակառակը, գլխարկները հանում են նախասենյակում, որ նշան է նրանց երկչոտ և նվաստողի լինելուն): Իսկույն մի խուլ շշուկ տարածվում է ժողովրդի մեջ: Լսվում են հարցերը. «ո՞վ է սա» և պատասխաններ. «Հնձվորի» թղթակիցը, կամ «պարոն Հակօն»:

Ես, իհարկե, այդ վայրկյանին դիմում եմ դեպի իմ աթոռը, գլուխս վեր բռնած, կուրծքս դուրս ցցած և կարելվույն չափ սիգաձեմ: Զգում եմ, որ նախագահն ու վարչության անդամները հետևելով իմ քայլերին՝ կամենում են ինձ ողջունել: Բայց ես անցնում եմ առանց նրանց նայելու, լուռ և իբր թե մտախոհ:

Նստում եմ վերջապես «հատուկ թղթակցի» աթոռին: Եվ թեպետ չգիտեմ, թե ինձանից առաջ ի՞նչ են խոսել, կամ ի՞նչ հարցեր շոշափել, այսուամենայնիվ տեսնելով, որ շատերը մատներնին բարձրացրած խոսք են ուզում նախագահից, ես էլ բարձրացնում եմ ցուցամատս, որպեսզի հասկացնեմ ժողովին, թե «մենք էլ այստեղ ենք»:

Նախագահն իսկույն գլխով է անում, որ կնշանակե թե՝ «ձեր խոնարհ ծառան եմ», ես սպասում եմ:

Այդ միջոցին խոսողը մի պահպանողական է, բայց ես նրան չեմ լսում, որովհետև իրավունք չունիմ լսելու: Գուցե նա խոսում է լավ բաներ, գուցե շատ էլ խելոք մարդ է, բայց քանի որ, պահպանողական է, այդ արդեն բավական է, որ ես համոզվեմ, թե նա լավ բան ասել չէ կարող:

Եվ հենց այդ պատճառով էլ, բոլոր ժամանակ, որ նա խոսում է, ես ազատամիտ մարդուն վայել անհամբերությամբ, ծամածռություններ եմ անում, որով բոլոր դահլիճն հասկանում է, որ Հակօն դեմ է խոսողին: Այդքանն արդեն բավական է, որ ճառախոսը ոչ մի սպիտակ քվե չստանա, եթե հավակնություն է ունենալու յուր տուփը դնելու:

Ա՜յ, ուրիշ բան է հաջորդ ճառախոսը. նա ազատամիտ Ճաճուռյանն է: Եվ չնայելով, որ չգիտեմ թե ի՞նչ պիտի խոսի, այսուամենայնիվ, ես լիովին համաձայն եմ նրա հետ: Որովհետն հաստատ գիտեմ, թե ինչ էլ որ խոսի, հարմար պիտի լինի մեր ուղղությանը: Մի փոքր անցնում է թե չէ, գուշակությունս կատարվում է, նա հայտնում է հրաշալի մտքեր, ամենն էլ առաջադիմական, ես նրան ծափահարում եմ, ինձ ձայնակցում են մեր ընտիր համախոհները:

Շուտով հերթը հասնում է ինձ, թեպետ ես այդպես շուտ չէի սպասում... Բայց որովհետն նախագահը մեր բանակից է, ուստի կուսակցական քաղաքականության էտիկետը պահպանելով ինձանից առաջ ձայն խնդրողներին նա թողնում է անուշադիր և սիրալիր ժպիտով դառնում է դեպի ինձ.

— Պարոն Հակօ, այժմ խոսքը ձերն է:

Ես, սկզբում, իհարկե, մի փոքր շփոթվում եմ, որովհետն, խոստովանանք լինի, խոսելու մի առանձին շնորհք չունիմ, բացի այդ, այն վատ սովորությունն էլ ունի՛մ, որ ցուցամատս բարձրացնելու միջոցին, որոշած չեմ լինում թե ի՞նչ պիտի խոսեմ: Իսկ այժմ քանի որ հերթը հասել է ինձ, իբրև «հատուկ թղթակից» պետք է արժանապատվությունս բարձր պահեմ, ուստի բոլորովին ինձ չկորցնելով բարձրանում եմ աթոռից և մի բարձրահոն հայացք ձգելով ժողովականների վրա, պարզ և մեկին արտասանում եմ հետևյալ համառոտ, բայց բազմաբովանդակ ճառը.

— Պարոն նախագահ, պատիվ ունիմ հայտնելու հարգելի հանդիսականներին թե ես, իսկապես, կամենում էի ասել այն, ինչ որ պարոն Ճաճուռյանն ասաց. ես լիովին համաձայն եմ պարոնի հայտնած մտքերի և կարծիքների հետ:

Այս խոսքերը խոր տպավորություն են անում ժողովի վրա:

Դուք հիմա կասեք թե «հատուկ թղթակցին» չի վայելիլ այդքան համառոտախոս լինել: Ես կպատասխանեմ, որ սխալվում եք: Հատուկ թղթակիցն ավելի պարտավորություն էլ չունի խոսելու: Ով ուզում է թող խոսի, ճառեր արտասանե, ընտրություններ կատարե, այսուամենայնիվ, այդ բոլոր խոսքերի, ճառերի և ընտրությունների նկատմամբ հրապարակով վերջին կարծիք հայտնելը մեզ է պատկանում:

Եթե ճառախոսը «մեր մարդն» է, ես նրա հայտնած մտքերն ու կարծիքները «Հնձվորում» անվանում եմ «բարձր, վսեմ և գաղափարական», եթե հակառակորդ է, ասում եմ՝ «հետադիմականին մեկն այսինչ ժողովում հայտնեց անդրջրհեղեղյան, բորբոսնած մտքեր»:

Եթե ժողովի ընտրությունները կատարվում են համաձայն մեր ցանկության, այն ժամանակ ես հայտնում եմ, թե «այսինչ ընդհանուր ժողովը կայացավ ամենայն օրինավորությամբ և ընտրության արդյունքը եղավ փայլուն, որովհետև ընտրվեցան միայն առաջադիմականները: Բայց, եթե դրանց մեջ ներս է ընկնում մի պահպանողական, այն ժամանակ արդեն ասում եմ. «թեպետ ժողովը կանոնավոր եղավ, բայց վերջում խավարամիտները քվեները խարդախելով և մի քանի ժողովականների միամտությունը շահագործելով ընտրել տվին իրենցից մինին»:

Պատահում է, իհարկե, և ժողով, ուր բոլոր ընտրվածները լինում են պահպանողականներ: (Այդպիսի դժբախտություն հասել է հայոց ազգին մի քանի անգամ): Եվ այդպիսի ժամանակ ես այլևս չեմ քաշվում զուտ ճշմարտությունը հայտնելու, ժողովն, ուղղակի, հայտարարում եմ. «ապօրինի», ընտրությունները՝ «անվավեր», իսկ ժողովատեղը՝ «Արշակավան»:

Այս եղանակով ես գործում և ճշմարտությունը հայտնում եմ, նաև, պատգամավորական, հոգաբարձական և երեցփոխական ընտրությունների վերաբերմամբ:

Եթե պատգամավորը «մերոնցից է», ես նրան ուղղակի անվանում եմ «սուրբ գործի համար յուր անձն ու հոգին նվիրող»: Եթե «մերոնցից» չէ, տալիս եմ նրան յուր սեփական անունը, այն է՝ «պնակալեզ և ստրկահոգի կղերական»:

Եթե հոգաբարձուն «մեր բանակիցն է», ես չեմ ծածկում նրա արժանիքը. հայտնում եմ, որ դա անզիվ ու ազատ գաղափարներով տոգորված, դպրոցի, առաջադիմության նախանձախնդիր և հանճարավոր ուղեղի տեր մեկն է»: Բայց եթե «հակառակորդ բանակից» է, նրա թերությունները պարզ է. նա «կաշառակեր է, անբարոյական և Մաթուս աղայի ժամանակակից գաղափարներով սնված»:

Եթե երեցփոխը «մեր մարդն» է, նրա նկատմամբ կատարում եմ իմ պարտքը, հայտարարելով նրան «անբիծ, անշահասեր, վերին աստիճանի բարեպաշտ և աստծու տան օգտին յուր անձը նվիրող», իսկ եթե «մեր մարդը չէ», այն ժամանակ, ինչ ասել կուզի, որ քաղաքացիական քաջություն պիտի ունենամ անվանելու նրան «գող, ավազակ, եկեղեցու գույքը հափշտակող» և այլն բստ կարգին:

Գալով վարժապետներին, տեսչին, առաջնորդին և այլն, դրանց գործունեության նկատմամբ ես հետևում եմ միևնույն հաստատուն ուղղության, մնալով միշտ ազատասեր, ճշմարտախոս, մերկացնող, հարվածող-մտրակող, միով բանիվ զտարյուն «հնձվորական»:

Այս էլ պիտի ասեմ, որ «հատուկ թղթակցի» գործունեությունը չի սահմանափակվում միայն ազգային հաստատությունների մասին գրելով: Ո՛չ, գավառական քաղաքում ուրիշ բաներ էլ կան, որոնցով մենք հետաքրքրում ենք լրագրի ընթերցողներին: Կա, օրինակ, քաղաքագլուխ, կան վարչության անդամներ, ինքնավարական իրավունք, հետո՝ քաղաքի մաքրության, բարեկեցության և առողջապահության վերաբերյալ խնդիրներ. կա՛ն կապալառուներ, վաշխառուներ, վաճառականներ և այլն: Այս բոլորի մասին նույնպես ես իրավունք ունիմ գրելու: Եվ գրում եմ, իհարկե, այն ինչ որ կամենում եմ, կամ ինչ որ պահանջում է կուսակցությունից անբաժան իմ անհատական շահը:

Կար ժամանակ, երբ թղթակիցներից պահանջվում էր շատ քիչ բան. այն է՝ լինել լոկ արձանագրող որևէ գործի կամ դեպքի: Այդ նահապետական ժամանակի թղթակիցը կարող էր, ուրեմն, լինել և սահմանափակ խելքի ու զարգացման տեր մեկը, և նա, համենայն դեպս, կգոհացներ յուր ընթերցողներին: Բայց այժմ այդպես չէ: Այն օրից, որ հայ ազգի կյանքը բարդացավ և նրա մեջ ծնունդ առին ազատամտական, առաջադիմական և մտրակողական ուղղություններն, այն օրից, երբ լույս աշխարհ հանվեցան խավարում ծածկված պահպանողականները, հետադիմականները և կղերականները, մերկացնող ուղղության հետևող խմբագրություններն այլևս չեն բավականանում հասարակ տեսակի թղթակցություններով, նրանք պահանջում են, որ «հատուկ թղթակիցն» ունենա ոչ միայն արձանագրելու, այլև հորինելու ու ստեղծելու ձիրք, որ նա կարողանա որևէ անձի գնդած ձյունը գլորել ու թավալել այնքան, որ սա մեծանա, վիթխարի ձև ստանա և տեսնողների վրա ահ ու սարսափ բերե: Կամ, ընդհակառակը, եթե մեկը պատահմամբ շինել է մի մեծ գունդ, հալե ու մաշե նրան այնքան, որ տեղը մնա աննշան մի գնդիկ:

Եվ հենց այս պատճառով է, եթե առաջ խմբագիրն այնքան երկչոտ ու ամոթխած էր, որ յուր լրագրում որևէ անձի շտ լուր տպված ժամանակ շտապում էր՝ հակառակ կողմից հասած հերքումը իսկույն տպագրելու, այժմ, ընդհակառակը, խմբագիրն ունի այնքան կորով ու քաջություն, որ ոչ միայն հզոր պաշտպանություն է ցույց տալիս յուր թղթակցին և՛ համառությամբ նրա հաղորդած անճշտությունների վրա պնդում, այլև թղթակցի վարկը ժողովրդի աչքում բարձրացնելու համար, այդ անճշտությունների վրա հիմնված առաջնորդողներ է գրում և յուր խոսքն ավելի ազդու անելու համար թղթակցի ստերից վկայություններ բերում:

Ճշմարիտ է, գավառական քաղաքում գործի իսկության ծանոթ մի քանի մարդիկ վրդովվում են և հայհոյում սխալ տեղեկություններ հաղորդող թղթակցին, բայց դրանից ինչ դուրս կգա, հո մյուս քաղաքներում տասնյակ հազարավոր մարդիկ կարդո՞ւմ են մեր հաղորդածը և ընդունում նրանց զուտ ճշմարտության տե՞ղ:

Տասը-քսան մարդ ճշմարտությունն իմանալով ի՞նչ կարող են անել, քանի որ նրանց հերքումը չի տպագրվելու լրագրում: Տասնյակ հազարավոր մարդիկ մեր շնորհիվ արդեն սևին ասել են սպիտակ և այդ բավական է, ձայն բազմաց՝ ձայն աստուծո:

Հանգամանքների այդպիսի բարեբախտ փոփոխության շնորհիվ է, որ մենք այսօր ոչ միայն մեծ հարգ ու պատիվ ենք վայելում ժողովրդից, այլև կարողանում ենք հեղափոխություններ առաջացնել նրա լճացած ու բորբոսնած կյանքի մեջ:

Հիշենք մի օրինակ:

Քսան տարի սրանից առաջ մի անհեթեթ կարգադրություն եղավ:

Հրամայել էին, որ մեր դպրոցների աշխարհական հոգաբարձուների թվում ընտրվեն նաև մեկ-երկու քահանաներ, որոնք, ինչպես գիտենք, զուտ կղերականներ են: Այս կարգադրությունը, ինչպես որ սպասելի էր, հուզեց ու վրդովեց ողջ ազատամիտ աշխարհը:

— Ո՞նց թե հոգևոր դպրոցների մեջ մուտ գործե հոգևորականը, այս ի՞նչ խավարամտություն է, — հարցրինք մենք իրար՝ լցված արդար բարկությամբ:

Բանից երևաց, որ այդ կարգադրությունն արել է հայոց հոգևոր տերը:

Մենք զարմացանք:

«Հայոց հոգևոր տերը ի՞նչ գործ ունի մեր հոգևոր դպրոցների հետ», — հարցնում էինք իրար լուռ փսփսալով և սակայն այդ հարցին պատասխան չէինք գտնում:

Հանկարծ բարեկամներիցս մեկը մի զարմանալի միտք հայտնեց.

— Հայոց հոգևոր տերը, — ասաց նա, — երևի այն կարծիքի է, թե՝ քահանաները ևս հայեր են: Իսկ նրանց որդիքը, որ փարաջա չեն հագնում, աշխարհականներ: Հետևապես, ինչպես որ գդակակար Մակին, կամ բազազ Սերոբը աշխարհական լինելով իրավունք ունին հոգաբարձու ընտրվելու, և իրենց որդվոց շահերը դպրոցում պաշտպանելու, այնպես էլ քահանան, հայ անվանելով իրեն, պիտի խառնվի հոգևոր դպրոցի գործերում, առարկելով թե պաշտպանում է այդտեղ յուր աշխարհական որդու շահերը:

— Ո՛չ, այդպես չէ, — հարեց մի ուրիշը, — որովհետև մենք, աշխարհականներս, ամեն կերպ խառնվում ենք եկեղեցու գործերում, առարկելով թե մեր եկեղեցին ժողովրդական է, ահա՛, հոգևոր տերն էլ քահանաներին խառնում է մեր հոգաբարձուների հետ, որպեսզի մի օր ասե. թե՝ դպրոցներն էլ հոգևորական են:

Այս տարօրինակ, բայց կարի հավանական բացատրություններն ուղեղս ցնցեցին: Սկսա մտածել, թե ի՞նչ միջոց գործ դնենք ծնունդ առած չարիքն արմատախիլ անելու:

Եվ ահա՛ հանկարծ գլխումս ծագեց մի հրաշալի միտք, որը ես դարձյալ վերագրեցի մուսաների ազդեցության: (Միջանկյալ պիտի ասեմ, որ վերջին ժամանակներս մուսաները շուտ-շուտ են երևում մեր երկրում: Ասում են բանաստեղծ Հովհաննես Թումանյանն էլ ջրի վտակում մի մուսա է բռնել: Բայց խավարամիտ հետադիմականը փոխանակ նրանից շնորհ խնդրելու, փող է ուզել, մուսան էլ փասափուսան հավաքել, փախել է): Հա՛, այն էի ասում, գլխումս մի հրաշալի միտք ծագեց: — Կղերական կուսակցությունից և նրա ազդեցությունից ընդմիշտ ազատվելու համար պետք է հեռացնենք եկեղեցիներից բոլոր քահանաներին, իբրև հայ ազգին չպատկանող մի տարրի — մտածեցի ես:

Եվ երբ այս մասին հետևյալ օրը հայտնեցի պատգամավորների նախապատրաստական ժողովում, բոլոր առաջադիմականները միանվագ ծափահարեցին: Բայց հետադիմականներն սկսան ծիծաղել: Եվ զարմանալի էլ չէր: Այդ մարդիկ չեն կարող որևէ թարմ ու նոր միտք ըմբռնել ու մարսել, նրանց հետաքրքրում է միայն հինն ու փտածը: Այդ պատճառով էլ խավարասերներից մեկը հետևյալ տղայական դիտողությունն արավ.

— Հապա այն ժամանակ ո՞վ մեզ համար ժամ ասե, ո՞վ մեր երեխան մկրտե, պսակը կատարե, մեռելը թաղե:

Արևը սիրեմ Ճաճուռյանին, վեր թռավ տեղից կրակի պես ու պատասխանեց.

— Դրա համար Ամիրխանյան կա, բավական է այսօր քաշել մի հեռագիր և վաղը պատրաստ կլինին այնտեղ մի քանի տասնյակ պաստորներ, բոլորն էլ բրյուկով ու ժիլետով:

Հետադիմականն, իհարկե, իսկույն պապանձվեց: Բայց և այնպես իմ առաջարկությունը չընդունվեց, որովհետև խավարամիտները քվեները խարդախեցին:

Այնուամենայնիվ, կղերականներից ազատվելու համար, մենք գործ դրինք ավելի ազդու և գրական միջոց: Մի երեկո հավաքեցինք քաղաքի քահանաներին մեր տանը և ասացինք.

— Տեր-պապաններ, դուք ստամոքս ունի՞ք թե ոչ, — ասացին:

— Ունինք:

— Դուք սիրո՞ւմ եք թազա հաց, յուղալի բոզբաշ, անուշահոտ տոլմա, կամ դավուրմով փլավ, — ասացին.

— Շատ ենք սիրում:

— Դուք կարո՞ղ եք տկլոր ման գալ ձմեռ ժամանակ, կամ սենյակներդ չվառել, երբ բուք ու բորանը սառեցնում լինի դրսում ամեն կենդանի շունչ:

— Ո՛չ, ասացին, չենք կարող, տկլոր ժամանակ մեզ հարկավոր է լավ քաթանից շապիկ ու շապկի ընկեր. հաստ գուլպա և պոլսապոժկա, հետո դրաբի շալվար և արխալուղ, վերջը մի կապա, մի փարաջա, մեկ էլ մի վերարկու-փարաջա, այդ բոլորից հետո էլ մանիշակագույն թավշից մի կամիլավկա: Իսկ եթե դրան արժանացած չլինինք, այն ժամանակ Հաբիքի կաստորից մի լավ շլյապա: Գալով մեր սենյակները տաքացնելուն, դրա համար էլ հարկավոր է չորս խորանարդ սաժեն իսկական բոխի ծառի փայտ:

— Դե, լույս դառնա ձեր հերը, — ասացինք մենք, — հիմա լսեցեք, եթե չեք ուզում, որ թազա հացը, բոզբաշը, տոլման, դավուրմով փլավը, կամ վարդագույն իշխան ձուկն անպակաս լինին ձեր սեղանից, եթե չեք ուզում տկլոր ու չփլախ ման գալ փողոցում, կամ ձմեռ ժամանակ ցրտից գոնգոռնալ, այն ժամանակ պետք է քիթներդ չերևցնեք հոգաբարձուներ ընտրող վաղվա ժողովի մեջ: Հակառակ դեպքում, մենք ձեր ծխականները չենք, դուք էլ մեր քահանաները:

Հարվածն ուղղված էր վերքին. քահանաները մնացին սառած:

Մեկը միայն առաջ անցավ և մեր գութը շարժելու համար, յուր ընկերների կողմից հետևյալ սրտառուչ բանաստեղծությունն արավ:

— Ո՛վ երջանիկ աշխարհականներ, եղել է ժամանակ, երբ քահանաներն այնքան անշահասեր, պարտաճանաչ և առաքինի են եղել, որ մի ճշմարտություն քարոզելու, կամ պաշտպանելու համար, նույնիսկ, իրենց անձն են զոհել, նահատակվել են: Բայց այդ եղել է այն ժամանակ, երբ նրանք ապրում էին ո՛չ թե «հացիվ», այլ՝ «բանիվն աստծո», այսօր, իհարկե, այդպիսի քահանաներ չկան, եղածները մենք ենք, իսկ մեզանից ամեն մինը, ինչպես գիտեք, ունի մի ջվալի չափ ստամոքս, որն անհնար է լցնել «բանիվն աստծո»: Այդ պատճառով մենք սիրով ընդունում ենք ձեր առաջարկությունը: Թող խավարամիտ Էմին Տեր-Գրիգորյանը մեզ այս առիթով անվանե հացկատակ, թող ուրիշ հետադիմականներն էլ անվանեն, թեկուզ պորտաբույծ, պնակալեզ, մեզ համար միևնույն է, միայն թե մենք չզրկվենք անուշահոտ տոլմից, դավուրմով փլավից, և մանավանդ, Սևանի իշխան ձուկից, որն ամեն անգամ վայելելուց մարդ լցվում է հայրենասիրական կրակով... Այո՛, թող մեզ անվանեն ինչ ուզում են, միայն թե անպակաս ունենանք հիշյալ բարիքները, մեր ներքին ու արտաքին փարաջաները և ձմեռ ժամանակ՝ բոխու փայտով տաքացրած մեր սենյակները, ուր տիրակնոջ կողքին հանգիստ նստած, խոսինք աշխարհի ունայնության մասին, կամ ոգևորված ժամանակ «ջան» ասենք, «ջան» լսենք:

«Հայոց հոգևոր դպրոցում, — շարունակում էր տեր հայրը, — աշխարհակա՞ն լինի հոգաբարձու թե՛ հոգևորական, դպրոց լինի՞, թե՛ չլինի, մեզ համար միևնույն է, մեզ հարկավոր են երեխաներ, որ մկրտենք, երիտասարդներ, որ պսակենք, և մեռելներ, որ թաղենք: Այս երեք բանը մեզ տվեք, իսկ մնացյալը, թեկուզ, ջուր ածեցեք, մեզ ի՞նչ...

«Այս դիտումներով, ահա՛, մենք ընդունում ենք ձեր առաջարկությունը և հանդիսաբար խոստանում ենք, որ քթներս չենք երևցնիլ հոգաբարձու ընտրող ժողովի մեջ, որպեսզի աշխարհի առաջ ապացուցանենք, թե մենք ենք «հովիվ քաջ, որ զանձն յուր դնէ ի վերա ոչխարաց»:

Քահանաների այս անձնվեր որոշումից զգացված, ես մի պունշ առաջարկեցի նրանց: Հետո իրավունք առնելով նրանցից խոսել իրենց փոխարեն ժողովում ինչ որ կամենանք, ճանապարհ դրինք նրանց սիրով և խաղաղությամբ:

Հետևյալ օրը հանդիսավոր զեկուցումն արի պատգամավորների ժողովում, հայտնելով, թե մեր քահանաները, կամենալով հավատարիմ մնալ հայոց եկեղեցու ժողովրդական ոգուն, խմբովին հրաժարվում են հոգևոր իշխանության հրամանը կատարելուց, ուրեմն և մեր կամքի հակառակ հոգաբարձու ընտրվելուց, որով և արժանավոր ապտակ են տալու ում որ անկէ, հասկացնելու համար, թե չպետք է ամբոխի իրավունքները բռնաբարել:

Այս նորությունը, որ առաջադիմականները լսեցին հիացմունքով, իսկ հետադիմականները զայրույթով, մի շաբաթից հետո հրատարակվեց «Հնձվորում», իբրև հայ քահանաների ճշմարտասիրության, ազնվության և անօրինակ անձնվիրության ապացույց, որի նկատմամբ խմբագրությունը ևս յուր կողմից գրեց մի փայլուն առաջնորդող, անվանելով այդ քահանաներին «ազնվության տիպարներ»:

Այս միջանկյալ պատմությունը ես արի, ցույց տալու համար, թե ինչպե՞ս ենք մենք հեղափոխություններ առաջացնում գավառացու լճացած ու բորբոսնած կյանքում: Եվ այս պատճառով է, ահա, որ մեզ ամեն տեղ հանդիպում են սիրով, ակնածությամբ և հաճախ, նույնիսկ, երկյուղով: Մեր խոսքը գավառում, գրեթե, պատգամ է, իսկ ցանկությունը օրենք:

Ե

Հիմա դուք, իբրև դրական հայեր, կասեք, թե բոլոր աշխարհը գործում է շահի համար, մարդիկ վաստակում, կամ քրտնում են որոշ օգուտներ ձեռք բերելու համար, արդ, ձեր շահն ու օգուտը ո՞րն է այս գործում, ինչո՞ւ եք իզուր աշխարհին աղմկում, սրտեր վիրավորում, մտքեր պղտորում, մարդկանց հանգիստը խանգարում:

Այս հարցին մենք ունենք մի պատասխան, այդ այն է, որ մենք գիտենք, թե մենք էլ մարդ ենք, այսինքն շահ ասված բանի համար մենք էլ մտածում ենք, ուրեմն, մուֆտա չենք ազգասիրություն անում:

Իմ գործունեության առաջին տարիներում իմ ստացած շահը լինում էր միայն բարոյական, այսինքն՝ ես գոհ էի լինում, որ իմ անունը տպվում է աշխարհահռչակ «Հնձվորում», որ ես համարվում էի «հատուկ թղթակից» և որ վերջապես հայ ազգն իմանում է թե՝ երկրագնդի վրա ապրում է «Հակօն»: Բայց հետո, քանի ժողովրդական դարձա և «ձյունի գնդակներ» սկսան ավելի մեծ-մեծ գլորել, նյութական շահեր էի ստանում: Օրինակ, պատահում էր, որ տեր Մաղքոսը գալիս էր

Ջրօրհնեքին, կամ Զատկին մեր տունն օրհնելու: Նա փող չէր առնում, վախենալով թե միգուցե այդ մասին գրեմ լրագրում: Պատահում էր, որ ես ներկա էի լինում բարեկամի տղայի մկրտության կամ աղջկա թաղման, այդ բարեկամն էլ, իմ շնորհիվ, ազատվում էր ծախքից: Զատկի մուրազի օրը երեցփոխանը, մեր տունը ղրկել էր տալիս 10 թիքա, ամենալավ կտորներից, մինչդեռ ըստ օրինի մեզ կհասներ՝ երկուսը կամ երեքը: Հոգաբարձուներից մի քանիսը հաճությամբ էին լսում ինձ և երբ իմ մորաքրոջ որդու համար հարկավոր եղավ ուսուցչական պաշտոն, նրան իսկույն տեղավորեցին մեր դպրոցում: Այդպես էլ պատահում էր և այն աշակերտներին, որոնք բախտ էին ունենում իմ ազգականները լինելու: Նույնիսկ առաջնորդը, պետք է խոստովանել, բարեհաճ էր դեպի ինձ: Նա սիրով հաս արավ իմ հորեղբոր որդու պսակը, որ չհաս էր ազգակցության 5-րդ աստիճանում:

Բայց այս ազգային բարիքներից զատ ես վայելում եմ նաև քաղաքացիական բարիքներ: Օրինակ — մեր տան փողոցը միշտ մաքուր է պահվում, մինչդեռ մի քիչ հեռու, մի հետադիմականի տան առաջ, կատարյալ աղբակույտ է: Այս պատճառով ես պարտք եմ համարում հրապարակավ հայտնել, որ մեր քաղաքն օրինակելի մաքուր է: Քաղաքային վարչության մեջ երկու ազգակիցներս լավ պաշտոն ունին, պարզ է, ուրեմն որ ես այդտեղ չեմ կարող երբեք զեղծում նշմարել: Գնահատող մասնաժողովը, որ հորս կենդանության ժամանակ մեր տան հարկը որոշել էր 7ռ. 50 կ., այժմ այդ հարկը իջեցրել է մինչև 3ռ. 25 կ.: Ինչպե՞ս չհայտնեմ աշխարհին, որ այդ մասնաժողովը գործում է բարեխղճաբար: Քաղաքում հայտնի մի վաշխառու, որի համար գրել էի, թե տզրուկի պես ծծում է գյուղացիների արյունը, այժմ ինձ պարտք է տալիս առանց տոկոսի և երբ ժամանակը լրանում է, սիրով փոխում է իմ մուրհակը, դարձյալ տոկոս չհաշվելով: Այժմ իմ պարտքն է նրա մասին այլևս վատ ոչինչ չգրել: Մինչև անգամ բախալ Համբարձումը, որի մասին գրած էի, թե փտած կամ խակ միրգ է ծախում և խոլերայի տարածման նպաստում, սովորություն է արել ամեն կյուրակե ինձ նվերներ ղրկելու, երբեմն լավ ծիրան, երբեմն բեղանա թութ, յուր ժամանակին խաղող, դեղձ, թուզ, ընտիր սեխ և այլն: Մի անգամ բարեկամներիցս մեկը կատակով հարցրել էր, թե «Համբարձում ապեր, ինչո՞ւ Հակոյին նվերներ ես ուղարկում, իսկ ինձ ոչ», նա պատասխանել էր.

— Հակոյի բանն ուրիշ ա, շուն ենք կապում...

Ես, իհարկե, չբարկացա, տգետ մարդ է, ավելի լավ պատասխան տալ չէր կարող:

Բայց ճշմարիտն ասած, զայրույթս զսպել չեմ կարողանում երբ նման վիրավորանքներ ստանում եմ ինտելիգենտ մարդուց: Օրինակ, անցյալները խոսում էր ինձ հետ մի հեռու ազգականս, որ, գլուխը մեռած համալսարանական է և միևնույն ժամանակ, չէ ամաչում իրեն պահպանողական անվանելու: Գրգռված ա՛յն հաջողությունից, որ «հատուկ թղթակիցներս» ունինք և ա՛յն հարգանքից, որ մենք վայելում ենք գավառում, նա հետևյալ անհեթեթ համեմատությունն արավ.

— Դուք շատ նման եք, — ասաց, — այն պատմական յասաուլ-բաշիներին, որոնք ապրում էին տխրահռչակ մովրովների ժամանակ: Ձեր թե՛ ունեցած հաջողությունը և թե՛ վայելած հարգանքը նույնն է, ինչ որ ունեին կամ վայելում էին նրանք: Ամեն մի դեպք, կամ հանցանք, որ կատարվում էր ժողովրդի մեջ, ամենից առաջ ծառայում էր այդ յասաուլ-բաշիների օգտին: Նրանք ունեին սուր հոտառություն և գիտեին, թե ո՞ր դեպքից կարելի է որոշ օգուտ քաղել և ո՞րից՝ ոչ: Այդ պատճառով անցքի տեղն ամենից առաջ հասնում էին նրանք, իբրև կարգապահության հսկող պաշտոնյաներ: Եթե հանցավորը մի երեքանոց, կամ հնգանոց սլլացնում էր յասաուլ-բաշի Նավասարդի ձեռքը, այն ժամանակ կատարված իրողությունը կամ ծածկվում էր բոլորովին, կամ ներկայացվում էր իբրև մի անմեղ իրողություն: Իսկ եթե ո՛չ, այդ դեպքում յասաուլ-բաշին բարձրագոչ աղաղակով և հեղինակավոր հայհոյանքներով կատարված հանցանքը հայտարարում էր իբրև մեծ եղեռնագործություն և հայտնելով այդ մասին մովրովի օգնականին, հրաման էր ստանում մտրակելով բերել յուր դուռն անհանգիստ հանցավորին: Այստեղ արդեն արդարություն գտնելու համար, հարկավոր էր սլլացնել ոչ թե Նավասարդի արած պահանջի չափ, այլ տասն անգամ ավելի, որպեսզի գործը չհասներ մովրովին, որի արդար դատաստանից խուսափելու համար՝ կհարկավորվեն հարյուրներ և այն ոսկե դրամով, ինչպես վիպասան Պռոշյանն է վկայում յուր «Հացի խնդրում»:

Հատուկ թղթակիցներին նմանեցնելով յասուլ-բաշիների, խավարամիտ ազգականս այն բարբարոս միտքն էր հայտնում, իբր թե մենք էլ նրանց եղանակով հարստահարում ենք ժողովրդին, կաշառ ենք առնում նրանից կամ երեսպաշտություն անում: Մեծ բախտավորություն է, որ այդ ապուշը չի հրատարակել այս կարծիքը պարբերական թերթերում, ապա թե ոչ, հայ ընթերցողները, որոնք մեծ մասամբ բթամիտ են լինում, հալած յուղի տեղ կընդունեին այդ բարբաջանքը:

Բայց ես, որպեսզի ապացուցանեի իմ ծանծաղամիտ ազգակցին, թե իբրև թղթակից, որքան անաչառ եմ, ասացի.

— Մեր ու յասաուլ-բաշիների մեջ, արդարև, կա նմանություն, բայց այդ նմանությունը ոչ թե դրական, այլ հակադրական է. օրինակ նրանք հսկում էին քաղաքի արտաքին կարգապահության, իսկ մենք հսկում ենք ներքինին: Նրանք օգտվում էին մարդկանցից նյութապես, իսկ մենք օգտվում ենք բարոյապես: Նրանց հարգում էր ժողովուրդն իբրև փոքրագույն չարիքի, իսկ մեզ իբրև փոքրագույն բարիքի: Նրանք ծածկում էին ճշմարտությունը, երբ շահ էին ունենում և հայտնում, երբ չէին ունենում, իսկ մենք, ընդհակառակը, հայտնում ենք, երբ շահ չենք ունենում և ծածկում, երբ ունենում ենք: Նրանք մտրակում էին անհանգիստ մարդկանց, իսկ մենք մտրակում ենք խիստ հանգիստներին, նրանք հայհոյում էին լեզվով, իսկ մենք հայհոյում ենք գրչով, միով բանիվ, նմանություն կա, բայց այդ նմանությունը բացասական, հետևապես և բարոյական է:

Մի վերջին, հակադիր նմանություն ևս, որ չեմ կարող զանց առնել, այն է, որ յասաուլ-բաշիների կամ մովրովների անունն անմահացնողը եղել է մի խավարամիտ Պռոշյան, իսկ մերը պիտի անմահացնե մի ազատամիտ առաջադիմական:

Այսքանը, կարծեմ, բավական է հասկանալու համար թե ո՞վ ենք մենք:

ՀԱՄԱՐԱԿԱՑ ՈՐԴԵԳԻՐԸ

Ա

Մութն արդեն կոխել էր, երբ Գուստավի արհեստանոցի մեջ շոգեմեքենան սուլեց: Դա նշան էր, որ աշխատանքը դադարում է: Մի քանի րոպեի մեջ գործավորներն իրենց գործիքները տեղավորեցին և խառնաշփոթ աղաղակներով դուրս թափվեցան արհեստանոցի բակը: Նոցանից մաքրասերներն իսկույն զբաղվեցան իրենց հագուստների փոշին մաքրելով, ուրիշներն սկսան լվացվիլ արհեստանոցի բակում շինված ավազանի մեջ, իսկ մի քանի անհոգներ դեռ շարունակում էին իրենց տաք վիճաբանությունը, որն սկսվել էր արհեստանոցի մեջ:

Շառլ Գուստավի գործարանում անխտիր բանում էին թե՛ ռուս, թե՛ հայ և թե՛ վրացի երիտասարդներ: Նոքա, ճշմարիտը խոստովանած, վարվում էին միմյանց հետ հաշտ և բարեկամաբար: Բայց այդ, իհարկե, ծերունի Գուստավի շնորհիվն էր, որը աշխատանքները բաժանելու մեջ երբեք հավասարակշռությունը ձեռքից չէր թողնում: Իսկ եթե նա երբեմն, իրենից անկախ պատճառներով, սխալներ էր գործում, այդ ժամանակ, իհարկե, յուր գործավորների միմյանց հետ ունեցած հարաբերությունը շատ էլ գովելի չէր լինում: Եվ շատ բնական էր որ փոքրիկ վիճաբանություններին հաջորդեին փոքրիկ հայհոյանքներ, իսկ այս վերջիններին՝ փոքրիկ կռիվներ: Որքան և այդ բանն անհաճո լիներ ծերունի Գուստավին, այսուամենայնիվ նա չէր կարող յուր գործարանը բարոյականության դպրոց դարձնել կովկասցի կիսավայրենիների համար: Հենց այս երեկո էլ քիչ էր մնացել, որ ծերունի Գուստավը մի մեծ կռիվ զգեր յուր գործավորների մեջ, եթե յուր դուստրը օգնության չհասներ իրեն:

Պատճառը ես իսկույն կասեմ:

Գործարանի մեջ աշխատանքը դադարելուց ետ, երբ գործավորները բակը ժողովվեցան, պարոն Գուստավը հայտնեց նորանց, որ գործարանի մեջ նույն օրն ավարտած չորս հատ երկաթե վանդակները պետք է հասցնվի պատվիրող պարոն Սոմարյանցի տունը: Այս հայտնությունից ետ մի քանի րոպե լռություն տիրեց ամբողջ բակի մեջ և ոչ ոք չէր կամենում ձայն հանել, որովհետև վախենում էր, որ այդ ծանրությունը յուր վերա կբարձեն:

— Ինչու՞ եք լռում, — վերջապես ձայն տվավ Գուստավը, — ձեզանից մեկն անպատճառ պետք է այդ վանդակները հասցնե պատվիրողի տունը, որովհետև խոստացել եմ:

— Թող Վալուշկինը տանե, հերթը նորանն է, — խմբի միջից ձայն տվավ մի գործավոր:

— Ինչու՞ համար դու ինքդ չես տանում, հիմա՛ր, — գոռաց բարկությամբ Վալուշկինը:

— Հիմարը դուն ես, ես շաբաթ օրը իմ հերթը վերջացրի:

— Մի՛ կռվեք. հերթը Կուլակովինն է, — ձայն տվավ մի ուրիշը:

— Կուլակովը գործարանի մշակ չէ՞ խո, — խռպոտ ձայնով գոչեց վերջինս: — Երեկ չէ՞ր, որ ես ձողերը երկաթուղին տարա: Շաբաթը խո տասն անգամ չպետք է իմ հերթը հասնի:

— Ուրեմն Կամարիձեն պետք է տանի, — լսելի արավ յուր ձայնը մի ուրիշը:

— Իմ ոտքը ցավում է, ես չեմ կարող, — պատասխանեց Կամարիձեն և ապա՝ «Ինչո՞ւ այս հայերը չեն տանում, իրենց հայն է պատվիրողն» ասելով հեռացավ դեպի բակի մի խավար անկյունը:

— Այո՛, այո՛, այս հայերը պետք է տանեն. իրենց հայն է պատվիրողը, — աղաղակեցին իսկույն մի քանի հոգի:

— Այդ ի՞նչ հիմարություն է, — խոսեց խմբի միջից մի առողջակազմ հայ երիտասարդ, — եթե հայի պատվիրածն անպատճառ հայ գործավորը տանե, դուք՝ ռուս և վրացի գործավորներդ պետք է երբեք ոչինչ չտանեք, որովհետև ձեր ազգակիցները մեր գործարանին գրեթե պատվերներ չեն տալիս, ըստ որում ո՞չ փող ունին, ո՛չ կարիք:

— Պարոննե՛ր, ինչու՞ համար եք վիճում, թողեք ինձ ես այդ խնդիրը կլուծեմ, — լսվեցավ մի կանացի ձայն գործարանի վերնահարկի պատշգամբից:

Դա պարոն Գուստավի աղջկա ձայնն էր:

— Այո՛, այո՛, օրիորդ, ի սեր աստուծո, դուք վճռեցեք, — ձայն տվին ամեն կողմերից գործավորները և հավաքվեցան պատշգամբի տակը:

— Խոստանո՞ւմ եք, որ կկատարեք իմ վճիռը, պարոններ, — հարցրավ նրանց Շառլոտան:

— Այո՞, օրիորդ, խոստանում ենք, կկատարենք, — ձայն տվին բոլորը միաբերան:

— Շատ լավ, լսեցեք: Ես չեմ ճանաչում, թե ո՞րտեղ է գտնվում պարոն Սոմարյանցի տունը և չեմ էլ ճանաչում ձեր, գործավորներիդ տները. ուրեմն ինչ որ առաջարկեմ, իմացեք, որ բոլորովին անկողմնապահությամբ եմ առաջարկում: Ահա իմ առաջարկությունը. թո՛ղ այդ վանդակները տանե նա, որի տունն ավելի մոտ է Սոմարյանցի տանը:

— Կեցցի՛ք, կեցցի՛ք, օրիորդ, լավ վճիռ կայացրիք, — ուրախությամբ գոչեցին մի քանիսը, — ուրեմն մեր երգիչ Գևորգը կտանե, որովհետև նա Սոմարյանցի դրացին է:

— Մի՞թե, — զարմացմամբ և շփոթված հարցրավ Շառլոտան:

— Այո՛, այո՛, Գևորգը Սոմարյանցի ամենամոտ դրացին է, — կրկնեցին գործավորները և հարցը վճռված համարելով, սկսեցին ցրվել յուրաքանչյուրը դեպի յուր տունը:

Ծերունի Գուստավն էլ, բավական յուր դստեր վճռից, մտավ տուն: Իսկ խեղճ Գևորգը, որ մի տասն և ինն տարեկան պատանի էր, անցավ դեպի գործարանը՝ վանդակները վերցնելու համար:

Շառլոտան շատ զղջացավ յուր այդպիսի առաջարկություն անելուն համար: Նա շատ սիրում ու հարգում էր Գևորգին, իբրև բոլոր գործավորների մեջ ամենից համեստ տղային: Բացի այդ, Գևորգը, որ գեղեցիկ ձայն ուներ, շատ անգամ աշխատանքից դառնալուց ետ, յուր սիրուն երգերով զվարճություն էր պատճառում Շառլոտային, երբ սա զբոսնում էր տան այգիում լուսնկա գիշերներով: Գևորգի բարության փոխարեն Շառլոտան այս տեսակ վարձատրություն, իհարկե, չէր ցանկանալ անել նրան, բայց սխալն ուղղելու հնար չկար:

Երբ Գևորգը նորից երևեցավ բակի մեջ յուր ծանր բեռով, Շառլոտան իսկույն իջավ սանդուղքից և վազելով դեպի նորան՝ «Ների՞ր ինձ, Գևորգ, — ասաց նրան, — ես բոլորովին չէի կարծում, թե վիճակը քեզ պետք է դուրս գար, ապա թե ոչ, երբեք այդպիսի առաջարկություն չէի անիլ գործավորներին: Այդ վանդակները շատ ծանր են, թո՛ղ որ հորս խնդրեմ, որպեսզի մեր ծառային քեզ հետ դնե, բեռանդ կեսը նա կարող է վերցնել»:

— Շնորհակա՛լ եմ, օրիորդ, — հեզությամբ պատասխանեց Գևորգը, — Դուք շատ բարի եք. այս բեռը որովհետև ձեր առաջարկությամբ եմ կրում, ինձ համար ծանր չէ, մանավանդ թե շատ թեթև է... — այս ասելով նա դուրս գնաց բակի մեծ դռնից:

Շառլոտան մի քանի վայրկյան մնաց կանգնած բակի մեջ. նորան սաստիկ վշտացնում էր իր գործած սխալը. վերջապես նա վերադարձավ տուն:

Բ

Հուշիկ և ծանր քայլերով Գևորգը գնում էր երկար և ուղղաձիգ փողոցով, Չնայելով որ նորա բեռը չափազանց շատ ծանր էր, այսուամենայնիվ նա շունչ առնելու համար ոչ մի տեղ չէր կանգնում: Նա մինչև անգամ ուշադրություն չէր դարձնում ա՛յն մեծ շարժողության վրա, որը երեկոյան այդ պահուն, ինչպես միշտ, կար այդ փողոցում: Անդադար անցուդարձ անող կառքերի դղրդյունը, ձիաքարշի համախակի զանգահարությունը, երթևեկ ամբոխի շշուկը, գործից դարձող բանվորների ուրախ և բարձրաձայն խոսակցությունները, այս բոլորն անլսելի և անտեսանելի էին նորա համար: Նա մտածմունքների մեջ խորասուզված անընդհատ շարունակում էր յուր ճանապարհը և հուսահատված խոսում էր ինքն իրեն. «Այս բեռն ինձ համար ծանր չէ. ես սրանից ավելի ծանր ծառայություններ եմ արել Գուստավին, բայց ծանր է արդարև նորա աղջկա ինձ հասցրած վիրավորանքը: Նա դիտմամբ արավ այդ բանը, այո՞, դիտմամբ: Նա ճանաչում էր իմ տունը, երևի ճանաչում էր Սոմարյանցի տունը. գիտեր, որ նա մեր դրացին է, նա դիտմամբ հանձնեց ինձ այս ծառայությունը, հասկացնելու համար, որ ես ոչ այլ ինչ եմ, եթե ոչ՝ յուր հոր գործարանի մշակը... Եվ իհարկե, ես մի ողորմելի մշակ եմ, իսկ ինքը հարուստ գործարանատիրոջ աղջիկ... Ա՜խ, ուր էր թե ես էլ հարուստ լինեի...»: Այս խոսքերի հետ նա մի խորը հառաչ արձակեց և իտալացու ջարդված գլխարկը գլխից հանելով և ճակատի վրա վազող քրտինքը սրբելով՝ շարունակեց յուր ճանապարհը:

Մի քառորդ ժամից նա հասավ Սոմարյանցի տունը, որն այդ երեկո փայլում էր արտաքո կարգի լուսավորությամբ: Յուր ծանր բեռը բակի մեջ գետին ձգելով՝ Գևորգն ուղղվեց ամբողջ թիկունքով, հանգիստ շունչ քաշեց և սկսավ նայել դեպի վեր, տան դստիկոնը:

Սոմարյանցի տան այդ մասը լուսավորված էր աչք շլացնելու չափ: Դահլիճի ահագին պատուհաններից երևում էին բյուրեղյա ջահերը՝ կրակված հարյուրավոր ճրագներով: Բազմաթիվ հյուրեր անցուդարձ էին անում այդտեղ, և նոցա ուրախ խոսակցության ձայները, խառնվելով թնդացող երաժշտության հետ, մի կախարդական կերպարանք էին տալիս այդ հոյակապ տանը:

Գևորգը երկար նայում էր հարուստ մարդիկների ուրախությանը և ինքն իրեն շշնջում էր. «Ահա՜ ինչ կնշանակե հարուստ լինել, շատ փող ունենալ: Եվ ես հարյուր տարի էլ եթե ապրեի այստեղ, դարձյալ Սոմարյանցի դահլիճի ներսը ոտք դնել չէի կարող: Ախր ի՞նչ մարդիկներ ենք մենք, չէ որ ստված մեզ ստեղծել է միայն բախտավոր հարուստներին ծառայելու համար: Ես և Սոմարյանցի տղան միասին էինք կարդում, ես նորանից ավելի լավ էի կարդում և նորանից ավելի շուտ ավարտեցի: Բայց որովհետև աղքատ էի, ես գնացի դարբին Գուստավի մոտ արհեստ սովորելու, իսկ նա մտավ գիմնազիոն, այժմ էլ նա ուրախանում է յուր հարուստ հոր հյուրերի հետ: Իսկ ես, իբրև մշակ, մի վերստ հեռավորությունից շալակել բերել եմ նրանց վանդակները: Իհարկե, Շաղոտայի նման գեղեցիկ աղջիկները Սոմարյանցի տղին կսիրեին, իսկ ինձ վրա կծիծաղեին, շատ բնական է...»: Այսպես խոսելով նա մոտեցավ սանդուղքի լուսավորված մուտքին և հնչակը քաշեց: Իսկույն երևեցավ ֆրակով և սպիտակ փողպատով մի սպասավոր: Գևորգը նորան հայտնեց, որ Գուստավի գործարանից բերել է յուր տիրոջ պատվիրած վանդակները և խնդրում էր, որ կարգադրեն ծառաներին ներս տանելու:

Ֆրակով սպասավորը, ինչպես սպասելի էր, սաստիկ բարկացավ Գևորգի համարձակության վրա. «Թշվառակա՛ն, — գոչեց նա կոպիտ ձայնով, — չէի՞ր կարող այդ մասին դռնապանին հայտնել, որ ինձ էիր անհանգստացնում»: Այս խոսքերով նա արագությամբ փակեց սանդուղքի մուտքը և անհետացավ:

Գևորգը մի քանի րոպե մնաց շվարած կանգնած. ծառայի հանդգնությունը վերջին աստիճանի վիրավորեց նորան, բայց ի՞նչ կարող էր անել: Նա լուռ ու մունջ ետ դարձավ և գտնելով դռնապանին, որ բակի դռան ետքում խռմփալով քնում էր, զարթեցրավ նորան և իրեն այդքան նեղություն պատճառող վանդակները նորան հանձնելով՝ գնաց տուն:

Գ

Գևորգենց տունը իսկապես մի հողե կտուրով աղքատիկ տնակ էր, բաղկացած մի մեծ սենյակից և մի խոհանոցից: Դարբին Ղազարը հազիվ էր կարողացել այդ փոքրիկ կալվածը ձեռք բերել յուր ճակատի քրտինքով: Ինքը երեխայությունից լինելով որբ և ամեն տեսակ պաշտպաններից զուրկ, դեռ տղա հասակում մուրալով էր ապրել: Հետո յուր մի բարի դրացուհու միջնորդությամբ մի դարբնի մոտ աշակերտ մտնելով, սովորել էր դարբնությունը: Մինչև քսանհինգ տարեկան հասակը, նա կարողացել էր այնքան գումար վաստակել, որ գնել էր այդ փոքրիկ տնակը և ամուսնացել Սարաջ-Օհանի աղջկա՝ Թամարի հետ:

Դարբին Ղազարը գուցե կարող կլիներ շատ առաջ գնալ, կարող կլիներ և մի փոքր հարստություն ձեռք բերել, այս աշխարհում մի՞թե այդ բանն անկարելի է, բայց մի անակնկալ հիվանդություն, դեռ երիտասարդ հասակում, խլեց նորան յուր սիրելի կնոջ գրկից, նորա համար միակ մխիթարության թողնելով երկու տարեկան Գևորգին:

Խեղճ Թամարը շատ երկար սգաց յուր ամուսնի մահը. նա մերժեց յուր ազգականների թախանձանքը՝ կրկին ամուսնանալու համար, և յուր բոլոր խանդաղատանքը փոքրիկ Գեվորգի մեջ ամփոփելով, սկսավ ապրել միմիայն նրա համար:

Թամարն ամուսնու մահից հետո յուր և որդու ապրելու հոգսը յուր վերա տեսնելով՝ հանձն առավ մերձակա լվացարանում լվացարարի պաշտոն և ամսական 25 ռուբլի ստանալով, ապրում էր ինքը և ապրեցնում էր որդուն:

Երբ Գևորգը տասներեք տարեկան դարձավ, նա տվավ նորան հայոց դպրոցը, որտեղ նորան ձրի ընդունեցին: Գևորգը շատ ուշիմ տղա էր. նա լավ էր սովորում և բոլոր վարժապետները նորանից գոհ էին: Ինչ վերաբերում էր դպրոցի վերակացուին, նա պատրաստ էր ամսական 50 ռուբլու փոխարեն 25-ով ծառայել, եթե միայն դպրոցի բոլոր աշակերտները Գևորգի նման համեստ և խոնարհ տղաներ լինեին:

Գևորգը 17 տարեկան հասակում յուր ուսման ընթացքն ավարտեց և այնքան բան գիտեր, որքան նորան սովորեցրել էին դպրոցում: Այժմ հարկավոր էր, որ նա յուր համար մի պարապմունք գտներ: Գևորգը հավատարիմ մնալով այդ ժամանակներում դպրոցում տիրապետող ոգուն, կամենում էր անպատճառ գործակատար դառնալ և շուտով հարստանալ: Բայց հանգուցյալ տեր-Օհանեսը, որ շատ սիրահար էր արհեստներին, կարողացավ համոզել նորան, որ յուր մոր ցանկության համեմատ շարունակեր յուր հոր՝ Ղազարի արհեստը, այն է՝ դարբնություն: Բայց, իհարկե, Գևորգը հայոց դպրոցն ավարտած և յուր վարժապետների ասելով զարգացած տղա, խո չէր կարող հասարակ դարբին լինել՝ արդեն մեծ զիջում էր անում նա մորը և տեր-Օհանեսին, որ գործակատար լինելու դիտավորությունը թողնում էր, ուստի նա ընտրեց փականագործությունը և մտավ գործարանատեր Շառլ Գուստավի մոտ:

Այստեղ երկու տարվա մեջ Գևորգը բավական առաջ գնաց յուր արհեստի մեջ, և ծերունի Գուստավը հատկացրավ նորան ամսական 15 ռուբլի:

Այժմ նա կամաց-կամաց մոտենում էր ցանկացած նպատակին, այն է՝ ազատել մորը լվացարանում օրն ի բուն չարաչար աշխատելուց:

Բայց մեկը, որ Գևորգին ավելի կապեց Գուստավի գործարանի հետ, այդ նորա դուստրը՝ գեղեցիկ Շառլոտան էր: Նորա գեղեցկությունն առաջին անգամից իսկ գրավեց Գևորգի ուշադրությունը, և նա հետզհետե գործարանը գնալով և հաճախ Շառլոտային տեսնելով, զգաց, որ այլևս անտարբեր չէ դեպի նորան: Մինչև այժմ իրեն անծանոթ մի զգացմունք սկսեց անհանգստացնել նորան: Նա ամենից վաղ շտապում էր Գուստավի գործարանը և ամենից ուշ հեռանում էր այնտեղից և այս միայն նորա համար, որ ավելի շատ ժամանակ ունենա Շառլոտային տեսնելու: Խեղճ երիտասարդը սիրում էր նորան...

Բայց Գուստավի աղջիկը, իհարկե, նրա զգացմունքը չէր բաժանում և այդ երազել անգամ չէր կարող նա: Միայն թե բոլոր գործավորներից ավելի նորան էր համակրում: Գևորգը շատ համեստ և համակրական դեմք ուներ, առաջին անգամ նորան նայողը կսիրեր նորան. և Շառլոտան սիրում էր նորան, իբրև յուր հոր գործարանի մի բարի, աշխատասեր և պարկեշտ գործավորին: Բայց յուր քաղցր վարմունքը դեպի Գևորգը՝ վերջինիս մեջ բոլոր երիտասարդներին հատուկ մի սխալ կարծիք էր ծնեցրել, այսինքն թե նա սիրում է իրեն: Այս սխալ կարծիքի մեջ ավելի հաստատվեցավ Գևորգն այն օրից, երբ Շառլոտան պատահմամբ նորա երգելը լսելով, հրավիրեց նորան իրենց տան այգին և մի քանի նվագ յուր ծնողաց առաջ երգել տվավ նորան: Իսկ այնուհետև յուրաքանչյուր երեկո, երբ գեղեցիկ եղանակ կամ լուսին էր լինում, ինքը միայնակ զբոսնում էր այգիում և Գևորգին խնդրում էր նստել մեծ ակացիայի տակ և երգել: Գևորգը երգում էր նորա համար շատ քաղցր և գողտրիկ երգեր... Նա երգում էր մինչև անգամ այնպիսի կտորներ, որոնց մեջ յուր սրտի խանդն ու զգացմունքներն էին արտահայտվում:

Շառլոտան, իհարկե, հայերեն չգիտենալով, չէր էլ հասկանում Գևորգի երգերի միտքը, բայց երբ սա մի օր կամեցավ թարգմանել նորան յուր շատ սիրած երգի մի կտորը. նա թողեց Գևորգին այգիում և անխոս հեռացավ նորանից...

Գևորգի մեջ մի կասկած զարթեցավ:

Նա զգաց, որ սխալված է, որ Շառլոտան նրան երբեք չի սիրել... Եվ այս տխուր ճշմարտությունն օրից օր ավելի հասկանալի էր դառնում նորա համար: Իսկ այս երեկո արդեն ամեն բան պարզվել էր: «Գուստավի աղջիկը, — մտածում էր ինքն իրեն Գևորգը, — ոչ միայն անկարող եղավ իմ զգացմունքը բաժանել, այլև ծիծաղեց ինձ վերա երկաթե վանդակները դիտմամբ շալակել տալով ինձ, որպեսզի զգալ տա ինձ նման թշվառականին յուր և մի խեղճ գործավորի մեջ եղած անհամեմատելի անհավասարությունը...»:

Այս խորհրդածություններն ալեկոծում էին դարձյալ խեղճ Գևորգի գլուխը, երբ նա հասավ տուն:

Խեղճ Թամարը երկար դրսում կանգնած՝ սպասում էր յուր որդուն, որովհետև նա այս երեկո սովորականից ավելի ուշացավ: Երբ Գևորգը մոտեցավ բակի դռանը, մայրը վազեց նորա առաջ: «Հոգյակս, ինչու՞ այսքան ուշացար», հարցրավ նորան մայրական խանդաղատանոք: Բայց Գևորգը այնքան վրդովված էր, որ մոր հարցին ոչինչ չպատասխանեց: Թամարը սաստիկ այլայլվեց: «Ի՞նչ է պատահել արդյոք նորան» — շշնջաց ինքն իրեն խեղճ մայրը և վազեց որդվո ետևից դեպի տուն»:

Այստեղ Գևորգը պատմեց նորան յուր տխրության պատճառը: Մայրն, իհարկե, մեծ նշանակություն չտվավ որդու պատմածներին, բայց աշխատեց մխիթարել նրան. «Դու քո գործը շինիր, որդի, — ասում էր նորան, — աշխատիր որքան կարող ես մի քանի շահի ետ գցել, և երբ ժամանակը կհասնի, ես քեզ համար այնպես լավ աղջիկ կուզեմ, որ դու իրեն կսիրես, ինքը՝քեզ: Ի՞նչ ունիս դու գերմանացու աղջկա հետ. դու հայ ես, օտարի հետ խո չե՞ս պսակվելու»: Թամարը շատ լավ էր ասում, բայց որդու սրտից չէր խոսում:

— Մայրիկ, կարծում ես, թե ես նորա համա՞ր եմ մտածում, — պատասխանում է Գևորգը, — թե ինչու՞ Գուստավի աղջիկն ինձ չէ սիրում, բնա՛վ, ինձ տանջում է միայն այն բանը, թե ինչու՞ մենք աղքատ ենք, որ մի փականագործի աղջիկ ինձ վերա ծիծաղի և Սոմարյանցի ծառան այդքան կոպտությամբ գոռա ինձ վերա: Ահա այս է ինձ սպանողը: Ես տեսնում եմ, թե արհեստավորը որքան ողորմելի մարդ է աշխարհի մեջ: Եվ եթե դուք թողնեիք ինձ գործակատար լինել... Այստեղ Գևորգն այլևս չկարողացավ իրեն պահել և սկսավ լալ:

— Դատարկ բաների վերա ես մտածում, որդի, — շարունակեց մայրը, — արհեստը ոսկի պարապմունք է. այդ պարապմունքով էլ դու մարդ կդառնաս և պատիվ կվաստակես, եթե միայն կամենաս: Տեսնո՞ւմ ես, այն ծերունի Գուստավը քեզ օրինակ: Չէ՞ որ նա էլ առաջ քեզ պես մի խեղճ գործավոր է եղել, իսկ այսօր մի ամբողջ գործարան ունի: — Այս ասելով Թամարը վեր կացավ և բերավ որդու համար վաղուց արդեն պատրաստ ընթրիքը, որը բաղկանում էր մի կտոր սառած մսից, պանրից և սև հացից:

Գևորգը, չնայելով իր ներքին վրդովմանցը, շատ ախորժակով ընթրեց: Եվ երբ վերջացրավ, վեր առավ յուր սրինգը և դուրս գնաց բակը:

Գեղեցիկ և լուսնկա գիշեր էր:

Գևորգի դրացուհիները՝ կանայք և աղջիկներ, դուրս էին եկել կտուրների վերա և թամաշա էին անում Սոմարյանցի տան մեջ եռացող խնջույքին: Բայց Գևորգին Սոմարյանցի տունը չէր գրավում, նրա սիրտն ուրիշ ցավ էր տանջում: Նա նստավ բակի մեծ տանձենու տակ, մի կոճղի վրա, որ նայում էր ուղիղ Սոմարյանցի տան լուսավորված դահլիճին և սկսավ մեղմ և քաղցր ձայնով երգել «Զրկված սիրահարի» տխուր երգը:

Ա՛խ, երանի տկար սրտին
Սիրո նետեր չդիպչեր.
Երանի՛ թե աղքատ մարդին
Սիրուց բաժին չտրվեր:

Նոր մանկության հովտեն ելած
Մտի սիրո բուրաստան,
Ուր հույլ ի հոյլ դեռ թերաբաց
Փայլում են վարդն ու շուշան:

Ուր սոխակը ոլորում է
Յուր սրտառուչ դայլայլիկ,
Եվ զեփյուռը գուրգուրում է
Առվին ալիք գեղեցիկ:

Ինձ պատում են բյուր հրապույրներ
Գեղ և շնորհք երկնային,
Եվ հնչում են թովիչ ձայներ
Իմ փափկալուր ականջին:

Իմ սառ սիրտը ջերմանում է,
Ներսս վառվում նոր կրակ,
Եվ վարդենին ինձ դյութում է
Յուր աչքերովն անուշակ:

Աղբերակունք վճիտ, մաքուր,
Խաղացնում եմ նորա շուրջ,
Հովհարներով բերում զեփյուռ
Յուր վարդերին փչել շունչ:

Սպասում եմ, որ տար ծաղիկ
Ինձ իմ գողտրիկ վարդենին.
Փնջիկներով հանգչեր իմ գիրկ
Մեղմիկ բուրեր իմ սրտին...

Ափսոս, դաժան էր պարտիզպան,
Նա իմ հույսը կործանեց.
Աղքատների բաժին չէ սա»,
Ասաց և ինձ դուրս հանեց:

Եվ ցողեցին աչքերս առատ,
Կյանքս դարձավ սգալից.
Եվ ոչ մի ձայն իմ հուսահատ
Սրտին եղավ կարեկից:

Բայց երանի- տկար սրտին
Միրո նետեր չդիպչեր,
երանի- թե աղքատ մարդին
Միրուց բաժին չտրվեր...:

Եվ երգի յուրաքանչյուր տունը ավարտելուց հետո Գևորգը հնչեցնում էր յուր տխուր և մելամաղձիկ սրինգը, որի բեկբեկուն ձայնը գիշերային լռության մեջ թռչում, հասնում էր թաղի հեռավոր անկյունները:

Այս միջոցին Սոմարյանցի տան մեջ հրավիրյալների ուրախությունը հասել էր յուր գագաթնակետին: Մի կողմից երաժշտությունը, մյուս կողմից բազմականների խառնաշփոթ աղաղակը դղրդեցնում էին ամբողջ տունը: Սեղանի վերա արդեն պտտվում էր 3-րդ խորտիկը, գինով 22երը վաղուց արդեն կորցրել էին իրենց կանոնավոր դիրքը, կենացները և էքստրաներն անդադար հաջորդում էին միմյանց:

Սոմարյանցի հրավերքը հասարակ մարդկանց հրավերքին չէր նմանվում: Նրա հյուրերը բոլորն էլ զարգացած մարդիկներ էին: Բոլորն էլ զուտ հայեր և «անխառն ազգասերներ»: Այդ էր պատճառը, որ հրավերքն ընդունել էր մի տեսակ ազգային հանդեսի կերպարանք: Այստեղ առաջարկվում էին և հայ գործիչների ու բարերարների կենացները, որոնց արժանավորագույնը պսակվում էր պարոն սեղանապետի գեղեցիկ ատենաբանությամբ և բազմականների անվերջ ծափահարություններով: Այսպիսի պատվի արժանացավ, իհարկե, հայոց ապագա կաթողիկոսի և ապա, ինչպես որ մոդա էր, Կ. Պոլսի Ներսես պատրիարքի, Խրիմյան Հայրիկի և այլոց կենացները:

Բազմականներից մեկը, որ ըստ երևույթին թեմական տեսուչ էր, առաջարկեց խմել հայոց դպրոցների կենացն այնպիսի եռանդուն նախանձախնդրությամբ, որ կարծես այդ կենացից կախված լիներ հայոց դպրոցների ներկան ու ապագան: Պարոն սեղանապետը հարգեց, իհարկե, այս առաջարկությունը, և դահլիճը թնդաց կեցցեների աղաղակներով:

Մի ուրիշ պարոն, որ բավական նուրբ ճաշակով հագնված էր և որ յուր շարժմունքների մեջ ոչնչով ետ չէր մնալ մի ամենակոկետ կնոջից, առաջարկեց խմել հայոց թատրոնի կենացը:

— Այո՛, այո՛ հայոց թատրոնի կենացը, — գոչեցին մի խումբ նրբաճաշակ և ըստ երևույթին գեղարվեստը պաշտող երիտասարդներ, որոնք առանձին ժողովված էին սեղանի մի անկյունում:

Սեղանապետը հարգեց և այդ առաջարկությունը և դարձյալ մի ատենաբանությամբ առաջարկեց նորան հյուրերին, վերջիններս, իհարկե, ընդդիմություն ցույց չտվին բաժակները դատարկելու մեջ:

Բայց սեղանի մի անկյունում հավաքված նրբաճաշակ երիտասարդների խումբը, անկախ սեղանապետի բարեհաճությունից, խմեց և հայոց գեղեցիկ դերասանուհիների կենացը: Իմ ընթերցողներն, իհարկե, ինձ հետ միասին, այս վերջինը ամենից արժանավորն են գտնում:

Այս բոլոր կենացներին մի մարդ միայն չէր մասնակցում: Դա հայոց լավ հեղինակներից մինն էր, որ կանգնած դահլիճի պատուհանում, երկար նայում էր դեպի դուրսը: Թատրոնի կենացից հետո միայն սեղանապետը նշմարեց նորան և բավական ծանր նկատողություն արավ նորան յուր այդ անկարգ վարմանց համար:

— Ներեցե՛ք ինձ, պարոն սեղանապետ, — դարձավ նորան հեղինակը, — այստեղ մի երգչի չնաշխարհիկ ձայնը գրավել է ինձ ավելի, քան ձեր բոլոր կենացները (սեղանի շուրջը հավաքված երիտասարդների մեջ անբավականության նշաններ). լսեցեք նորան մի փոքր և տեսեք արդյոք իրավունք չունեի՞ ես ուշադիր լինելու ավելի այս երգչին, քան թե ձեր կենացներին:

— Ի՞նչ երգիչ է, հապա՛ տեսնենք: — Այս ասելով տեղից վեր կացավ սեղանապետը և մոտեցավ պատուհանին: Սեղանապետի օրինակին հետևեցին և հրավիրյալներից շատերը և մի ակնթարթում ժողովվեցան դահլիճի պատուհանների մոտ:

Երաժշտությունը լռեց. Սոմարյանցի հյուրերն ամենայն ուշադրությամբ լսում էին դրացի տան բակում երգող երգչին: Դա Գևորգն էր, որ հնչեցնում էր յուր սրինգը և երգում էր… Հրավիրյալները որոշ լսեցին նորա երգի հետևյալ կտորը.

Բայց ափսո՛ս, որ միշտ կմնամ հուսահատ.
Քեզ ժառանգելու չեմ ունենար բախտ.
Քեզ փեսա կընտրես հարուստ և իշխան.
Բայց ես սիրուց զատ՝ չունիմ ուրիշ բան:

— Ո՞վ է այս տղան, Սերգեյ Ցագորիչ, — հիացած ձայն տվավ սեղանապետը:

— Մեր դրացի դարբին Ղազարի որդին է, — այս խոսքերով մոտեցավ սեղանապետին պարոն Սոմարյանցը և հարցրեց, — հավանո՞ւմ եք նորան:

— Նա ինձ հիացնում է, խնդրում եմ, կանչել տվեք նորան այստեղ:

— Այո՛, այո՛, նա մեզ հիացնում է, բերել տվեք նորան այստեղ, — գոչեցին բոլոր հյուրերը գրեթե միաբերան:

— Իսկույն, — պատասխանեց Սերգեյ Ցագորիչը և ներկա եղող ծառաներից մեկին հրամայեց գնալ և կանչել Գևորգին:

Ներկա գտնվողը միևնույն ծառան էր, որ կոպտությամբ վիրավորել էր խեղճ Գևորգին, նա չհամարձակվեցավ անձամբ գնալ նրա մոտ, որ մի գուցե նրա զայրույթը գրգռելով, առիթ տար յուր վատ վարմանց երևան հանելուն, այլ յուր կողմից մի ուրիշին ուղարկեց Գևորգի մոտ:

— Աղան ձեզ խնդրում է, որ գաք մեզ մոտ, — ասաց Սոմարյանցի ծառան, մոտենալով Գևորգին:

— Ի՞նձ, — հարցրեց զարմացմամբ Գևորգը:

— Այո՛, ձեզ, — պատասխանեց ծառան:

Գևորգի համար բոլորովին անսպասելի չէր այդ հրավերը, ուստի նա շփոթվելով հարցրեց. «Ի՞նչ ունի ինձ հետ ձեր աղան այս ժամին, վանդակների համար չէ ուզում խոսել»:

— Ի՞նչ վանդակների համար:

— Այն վանդակների, որ ես այսօր բերի ձեր տուն:

— Ո՛չ, կարծեմ մեր հյուրերը լսել են ձեր երգելը և կամենում են, որ գաս իրենց մոտ էլ երգես:

Գևորգի շփոթությունն անցավ, և մի գաղտնի ուրախություն, որ առաջանում է անմեղ փառասիրությունը գգված լինելուց, պատեց նորա սիրտը:

— Լա՛վ, կգամ, դուք գնացեք, — ասաց նա ծառային և ինքը մտավ տուն, մորը իմացնելու: Բայց մայրն արդեն Օրփեոսի գրկումն էր, և չկամենալով նորան զարթեցնել՝ լվացվեցավ, մաքրվեցավ և դուրս գնաց:

Հասնելով Սոմարյանցի տան այն մուտքին, որ հանում էր խնջույքի հարկը, նա կանգ առավ և չէր վստահանում միայնակ բարձրանալ: Նա հնչակը քաշեց:

Իսկույն երևեցավ միևնույն ծառան, որ Գևորգին հրավիրելու էր գնացել:

— Պարոն Գևորգ, ինչո՞ւ չեք գալիս, հրամեցե՛ք:

— Գալիս եմ, բայց...

— Բայց ի՞նչ, ամաչո՞ւմ եք:

— Ոչ... բայց ասացեք խնդրեմ, շա՞տ մարդ կա այդտեղ:

— Իհարկե շատ մարդ կա. բայց ձեզ ի՞նչ. շատ մարդիկ ձեզ խո չե՞ն ուտելու, հրամեցեք:

Գևորգը յուր բոլոր արիությունը ժողովելով՝ բարձրացավ սանդուղքից, հասնելով գեղեցիկ լուսավորված նախագավիթը, նորեն կանգ առավ:

— Դուք դարձյալ կանգնո՞ւմ եք, իսկ ձեզ սպասում են, — նկատեց ծառան:

Գևորգը տեղից չշարժվեց, նա ամբողջ մարմնով դողում էր:

Սպասավորը երկար չսպասեց, նա շտապ մտավ դահլիճը և հայտնեց աղային, որ Գևորգը եկել է, բայց ամաչում է մտնել:

— Ի՞նչ հիմարություն, ո՞ւր է, — բացականչելով դուրս եկավ պարոն Սոմարյանցը նախագավիթը և տեսնելով Գևորգին, որ կծկվել էր դռան մոտ՝ «Վա՞, արի՛ է, ինչու՞ համար ես ամաչում, ձեր հարևանի տունն է, օտարի տուն խո չէ», — այս խոսքերով բռնեց նա Գևորգի ձեռքից և խնամակալի իշխանությամբ ներս քաշեց նրան դեպի դահլիճը:

Դ

Սոմարյանցի հյուրերը Գևորգին տեսնելով ուրախության աղաղակ բարձրացրին: Նրանցից մի մասը ուռա- էր կանչում, մյուսները գժանոցից փախած խելագարների նման բացականչություններ էին անում, ուրիշները հրավիրում էին նրան իրենց մոտ նստել, իսկ երաժիշտները, որ այդ միջոցին լուռ էին, սկսան ի պատիվ Գևորգի մի տուշ ածել:

Գևորգն առաջին անգամ մի այսպիսի տեղ մտնելով, մնացել էր ապշած:

Դահլիճի հրաշալի լուսավորությունը, նորա շլացնող զարդարանքները, հարուստ և շքեղ սեղանը, փայլուն հյուրերի բազմությունը, երաժշտության որոտը, այդ բոլորը մի րոպեում այնպիսի կախարդական ազդեցություն արին նրա վերա, որ խեղճն իրեն երազի մեջ էր կարծում: Հենց առաջին րոպեներից սկսած մի տեսակ թմրություն կամաց-կամաց պատեց նրա ամբողջ մարմինը, նա կարծես հետզհետե խլանում էր. նրա աչքերը սկսում էին մթագնել, դահլիճի մեջ որոտացող երաժշտության ձայնը, հարբած հյուրերի աղաղակն այլևս լսելի չէին լինում նրան, դահլիճի հարյուրավոր ճրագները, յուր չորս կողմը պտտվող բազմությունը, կամացկամաց անհետանում էին նորա աչքից և ստանում էին հյուլեների կերպարանք, որոնք արեգակի շողերի առաջ լողում են օդի մեջ: Նա սկսում է թուլանալ:

— Գևո՛րգ, ի՞նչ պատահեց քեզ, — վրդովված ձայնով գոչեց տանուտերը, տեսնելով, որ պատանին երերվում է ոտքի վրա, — դու հիվա՞նդ ես, հա՛, դու հիվա՞ն ես:

Գևորգը ոչինչ չպատասխանեց:

— Աթո՛ռ, աթոռ տվե՛ք տղային, որ նստե, — ձայն տվին մի քանիսը:

— Նա ուշաթափվում է, ջո՛ւր հասցրեք, — աղաղակում էր մի ուրիշը:

— Ջո՛ւր, ջուր սրսկեցեք, — հրամայեց սեղանապետը: Եվ իսկույն ծառաներից մի ամենաշնորհալին ջրի շիշը կըլթ, կըլթ, կըլթ, թափեց խեղճ Գևորգի գլխին և շորերի վերա:

— Կամա՛ց, հիմա՛ր, խեղճ տղայի շորերը բոլորովին թրջեցիր, — բարկությամբ գոչեց Սոմարյանցը և սեղանից անձեռոցը վերցնելով, սրբեց Գևորգի շորերը:

Սպասավորի շնորհալի բարերարությունը և Սոմարյանցի ու հյուրերի աղաղակը սթափեցրին Գևորգին թմրությունից: Նա իսկույն բարձրացավ աթոռից և շփոթված սկսեց ուղղել յուր հագուստները:

— Ի՞նչ պատահեց քեզ, ո՛րդի, — հարցրեց նրան Սոմարյանցը, — ինչո՞ւ այդպես դարձար:

— Ոչի՛նչ, գլուխս մի փոքր պտույտ եկավ, — աչքերը գետնին զգած պատասխանեց Գևորգը:

— Ոչի՛նչ, ոչի՛նչ, կա՛նգնե, շուտով կանցնե, — գոչեց մյուս կողմից սեղանապետը, և մոտենալով բռնեց նրա ձեռքից և նստեցրեց յուր կողքին:

— Այժմ դեռ պետք է մեր սեղանից մի բան վայելես, հետո մեր հյուրերի կենացը կխմես, և հետո մեզ համար կերգես, այնպես չէ՞: Դե-, սկսիր առաջին գործդ, — ասաց նրան սեղանապետը և հրամեցրեց նրան հատկապես սեղանապետի համար պատրաստված կարկանդակը:

Գևորգը սաստիկ ամաչում էր: Յուր կյանքում նա առաջին անգամն էր արժանանում այսպիսի բարձրաստիճան հյուրերի ուշադրության: Ուստի և նա ոչինչ չկարողացավ ճաշակել, ամոթից քրտինքը վազում էր նրա ճակատի վերա:

— Պարոն սեղանապե՞տ, դուք, շատ քնքշաբար եք վարվում իմ դրացու հետ, — նկատեց Սոմարյանցը, — ինձ թողեք նորա մտերմությունը վաստակել: — Այս ասելով նա մոտեցավ Գևորգին, կտրեց կարկանդակից մի մեծ կտոր և սկսավ զոռով խրել Գևորգի բերանը: Էլ այժմ ազատում չկար, պետք էր վայելել այդ անիծյալ կարկանդակը: Եվ Գևորգը հնազանդվեցավ յուր ճակատագրին: Բայց դեռ վերջին պատառը չէր անցել նրա կոկորդից, և ահա՜ սեղանապետը մոտեցրեց նրան գինվո ահագին բաժակը:

— Ես գինի չեմ խմում, պարոն սեղանապետ, — համեստությամբ նկատեց պատանին և բաժակը հեռացրեց իրենից:

— Այդ անկարելի է, — գոչեց սեղանապետը յուր բոլոր սեղանապետական արժանավորությամբ, — դու պետք է մեր հյուրերի կենացը խմես:

— Այո՛, այո՛, անկարելի է, պետք է, որ մեր կենացը խմե, — աղաղակեցին միաբերան մի քանիսը:

— Իսկ եթե չի խմիլ, ես գինու բաժակը կթափեմ նրա գլխին, — ավելացրեց Սոմարյանցը:

Գևորգն այս վերջին սպառնալիքից վախեցավ: Նա ձեռքն առավ բաժակը և աչքերը գետին խոնարհած՝ «Ձեր կենացը», — շշնջաց հազիվ լսելի ձայնով և խմեց մի քանի կաթիլ:

— Չեղա՛վ, չեղա՛վ, բոլորը պետք է խմել, — աղաղակեց սեղանապետը:

— Բաժակի հատակը պետք է չորացնել, — գոչեց մի ուրիշը, որ ըստ երևույթին առանձին հմտություն ուներ արբեցության արհեստի մեջ: Գևորգը այս անգամ կես ամոթից և կես բարկությունից ստիպված մի կողմ թողեց յուր ծայրահեղ ամոթխածությունը և բաժակը դատարկեց փառավորապես:

— Կեցցե՛ս, կեցցե՛ս, — աղաղակեցին հյուրերը և երաժշտությունը սկսավ նրանց ձայնակցել:

Մի փոքր ժամանակից հետո սեղանապետը նշան տվավ, և երաժշտությունը լռեց:

— Այժմ դու պետք է մեզ համար երգես, — ասաց նա Գևորգին և դառնալով դեպի հյուրերը, հրամայեց, որ բոլորն էլ լռեն:

— Ի՞նչ երգ եք կամենում, որ ես երգեմ, — հարցրեց Գևորգը ոտի կանգնելով:

— Որը որ դու ավելի լավն ես համարում:

— Այո՛, որը որ դու ավելի լավն ես համարում, — արձագանք տվին սեղանապետի խոսքերին մի ուրիշ անկյունից: Բայց ո՞ր երգն էր ավելի լավ յուր գիտեցածներից, այդ մեկը նույն րոպեին Գևորգը չէր կարողանում որոշել, ուստի մի քանի րոպե մնաց լուռ կանգնած և բոլոր դահլիճն ուշադրությունը լարած՝ սպասում էր նրան:

«Ես կերգեմ ա՛յն երգը, որ Շաղոտան ավելի էր սիրում», — վերջապես մտածեց ինքն իրեն պատանին, — «երևի դա է ամենից լավը իմ երգերից»: Եվ նա սկսեց քաղցր և մեղմ ձայնով երգել «Սիրահարի բաղձանքը»:

Տխուր գիշեր, աղոտ լուսին
Թե լինեին ինձ ընկեր,
Շունչ զեփյուռին, մրմունջ առվին
Շշնջեին ինձ երգեր:

Մայրյաց թավուտ, մարմանդ դալար,
Մարդկան ոտից անկոխ հովիտ,
Ուր սուրբ սիրույն ծխի բուրվառ
Թե իրենց մեջ տային հանգիստ:

Այդ սրբազան միայնության
Մեջ կերգեի իմ Միրուհին,
Եվ իմ դողդոջ երգերի ձայն
Կավանդեի գողտրիկ հովին:

Որ նա տաներ, մեղմիկ հնչեր
Այնտեղ, ուր նա կննջե լռին,
Եվ նորա սիրտն առներ, բերեր
Իմ սիրալիր սեղմեր սրտին:

Վերջին տունը հազիվ թե վերջացրեց երգիչը և ահա դահլիճի մեջ որոտացին ծափահարությունների և կեցցեների ձայները: Բոլոր հրավիրյալներն անխտիր հիացան պատանու գողտրիկ և ոլորուն ձայնի վերա, բոլորն էլ միաբերան գովում էին նրան:

Բայց այդ միակ երգով չբավականացան, իհարկե, Սոմարյանցի հյուրերը: Նրանք խնդրեցին սեղանապետին, որ կրկին երգել տա Գնորգին:

Գնորգն այժմ այլևս չէր ամաչում, նա սկսեց երգել, և երգեց մոտ տասը հատ երգեր, մեկը մյուսից հաջողակ:

Ծափահարություններին և կեցցեներին վերջ չկար:

Այժմ մեր հրավիրյալներն սկսան խորը կերպով հետաքրքրվել պատանու դրությամբ, հարցնում էին Սոմարյանցից նրա հոր, մոր և մինչև անգամ ազգականների անունները: Տեղեկություններ էին պահանջում նրա կեցության և պարապմանց մասին և այլն, և այլն:

Պարոն Սոմարյանցը, պետք է խոստովանել, շատ քիչ բան գիտեր յուր դրացու մասին, և նրա նման մի հարուստին այդ բանում մեղադրել անկարելի էր. ուստի նա հազիվ թե կարողանում էր գոհացնել յուր հյուրերի հարցասիրությունը:

Բայց դահլիճի մի ուրիշ անկյունում, մի խումբ հյուրեր բոլորովին ուրիշ կարծիքներ էին հայտնում Գնորգի մասին: Նրանցից մի քանիսը պնդում էին, որ նա հայոց դպրոցներից մեկի աշակերտն է դեռ. մյուսները հաստատում էին, որ նա նոտայի վարժապետ է. յուր քթի մեծությամբ նշանավոր մի պարոն հիշում էր, որ այդ տղային տեսել էր Թիֆլիսի երաժշտական դպրոցում, մի ուրիշը հաստատում էր, որ նա մասնակցում էր Հայոց բարեգործական ընկերության վերջին անգամ տված նվագահանդիսին. իսկ հայոց «գեղեցիկ դերասանուհիների» կենացը խմող երիտասարդներից մեկն ասում էր և փաստերով հաստատում, որ ինքն այդ տղային անցյալ տարի տեսել էր Պետերբուրգի երաժշտական դպրոցում և զարմանում էր, թե նա այժմ ի՞նչ էր շինում Թիֆլիսում և կամ ինչո՞ւ այդպես աղքատ է հագնված:

Այս տարաձայն խոսակցությունները, որոնք հակասում էին միմյանց, շատ անհանգստություն պատճառեցին երիտասարդ բժիշկ Դուդուկչյանին, որը գեղեցիկ սովորություն ուներ ամեն տեսակ ժողովների մեջ բոլորից առաջ խոսելու: Նա բարձրացավ յուր տեղից և գինվո բաժակը ձեռքում բռնած (մոռանալով, որ կենաց առաջարկելու համար չէր կանգնել), ամենին լսելի ձայնով հարցրեց.

— Պարոն սեղանապե՞տ, մեր հարգելի հյուրերը ցանկանում են իմանալ, թե արդյոք մեր այդ տաղանդավոր և շնորհալի երգիչը ո՞րտեղ և ինչո՞վ է պարապում: Արդյոք կարո՞ղ եք հրամայել, որ նա բավարարություն տա նրանց հետաքրքրությանը:

— Ինչո՞ւ չէ, — պատասխանեց սեղանապետը և ապա դառնալով դեպի Գևորգը հարցրեց.

— Դու ի՞նչ գործով ես պարապում, մեր հյուրերը կամենում են իմանալ:

— Ես լինում եմ գերմանացի Գուստավի գործարանում և պարապում եմ փականագործությամբ, — համեստությամբ պատասխանեց Գևորգը:

— Փականագործությա՞մբ, — զարմացմամբ հարցրին մի քանի տեղերից:

— Այո , փականագործությամբ, — կրկնեց պատանին:

— Ի՞նչ եք ասում, մի՞թե կարելի է, որ ձեզ պես շնորհալի երիտասարդը փականագործությամբ է պարապում, — տաքացած մոտեցավ նրան բժիշկը, ձեռքի բաժակը սեղանի վրա դնելով:

— Ի՞նչ պետք է անել, պարոն բժիշկ, դրանից ավելի լավ պարապմունք ինձ ո՞վ պիտի տար:

— Ա՛, ինչ եք ասում, պարոն, դուք ձեզ կորցրել եք անհայտության մեջ:

— Բայց ես չեմ կարող հավատալ մեր երգչի խոսքերին, նա երևի կատակ է անում, — ձայնը լսելի արավ հայոց «գեղեցիկ դերասանուհիների» կենացը խմող և Գևորգին Պետերբուրգի երաժշտական դպրոցում տեսնող պարոնը:

— Ես կատակ չեմ անում, հարգելի պարոն, ես փականագործությամբ եմ պարապում պարոն Գուստավի գործարանում:

— Ցավալի է, շատ ցավալի է, — հարեց սեղանի ձախ կողմից երդվյալ հավատարմատար Մաստակյանը, խիստ կարեկցական արտահայտություն տալով յուր դեմքին, բայց և այնպես շամպանիայի բաժակը ձեռքից չթողնելով:

— Իսկ ես պիտի ասեմ, որ ոչ միայն ցավալի, այլև ամոթ է ձեզ,

ռուսաստանցիներուդ համար ասանկ շնորհալի երիտասարդ մը ունենալ և զանի, ինչպես հարկն է, խնամել չկամենալ: — Այս փոքրիկ հառաջաբանով խառնվեցավ խոսողների հետ պարոն Դեմուրջյանը, մի պոլսեցի նորեկ երիտասարդ, որ բավական խնամքով սրել էր յուր ընչացքի ծայրերը և «Մասիսի» մի համարը ծալած դրել էր բեդինգոտի գրպանը, — եթե ասանկ տաղանդավոր պատանի մմեր Պոլիսը գտնվեր, — շարունակում էր նա, — կտեսնեիք, թե մեր հոնտեղի ազգայինք ի՛նչ մեծ զոհաբերություններով զանի առաջ պիտի քաշեին գեղարվեստից տաճարներուն մեջ:

— Բայց դուք հարգելի պարոն, մի Դուրյան ունեիք, երիտասարդ, բայց իրոք տաղանդավոր բանաստեղծ, որ մեծ ապագա էր խոստանում և նա քսան և երկու տարեկան հասակում մեռավ Պոլսում, վերջին աղքատության մեջ, — նկատեց նրան պարոն Սլաքյանը, որ մի կողմը քաշված մեծ զվարճությամբ լսում էր հափշտակված հյուրերի ճառախոսությունները:

— Եթե ամեն բանի մեջ ատանկ ծուռը դատելու ըլլանք նե, պարոն, — հարեց Դեմուրջյանը, — գիտե՞ք ուր կիանգի ձեր ճանապարհը — Կրետեի հին լաբյուրինթոսին մեջ, որը, ինչպես գիտեք, Մենովսի հրամանավ Դեդալոս անդրիագործը շինեց...

— Լաբյուրինթոսների պատմությունն անել ավելորդ է, շարունակեցեք բուն խնդրի վրա խոսել, — ընդհատեց նորան պարոն Սլաքյանը:

— Դարձյալ ծուռը կդատիք, պարոն, լաբյուրինթոսներու պատմությունն անանկ հետաքրքիր նյութ մ'է հնագիտության համար, որ մեր դարու բոլոր հնախոսք մեծամեծ հատորներ հրատարակած են ցարդ անոնց վրայոք: Եթե ինձ չեք հավատար, շնորհ ըրեք մեր Պոլսո գրավաճառանոցներն այցելելու ու հոն պիտի տեսնեք, թե ի-՛նչ ահագին հատորներ կվաճառվեն, բոլորն ալ հնագիտության և գլխավորապես լաբյուրինթոսներու մասին հարուստ տեղեկությամբք լի...

— Պարո՛ն, դուք դարձյալ բուն խնդիրը մոռացաք, — նորեն ընդմիջեց նրան պարոն Սլաքյանը, — ես Դուրյանի մասին էի խոսում, որ Պոլսում աղքատության մեջ մեռավ, դուք ի՞նչ էիք կամենում սրա մասին ասել:

— Հա, մոռցա, ես ալ ադոր համար պիտի խոսեի: Դուք, հարգելի պարոն, Դուրյանի անուն տալով խնդիրը կշփոթեք: Վասնզի այլ է բանաստեղծ, այլ է երգիչ: Բանաստեղծը չկրնար երգիչ ըլլալ և ոչ ալ երգիչը բանաստեղծ: Սա անանկ ճշմարտություն մ'է, որ մեր Պոլսո բոլոր ազգայինք գիտեն, և ձեզի պես նշանավոր ազգասերի մ'ալ չգիտնալը պատիվ չի բերեր...

— Մենք, պարո՛ն, գիտենք ըստ հարկին պատվել զԼիթռե, զՎիկթոր Հուկո, դուք Կովկասու հայքդ հազիվ կրցաք Դյուլոռեի մը հոգեհանգիստը կատարել:

— Բայց բուն խնդիրը, պարո՛ն, բուն խնդիրը, — անհամբերությամբ ընդհատեց նրան պարոն Սլաքյանը:

— Բուն խնդիրն այն է, որ Դուրյան իբրև սոսկ բանաստեղծ կրնար աղքատության մեջ մեռնիլ, ըստ որում բանաստեղծությունը մեր պոլսեցվոց մոտ գին չունի, մինչ երգիչ մը կրնա դյուրավ հաճո ըլլալ անոնց, մանավանդ, ա՛յն մեծ խնջույքներուն մեջ, որք հաճախ տեղի կունենան մեր Պոլիսը հարուստներու քով: Եվ ասանկով այդ երգիչը կրնա յուր համար ապահով ապագա մը պատրաստել, ինչպես խել մը եվրոպացի նշանավոր երգիչք… — Պարոն Դեմուրջյանը դեռ չէր ավարտել յուր ճառը, որ ծիծաղն ու քրքիչը լցվեցավ դահլիճը: Պարոն ճառախոսը զգաց, որ յուր իմաստալից խոսքերն ըմբռնողներ չգտնվեցան յուր սեղանակիցների մեջ, ուստի «անհասկացողներու առաջ խոսելը հիմարություն մ՛է» փնթփնթալով անցավ և յուր տեղը բռնեց:

Պարոն Դեմուրջյանին հաջորդեց մեզ ծանոթ երիտասարդ բժիշկը հետևյալ ճառով.

«Պարոննե՛ր, մեր ազգն այժմ աղքատ է մեծ մարդիկներով և դորա պատճառը մենք ինքներս ենք: Որովհետև, ո՞չ թե ազգն է ամուլ, որ չէ ծնում այդ տեսակ մարդիկներ, այլ մենք, ազգի անդամներս ենք մեղավոր, որ նրա ծնածները չենք խնամում: Մեր մեջ շատերը կան, որոնք ի բնե կանչված են մեծ մարդիկներ լինելու համար, բայց այդպիսիներն անխնամ մնալով չեն զարգանում, չեն ուռճանում, այլ վայրի բույսերի նման մի աննշան հասակ առնելով՝ գոսանում, անհետանում են: Այդ տեսակ ծնունդներ, այդ տեսակ ուժեր մեր մեջ շատ կան. մնում է միայն հետամուտ լինել՝ նրանց գտնելու համար, և գտնելուց հետո ըստ պատշաճին խնամել նրանց: Մի որոշ ժամանակից հետո մենք մեծ մարդիկներ կունենանք, այնքան մեծ, որ մենք նրանցով կկարողանանք պարծենալ… (կեցցեներ և ծափահարություններ):

«Այս երիտասարդը, — շարունակեց ճառախոսը, — որ այսօր մեզ հոգեկան զվարճություն պատճառեց յուր գեղեցիկ երգերով և գրավեց մեր բոլորի ուշադրությունը, իմ հիշած ուժերից մեկն է, նա կարող է ապագայում մի նշանավոր երգիչ լինել, նա կարող է և օտարների ուշադրությունը գրավել յուր երկնատուր շնորհքների կատարելագործությամբը. բայց նա կարող է և կորչիլ անհայտության մեջ, որովհետև մի կտոր հացի համար ծառայում է փականագործի գծուծ արհեստով: Ուրեմն, մենք պետք է օգնենք նրան յուր կոչմանը ծառայելու:

(Համաձայնության աղաղակներ):

«Ես տեսնում եմ, որ դուք համակրում եք իմ խոսածներին, ինձ մնում է առաջարկել այն միջոցը, որով կարելի կլինի օգնել այդ երիտասարդին բարձրացնելու ա՛յն աստիճանների վերա, որի համար օժտված է նա բնությունիցս»:

— Առաջարկեցե՛ք, առաջարկեցե՛ք, — ձայն տվին մի քանի տեղերից:

— Ահա՛ իմ առաջարկությունը, պարոններ: Ես կարևոր եմ համարում հենց այստեղ ստորագրություն բանալ այդ երիտասարդի օգտին, որին մենք բոլորս անխտիր կմասնակցենք: Յուրաքանչյուրը մեզանից, յուր կարողության համաձայն, թո՛ղ մի գումար ստորագրե, և այդ ժողոված փողով մենք կղրկենք այս երիտասարդին Պետերբուրգի կամ եվրոպական մի ուրիշ նշանավոր քաղաքի երաժշտական դպրոցը, ուր նա յուր ձայնը կմշակե և երգելու արհեստի մեջ կկատարելագործվի:

— Կեցցե՛, կեցցե՛, պարոն բժիշկ, — գոռացին հրավիրյալները և ծափահարություններով թնդացրին դահլիճը:

Իսկ սեղանապետը իբրև վարձատրություն նորա գեղեցիկ ճառին, առաջարկեց խմել պարոն բժշկի կենացը:

Բոլոր հրավիրյալներն ուրախությամբ ընդունեցին այդ առաջարկությունը և դատարկեցին բաժակները:

Սակայն մեր նախաձանոթ պարոն Դեմուրջյանը ռուսահայոց նման լռությամբ կենացներ խմելն անվայել համարելով, առաջ անցավ և ձախ ձեռքում բաժակը բռնած, իսկ աջով յուր ընչացքը ոլորելով, խոսեց. «Ձեր թանկագին կենացը կպարպեմ սա բաժակը, պարոն բժիշկ: Մեր ամենուս մեջ, եթե չասեմ խելոքը, գեթ ամենեն ազգասերը գտնվեցաք: Ձեր բրած առաջարկությունը մեր երգչին քոնսերվատոր խրկելու համար անանկ խելացի առաջարկություն մ'է, որ պատիվ կբերե թե՛ առաջարկողին և թե՛ ընդունողներուն: Քաջահույս եմ, թե մեծարգո հրավիրյանք, որքան հնարավոր է առատագույնս պիտի նվիրաբերին սա հանրօգուտ գործին համար: Ձեր ճառի համար ալ պիտի ըսեմ, պարոն բժիշկ, որ հրաշալի բան մ'էր: Շատոնց ի վեր է, որ Պոլսեն հեռի գտնվելու ապաբախտություն ունենալուս համար, ասանկ շենք ու շնորհիքով ատենաբանություն մը լսած չունեի: Կցավեմ միայն, որ համառոտ անցաք: Գիտե՞ք, ասանկ փափուկ նյութը մեր ազգային ժողովի մեջ երկար վիճաբանությանց առարկա կըլլա. ան ատեն տեսնելու է, թե մեր պատվելի երեցփոխանք ի՞նչ գովության արժանի ճիգեր կթափին ատենաբանությանց մեջ զիրար գերազանցելու: Գեղեցիկ խոսելն ալ առանձին ձիրք մ'է, զոր աստված ի վերուստ շնորհած է մեզ մախկանացուներուս: Դժբախտաբար մեր Ռուսիո ազգայինք սա շնորհիքեն զուրկ ըլլալուն համար, անոր հարգը, ինչպես որ կվայելի, չեն ճանչնար է: Մինչդեռ անդին պոլսեցի մը յուր կյանքը կտա գեղեցիկ ատենաբանություն մը լսելու համար...

— Փառավոր լինեք, պարոն Դեմուրջյան, շատ գեղեցիկ եք խոսում, — ընդհատեց նրան սեղանապետը, տեսնելով, որ պարոն ճառախոսի ախորժակը հետզհետե բացվում է խոսելու համար, — դուք այնքան բարի կլինեք, որ թույլ կտաք ինձ իսկույն նեթ գործին ձեռնարկել, որովհետև ինչպես որ դուք, պոլսեցիներդ խոսելն եք սիրում, այնպես էլ մենք ռուսաստանցիներս՝ գործելը:

— Շնորհի ըրեք, կաղաչեմ, կրնա՞մ մի ձեզ ընդդիմանալ, — այս ասելով պարոն Դեմուրջյանը կրկին դիմեց բժշկին և «Ձեր թանկագին կենացը» ասելով բաժակը դատարկեց:

Երիտասարդ բժիշկ Դուդուկջյանը չկամենալով հարմար բռպեն ձեռքից թողնել, իսկույն թուղթ պահանջեց և սովորական վերտառությունը նրա վրա գրելով, առաջարկեց սեղանապետին ստորագրելու:

— Որովհետև առաջարկությունը ձերն է, առաջ դուք ստորագրեցե՛ք, — դարձավ սեղանապետը բժշկին:

— Ո՛չ, պարոն սեղանապետ. դուք եք այժմ մեր մեծն ու կառավարիչը. ձեզ է վայել առաջնորդ լինել մեզ և այս գեղեցիկ գործի մեջ:

Այս խոսքերը սեղանապետի ինքնասիրությունը գգվեցին, և նա գրիչը ձեռքն առնելով և բարձրաձայն արտասանելով, ստորագրեց՝ «Բանկիր Աբրահամ Տանպետյանց 500 ռուբլի»:

«Կեցցի՛ք, կեցցի՛ք», — գոչեցին միաբերան հրավիրյալները և տեղերից բարձրանալով իրենք էլ միաբերան ոգևորված առաջ անցան և սկսան կարգով ստորագրել:

— Ի՞նչ ըսավ. 500 ռո՞ւբլ, — բացականչեց զարմացմամբ պարոն Դեմուրջյանը և մոտենալով Դուրյանի մասին իրեն նկատողություն անող պարոն Սլաքյանին, նրա ականջում շշնջաց. «Լսա՞ք ինչ ըսավ պարոն սեղանապետը»:

— Այո՞, ի՞նչ կա, — սառնությամբ հարցրավ Սլաքյանը:

— 500 ռուբլ ըսավ, եղբայր, ասանկ առատաձեռնություն կըլլա՞ մի:

— Ինչո՞ւ չէ. դուք ինքներդ չէի՞ք, որ ձեր ճառի մեջ հույս էիք հայտնում, թե «առատագույնս պիտի նվիրաբերեն»:

— Կախալիք, բարեկամս. եթե բոլորս ալ 500-ական ռուբլ ստորագրելու ըլլանք նե, գիտե՞ք ծայրը ո՞ւր կհանգի:

— Կրետեի լաբյուրինթոսին մեջ, զոր Մինովսի հրամանավ Դեդալիոս անդրիագործը շինեց, — ծիծաղելով պատասխանեց պարոն Սլաքյանը:

— Դուք զիս կծաղրե՞ք, հա՞, բայց ես առանց կատակի կխոսեմ, — տաքացած շարունակեց Դեմուրջյանը: — Ասանկով դուք ժողովուրդը կանբարոյականացնեք:

Ի՞նչ հարկ կա այս աստիճան առատությամբ վարձատրել ողորմելի երգիչ մը, մինչդեռ անդեն Երուսաղեմ յուր լեռնակուտակ պարտքերուն տակ կիեծե...

Պարոն Սլաքյանը որ յուրայինների ինչ պտուղ լինելը լավ էր ճանաչում, ծիծաղեց Դեմուրջյանի միամտության վերա, և «Երուսաղեմի պարտքն էլ պոլսեցիներդ կհոգաք» ասելով հեռացավ:

Մինչդեռ այստեղ Դեմուրջյանն ու Սլաքյանը խոսում էին, մյուս հրավիրյալները սեղանապետի գլխին թափված եռանդով ստորագրում էին: Սեղանապետից հետո ստորագրեց Սոմարյանցը՝ դարձյալ նրա օրինակին հետևելով, 500 ռուբլ: Իսկ մյուս հյուրերը ոչ ավելի քան 200, 150, 100 և 50 ռ.: Վերջին գումարից պակաս ստորագրող չեղավ: Կես ժամվա մեջ ամբողջ թերթը ծածկվեցավ ստորագրություններով:

Երբ բոլորը վերջացրին, երիտասարդ բժիշկը հաշվեց, և, ի մեծ ուրախություն հրավիրյալների, հայտնեց, որ ստորագրվածների գումարը հասնում է 4550 ռուբլու:

Դահլիճը դարձյալ թնդաց ուրախության աղաղակներով և ծափահարություններով: Գևորգը մնացել էր ապշած: Մի քանի րոպե նա կարծեց թե ինքը երազի մեջ է: Նա մինչև անգամ մտաբերեց իրենց հարևան պառավ Սալոմեի պատմությունը, թե ի՜նչպես մի գիշեր քաջքերը նրան տարել էին հարսանիք, ի՜նչպես նրան պատիվներ և ընծաներ էին տվել, ոսկե զարդեր էին հագցրել, մինչև լույս իր հետ խաղացել, պարել և քեֆ էին արել, իսկ հետո լուսաբացին տարել էին, որ սարից ներքև գլորեն, բայց նա իսկույն երեսին խաչակնքել էր և քաջքերն աներևութացել էին, իսկ ինքը ողջ և առողջ վերադարձել էր տուն»:

Այս պատմությունը մտաբերելով, Գևորգը կամեցավ մինչև անգամ երեսին խաչակնքել, կասկածելով թե գուցե յուր տեսած բարի մարդիկներն էլ քաջքեր էին, ապա թե ոչ, ի՞նչ տարօրինակ երևույթ էր այս, որ երեկ Գուստավի գործարանում մշակի պես բանող գործավորը, որին երեկոյան ինչպես մի գրաստի շալակել էին տվել երկաթե վանդակները, մի քանի ժամից հետո հանկարծ մի այդպիսի շքեղ դահլիճում գտնվեր, այդքան մեծ պատիվներ ու գովությունների արժանանար, հարուստ մարդիկ իրենով հետաքրքրվեին, մի կես ժամում 4550 ռուբլ փող ժողովեին իրեն համար, Պետերբուրգ ղրկելու խոստումներ անեին և այլն, և այլն:

«Չէ՛, չէ՛, սա երազ է», — շշնջաց ինքն իրեն պատանին և ձեռքի պատառաքաղը սեղանի տակով գաղտուկ դեպի ազդրը տանելով պինդ հրեց մարմնի վրա, որ տեսնե՝ եթե միսը ծակում է և ինքը ցավ է զգում, ուրեմն երազ չէ, իսկ եթե ոչինչ չէ զգում, ուրեմն ճիշտ որ քաջքերի մեջ է գտնվում:

Հարկ չկա ասել, որ հարուստի պատառաքաղը նոր և սուր լինելով, կատակներ չէ անում, այդ պատճառով էլ խեղճ Գեվորգի բարակ վարտիքն ու ազդրը նրա սուր ծայրին չդիմադրեցին, և ծակվելով բավական կսկիծ պատճառեցին իրենց տիրոջը:

Այսուամենայնիվ, Գևորգը շուտով զվարթացավ, երբ յուր հետ պատահածների երազ չլինելն ստուգեց:

Պարոն Դուդուկչյանը ստորագրված փողերի հաշիվն անելուց հետո թուղթը ծալեց և հանձնեց սեղանապետին:

— Ի՞նչ պետք է անեմ այս թուղթը, — հարցրեց նրանից սեղանապետը:

— Այդտեղ ստորագրված փողերը կժողովեք և հարկ եղած հոգացողությունն անելուց հետո, մեր երգչին կուղարկեք Պետերբուրգի երաժշտական դպրոցը:

— Անպատճառ Պետերբուրգի՞:

— Այո՛, իմ կարծիքով:

— Պարոննե՛ր, դուք ո՞րտեղ ավելի հարմար կդատեք, — հարցրեց սեղանապետը հրավիրյալներին:

— Վիեննա, — գոչեց մեկը սեղանի ծայրից:

— Ո՛չ, Փարիզ, — կրկնեց մի ուրիշը:

— Ավելի լավ չէ՞, որ Լոնդոն ղրկենք, — հարցրեց մի երրորդը:

— Ինչո՞ւ Իտալիա չուղարկենք, մուսաների աշխարհը:

— Իմ կարծիքով, թե փողը կբավականանա, ղրկենք Նյու-Յորք, այդ ամենից նպատակահարմարն է:

— Ինձի լսեիք նե, Փարիզ կղրկեիք, — մեջ մտավ պարոն Դեմուրջյանը, — վասնզի հոն...

— Ո՛չ, ո՛չ, Լայպցիգ ղրկենք. այդ քաղաքը նշանավոր է իր երաժշտական դպրոցով, — ընդհատեց պոլսեցուն մի ուրիշ երիտասարդ:

Իսկ մի հաղթանդամ կապալառու, որ մի անգամ կարդացել էր «Բազմավեպի» մեջ Եվդոկիա քաղաքի նկարագրությունը, մի գլուխ գոչում էր՝ «Եվդոկիա ղրկենք, Եվդոկիա, պարոն սեղանապետ »:

Պարոն Դեմուրջյանը, որ լավ ծանոթ էր Եվդոկիային, խիստ բարկացավ կապալառուի վրա և առաջ նետվելով գոչեց. «Պարո՛ն, ինչու՞ այդ աստիճան տգետ եք, չգիտեք, որ Եվդոկիայում քոնսերվատոր չկա ու հոն պղինձ շինելեն զատ ուրիշ ոչինչ չգիտեն»:

— Վնաս չունի, կարելի է, կարելի է, — անտարբերությամբ կրկնում էր հաղթանդամ կապալառուն:

Սեղանապետը տեսնելով, որ խոսողները շատացան, հրամայեց, որ բոլորն էլ լռեն: «Ես ինքս կկարգագրեմ, ուր որ ղրկելու է. միայն թե դուք ձեր ստորագրած փողերը վաղվանից սկսեցեք վճարել», — ավելացրեց նա:

— Շատ լավ, շատ լավ, դուք կարգադրեցեք, — կրկնեցին ամեն կողմից հրավիրյալները: Եվ սեղանապետը շնորհակալություն հայտնելով նրանց՝ շարունակեց կենացների ընդհատված գործը:

Այժմ Գևորգի բարեկամները շատացան: Երիտասարդ, հասակավոր, ուսումնական, վաճառական, բոլորն էլ խնդակցում էին նրան, սեղմում էին նորա կոշտ ձեռքերը, հետաքրքրվում էին նորա անցյալով և ներկա դրությամբ: Մինչև անգամ Գևորգին Եվդոկիա ղրկելու համար խորհուրդ տվող կապալառուն խոստացավ յուր աղջիկը տալ նրան, երբ նա Եվդոկիայից ուսումն ավարտած կվերադառնար: Իսկ հայոց թատրոնին ծառայող մի հին դերասան շշնջում էր Գևորգի ականջին, «Գիտե՞ս, պարոն, եթե ես այստեղ չլինեի, դու այդպես մեծ ընդունելություն չէիր գտնիլ: Ես ինքս առաջին անգամ ճառախոս բժշկին խորհուրդ տվի հրավիրյալների ուշադրությունը դարձնել քեզ վրա և ստորագրություն բանալ քեզ երաժշտական դպրոցը ղրկելու համար»:

Գևորգը բոլորովին զգացվել և ուրախությունից շփոթվել էր, նա չգիտեր, ոռի՞ն արդյոք պատասխաներ, և ճարահատյալ գլուխ էր իջեցնում աջ ու ձախ ի նշան շնորհակալության:

Վերջապես ճառախոս բժիշկը մոտեցավ նորան և պատվիրեց, որ հենց վաղվանից թողնե յուր պաշտոնը Գուստավի գործարանում և ապա ներկայանա պարոն Տանպետյանցին, որը նույնպես յուր կողմից հարկավոր հոգացողությունները վաղվանից կանե՝ նորան Պետերբուրգ ղրկելու համար:

Գևորգը խոնարհությամբ գլուխ տվավ և խոստացավ, բժիշկի պատվերի համաձայն, վաղվանից թողնել յուր պաշտոնը Գուստավի գործարանում:

Առավոտյան չորս ժամին Սոմարյանցի տան մեջ ընթրիքը և հրավիրյալների ուրախությունները վերջացան: Հյուրերից յուրաքանչյուրը քաշվեցավ յուր տունը, նոցա հետ էլ երգիչ Գևորգը:

Ե

Առավոտյան շատ վաղ Թամարը զարթելով որդու անկողինը պարապ գտավ: Այդ բանն առաջին անգամ նորան չանհանգստացրեց, որովհետև Գևորգը սովորություն ուներ շատ անգամ դեռ լուսաբացին տանից դուրս գալու: Նա գնում էր Քուռի ափին լվացվելու և ապա մոտակա այգիները պտտում էր, մինչև Գուստավի գործարանում աշխատանքը կսկսվեր: Բայց մի փոքր հետո Թամարը նկատեց, որ երեկոյան յուր ձեռքով պատրաստած անկողնին գրեթե ձեռք դիպած չէր: Եթե Գևորգը այստեղ քնած լիներ, նա ամեն ավուր պես խառն ու անկարգ դրության մեջ կլիներ: Թամարն սկսեց անհանգստանալ. նա շտապավ անկողնից ելնելով հագնվեցավ և դուրս թռավ բակը:

Բակի դուռը նույնպես բաց էր: «Անպատճառ երեխաս մի չարիք է բերել յուր գլխին, նա երեկոյան տխուր էր», — շշնջաց ինքն իրեն Թամարը, նա պատրաստվում էր փողոց դուրս գալու և ահա բակը մտավ Գևորգը: Նա ուրախությունից բոլորովին այլայլվել էր:

— Ո՞րտեղ էիր, որդի՛, ի՞նչ է պատահել քեզ, ինչու՞ այդպես այլայլված ես... — իրար ետևից հարցնում էր մայրը:

— Այս րոպեիս կասեմ, մայրիկ, դու տուն արի: — Այս ասելով նա մոր ձեռքից բռնած շտապեց դեպի տուն:

Երբ նոքա ներս մտան, Գևորգը գրկեց մորը և բացականչեց.

— Ուրախացի՛ր, մայրիկ, ուրախացի՛ր, մենք բախտավոր ենք...

— Բայց ի՞նչ է պատահել քեզ, որդի, ես ոչինչ չեմ հասկանում, — անհանգստությամբ ընդհատեց նորան մայրը:

— Այս րոպեիս, մայրիկ, այս րոպեիս, կպատմեմ քեզ բոլորը, և դու կտեսնես, որ մենք բախտավորվել ենք:

Այս ասելով Գևորգը նստեց մահճակալի ծայրին և մի փոքր շունչ առնելուց ետ, սկսեց պատմել բոլորը, ինչ որ երեկ երեկոյանից մինչև այն րոպեն անցել էր յուր գլխով:

Այսպես նա պատմեց Սոմարյանցի տանից յուր հրավիրվելը, նրա պատվարժան հյուրերի առաջ երգելը, յուր գտած ընդունելությունը, հյուրերի յուր մասին խոսածները, վերջապես, իրեն Պետերբուրգ ղրկելու համար ստորագրությամբ փող ժողովելը և այլն, և այլն:

Թամարը մնացել էր ապշած, նա չէր կարողանում յուր ականջներին հավատալ: «Սոմարյա՞նց և դարբին Ղազարի որդին. իմ Գևորգը, և Պետերբուրգ: ոչինչ չեմ հասկանում...», — շշնջում էր ինքն իրեն խեղճ կինը: Բայց երբ Գևորգը սկսեց նորան հավատացնել, որ յուր բոլոր պատմածները ճիշտ է և այդ պատճառով էլ ինքն այս գիշեր տանը չէ քնել, որի ապացույցը յուր անձեռնամուխ անկողինն է, Թամարը սկսեց ուրախությունից լալ: Նա գրկեց որդուն, սեղմեց յուր կրծքին և երկար համբուրում էր նրան:

Երբ մոր և որդու հուզմունքը մի փոքր մեղմացավ, Թամարը հարցրեց. — «Այժմ ի՞նչ ես կամենում անել, որդի»:

— Ի՞նչ պիտի անեմ, պետք է գնամ Գուստավի մոտ և հայտնեմ նրան, որ թողնում եմ յուր գործարանը:

— Բայց մի՞թե այդպես շտապավ:

— Իհարկե, մայրիկ: Պարոն բժիշկն ինձ պատվիրեց, որ այսօր անպատճառ թողնեմ իմ այդ կեղտոտ արհեստը և պատրաստվեմ Պետերբուրգ գնալու համար: Պատրաստվելու համար էլ քիչ ժամանակ չէ հարկավոր:

— Բայց թե քո պաշտոնը այդտեղ թողնես և հետո քեզ չուղարկե՞ն, այն ժամանակ ի՞նչ կլինի մեր ճարը, Գուստավն էլ քեզ չի ընդունիլ...

— Հա՛, հա՛, հա՛, հա՛, ի՞նչ միամիտ ես, մայրիկ, — լիքը բերանով ծիծաղեց Գևորգը, — Սոմարյանցին, Տանպետյանցին կամ թե նոցա մյուս պատվավոր հյուրերին, դու հավասարեցնում ես մեր աղքատ Ալեքսին ու Սանդրոյին, էլի՞: Հիանալի է, հիանալի, հա՛, հա՛, հա՛, հա՛, — և ուրախ ձայնով կրկին Գևորգն սկսավ կարկաչել;

— Ինչու՞ համար ես ծիծաղում, որդի: Մի՞թե չէ կարող պատահել, որ այսօր քեզ խոստանան և վաղը չկատարեն:

— Է՛, է՛, սիրելի մայրիկ, շատ միամիտ ես: Դու մեծ մարդիկներին չես ճանաչում. նոցա տված խոսքն ու գլուխը մեկ է: Վերջապես ինչպե՞ս կարող են չկատարել. կատարել տվողը փողը չէ՞: Փողն արդեն պատրաստ է, ուրեմն իմ Պետերբուրգ գնալս էլ վերջացած գործ է:

— Աստված տա, որ այդպես լինի, որդի: Միայն թե պիտի գիտենաս, որ Գուստավի գործարանը թողնելը հեշտ է. ոչ ոք զոռով քեզ չի կարող կապել նորա հետ: Ավելի լավ է առայժմ շարունակես գնալ քո առաջվան գործին, և երբ այդ քո բարերարներն ամեն բան կկարգադրեն ու կպատրաստեն, այն ժամանակ կթողնես Գուստավի գործարանը և ուղղակի կճանապարհվես Պետերբուրգ:

— Սխալվում ես, մայրիկ: Ես խոսք եմ տվել պարոն բժշկին, և եթե հենց այսօրվանից չթողնեմ իմ պաշտոնը, նա ինձ վերա վատ գաղափար կկազմե: Նա մինչև անգամ իմ Պետերբուրգ գնալուն էլ արգելք կդառնա:

— Դու գիտես, որդի: Ինքդ չափահաս տղա ես. ես չպետք է քեզ խելք սովորեցնեմ: Եթե գիտես, որ հաստատ քեզ տերություն պիտի անեն այդ մարդիկը և եթե դու վստահ ես նրանց վրա, կատարիր քո տված խոսքը և հենց այսօրվանից թողիր պաշտոնդ: Իսկ եթե մի փոքր կասկածելի տեղ ունես, իզուր մի դժբախտացնիր քեզ և քեզ հետ էլ քո մորը: Աչքիս մեջ մազ է բուսել, մինչև որ քեզ այդ հասակին եմ հասցրել և մի արհեստի տիրացրել: Այնպես չանես, որ կրկին ինձ ստիպես լվացարանում աշխատելու: Արդեն ուժից ընկել եմ ես, և դու պետք է այսուհետև հոգաս ինձ և քո ապագայիդ համար:

— Միամիտ կաց, սիրելի մայրիկ, ես պետք է մեռնեմ, որ դու կրկին լվացարան գնաս, բայց քանի որ կենդանի եմ, այդ բանը քեզ հետ չի պատահիլ:

Իսկ ինչ կվերաբերի իմ բարերարների վրա վստահ լինելուն, ես շատ եմ վստահ: Եթե դու ինքդ լինեիր Սոմարյանցի տանը և տեսնեիր, թե ինչե՞ր էին անում ինձ համար այդ մարդիկը, դու ինքդ առաջինն ինձ կստիպեիր, որ թողնեմ իմ պաշտոնը: Վերջապես այդ մարդիկն ինձ իրենց որդեգիրն են ընդունել: Մի՞թե մի ամբողջ հասարակություն չի կարողանալ մի որդեգիր պահել:

— Դու գիտես, որդի, ես էլ ոչինչ ընդդիմանալու չունեմ, երբ դու ինքդ վստահ ես այդ մարդկանց վրա, ես ի՞նչ կարող եմ ասել, դու խո քո թշնամին չես:

Արա՛, ինչպես կամենում ես:

— Ուրեմն հենց այս րոպեից կերթամ Գուստավին հայտնելու, որ թողնում եմ ծառայությունս:

— Ո՛չ դեռ քնիր մի փոքր, հանգստացիր, և հետո կերթաս: Անքնությունդ քեզ կարող է հիվանդացնել:

Գևորգը չընդդիմացավ: Նա հանվեցավ պառկեց և չնայելով որ չափից դուրս ուրախ էր, այսուամենայնիվ, քունը շուտով ծանրացավ նորա արտևանունքների վերա:

Կես օրը արդեն անցել էր, երբ Գևորգը զարթեցավ:

— Ա՛խ, մայրիկ, ինչու՞ համար ինձ ժամանակին չզարթեցրիր, ես ուշացա, — տրտնջաց Գևորգը և ցատկելով անկողնից սկսավ շտապ-շտապ հագուստները հագնել:

— Չես ուշացել, որդի. Գուստավին մինչև երեկո կարող ես՞ տեսնել, — հանգստացրեց նրան մայրը:

— Գուստավը չէ իմ ցավը: Պարոն Տանպետյանցին և բժշկին պիտի տեսնեի:

— Իզուր է, մի՛ շտապիր: Այդ մարդիկն ամբողջ գիշերը քեֆ են արել, նրանք աղքատների պես չեն ապրում, ամբողջ օրը քնում կլինեն:

— Ճշմարի՞տ ես ասում, մայրիկ:

— Իհարկե, որդի, նրանք դեռ քնած կլինեն: Մինչև անգամ հարմար էլ չէ, որ հենց այսօր գնաս այդ մարդկանց մոտ և նրանց անհանգստացնես:

— Ինչպե՞ս թե հարմար չէ, բայց ե՞րբ պիտի գնամ:

— Վաղը: Այդ ավելի քաղաքավարություն կլինի քո կողմից.

— Ճշմարիտ որ այդպես է, մայրիկ. Իսկույն նեթ այդ մարդկանց անհանգստացնելը լավ չէ: Ուրեմն վաղը կերթամ նրանց մոտ: Իսկ այժմ կշտապեմ Գուստավի գործարանը, այնպես չէ՞:

— Բայց էլի մի բան եմ ուզում հարցնել քեզ, որդի, — խոսեց Թամարը երկչոտ ձայնով:

— Ի՞նչ բան, ի՞նչ բան, — շտապով ընդհատեց նրան Գևորգը:

— Ուզում էի հարցնել, թե՝ արդյոք դու լավ վստա՞հ ես այդ մարդկանց վերա, և համոզվա՞ծ ես, որ նրանք քեզ չեն խաբիլ:

— Վստահ եմ, վստահ եմ, մայրիկ. բնավ մի կասկածիր:

— Տե՛ս, չզղջաս: Գուստավի գործարանը մի անգամ թողնելուց ետ, երկրորդ անգամ դու նրան դիմել չես կարող:

— Չէ՛, մայրիկ, չեմ զղջալ, միամիտ եղիր: — Այս ասելով Գևորգը վեր առավ յուր ջարդված գդակը և դուրս գնաց:

Այսուամենայնիվ Թամարն ուրախ չէր: Մի տխուր մտածմունք, որը նա իրենից հեռացնել չէր կարողանում, անհանգստացնում էր նրան: Նա հավատացած էր, որ Գևորգը մի սխալմունք է գործում Գուստավի գործարանը թողնելով, բայց և այնպես նա նրան արգելք դնել չէր կարող, որովհետև Գևորգն էլ պակաս չէր հավատում յուր բարերարների արած խոստումներին:

Փողոցը դուրս գալով՝ Գևորգը բոլորովին ուրիշ տրամադրության մեջ մտավ: Նա գնում էր Գուստավի մոտ յուր ծառայությունը թողնելու, այդ արդեն վճռված էր: Ուստի նա ուրախ էր և այդ ուրախությունը կարծես թևեր էր տալիս նորա ոտքերին: Ուրիշ ժամանակ գուցե մի այդպիսի դեպք, որպիսին էր նրան Պետերբուրգ ղրկելը, գուցե շատ դժվարությամբ հեռացներ նրան Գուստավի գործարանից, որովհետև նա պետք է հեռանար Շաղլոտայից, բայց այժմ նա ուրախ է: Ինչո՞ւ համար, պատճառը շատ պարզ է: Նա վիրավորված է: Նա դրանով կարող կլինի վրեժխնդիր լինել թե՛ Գուստավի և թե՛ նրա աղջկանից:

Գուստավի ամբողջ գործարանը, դրա հետ էլ միասին նրա բոլոր ընտանիքը մինչև այսօր Գևորգին ճանաչել էին ինչպես մի հասարակ գործավոր, մի մշակ և դորա համեմատ էլ վարվել էին նրա հետ: Բայց նա մի հասարակ մշակ չէր, նա... բայց թողնենք, որ ինքը խոսի յուր համար: «Այո՞, ես մի հասարակ բանվոր չեմ, — մտածում էր Գևորգը, արագ արագ յուր քայլերը փոխելով, — ես ունեմ արժանավորություններ, ես բարձր եմ Գուստավի բոլոր գործավորներից մի ամբողջ գլխով: Եվ այդ բանը ես չեմ ասողը: Սոմարյանցի պատվարժան հյուրերի կարծիքն է սա: Ես տեսա, թե ինչպես զարմացան նոքա, երբ ես հայտնեցի, թե մի փականագործի մոտ եմ ծառայում: Այդ խելոք մարդիկները իսկույն ճանաչեցին իմ արժանիքը և ափսոսացին: Ես տաղանդ ունիմ, ես ձիրքեր ունիմ. այդ բանը Սոմարյանցի բոլոր հյուրերն էլ վկայում էին, ինչու՞, ուրեմն, անհայտության մեջ թաղել այլ հարստությունը: Ճշմարիտ է, ես իմ արժանիքը մինչև այսօր չեմ ճանաչել, բայց ես մեղավոր չէի: Ես մեղավոր կլինեմ, արդարև, թե այսօրվանից հետո դարձյալ նույն հիմարը մնամ, եթե ես Գուստավի գործարանում կորաքամակ երկաթ ծեծեմ, ճախարակ պտտեցնեմ և թույլ տամ, որ օրիորդ Շառլոտան երկաթե վանդակները շալակել տա ինձ ինչպես գրաստի...Իսկ քեզ հետ, հարգելի օրիորդ, իմ հաշիվը հետո կվերջացնեմ, — տաքացած շարունակում էր Գևորգը: — Ես քեզ սիրում էի, ես քեզ համար մտածում էի, իսկ դու արհամարհեցի՞ր ինձ: Հոգ չէ: Մենք մի օր կտեսնվինք միմյանց հետ: Այդ օրը ես աղքատ հագուստներում չեմ լինի և ոչ էլ ջարդված գդակով: Այդ օրը դու գուցե կմեկնես ինձ քո ձեռը, իսկ ես արհամարհանքով շուռ կտամ իմ երեսը: Իսկ դուք, ողորմելի հիմարներ, — ինքն իրեն դառնում էր Գևորգը յուր ընկեր բանվորներին, — դուք, որ առիթ չէիք փախցնում ինձ ծաղրելու և չարչարելու համար, դուք միշտ էլ այդպես ողորմելի կմնաք, պատռտած հագուստով և մրոտած երեսով: Եվ այն ժամանակ, երբ ես մի նշանավոր երգչի համբավ կվայելեմ, երբ ամենայն տեղ ժողովուրդն ինձ ծափահարություններով կդիմավորե, երբ ես հարուստ, բախտավոր կլինեմ, այն ժամանակ էլ դեռ դուք երկաթ կծեծեք, և պողպատ կաղոցեք...»:

Այս մտածմունքներով Գևորգը շարունակում էր յուր ճանապարհը: Վերջապես նա հասավ Գուստավի գործարանին. — «Այժմ, երբ ինձ Գուստավը տեսնե, դեմքը պիտի խոժոռե, իսկ իմ ընկերակիցներն անշուշտ կսկսեն հաչել, թե ինչու՞ համար եմ ուշացել»: Ինքն իրեն խոսում էր Գևորգը գործարանի բակը մտնելով: — «Բայց ինչպես պիտի զարմանան, — շարունակում էր նա, — երբ ես հայտնեմ նրանց, թե թողնում եմ ծառայությունս: Եվ այն ժամանակ թող Շառլոտան ու յուր հայրը կարծեն, թե հենց երեկվա ինձ հասցրած վիրավորանքի համար եմ թողնում իմ ծառայությունը. Այդ ավելի կտանջե նրանց»:

Գևորգը դեռ չէր հասել գործարանի դռանը, և ահա ծերունի Գուստավը դիմավորեց նրան. բահը ուսին դրած նա գալիս էր պարտիզից: Բայց նա յուր դեմքը չխոժոռեց, ինչպես Գևորգը գուշակել էր: Ընդհակառակը, շատ բարեսրտությամբ խոսեց նրա հետ:

— Գևորգ, դու շատ ես ուշացել: Տեսնում ես, ծեր մարդ, վաղ

առավոտվանից սկսած բանում եմ պարտիզի մեջ, իսկ դու կես օրը անցկացրել ես և հետո ես գալիս: Երիտասարդ մարդը ծերից ավելի պիտի գործ շինե, իսկ դու ընդհակառակն ես անում, մի՞թե այդ լավ է:

— Ես ուշացա նրա համար, պարոն Գուստավ, որ այսօրվանից վճռեցի թողնել իմ ծառայությունը ձեզ մոտ:

— Ինչպե՞ս թե վճռեցիք թողնել ձեր ծառայությունը, — զարմացմամբ հարցրեց Գուստավը:

— Այնպես էլի. վճռեցի, որ այսուհետև այլևս փականագործությամբ չպարապեմ:

— Դուք կատա՞կ եք անում:

— Բնավ, շատ լրջությամբ եմ խոսում:

— Ուրեմն գործարանատերերից մեկը ձեզ ավելի ռոճիկ է խոստացել հա՞, — հարցրեց Գուստավը, ձեռքի բահը տան պատի վերա հենելով:

— Ոչ, պարոն Գուստավ: Ինձ ո՛չ ոք գործարանատերերից ոչինչ չէ խոստացել, այլ երեկվանից ես վճռեցի, որ ձեզ մոտ այլևս չծառայեմ:

— Ինչո՞ւ համար անպատճառ երեկվանից:

— Անշուշտ նրա համար, որ երեկ վանդակներն իրեն շալակել տվինք, — այս խոսքերով իջավ սանդուղքից Շառլոտան, որ մինչև այդ պատշգամբի վերա կանգնած լսում էր յուր հոր և Գեորգի խոսակցությունը:

Գեորգը Շառլոտային տեսնելուց մի տեսակ վրդովմունք զգաց սրտի մեջ և մի քանի քայլ անզգայաբար ետ քաշվեցավ: Օրիորդը կանգնեց Գեորգի հանդեպ:

— Ճշմարի՞տ, որ դուք թողնում եք մեր գործարանը, — հարցրեց նրանից Շառլոտան յուր խելոք և գեղեցիկ հայացքը սևեռելով Գեորգի վերա:

— Այո՛... ես արդեն հայտնեցի պարոն Գուստավին:

— Եվ պատճառն այն էր, որ մենք վանդակները երեկ ձեզ հանձնեցինք տանելու, այնպես չէ՞:

Գեորգը ոչինչ չպատասխանեց:

— Կարծում եմ մեղավորը ես էի: Եթե ես ներողություն խնդրեմ խո կմնա՞ք մեզ մոտ, — հարցրեց նորեն Շառլոտան:

— Ինչներուդ եմ ես պետք, օրիորդ, դուք արդեն ինձանից լավ շատ գործավորներ ունեք:

— Բայց ես կկամենայի, որ դուք անպատճառ մնայիք ինձ մոտ, դուք կարող էիք առաջ գնալ, — ասաց նրան Գուստավը:

— Նույնը ես էի ուզում ասել, Գեորգ: Դուք իզուր եք ձեր երկու տարվա աշխատանքը կորցնում, դուք գուցե կզղջաք, — ավելացրեց Շառլոտան:

— Մեծապես շնորհակալ եմ ձեր բարերարությունից, բայց ինչ որ

լինի, ես պետք է անպատճառ թողնեմ իմ ծառայությունը: Այդ արդեն վճռված գործ է:

— Եթե ես ավելացնեմ ձեր ռոճիկը, կմնա՞ք ինձ մոտ, — հարցրեց Գուստավը:

— Ո՛չ չեմ կարող:

— Հետո ինչո՞վ պիտի պարապեք...

— Ա՛խ, հայրիկ, ինչու՞ համար ավելորդ հարցեր եք անում դրան, — բարկացած ընդհատեց հորը Շառլոտան, — եթե չէ կամենում մնալ մեզ մոտ, թո՛ղ չմնա, մենք հո չպետք է աղաչենք նրան: Յուր հաշիվը վերջացրեք և հետո՝ բարի ճանապարհ, ուր կամենում է, թող գնա: — Այս ասելով Շառլոտան բարձրացավ սանդուղքի վերա և մտավ տուն:

Օրիորդի այդ տեսակ վարմունքն ավելի խորը վիրավորեց Գևորգի սիրտը: Նա թեպետ վճռել էր թողնել Գուստավի գործարանը, բայց Շառլոտայի երևալը կարծես թե կոտրել էր յուր կամքի հաստատությունը, յուր տված պատասխանները շինծու էին, նա իսկույն կհաղթահարվեր Շառլոտայից, եթե նա շարունակեր յուր մեղմ և անուշ խոսակցությունը: Բայց Գևորգի բախտը բանեց.

Շառլոտան արհամարհանքով վերաբերվեց դեպի նրան, վիրավորեց նրա ինքնասիրությունը, այժմ ավելի հեշտ կլինի նրա համար Գուստավից հեռանալը, այժմ առանց զղջալու կթողնե Շառլոտային...

Ուրեմն մնաք բարով, պարոն Գուստավ, — դարձավ դեպի «

— բան Գևորգը Շառլոտայի հեռանալուց հետո և խորը գլուխ տալով, կամենում էր հեռանալ:

— Սպասեց՛եք, դեռ պետք է ձեր հաշիվը վերջացնեմ, — այս ասելով Գուստավը հանեց գրպանից քսակը և քսան ռուբլ համարելով առաջարկեց Գևորգին, — տասը ռուբլին ձեր այս ամսվա վարձից ձեզ հասանելիքն է, — ասաց նրան, — իսկ տասը ռուբլին ես ձեզ նվեր եմ տալիս, վերցրեք:

— Դուք ինձ տվեք միայն իմ վարձը, իսկ նվերը... կարծեմ ես նրան արժանի չեմ...

— Վերցրեք, — ընդհատեց նրան Գուստավը, — դուք արժանի եք վարձատրվելու, ցավալի է միայն, որ թողնում եք ձեր պաշտոնը, դուք շնորհալի տղա եք, դուք կարող էիք առաջ գնալ, բայց ձեզ սխալեցրել են:

— Ինձ ոչ ոք չէ սխալեցրել, ես ավելի առաջ գնալու համար եմ թողնում իմ պաշտոնը:

— Աստված տա, որ սխալված չլինեք, բարի ճանապարհ, — այս ասելով Գուստավը փողերը տվավ Գևորգին, հեռացավ:

Գևորգը խորը գլուխ տալով ուղղվեցավ դեպի բակի դուռը:

— Գևորգ, Գևորգ, դո՞ւրս ես գնում, անպիտան, եկ մի մնաք բարով էլ է ասա մեզ, է՛, — գոչեցին մի քանի հոգի գործարանի բանվորներից, որոնք մինչև այն հեռվից ականջ էին դնում նրա ու Գուստավի խոսակցությանը: Գևորգն իսկույն զգաց յուր սխալը և դարձավ բանվորների մոտ: Նոքա գործերը թողնելով շրջապատեցին նրան:

Տո, ո՞ւր ես կորչում, — հարցնում էր մեկը:

— Ժաքոյի գործարանն ես գնո՞ւմ, հա՞, — հարցնում էր մի ուրիշը:

Կարելի է նորից գիմնազիա՞ է մտնում, ո՞վ գիտե, — ավելացնում է մի երրորդը:

— Տո ձեր ինչի՞ն է հարկավոր, ուր որ գնում եմ, այդ իմ գործն է, կանչել եք, որ մնաք բարև ասեմ ձեզ, ահա՛ ասում եմ՝ մնա՛ք բարև: — Այս ասելով Գևորգը կամեցավ հեռանալ: Բայց մի վրացի երիտասարդ բռնեց նրան և հարցրեց.

— Ճշմարիտն ասա, փո՞ղ ես գտել, որ դուրս ես գալիս:

— Ի՞նչ հիմարն ես, — վրա բերավ մի ռուս գործավոր, — չե՞ս իմանում, որ հայը գործից դուրս կգա միմիայն տերտեր դառնալու համար:

— Ինչպես և ռուսն ազատ արբելու համար, — ավելացրեց մի հայ երիտասարդ:

— Ներեցեք, ես ժամանակ չունեմ, ես գնում եմ, մնաք բարյավ: — Ասաց Գևորգը և շտապով հեռացավ:

Գործավորներից մի քանիսն աշխատեցին նրան բռնել դարձյալ իրենց վայրախոսությունները շարունակելու համար, բայց նա ճարպկությամբ դուրս պրծավ նրանց ձեռքից և բակի դռնից փախավ:

Զ

Գևորգը թեպետ կարծում էր, որ յուր հեռանալով մեծ կսկիծ ու վնաս պատճառեց Գուստավին և նրա դստերը, և նա այս անվանում էր մի վրեժխնդրություն յուր ստացած վիրավորանքի համար, բայց, իսկապես, նոցանից և ոչ մեկը ոչինչ չէր կորցրել այդ դեպքում: Գուստավի համար բանվորները պակաս չէին: Նա ափսոսաց միայն, որ այդ երիտասարդը յուր անմիտ վարմունքով վնասեց յուր ապագային, իսկ Շառլոտան, որ առաջ համակրում էր նրան իբրև մի համեստ և շնորհալի տղայի, այժմ փոխեց նրա մասին ունեցած կարծիքը և արհամարհեց նրա, մինչև այն օրն իրեն անհայտ, համառ բնավորությունը: Սրանով էլ վերջացավ Գևորգի՝ պարոն Գուստավի գործարանի հետ ունեցած հարաբերության բոլոր պատմությունը:

Այսուամենայնիվ, Գևորգը շտապում էր դեպի տուն այնպիսի ուրախությամբ, որ կարծես մի փառավոր հաղթությունից էր վերադառնում: Նա այժմ ազատ մարդ էր: Նա բանվոր չէր: Նրա առաջ բացվում էր նոր բախտ, երջանկության նոր աշխարհ: 4500 ռուբլի. Պետերբուրգ. երաժշտական դպրոց. սրանք այնպիսի բաներ էին, որ բոլոր երիտասարդներին կգժվեցնեին: Իհարկե, ես դեռ չեմ հիշում այն բախտավոր ժամանակը, երբ Գևորգը յուր ուսումը վերջացրած, պատվավոր դիպլոմով կթողնե Պետերբուրգի երաժշտական դպրոցը, երբ նա կտա յուր առաջին նվագահանդեսը և կհիացնե ժողովրդին. երբ հազարները, իբրև խոնարհ ծառա, միմյանց ետևից կգան կդարսվեն նրա գրպանում, երբ... բայց ո՞ր մեկը հիշել: Մի՞թե բոլորիդ էլ հայտնի չէ, թե երբ բախտը ժպտում է մեկին յուր գեղեցիկ շրթունքներով և ավելի ևս գեղեցիկ աչքերով, ի՜նչ նախանձելի բարձրության է հասնում նա:

Տուն հասնելով Գևորգը պատմեց մորը Գուստավի հետ ունեցած խոսակցության բոլոր մանրամասնությունները, բայց չկարողացավ գովությամբ չհիշատակել Գուստավի ազնիվ վարմունքը յուր հաշիվը վերջացնելու վերաբերությամբ:

— Նա միշտ բարի է եղել դեպի քեզ, որդի, դու էիր անշնորհակալը, որ իզուր տեղը թողեցիր քո պաշտոնը... — նկատեց նրան մայրը:

— Մի՜ խոսիր, մայրիկ, մի՜ խոսիր այլևս Գուստավի մասին, — շուտով ընդհատեց նրան Գևորգը, — այժմ ամեն բան վերջացած է և պետք է մտածել թե ի՞նչ պատրաստությամբ պետք է ներկայանամ իմ բարեկամներին:

Թամարը լռեց:

— Այս կեղտոտ հագուստներով, իհարկե, չի կարելի այդ պատվավոր մարդկանց մոտ գնալ, — շարունակեց Գևորգը, — պետք է մի ձեռք նոր հագուստ գնել:

— Արա՞, ինչ կամենում ես, որդի, այդ քո գիտենալու գործն է: Ես քեզ չեմ խանգարում:

— Շատ լավ, սիրելի մայրիկ, այժմ դու վեր կաց իմ պահած քսան ռուբլուց դարձյալ տասը բեր ինձ, որ մոտս ունեցածի հետ դառնա երեսուն, և ես կշտապեմ, քանի որ խանութները չեն կողպել, մի ձեռք հագուստ կգնեմ, վաղն ուշ կլինի:

Թամարը վեր կացավ տեղից, բացավ սնդուկը և յուր որդու խնայողություններից գոյացած բոլոր հարստության, կեսը՝ տասը ռուբլին, բերավ և տվավ նրան:

— Երկու ժամից ետ ես կվերադառնամ, — ասաց Գևորգը և փողը գրպանը դնելով դուրս պրծավ:

Կարճ միջոցի մեջ նա հանդիպեց բոլոր հագուստ վաճառողների խանութները:

«Լավը, գեղեցիկը և աժանը», — կրկնում էր նա ամեն տեղ, բայց և ոչ մի տեղ այդ երեք հատկություններով հագուստ չէր գտնվում:

Ինչպես հայտնի է, դեռ մինչև այսօր աղքատի այդ երեք համառոտ պահանջները՝ «լավը, գեղեցիկը և աժանը» ոչ մի դերձակ կամ հագուստներ վաճառող չէ գոհացրել: Բայց ի մեծ զարմացումն բոլորիդ, պիտի ասեմ, որ մի անմորուս հրեա այդ բավականությունը տվեց Գևորգին: Մի բեդինգոտ, մի ժիլետ և մի վարտիք, շատ լավը, շատ գեղեցիկը և շատ աժանը նա յուր պահեստում գտավ Գևորգի համար, և միայն նրա համար: Գևորգը վճարեց քսան և հինգ ռուբլին և նոր հագուստների սեփականատեր դարձավ: Հենց դպրոցի խանութում էլ նա գնեց մի նոր գլխարկ: Այժմ ամեն բան պատրաստ էր: Տուն վերադառնալով՝ Գևորգը յուր սրբազան պարտքը համարեց յուր նոր հագուստները հագնել և մի լավ դիտել յուր շնորհքը նոր սեփականության մեջ:

— Ի՞նչ սիրուն սազ է գալիս քեզ այդ տեսակ հագուստը, Գևորգ, — հիացմունքով բացականչեց Թամարը սենյակը մտնելով:

— Իրա՞վ, մայրիկ:

— Այո՛, շատ սազ է գալիս: Կարծես հենց քեզ վրա ձևած է եղել:

— Գեղեցիկ է կարված, այնպես չէ՞:

— Շատ գեղեցիկ է. իրավ որ շատ գեղեցիկ է, բայց քանիսո՞վ գնեցիր:

— Քսան և հինգ մանեթով:

— Քսան և հի՛նգ. այդքան թա՞նկ:

— Մի՞թե թանկ է, մայրիկ. ընդհակառակը, շատ աժան է:

— Իհարկե, մեզ համար թանկ է: Ի՞նչ է մեր աշխատանքը, որ քսան ու հինգ մանեթանոց շորը մեզ համար թանկ չերևա:

— Ա՛խ, մայրիկ, ճշմարիտ, որ դու մոռացել ես Սոմարյանցի տան անցքը: Ախր չէ՞ որ մենք այժմ հարուստ ենք, չէ որ 4500 ռուբլուց ավելի փող կա հավաքած մեր անունով:

— Ո՞վ գիտի, որդի, այդ փողը մեզ կտա՞ն, թե՞ ոչ:

— Է՛հ, մայրիկ, դու միշտ միևնույնն ես կրկնում: Չէ որ քեզ հարյուր անգամ ասացի, թե այդ մարդիկը խաբեբաներ չեն: Ախար ինչու՞ համար ես կասկածում նրանց վերա: Դու խո անձամբ նրանց չես ճանաչում, նրանց վերա մի վատ բան լսած չունիս:

— Ես ինքս չգիտեմ, որդի, թե ինչու համար եմ կասկածում, միայն թե սիրտս վկայում է, որ այդ մարդիկը մեզ դժբախտացնելու են. պետք է, որ դու չհեռանայիր Գուստավից:

— Ա՛խ, մայրիկ, միշտ վատ բաներ ես մտածում: Ուրեմն աշխարհիքի մեջ ոչ ոքի չպետք է հավատալ, քանի որ Սոմարյանցի տան մեջ գտնվող պատվելի և զարգացած հյուրերն էլ խաբեբաներ են եղել: Եվ վերջապես, նրանք ինչ շահ ունեին ինձ խաբելուց, ո՞վ էր նրանց ստիպում ինձ համար այդ տեսակ խոստմունքներ անել փողեր ստորագրել, ոչինչ չեմ հասկանում: Սխալվում ես, շատ ես սխալվում, մայրիկ:

Թամարը ոչինչ չպատասխանեց. նա գնաց ընթրիք պատրաստելու:

Է

Առավոտյան շատ վաղ էր զարթել Գևորգը: Պետք է, որքան կարելի

էր, շենք ու շնորհքով պատրաստվեր նա յուր բարերարներին այցելելու համար: Այդ պատճառով և ջուր ու սապոն չխնայեց: Առաջին անգամ նա յուր կյանքում սապոնով երեսը լվացավ: Այդ բանը մի քանի օր առաջ նա դարձյալ կանացիություն կանվաներ, բայց այժմ հանգամանքները փոխվել էին, չէր կարելի նրանց չհարմարվել:

Նոր հագուստներն այս առավոտ ավելի գեղեցիկ էին:

— Ոչինչ, պակասություն չեմ բերիլ իմ բարերարներին, եթե այս պատրաստությամբ այցելեմ նրանց, — խոսեց ինքն իրեն Գևորգը, իրենց կոտրած հայելիի մեջ յուր պատկերը տեսնելուց հետո:

— Դու արդեն պատրաստվել ես և գնո՞ւմ ես, — հարցրեց որդուն Թամարը եկեղեցուց դառնալով:

— Այո՛, գնում եմ. բարեմաղթություն արա ինձ համար, որ գործս հաջող լինի:

— Ես արդեն շատ եմ աղոթել, որդիս, գնա՛, աստված քեզ հետ:

Փողոց դուրս գալով, Գևորգը մտածում էր, թե առաջ ո՞ւմ մոտ պետք է գնար:

«Բժիշկն ինձ ասաց, որ գնամ. պարոն Տանպետյանցի մոտ, բայց ավելի լավ է առաջ բժշկի մոտ գնամ և թող նա յուր այն երեկոյան պատվերը կրկնե», — վերջապես վճռեց Գևորգը և բռնեց բժշկի տան ճանապարհը:

Կես ժամից ետ նա նրա մուտքի մոտ էր:

Երեք անգամ հնչակ քաշելուց հետո միայն ծառան երևեցավ:

— Ո՞ւմն եք կամենում, պարոն:

— Պարոն բժշկին, տա՞նն է նա:

— Տանն է, բայց այսպես վաղ չէ կարելի նրան անհանգստացնել, նա քնած է:

— Ո՞ր ժամին կարող եմ տեսնել:

— Տասին, — պատասխանեց ծառան և շտապով դուռը փակեց:

«Ուրեմն, մինչև որ սա կզարթնի, ես կերթամ Տանպետյանցին տեսնելու. նա անշուշտ զարթած կլինի», — խոսեց ինքն իրեն Գևորգը և ուղղվեցավ դեպի Տանպետյանցի տունը:

Մի քառորդ ժամից նա այնտեղ էր:

— Ո՞ւմն եք կամենում, — հնչակը մի թեթև քաշելուց երևեցավ Տանպետյանցի ծառան՝ այս հարցով:

— Պարոն Տանպետյանցին կարելի՞ է տեսնել:

— Ո՛չ նա դեռ քնած է, — եղավ ծառայի պատասխանը և դուռը դարձյալ կողպվեցավ:

«Դարձյա՞լ քնած: Հաջողությամբ չէ սկսվում գործս, մտածեց Գևորգը, բայց գուցե հաջողությամբ կվերջանա: Տեսնենք»:

Այս հուսատու խորհրդածությամբ հեռացավ նա Տանպետյանցի տնից և մտավ քաղաքային այգին, որ մոտ էր, որպեսզի մի փոքր ժամանակ այնտեղ զբոսնե, մինչև որ յուր հարուստ բարերարները կզարթնեին:

Մի ժամից հետո տասը լրացավ: Գևորգը դարձյալ բռնեց բժշկի տան երկար ճանապարհը: Կես ժամից հետո նա դարձյալ նրա մուտքի մոտ էր:

— Այս անգամ պատրաստ է, կարող եք տեսնել նրան, — պատասխանեց բժշկի ծառան Գևորգի «զարթե՞լ է բժիշկը հարցին:

Երբ ծառան հայտնեց յուր տիրոջն այցելողի մասին, պարոն Դուդուկչյանն առաջին անգամ կարծեց, որ երեք ռուբլ բերող մի հիվանդ է նա, ուստի շատ քաղցր և ամոք արտահայտություն տվավ դեմքին ընդունարանը մտնելու ժամանակ, բայց երբ այդտեղ մեր երգիչ Գևորգին տեսավ, յուր բնական մթին կերպարանքն առավ:

— Ի՞նչ եք հրամայում, — դարձավ նա Գևորգին:

— Ես եկի հիշեցնելու ձեզ այն երեկոյան ձեր ինձ արած պատվերի մասին, — ակնածությամբ պատասխանեց Գևորգը:

— Ի՞նչ պատվեր, ես լավ չեմ հիշում, — հարցրեց բժիշկն աչքի մեկը խփելով և ծնոտը դեպի պատուհանը ծռելով:

— Դուք պարոն Սոմարյանցի տանը ինձ պատվիրեցիք, որ իմ պաշտոնը թողնեի Գուստավի գործարանում, և իսկույն գնայի պարոն Տանպետյանցի մոտ, որը պետք է, հոգար ինձ Պետերբուրգ ղրկելու համար:

— Այո, հիշում եմք դուք այն երեկոյան երգում էիք մեզ մոտ: Եվ դուք արդեն թողե՞լ եք ձեր պաշտոնը, — ավելացրավ բժիշկը:

— Այո՛, պարոն բժիշկ, ձեր պատվերի համաձայն հենց երեկ թողեցի:

— Ի՞նչ եք ասում, — կես զարմացած գոչեց Դուդուկչյանը:

— Այո՛, դուք այնպես պատվիրեցիք և ես չկամեցա ճշտիվ չկատարել ձեր պատվերը:

— Չեմ կարծում, թե ես այդպես բան լինիմ պատվիրած: Այսուամենայնիվ, այդպես շուտ ձեր պաշտոնը թողելնիդ անխոհեմություն է:

— Բայց ես ձեր պատվերը կատարեցի:

— Այդ միևնույն է, բայց ինչ որ է, անցել է:

— Այժմ ի՞նչ եք հրամայում, որ ես անեմ, պարոն բժիշկ, — հարցրեց Գևորգը մի փոքր վրդովված:

— Դուք պետք է գնաք պարոն Տանպետյանցի մոտ: Ստորագրության թուղթը նրա մոտ է, նա պետք է փողերը հավաքե և հարկավոր հոգացողությունը անե ձեզ համար: Ինչ որ ինձ է վերաբերում, ես արդեն արել եմ, և կարծեմ բավական մեծ բան եմ արել ձեզ համար:

— Մեծապատիվ շնորհակալ եմ ձեզանից, պարոն բժիշկ. միայն թե դուք բարեհաճեիք...

— Ո՛չ, ո՛չ, ինձ ուրիշ ոչինչ չի մնում անելու, դուք դիմեցեք պարոն Տանպետյանցին, նա ամեն բան կհոգա, — այս խոսքերով ընդհատեց բժիշկը Գևորգին և մտավ յուր առանձնարանը:

Գևորգը նույնպես դուրս գնաց: Սանդուղքներով իջնելիս քիչ էր մնում, որ նա գլխի վերա ցած գլորվեր, այնքան նա վրդովված և շփոթված էր: Վերջապես նա դուրս գնաց փողոց:

Դրսի օդը նրան մի փոքր օգնեց: Նա կանգնեց բժշկի տան մուտքի մոտ և ընկավ խորը մտածության մեջ: «Եթե. գործն այսպես շարունակվի, ի՞նչ կլինի իմ ապագա վիճակը, — շշնջաց նա, բայց մի քանի րոպեից հետո սիրտ առնելով, քայլերը շտապեցրեց դեպի Տանպետյանցի տունը:

Ուշացաք, պարոն, իմ աղան արդեն դուրս գնաց և նա ժամը երկուսին կվերադառնա, — եղավ Տանպետյանցի ծառայի պատասխանը:

Գևորգը մնաց շվարած:

«Այժմ ի՞նչ պատասխան տանեմ մորս, նա սպասում է ինձ, — մտածեց ինքն իրեն Գևորգը, — առաջին քայլափոխում իսկ ես անհաջողության եմ հանդիպում... Եվ եթե այսպես շարունակվի՞ ... եթե իմ մոր գուշակությունները կատարվե՞ն... Օ՛հ, ես այն ժամանակ ինձ ջուրը կձգեմ... — Բայց ի՞նչ հիմարն եմ ես, — նորեն սիրտ էր տալիս իրեն Գևորգը, — դեռ ի՞նչ է պատահել, որ ես այսպես հուսահատվում եմ: Բժիշկն ինձ այնպես մի մերժողական բան չասաց: Նա կրկնեց այն, ինչ որ ինձ ասել էր խնջույքի երեկոյին, նա խորհուրդ տվավ Տանպետյանցին տեսնել: Է՛հ, սրան էլ չկարողացա տեսնեի որովհետև ուշացա, ի՞նչ վնաս, հիմա չլինի, երկու ժամեն լինի: Կտեսնվենք, կխոսենք, դեռ ժամանակ ունինք»:

Այս մտածմունքներով քաջալերում էր իրեն Գևորգը և աշխատում էր զոռով ցրել այն անձուկը, որ յուր կամաց հակառակը գալիս, ծանրանում էր իր սրտի վերա: Այս պատճառով իսկ նա յուր քայլերը դարձյալ ուղղեց դեպի այգին: «Այստեղ կզբոսնեմ, մինչև որ երկու ժամը կլրանա», — մտածեց նա և խառնվեցավ այգու ճեմելիքները լցնող ամբոխի մեջ:

Ը

Չնայելով, որ այդ օրվա տոնի պատճառով այգին շատ զվարթ կերպարանք էր առել, որ նրա բոլոր ճեմելիքները լցված էին բազմությամբ, որ երաժշտական խումբը գրավիչ եղանակներով նվագում էր, այսուամենայնիվ, այն երեք ժամերը, որ Գևորգն ստիպված էր այստեղ անցկացնել, չափազանց երկարեցան: Գևորգին թվում էր, թե այդ երեք ժամվա միջոցում նա մի քանի հարյուր անգամ պտտել էր ամբողջ այգին:

Վերջապես, զինվորանոցի ժամացույցը զարկեց ցանկալի երկու ժամը:

Մի քառորդ ժամից Գևորգն արդեն բազմած էր պարոն Տանպետյանցի շքեղ ընդունարանում:

— Ա՜, այս դո՞ւք եք, բարով, հիշում եմ. այն երեկոյան դուք մեզ մեծ հաճություն պատճառեցիք ձեր գեղեցիկ երգերով: Նստեցեք, խնդրեմ: — Այս սիրալիր խոսքերով ընդունեց տանուտերը Գևորգին և ապա բազկաթոռի մեջ խրվելով հարցրեց.

— Ինչո՞ւ համար եք շնորհ բերել:

— Ինձ ուղարկեց ձեզ մոտ պարոն Դուդուկչյանը:

— Ա՜, մեր բժի՞շկը:

— Այո՛, պարոն բժիշկը:

— Շատ գեղեցիկ, հրամայեցե՛ք, լսում եմ:

— Պարոն բժիշկն ասաց, որ իմ մասին ձեզ հետ խոսեցած է պարոն Սոմարյանցի տանը...:

— Ի՞նչ, չեմ հիշում:

— Այն, որ ինձ համար ստորագրություն բացվեցավ և ինձ Պետերբուրգ...

— Այո՛, այո՛, այդպիսի մի բան հիշում եմ, շարունակեցեք խնդրեմ:

— ...Եվ ինձ Պետերբուրգ ղրկելու համար փող գրեցին պ. պ. հրավիրյալները:

— Այո՛, հիշում եմ, հետո՞:

— Այժմ պարոն բժիշկն ասում է, որ ստորագրության թերթը ձեզ մոտ է գտնվում,..

— Այո՛, կարծեմ ինձ մոտ է:

— Ես եկա ձեզ խնդրելու, որ բարեհաճեք փողերը ժողովել, որպեսզի կարողանամ...

— Որ կարողանաք գնալ Պետերբո՞ւրգ:

— Այո՛:

— Ա՜, սիրելի բարեկամ, այդպես հեշտությամբ կարծում եք կարելի՞ է մեր մարդիկներից փող ժողովել, որ դեռ դուք էլ Պետերբուրգ գնաք:

— Բայց ես ձեր և պարոն բժշկի հրամանով արդեն թողել եմ իմ պաշտոնը, ինձ համար դժվար է երկար պարապ մնալը:

— Ի՞նչ պաշտոն եք թողել: Դուք պաշտո՞ն ունեիք:

— Դուք, ինչպես երևում է, իմ մասին ամեն բան մոռացել եք, ես փականագործի մոտ էի. դուք այս մասին ինձանից տեղեկություններ ստացաք պարոն Սոմարյանցի տանը:

— Այո՛, այո՛, այժմ հիշում եմ, դուք պատմեցիք, որ փականագործի մոտ եք լինում: Եվ դուք թողե՞լ եք արդեն այդ պաշտոնը:

Այո՛:

— Շատ լավ եք արել: Այդ տեսակ գծուծ պաշտոնը ձեզ վայել չէ, դուք շնորհալի տղա եք և կարող եք ուրիշ լավ գործերում առաջ գնալ:

Գևորգը, որ մինչև այն սաստիկ տագնապի մեջ էր, այս խոսքերից հետո մի փոքր շունչ առավ:

— Այժմ ի՞նչ եք հրամայում, որ անեմ, — դարձավ նա Տանպետյանցին:

— Մի փոքր ինձ ժամանակ տվեք: Այս քանի օրը ես խառնված եմ սեփական գործերով: Ազատ միջոց գտնելուց անմիջապես ձեր մասին հարկավոր հոգացողություն կանեմ:

— Ուրեմն ե՞րբ կիրամայեք, որ կրկին ներկայանամ ձեզ:

— Երկու շաբաթից հետո:

— Բայց այդ շատ երկար ժամանակ է ինձ համար, պարոն Տանպետյան:

— Ուրիշ կերպ անկարելի է, սիրելի բարեկամ, երկու շաբաթում էլ հազիվ կարելի է տեսնվել ստորագրվող պարոնների հետ:

Գոնե, կարո՞ղ եմ հուսալ, որ այդ փողերը կժողովվի և ես կերթամ Պետերբուրգ մի բան սովորելու:

— Իհարկե, բարեկամ, իհարկե: Դուք դեռ երիտասարդ եք, դուք շատ բան կարող եք սովորել այսուհետև:

— Ուրեմն երկու շաբաթից հետո ներկայանա՞մ ձեզ, — տեղից բարձրանալով հարցրեց կրկին Գևորգը:

— Այո՛, այս կյուրակե չէ, մյուս կյուրակե: Այս երկու շաբաթում դուք կարող եք մի բանով պարապել, օրինակ հենց ռուսերեն լեզվով:

— Եվ մինչև այն դուք կհոգա՞ք իմ մասին...

— Այո՛, այո՛, միամիտ եղեք, կաշխատեմ, որքան կարող եմ:

— Մեծապես շնորհակալ եմ, պարոն Տանպետյան, դուք մեծ բարերարություն եք անում ինձ և իմ խեղճ մորը, մենք երկուսս էլ անպաշտպան ենք և կարոտ ձեր նման բարի մարդիկների օգնությանը:

— Այո՛, մեր պարտքն է, կաշխատենք:

— Ուրեմն...

— Գնացե՛ք, միամիտ եղեք, անպատճառ կաշխատենք: Գևորգը շատ խոնարհ գլուխ տալով դուրս եկավ սենյակից:

— Ավռաամ, ո՞վ էր այդ երիտասարդն, — ընդունարանը մտնելով հարցրեց ամուսնուց տիկին Ելիզավետա Սերգեևնան, այդպես էր կոչում դրան պարոն Տանպետյանցը:

— Մի խեղճ տղա է, լավ երգում է: Անցյալ երեկոյան Սոմարյանցի տանն էր:

— Իսկ քեզ մոտ ինչու՞ համար էր եկել:

— Դրա համար այնտեղ ստորագրություն էինք բացել Պետերբուրգ ղրկելու նպատակով: Ստորագրության թուղթը ինձ մոտ էր, եկել էր խնդրելու, որ սկսենք փողերը ժողովել:

— Շա՞տ ստորագրեցին:

— Ոչինչ չեմ հիշում: A'propos, Ելիզավետա, հանիր խնդրեմ իմ այն ավուր հագած բեշմետի գրպանից այդ թուղթը և բե՛ր ինձ: — Ելիզավետա Սերգեևնան հնազանդվեցավ:

— Տեսնենք, դու ո՞րքան ես ստորագրվել, — դարձավ նա ամուսնուն, թուղթը ձեռքին սենյակը մտնելով:

— Տո՛ւր տեսնեմ, չգիտեմ:

— Տե՛ս, եթե տասը ռուբլուց ավել ստորագրած լինիս,ականջդ պիտի քաշեմ, — ասաց նա քնքշաբար և թուղթը հանձնեց մարդուն:

— Ա՞յս ինչ է, — վախեցած վեր թռավ Տանպետյանցը թղթին նայելուց հետո:

— Ի՞նչ պատահեցավ, — անհանգստությամբ հարցրեց նրան տիկինը:

— Վա՛, վա՛, գժվա՞ծ եմ եղել, — բացականչեց Տանպետյանցը, — առանց կնոջ հարցին ուղղակի պատասխանելու:

— Ի՞նչ պատահեց քեզ, Ավռաամ, ասա՞ է,-, տասը ռուբլուց ավել ես ստորագրվել, հա՞:

— Ի՞նչ տասը, ի՞նչ քսան, ի՞նչ հիսուն...

— Բա ո՞րքան:

— Հինգ հարյուր, տո՛, հինգ հարյո՛ւր:

— Ասա ճիշտ գժված ես եղել էլի՛:

— Գժվածն էլ խո պոզեր չի՞ ունենա:

— Դե լավ, ստորագրվել ես, ստորագրվել, խո այդքան փողը չե՞ս վճարելու:

— Իհարկե չեմ վճարելու: Արբած մարդիկ ենք եղել, գինին ինչ որ հրամայել է, արել ենք էլի. չե՞ս տեսնում մեր Սոմարյանցն էլ հինգ հարյուր ռուբլի ստորագրել:

— Բրավո՛, բրավո՛, մեծ գործ եք կատարել, լավ է, որ չեք ամաչում, — այժմ խստությամբ նկատեց տիկինը:

— Բայց, Ելիզավետա, տե՛ս, ասածս ողորմությունը ինչպես է հասել, որ թուղթը մնացել է ինձ մոտ, թե չէ այն անպիտան Սլաքյանի ձեռքն ընկներ բոլորին էլ կխայտառակեր:

— Նա ի՞նչ ունի ձեզ հետ:

— Օ՛, օ՛ նա շատ վատ մարդ է. այսպիսի դեպքերում նա սատանայից էլ չար է: Նրա կարծիքով թե արբած և թե լուրջ ժամանակ, միշտ միևնույն մարդը պիտի լինիս, ինչ խոստացել ես, պիտի կատարես:

— Որովհետև աշխարհում այդ տեսակ մարդիկներ էլ կան, ես նրանց աչքը, ա՛յ, այսպես կհանեմ, — այս ասելով տիկին Տանպետյանցը խլեց մարդու ձեռքից ստորագրության թուղթը և պատռեց:

— Օ՛, օ՛, այդ լավ չարիր, Ելիզավետա, այդ լավ չարիր, — արտաքին դժգոհությամբ և ներքին գոհունակությամբ բացականչեց Տանպետյանցը:

— Շատ լավ արի: Թող այդ տեսակ թղթերը ոչ մնան, ոչ էլ ընկնեն Սլաքյանի նման չար մարդկանց ձեռքը: Այս ասելով դուրս գնաց տիկինը, պատռոտած թղթի կտորտանքը դուրս թափելու համար:

Ամուսինը հետևեց նրան:

— Էլիզավետա, թո՛ղ գոնե այդտեղ ստորագրվողներից մի քանիսի անունները նշանակեմ իմ հիշողության տետրակում, նա ինձ կհարկավորվի:

Էլիզավետան չընդդիմացավ, և Տանպետյանցը մի տասը ստորագրողների անուններ, իրենց ստորագրած փողերի հետ. միասին արձանագրեց յուր հիշողության տետրակում:

Թ

Գևորգը բոլորովին գոհ դուրս գնաց Տանպետյանցի տնից: Վերջինիս իրեն արած խոստումն այս անգամ ավելի վստահության արժանի համարեց նա:

Տուն հասնելով՝ նա ուրախությամբ հայտնեց մորը, որ երկու շաբաթից հետո անպատճառ ամեն բան վերջացած կլինի, փողերը կհավաքվին և ինքը կճանապարհվի Պետերբուրգ:

Այս անգամ Թամարն էլ մի փոքր ավելի հավատաց, որովհետև նոր խոստումը խնջույքի մեջ չէր արված, այլ սեփական տանը և սառը գլխով: Իսկ հավատալուց հետո, իհարկե, չէր կարող չխնդակցել որդուն:

Այժմ մնում էր Գևորգին այս երկու շաբաթվա մեջ մի բանով զբաղվիլ: Նա սովոր չէր պարապ ժամանակ անցնելուն:

Նա միանգամայն մոռացության տվեց այն ամենն, ինչ որ վերաբերվում էր յուր փականագործական արհեստին, և սկսեց ամենայն օր հաճախել գրադարանները, տեսնվում էր յուր դպրոցական ընկերների հետ, ներկա էր գտնվում նրանց ժողովներին, ուսումնական վիճաբանություններին: Վերջինների շնորհիվ նա ծանոթացավ և նոր ուսանողների հետ:

Նա մինչև անգամ սկսեց այցելել և հայոց հոգևարք թատրոնը, յուր համար տոմսակ առնելով, իհարկե, առայժմ գալերեայում:

Միով բանիվ նա դարձավ անդամ երիտասարդական այն շրջանների, որոնք բաղկացած են հայոց դպրոցների և գիմնազիոնների ուսանողներից, դերասանություն սովորող տղաներից, լուսավորության բարեկամ գործակատարներից, հեղինակներ լինելու համար պատրաստվող երեխաներից, տղայական խմբագրության անդամներից և այլն, և այլն, որոնց գլխավոր և սրտին ամենամոտիկ պարապմունքը ոչ թե մի բան սովորելն էր լինում, այլ ընդհանրապես սովորեցնելը, դատելը, վճռելը, չգիտցած և չսովորած բաների վրա վիճաբանելը, արժանավոր մարդիկների վրա հանդգնությամբ վայրահաչելը և այլն, և այլն:

Գևորգի ժամանակն այս շրջաններում տխուր չէր անցնում: Նա կարողացել էր նրանց մեջ յուր համար առանձին տեղ գրավել:

Բոլորը գիտեին, որ նա պատրաստվում է Պետերբուրգ գնալու, որովհետև հասարակությունը որդեգրել է նրան և մեծ գումար է հավաքել նրա համար, այս պատճառով և մի առանձին համակրությամբ էին վերաբերվում դեպի նրա անձնավորությունը: Մինչև անգամ երիտասարդների մի որոշ խումբ աշխատում էր մի առանձին մտերմություն հաստատել նրա հետ, յուր այս կամ այն նպատակներին նրան գործիք դարձնելու համար:

Իհարկե, բոլորն էլ լավ էին անում, բոլորն էլ իրավունք ունեին, բայց մենք կդառնանք մեր պատմության:

Ժ

Վերջապես երկու շաբաթը լրացավ: Նշանակված կյուրակե օրը Գևորգն ըստ պատշաճի հագնվեցավ և դիմեց պարոն Տանպետյանցի տունը: Հասնելով նրա մուտքին՝ Գևորգի սիրտն սկսավ անհանգստությամբ տրոփել:

— Արդյոք ի՞նչ պատասխան պիտի առներ նա Տանպետյանցից: Կարողացե՞լ էր նա փողերը ժողովել կամ իրեն Պետերբուրգ դրկելու համար հոգացե՞լ էր մի բան: Այս հարցերը սաստիկ անհանգստացնում էին նրան:

Պարոն Աբրահամ Տանպետյանցն այսօր տանն էր: Նա առանց ուշացնելու ընդունեց Գևորգին դարձյալ յուր շքեղ ընդունարանում:

— Ցավալի լուր պետք է հաղորդեմ ձեզ, սիրելի բարեկամ, — այս խոսքերով դարձավ նա Գևորգին, — իմ այսքան օրվա անխոնջ աշխատությունս իզուր անցավ, ոչ ոք չկամեցավ յուր ստորագրած գումարը վճարել:

— Ի՞նչպես թե չկամեցավ... — երկյուղից դողալով հարցրեց Գևորգը, — ուրեմն ինչու՞ էին ստորագրում... ինչու՞ իզուր տեղից ինձ...

— Այո՛, այո՛, իրավունք ունիք, — ընդմիջեց նրան Տանպետյանցը, — դուք կամենում եք ասել՝ ինչու՞, ուրեմն, խոստացան ձեզ, այնպես չէ՞:

— Ոչ, հարգելի պարոն, ո՞չ, խոստանալ և չտալն իրենց կամքից է կախված, ես կամենում եմ ասել՝ ինչու, ուրեմն, ինձ ստիպեցին իմ պաշտոնը թողնել, իմ մի կտոր հացից զրկվել:

— Է՛հ, այդտեղ դուք անարդար եք խոսում, բարեկամ, ձեզ շատ բան կարող են ասել, մի՞թե բոլոր ասածներին պարտավոր եք լսել: Ձեր պաշտոնը մանավանդ, դուք իրավունք չունեիք թողնելու, քանի որ խոստացվածը դեռ առձեռն պատրաստ չէր. այստեղ դուք եք մեղավոր:

Գևորգը չափազանց զայրույթից գունաթափվեցավ. նա ամբողջ մարմնով դողում էր:

— Հարգելի պարոն, ես ոչինչ մեղ չունիմ այստեղ: Ձեր պարոն բժիշկը պատվիրեց ինձ անպատճառ թողնել իմ գծուծ պաշտոնը, որովհետև դուք բոլորդ էլ ծիծաղում էիք նորա վրա, որովհետև դուք ապահովացրիք ինձ ձեր պատվավոր ստորագրություններով, և. ես ձեզ լսելով, իբրև պատվավոր մարդիկների, թողեցի իմ պաշտոնը...

— Դուք, պարո՛ն, արդեն սկսում եք անքաղաքավար խոսել, ես շատ չեմ համբերում այդ տեսակ վարմունքին, — երեսը խոժոռելով նկատեց Տանպետյանցը:

Գևորգը զգաց իսկույն յուր թշվառ և անզոր դրությունը, և նա սկսավ աղաչավոր ձայնով.

— Ներեցե՞ք ինձ, հարգելի պարոն, եթե ես համարձակվեցա անքաղաքավար գտնվիլ ձեր առաջ. բայց հավատացեք, որ ես արժանի եմ ձեր կարեկցության: Ես թողել եմ իմ պաշտոնը, որի միակ արդյունքովը կերակրում էի ինձ և իմ խեղճ մորը, ես թողել եմ նրան ձեր հույսով, ձեր բարերարության վրա վստահանալով. դուք չպիտի կամենաք թշվառացնել մեզ, մենք աղքատ ենք, հավատացեք, մենք անպաշտպան ենք... — և այս խոսքերի հետ նա սկսավ դառնապես լալ:

— Իզուր եք լաց լինում, բարեկամ, — մի փոքր մեղմությամբ պատասխանեց Տանպետյանցը, — ես ինչ որ հարկավորն էր արել եմ, խնդրել եմ, ստիպել եմ, մինչև անգամ աղաչել եմ: Բայց երբ մարդիկ չեն կամենում, զոռով խո նրանցից փող խլել չէի կարող: Ավելի լավ է, դարձյալ դուք գնաք ձեր պաշտոնը խնդրեք, և միառժամանակ պարապեք նրանով, մինչև որ մենք տեսնենք, թե այս մեր ժլատ հայերի հետ ինչ ենք անում:

— Օ՛հ, այդ մի՞ ասեք, պարո՞ն, ես իմ պաշտոնը կրկին խնդրել չեմ կարող, ես ավելի շուտ ինձ ջուրը կձգեմ...

— Ինչո՞ւ համար, — զարմացմամբ հարցրեց Տանպետյանցը:

— Այո՛, չեմ կարող. Գուստավը քանի՛ քանի՛ անգամ խնդրեց, որ ես իմ պաշտոնը չթողնեի, ես նրա խնդիրքը մերժեցի, այժմ ի՞նչ երեսով կարող եմ գնալ նորեն նրա մոտ:

— Այդ երեխայություն է. ուրիշ ոչինչ:

— Ո՛չ, պարո՛ն, ես իմ խոսքի տերն եմ, թեպետ աղքատ:

— Էհ, ուրեմն, ազատ եք, արեք ինչ ուզում եք. ես սրանից ավել ոչինչ չեմ կարող անել ձեզ համար:

Գևորգը մնաց շվարած, և չգիտեր ի՞նչ ասեր:

— Շնորհեցեք ինձ այն ստորագրության թուղթը, — խոսեց նա վերջապես, — գուցե ես կկարողանամ մի բան ստանալ ստորագրող պարոններից:

— Բոլորովին իզուր կաշխատեք, ես՝ ումնից որ պահանջելի էր՝ պահանջեցի, դուք ինձանից ավելի ազդել չեք կարող: Այսուամենայնիվ, — ավելացրեց նա, — ես ձեզ կտամ մի տասը մարդկանց անունները, նրանք ամենից հուսալի անձինքներն են, փորձեցեք, դիմեցեք նրանց, գուցե ձեզ կհաջողվի մի բան ստանալ:

Եվ նա յուր հիշողության տետրակը հանելով գրեց մի թղթի վերա ա՛յն անունները, որը ստորագրության պատառած թերթից հանել էր, և տվավ Գևորգին: Այդտեղ Սոմարյանցի անունն էլ կար յուր 500 ռուբլու հետ միասին: Գևորգն այն նկատելով մի փոքր ուրախացավ: «Եթե Պետերբուրգ չգնամ, գոնե միաժամանակ կառավարվելու համար փող կունենամ», — մտածում էր նա:

— Իսկ դուք պիտի վճարե՞ք ձեր ստորագրած 500 ռուբլին, այնպես չէ՞, — հարցրեց Գևորգը Տանպետյանցին:

— Ի՞նչ 500 ռուբլ:

— Դուք այդչափ չստորագրեցի՞ք, միթե:

— Հա՛, հա՛, հա՛, հա՛, — բարձրաձայն սկսավ կարկաչել պարոն Տանպետյանցը, Գևորգի ուսը քնքշաբար ծեծելով: — Ի՛նչ միամիտ եք, ի՛նչ բարի եք. ո՞վ ասաց ձեզ, թե ես 500 ռուբլ եմ ստորագրել:

— Ես ինքս լսեցի, երբ դուք բարձրաձայն արտասանելով ստորագրեցիք:

— Հա՛, հա՛, հա՛, — նորեն ծիծաղեց Տանպետյանցը, — ես այնպես բարձրաձայն արտասանեցի կատակի համար. բայց ստորագրածս իսկապես քսան և հինգ ռուբլ էր. դա էլ քիչ փող չէր, իհարկե: Բայց դեռ գնացեք, հեշտ է, թե մյուս ստորագրողները փող կտան, ես էլ մի բան կտամ: — Այս ասելով ողջունեց նա Գևորգին, և առանց նորա ողջույնն առնելու, մտավ մյուս սենյակը:

Գևորգը նույնպես դուրս գնաց:

ԺԱ

Սանդուղքից իջնելով Գևորգը դարձյալ մնաց շվարած, յուր ինչ անելիքը չգիտեր:

«Աստվա՛ծ իմ, ո՞ւր գնամ, ո՞ւմ դիմեմ, — ՛ մտածում էր նա, — մի՞թե բոլոր այս մարդիկներն էլ, որոնց անունները ես ունեմ, Տանպետյանցի նմանները չեն. մի՞թե նրանք էլ միևնույնը չպիտի կրկնեն, ինչ որ սրանից լսեցի, և դեռ սա իմ կարծիքով ամենից լավն էր: — Բայց... ոչ, ես իմ մոր երեսը դուրս գալ չեմ կարող, ես չեմ կարող գուժել նրան, որ իմ հիմարության պատճառով ես պատժված եմ. չեմ կարող ասել, որ յուր գուշակությունները կատարվել են, նա գիտեր, որ այս մարդիկները պիտի խաբեին ինձ, նրա սիրտը գուշակում էր, որ մենք պետք է թշվառանանք, նա գիտեր, նա ամեն բան գիտեր, նա ամեն բան գուշակում էր. բայց ե՛ս, ե՛ս հիմարս նրան չլսեցի... ես թշվառացրի նրան և ինձ...»: Եվ այս խոսքերի հետ նա սկսեց հեկեկալ:

Երկար այս դրության մեջ Գևորգը մնացել էր կանգնած: Վերջապես նա վճռեց դիմել այն մարդկանց, որոնց ցուցակը գտնվում էր յուր ձեռքում:

— «Այսպիսով ոչինչ չի դառնալ, — մտածում էր նա, — ես ձեռնունայն իմ մոր մոտ չպիտի դառնամ, այս վճռված է: Ամբողջ օրը պիտի ման գամ, բոլորին պիտի տեսնեմ, պիտի խնդրեմ, պիտի աղաչեմ, մինչև որ ձեռքումս մի բան ունենամ տուն վերադառնալու համար: Իսկ եթե բոլորից էլ մերժում կստանամ, այն ժամանակ... այն ժամանակ ես գիտեմ ի՞նչ կանեմ... այն ժամանակ իմ ապրելս ավելորդ է»:

Այս խորհրդածություններով նա քայլերն ուղղեց դեպի Սոմարյանցի տունը: Նա տանը չէր: Վերադարձավ մի ուրիշի մոտ: Սա էլ հյուրեր ուներ, տեսնել չէր կարող: Երրորդի մոտ վազեց, նա պատասխանեց, որ այդպիսի ստորագրության համար տեղեկություն չունի և խոստացավ Տանպետյանցին տեսնել: Չորրորդը մինչև անգամ պատուհանից տեսած լինելով, թե ինչպես քաշողն ով է, ծառային հրամայեց ասել «տանը չէ» այնպես բարկացած և բարձր ձայնով, որ Գևորգն ինքն այդ լսելով և առանց ծառայի պատասխանին սպասելու հեռացավ: Հինգերորդի համար ասացին, որ հենց այն առավոտը Փոթի էր գնացել: Վեցերորդը, որ բարեհաճեց Գևորգի հետ յուր բակում մի քանի խոսք խոսալ, նրան դատապարտեց յուր պաշտոնը թողնելուն համար, և վերջումն էլ նրան «ձրիակեր» անունը տվավ: Գևորգը խորը վիրավորված հեռացավ և՛ այդտեղից: Յոթներորդը ճաշի վրա էր արդեն, ուստի չէր կարող այդպիսի ժամանակ այցելու ընդունել: Գեղեցիկ հագնված սպասավորը մինչև անգամ նկատողություն արավ, որ ժամը երեքին այցելության գնալն անհարմար է, և ժամանակ որոշեց առավոտյան ժամը 10 — 11-ը:

Գևորգը գրեթե խելագարված սկսեց թափառել փողոցներում, նա չգիտեր ո՞ւր է գնում, ո՞ւմ է պտռում: «Ճաշի ժամանակն անհարմար է այցելել» — այս լսել էր ութերորդի ծառայից, և սպասում էր, որ այդ ժամանակն անցնէ:

Արդեն ութ անձինքներից և ոչ մեկի մոտ ցանկացած ընդունելությունը չգտավ. բայց նա դեռ հույս ուներ, թե մնացած երկուսն անպատճառ ավելի բարի և մարդասեր պիտի գտնվեին: Անցավ մի երկու ժամ: Վերջապես նա դիմեց իններորդին, նա քնած էր, տեսնել անկարելի է: Դիմեց տասներորդին, նա նույնպես քնած էր:

Վերջապես: Ի՞նչ պետք էր անել այժմ: Գևորգը ոչինչ չգիտեր: Նա այժմ մտածելու էլ անընդունակ էր դարձել: Ամբողջ օրը մի պատառ հաց չէր դրել բերանը, բայց նա քաղցածություն անգամ չէր զգում: Նա այժմ մի բան էր միայն ցանկանում, հեռանալ, հեռանալ որքան կարելի է մարդիկներից, ընկնել մի ամայի, մի անբնակ տեղ... Եվ նա գնում էր առանց մտածելու, առանց աջ ու ձախ նայելու...

Թողնենք նրան հանգիստ, և ես ձեզ կպատմեմ, թե ինչու համար բոլոր այս տասը մարդիկներից գեթ մեկի մոտ նա ոչինչ հաջողություն չգտավ:

Գևորգը Տանպետյանցին այցելելու առաջին օրից երկու օր հետո, պարոն Տանպետյանցն ընտանեկան երեկույթի ժամանակ գտնվում էր կլուբում: Նա այդտեղ պատահեց շատերին ա՞յն պարոններից, որոնք իրեն հետ միասին հրավիրված էին եղել Սոմարյանցի տանը: Միջերնին խոսք բացվելով, նա հիշեցրեց նրանց այն ստորագրության մասին, որով նոքա փող էին խոստացել մեր երգչին Պետերբուրգ ղրկելու համար: Այդ հիշեցնելը ներկա եղողներին շատ դուր չեկավ: Տանպետանցը նկատեց, թե ինչպես նրանցից մի քանիսը երեսները թթվացրին, մյուսները կամաց-կամաց պատրաստվում էին հեռանալ, իսկ մի երկու տաք-գլուխներ բարկացած զարմանք հայտնեցին, որ Տանպետյանցը թույլ է տալիս իրեն հիշեցնել նրանց մի խոստման և ստորագրության մասին, որը նրանք արել են արբած և հիմարացած ժամանակ: Պարոններից մեկը մինչև անգամ հայհոյեց բժիշկ Դուդուկչյանին, որ նա քաջ իմանալով հյուրերի արբած լինելը, դարձյալ հանդգնել էր մի այդպիսի ստորագրության թուղթ բանալ նոցա առաջ և այսօրվան համար մի խայտառակության գործ պատրաստել:

Տանպետյանցի ուզածն էլ հենց այդ էր: Տեսնելով յուր բարեկամների տրամադրությունը այդ խնդրում, նա վստահություն առավ և պատմեց նրանց, թե ինչպես Ելիզավետա Սերգեևնան բարկացել և պատռտել էր ստորագրության թերթը և սրանով ազատել նրանց արբած ժամանակի խոստումը կատարելուց:

— Կեցցե՛, կեցցե՛ Ելիզավետա Սերգեևնան, — գոչեցին Տանպետյանցի բարեկամները գրեթե միաբերան, նոքա, որոնք սկզբումը թթվացրել էին իրենց երեսները, կամ պատրաստվել էին խմբից հեռանալու, իսկույն փոխեցին իրենց տրամադրությունը և հավաքվելով բոլորը միասին սկսան գովություններ շռայլել Ելիզավետա Սերգեևնայի խելացի արարքի համար:

Թեպետ այդ րոպեին Տանպետյանցի մոտ չէին Սոմարյանցի խնջույքին ներկա գտնվող բոլոր հյուրերը, սակայն մի երկու օրվա մեջ նրանք բոլորն արդեն գիտեին Ելիզավետա Սերգեևնայի արածը, և չէին կարողանում ներքին գոհունակությամբ շնորհակալություն չանել նրան: Բայց ո՞ւր գնաց մեր խեղճ Գևորգը:

Նա արդեն դուրս էր եկել քաղաքից և գտնվում էր Քռի ափում, մի ամայի տեղ: Մութը կոխել էր. լուսին չկար բայց աստղերն ադամանդների նման շողշողում էին կապուտակ երկնակամարի վրա: Նրան շրջապատող լռությունը խանգարվում էր միայն գետի խուլ հոսանքի ձայնով:

Նա մոտեցավ գետի ափին, դիտեց նրան լուռ ու մունջ և շշնջաց. «Օգնության հույս էլ չկա, ապրել այսուհետև ամոթ է ինձ համար, ահա՛ իմ տեղը, — և նա դողացող ձեռքը պարզեց դեպի գետի խորը, — բայց ի՞նչ եմ անում ես» — գոչեց նա հանկարծ և սոսկալով ետ դարձավ:

— «Հիմար, հիմար, — խոսում էր նա ինքն իրեն, — ո՞ւմ հույսով ես թողնում քո մորը, ո՞վ պիտի պահե, ո՞վ պիտի կերակրե նրան, ինչու՞ ես դառնացնում նրա ծերության օրերը, ինչու՞ ես սպանում նրան...»: Եվ այս մտածությունը կարծես նրան հոգի ու սիրտ տվավ. նրա հուսահատությունը, որ իրեն մոլորեցրել էր, անցավ, և նա արագ-արագ քայլերով դիմեց դեպի քաղաքը:

Երեկոյան ժամը 11-ին նա հասավ տուն:

ԺԲ

Թամարը շատ չէր անհանգստացել յուր որդու ուշանալու վերա: Նա կարծել էր, թե հարուստ բարերարներից մեկն այդ օրը հյուրասիրել էր յուր Գևորգին: Բայց նա ամբողջ մարմնով սոսկաց, երբ Գևորգը յուր գլխով անցածը բոլորը պատմեց: Նա չսոսկաց նրա համար, որ բարերարները մերժել էին յուր որդուն խոստացած օգնությունը, այլ սոսկաց նրա համար, որ նոցա շնորհիվ պիտի հավիտյան կորցներ յուր որդուն:

— Դու ոչ մի բանի վերա մի մտածիր, Գևորգ, հոգյակս, ես դարձյալ լվացքարանը կմտնեմ, ես կաշխատեմ և կպահեմ քեզ, քանի ուժ ունեմ, միայն թե դու ողջ-առողջ ման գաս իմ աչքերի առաջ, մինչև որ ես գերեզման կմտնեմ... — Ասում էր նրան Թամարը, աշխատելով սփոփել յուր որդու հուսահատությունը:

Այս անգամ նա չէր հիշում մինչև անգամ այն գուշակությունները, որ նա արել էր օրերով առաջ, նրա միակ մտածությունը յուր որդու տխրությունը փարատելն էր:

Գևորգը հետզհետե սիրտ էր առնում. նրան սպանող հուսահատությունն անցնում էր:

— Ես դեռ կստիպեմ այդ մարդկանց իրենց ստորագրությունը հարգել, — ասում էր նա, քաջալերվելով մոր գորովալիր խոսքերով, — ես այդ մարդիկներից այդպես շուտով ձեռք չեմ վերցնիլ:

Բայց իսկապես ի՞նչ կարողացավ անել նա. ոչի՛նչ: Անցան օրեր, անցան շաբաթներ: Եվ Գևորգն անընդհատ դիմում էր մերթ սրան, մերթ նրան, խնդրում էր, աղաչում էր, բայց իզուր, ոչ ոք նրան չլսեց. ոչ ոք նրա խնդիրն ուշադրության չառավ:

Եվ նա սովորեց միայն փողոցներում այդ պատրվակով թափառել:

Մի ամիսն անցավ: Թամարի բոլոր խնայողությունը սպառվեցավ. մի քանի օր շարունակ մայր և որդի ցամաք հաց էին ուտում, մի օր մինչև անգամ նրանք քաղցած անցրին:

Թամարի բոլոր աշխատությունը Գևորգին նորեն Գուստավի մոտ ղրկելու համար՝ ապարդյուն անցավ: Նա ավելի նախապատիվ էր համարում մեռնիլ, կամ Քռի մեջ խեղդվիլ, քան նորեն Գուստավին դիմել, նրա աղջկա արհամարհանքը տանել և յուր ընկեր բանվորների մոտ ծիծաղի առարկա դառնալ:

Ուրիշ գործարան էլ նա մտնել չհամաձայնվեցավ, որովհետև Սոմարյանցի տանը հասկացրել էին, որ ինքը մեծ մարդ է. և այդ գիտեին յուր նոր բարեկամները, դպրոցական աշակերտները, լուսավորության բարեկամ գործակատարները, դատելու ու վճռելու վարդապետ տղաները, և նա նրանցից ամաչում էր:

Ի՞նչ պետք էր անել, ուտելու հաց չկար:

Վերջապես խեղճ Թամարը նորեն մտավ լվացքարան, բայց այս անգամ 20 ռուբլով, որովհետև նա առաջվան ուժը չուներ և նրան ավելի չվճարեցին:

***

Եվ դուք ի՞նչպես վարվեցիք խեղճ փականագործի և նրա մոր հետ, դո՞ւք, փայլուն հասարակության զարգացած անդամներ: Դուք ձեր ազնվության մեջ ճառեր խոսացիք, խոստումներ արիք, ձեր անտեղի գովեստներով խեղճ երիտասարդին փչացրիք, զրկեցիք նրան յուր պաշտոնից, թշվառացրիք նրա ապագան. ուժասպառ մորը նորեն լվացքարան ղրկեցիք.. և հե՞տո — ոչինչ. դուք ավելացրիք մեկն ա՞յն դատարկապորտ տղաներից, որոնք բուլվարների վերա օրն ի բուն շրջում են պարապ, անգործ, որոնք դատում են, վճռում են, դատապարտում են և առանց մի բան գիտենալու, առանց մի բան սովորած լինելու, ամենակար և ամենագետ են:

Ահա՛ ձեր գործը:

ՀԱՐՈՒՍՏՆԵՐԸ ԶՎԱՐՃԱՆՈՒՄ ԵՆ

ԱՌԱՋԻՆ ՀԱՆԴԻՊՈՒՄԸ

Գարնանային սիրուն երեկո էր: Արեգակը խոնարհվում էր դեպի յուր մուտքը: Օդը թեպետ մի փոքր տոթային, սակայն քաղցրաշունչ հովը բարեխառնում էր նրան և խիստ ախորժելի դարձնում զբոսասեր բազմությանը, որը լցված էր Ալեքսանդրյան այգու ճեմելիքները: «Ազնվականական» կոչված բարձրադիր ծառուղին գրեթե խեղդվում էր զբոսողների շատությամբ: Գեղեցիկ հագնված տիկիններ, վերջին տարազով պճնված օրիորդներ, նրբաճաշակ երիտասարդներ — կոկված Փարիզի նորության համեմատ, միշտ չարություններ և սկանդալներ անելու համար պատրաստ ուսանողներ և վերջիններին պաշտող ուսանողուհիներ, բոլորն էլ խառնիխուռն զբոսնում էին այդտեղ: Նրանց անընդհատ անցուդարձը նմանվում էր մի հանդիսավոր կաղրիլի, որը պարում են հարուստ իշխանի դահլիճում նրա բազմաթիվ հյուրերը:

«Ազնվականական» ծառուղիում արգելված չէր, իհարկե, և աղքատներին զբոսնելու, միայն թե նրանք քաղաքավարությամբ խույս էին տալիս դեպի մենավոր ճեմելիքները, որպեսզի իրենց ներկայությամբ չխանգարեն հարուստներին կամ գոնե հարուստ երևացողների զվարճությունը: Հագուստի անշնորհքությունն ստիպում էր նրանց շքեղության աչքից հեռու պտտելու: Իսկ նրանք, որոնք թեպետ աղքատ, բայց շնորհքով էին հագնված, կարծիք չկա, զբոսարանական մրցումից չէին վախենում:

Այս վերջինների թվին պատկանում էին տիկին Բերնարի երեք նորատի կարողուհիները: Սրանք բոլորն էլ հայուհիներ էին, խեղճ ընտանյաց աղջիկներ, որոնք կարանոցում հենց նոր էին ավարտել մի մեծ աշխատանք և տիկին Բերնարն —արձակել էր նրանց մի փոքր ժամանակով այգում զբոսնելու համար:

Հեղինեն, որին յուր ընկերուհիները Ելենա էին կանչում, յուր ընկերուհիների մեջ փայլում էր յուր արտաքո կարգի գեղեցկությամբ: Նրա բարձր հասակը, շնորհալի քայլվածքը, և մանավանդ երկարատեգ արտևունքներով եզերված կախարդող հայացքը գրավել էին զբոսնողների ուշադրությունը:

Նրա դեմքի յուրաքանչյուր շարժվածքը, նրա նրբաձայն ծիծաղը, նրա խոսակցությունը, դիտում և զննում էին հարյուրավոր աչքեր:

Հեղինեի ընկերուհիները, որոնք ավելի զարգացած էին այդ բաները նկատելու համար, հասկացնում էին նրան, և սա ընդ ակամբ զննում էր այդ բոլորը և հրճվում կատարյալ երեխայական անմեղությամբ: Բայց նա չէր տեսնում, թե ինչպիսի նախանձոտ հայացքներ էին գցում իր վրա շքեղ հագնված, բայց ոչ գեղեցիկ տիկինները և օրիորդները, մանավանդ երբ սրանց երիտասարդ ասպետները հիացմունքով մատնացույց էին անում յուր վրա և ցանկություն էին հայտնում յուր ո՞վ լինելն իմանալու համար:

— Ո՞վ պետք է լինի, մի անառակ աղջիկ, — պատասխանում էին նրանց օրիորդ-տիկինները, արհամարհական հայացք ձգելով Հեղինեի վրա:

— «Մի անառակ աղջիկ», — և ինչպե՛ս շուտ և սահուն կերպով արտասանում է այդ բառերը կնոջ քնքուշ բերանը, ինչպե՛ս պատրաստ է նա առանց խղճահարվելու ցեխոտել յուր ցեղի ամենաանարատ հոգին, եթե սա հանդգնում է, յուր խեղճության մեջ, մի բանով գերազանցել իրենց, եթե նրա ճշմարիտ արժանիքը ճնշում է զգայուն սրտերը և խլում է իրենց զոռով վաստակած երկրպագուներին: Բայց Հեղինեն «անառակ աղջիկ» չէր. նրա արտաքին գեղեցկության չափ գեղեցիկ էր և նրա հոգին: Նա բարի էր ինչպես հրեշտակ և առաքինի, ինչպես անապատի միանձնուհին:

Դուք կարող եք կարծել, որ ես չափազանցնում եմ, որովհետև այս քաղաքի մեջ մեր օրով հազվագյուտ են այդ հատկության տեր աղջիկներ, մանավանդ երբ դրանք աշխատում են կարանոցներում: Բայց իսկույն կծանոթացնեմ ձեզ նրա հետ: Հեղինեն Թիֆլիսեցի չէր: Նրա ծնողները նոր էին գաղթել այստեղ մի գավառական քաղաքից: Նրանք շատ պարկեշտ մարդիկներ էին, և Հեղինեն կրթվելով նրանց հոգատարության տակ, պարզ է, որ բոլորովին չպիտի նմաներ այստեղացիներին: Հեղինեի հայրը պարապում էր հյուսնությամբ, մայրը մերձակա հարուստ տներում լվացարարություն էր անում, իսկ իրեն մի քանի ամիս էր, ինչ որ տվել էին տիկին Բերնարի մոտ կար ու ձև սովորելու: Հեղինեն այդտեղ էլ մի քանի ուրիշ աղջիկների պես ապրում, ուտում և հագնվում էր տիկին Բերնարի հաշվով, և միայն կյուրակե օրերը գնում էր յուր ծնողացը այցելելու:

Հասարակությունը, որի մեջ ապրում էր նա և որը բաղկացած էր աղքատ ընտանյաց աղջիկներից, կարող էր վնասավոր լինել Հեղինեի պես մի անփորձ աղջկա համար: Հաճախ նա լսում էր յուր ականջների համար բոլորովին խորթ զրույցներ, անպատկառ խոսակցություններ, որոնք առհասարակ անպակաս են լինում կարանոցներում: Բայց նա կարողանում էր տիրել իրեն: Նա զզվում էր, և այդ տեսակ անախորժ վայրաբանությունները չլսելու համար քաշվում էր կարանոցի մի հեռավոր անկյունը և լուռ ու մունջ կարում էր յուր գործը: Բայց միշտ այդպես վարվել նրան չէր հաջողվում: Պատահում էր, որ նա ստիպված էր լինում կարել մի մեծ գործ, երեք-չորս աղջիկների հետ միասին, որոնք այդ ժամանակ էլ շարունակում էին իրենց վայրաբանությունները, մանավանդ, երբ տիկին Բերնարն այստեղ չէր լինում: Այդպիսի դիպվածներում Հեղինեն գործ էր դնում յուր բոլոր ուժը՝ այդ աղջիկների մեջ ամոթի զգացմունքը զարթեցնելու համար, և նրա ջանքը երբեմն պսակվում էր հաջողությամբ: Բոլոր կարողների մեջ նա միայն երկու աղջիկների հավանեց, որոնք թե՝ բնավորությամբ և թե՝ աշխատասիրությամբ նմանվում էին իրեն: Դրանցից մեկը Նինոն էր, խառատ Օսեփի աղջիկը, որ թեպետ մի առանձին գեղեցկություն չուներ, բայց հայտնի էր յուր չափազանց բարի և ազնիվ բնավորությամբ, իսկ մյուսը ղազազ Ալեքսի թոռը՝ Շուշանը, որ մեծ հեղինակություն ուներ կարանոցի մեջ, իբրև ամենից ավելի հառաջադեմ և լավ կարող աղջիկ: Այդ երկուսին էլ Հեղինեն յուր համար մշտական ընկերուհիներ ընտրեց: Նրանք երեքն էլ միմյանց չափից դուրս սիրում էին, սեղանի վրա միշտ միասին էին նստում, մեծ գործերը միասին կարում և ազատ ժամանակները միասին զբոսնում: Հենց այսօր էլ այգու մեջ դրանք երեքը միասին էին ման գալիս: Բայց ինչպես ասացինք, «Ազնվականական» ծառուղիի մեջ զբոսնողների ուշադրությունը միայն Հեղինեն էր գրաված:

Երկու երիտասարդներ, որոնցից մեկն ավելի աչքի էր ընկնում յուր դեմքի և կազմվածքի գեղեցկությամբ և հագնված էր խիստ նուրբ ճաշակով, ուշի ուշով հետևում էին տիկին Բերնարի կարողուհիներին: Յուրաքանչյուր անցուդարձի մեջ նրանք մի քանի անգամ պտույտ էին գալիս երեք աղջիկներին դեմ առ դեմ պատահելու համար, և նրանց հանդիպած ժամանակ խոր ուշադրությամբ սևեռում էին իրենց աչքերը Հեղինեի վրա, որն ամոթից իսկույն շառագունում էր: Ամբողջ զբոսանքի ժամանակ մի րոպե անգամ նրանք չհեռացան այդ աղջիկներից: Նինոն և Շուշանը գիտեին, որ երկու երիտասարդների դեգերանքը Հեղինեի համար էր, սակայն նրանք ոչ միայն չէին նախանձում նրան, այլև այդ առիթով նրա հետ կատակներ էին անում:

— Ելենա, այս երիտասարդները շատ են գրավվել քեզնով: Նրանցից մեկը անպատճառ քեզ ուզելու է, — ասում էր նրան Շուշանը ծիծաղելով:

— Ինչո՞ւ համար ես կարծում, որ ինձնով են գրավվել և ոչ թե քեզնով կամ Նինոյով, — պատասխանեց Ելենան շառագունելով:

— Ի՞նչ հարկ կա այդ հարցնելու, որովհետև դու ավելի գեղեցիկ ես, քան թե մենք երկուսս, — շտապով կցեց Նինոն և գաղտուկ դիտեց Շուշանին: Նրանք երկուսը միասին սկսան ծիծաղել:

— Ա՛խ, Նինո, ես չե՞մ խնդրել, որ ինձ մոտ այդպես բաներ չխոսա՞ք, — նեղացած տրտնջաց Ելենան:

— Ի սեր աստծո, Ելենա՛, թողի՛ր այդ հիմարությունները, մինչև ե՞րբ պետք է դու երեխա մնաս. Թիֆլիսո՞ւմ չես ապրում, ի՞նչ է, — կշտամբեց նրան Շուշանը:

— Քո արևը վկա՛, Շո՛ւշան, ես ձեր թիֆլիսեցիների պես չեմ սիրում տղաների վրա խոսելը, ի՞նչ անեմ, մի բան, որ ինձ դուր չէ գալիս, խո զոռով չպիտի՞ սիրեմ: Ես սովոր չեմ այդ տեսակ խոսք ու զրույցների:

— Լավ, լավ. տեսնենք մինչև ե՞րբ այդպես խելոք կմնաս, — պատասխանեց նրան Շուշանը և լռեց:

— Բայց իրավ, Ելենա՞, տե՞ս ի՞նչ գեղեցիկ տղա է այդ երիտասարդը, — կրկին դիմեց նրան Նինոն ծիծաղելով, երբ երկու երիտասարդները դեմ առ դեմ հանդիպեցին նրանց:

— Ա՛խ, Նինո, դու բոլորովին զայրացնում ես ինձ, — բարկացած պատասխանեց նրան Ելենան ու ուղղվեցավ դեպի զառիվայր ճեմելիքը տուն վերադառնալու դիտավորությամբ: Նինոն և Շուշանը քրքջալով հետևեցին նրան:

Բայց մի քանի քայլ հազիվ էր փոխել Ելենան, որ գեղեցիկ երիտասարդը հեռվից յուր աչքովն ընկավ: Նրանց հայացքները պատահեցին միմյանց և մի քանի րոպե դեպի իրար սևեռած մնացին: Ելենան տեսավ, որ երիտասարդն իրոք շատ գեղեցիկ էր, Նինոն իրավունք ուներ նրանով հետաքրքրվելու: Բայց նա շատ երկար չնայեց նրան, այլ աչքերը դարձնելով շարունակեց յուր ճանապարհը:

Յուր ընկերուհիները երկու հայացքների միմյանց պատահելը չնկատեցին:

Երկու երիտասարդները նույնպես ուղղվեցան դեպի զառիվայր ծառուղին: Նրանք հետևում էին երեք ընկերուհիներին:

— Սամվել, մի՞թե դու չես ճանաչում այս աղջկանը, — հարցնում էր գեղեցիկ երիտասարդին յուր ընկեր Մարգարը:

— Չեմ ճանաչում, մինչև այսօր էլ տեսած չեմ:

— Զարմանք. ի՞նչ է շինում ուրեմն քո Սալոմեն, եթե այսպիսի թռչունները քեզանից անհայտ կարող են ապրել Թիֆլիսում:

— Ի՞նչ զարմանք, նա խո ամբողջ քաղաքը չի ճանաչում:

— Չէ, բարեկամ, չէ. ես չեմ հավատում, թե դու այս աղջկան տեսած չլինիս. երևի ժլատություն ես անում և կամ փորձել ես ու ձեռքդ խաղողին չէ հասել:

— Ինչ վերաբերում է ժլատության, կարծում եմ՝ դու ինքդ էլ չես կարող հավատալ, թե երբևիցե ես կարող եմ ժլատ լինել: Բայց թե փորձել եմ ու ձեռքս խաղողին չէ հասել, այդ ինձ համար չէ ասված, եթե այդպես բան պատահելու լինի ինձ հետ, դա առաջին անհաջողությունը կլինի իմ ամբողջ կյանքում:

— Դու կարո՞ղ ես ապացուցանել, որ այս աղջկա վերաբերությամբ ոչինչ անհաջող փորձ չես արել դու:

— Ո՞րքան ժամանակ ես տալիս ինձ:

— Մի ամիս:

Սամվելը ոչինչ չպատասխանեց:

— Եթե այդ քիչ է, ես մի ամիս էլ կավելացնեմ, — հեգնելով ավելացրեց Մարգարը:

— Մի փոքր սպասիր, բարեկամ, թո՛ղ տեսնեմ այս աղջիկները ո՛րտեղ են մտնում և հետո ես քեզ կպատասխանեմ, — ասաց նրան Սամվելը և լռեց: Մարգարը նույնպես լռեց: Նրանք երկուսը միասին քայլ առ քայլ հետևեցին երեք աղջիկներին:

Վերջիններս դուրս եկան պրոսպեկտի վրա, անցան առաջին և երկրորդ փողոցները և ապա խոտորվելով դեպի ձախակողմյան նեղ ճանապարհը, մտին մի խանութ, որի լայն պարավորի վերա ոսկեզօծ մեծ տառերով գրված էր՝ «Տիկին Մարգարիտա Բերնար»: Սա տիկին Բերնարի կարանոցն էր:

Սամվելը տեսնելով, թե որտեղ մտան աղջիկները՝ հանգստացավ և դառնալով դեպի ընկերը հարցրեց,

— Դու ո՛րքան ժամանակ տվիր ինձ ապացուցանելու համար, որ ես այս աղջկա վերաբերությամբ ոչինչ անհաջող փորձ չեմ արել:

— Մի ամիս, — պատասխանեց Մարգարը:

— Այդ շատ է. կյուրակե օրն այդ աղջիկը իմ առանձնարանում կլինի, և ես քեզ կհրավիրեմ այնտեղ միասին նրա հետ ճաշելու:

— Ճշմարի՞տ ես ասում, — ծիծաղելով հարցրավ Մարգարը:

— Դու այդ կտեսնես, — հակիրճ պատասխանեց Սամվելը և ողջունելով բարեկամին, հեռացավ:

ԳԻՇԵՐԱՅԻՆ ԱՅՑԵԼՈՒՆ

Կաթոլիկների գերեզմանատան աջ կողմում, մի բավական ընդարձակ զառիվայրի վերա ընկած են մի երկու նեղ փողոցներ, մոտ հարյուրաչափ տներով, որոնք շինված են խիստ խառն ու անկարգ դրության մեջ: Ճարտարապետի կարակինը ոչինչ աշխատանք չի կրել այս անորոշ թաղի համար: Այդտեղ շինությունները կարծես բնությունն ինքն է բուսեցրել առանց մարդիկներին նեղություն պատճառելու: Շատ տեղ նրանք ներկայացնում են բազմաթիվ խորշերի մի խառնուրդ: Շատ տեղ էլ մեկի կտուրը կազմում է մի ուրիշի բակը. և երբեմն երրորդի դուռը մտնելու համար ստիպված ես անցնելու առաջինի պատշգամբով և երկրորդի խարխուլ սանդուղքներով: Այդ տներից մի քանիսը կպած են բարձր զառիվայրի ապառաժի կրծքին, և նմանվում են ավելի անգղների բներին:

Այս փոքրիկ թաղի մեջ բնակվում են ամեն սեռի և ամեն տեսակի մարդիկներ: Սկսած արհեստավորներից, լվացարարներից, կարողուհիներից և վերջացրած խաբեբա գրքացներով, փուկներով և անառակ կանանցով: Սրանք բոլորը միմյանց ճանաչում են, ծանոթ են մինչև անգամ միմյանց մանրամասն կենսագրության: Բայց դրսի թաղերից շատ քչերն են իրենց ճանաչում: Եվ այն էլ մի որոշ արհեստների ծառայող անձինք, որոնք շարունակ հարաբերություն ունին իրանց հետ: Երբեմն էլ այս թաղին գիշերով այցելում են հարուստ տներից զանազան երիտասարդ և պառավ անձինք, իրենց ծանոթներին զանազան պատվերներ տալու համար:

Երեկոյան ութ ժամն էր: Երկինքը թեպետ պարզ և աստեղավառ, բայց լուսինը դեռ ծածկված էր հեռու լեռների ետևում և նրա շուտ ծագելուն հույս չկար: Այս ժամին, երբ Թիֆլիսի գլխավոր փողոցներում դեռ մեծ կենդանություն է տիրում, այս թաղի մեջ լռությունը կատարյալ էր. միայն թե այս ու այն բակում շների աննպատակ հաչոցը մերթ ընդ մերթ ընդհատում էր նրան:

Զառիվայրի կրծքին կպած տներից մեկի նեղ բակում այս միջոցին անց ու դարձ էր անում մի սև ստվեր, նա երբեմն գալիս հասնում էր յուր բակի շարունակությունը կազմող հարևան տան կտուրի ծայրը և երկար արձանացած կանգնում էր այնտեղ, և երբեմն անցուդարձ անելուց հոգնելով նստում էր կտուրի ճակատին: Իրենից մի փոքր հեռու երկու փոքրիկ պատուհաններում երևում էր ճրագի նվաղ լույս, դա ստվերի կացարանն էր: Գիշերվա այս խավար ժամին ամենափորձ խուզարկուն անգամ չէր կարող գտնել այդ խորհրդավոր բարձրության ճանապարհը:

Մի ընդարձակ և ուղղաձիգ փողոց, որի վրա անընդհատ անցուդարձ էին անում կառքերը, կազմում էր զառիվայր թաղի ստորոտը: Մեր ծանոթ ստվերի դեմքը միշտ ուղղված էր լինում դեպի այդ կողմը: Հանկարծ փողոցի ծայրում երևաց կարմիր լապտերներով մի կառք: Ստվերը, որ նստած էր կտուրի ճակատին, իսկույն բարձրացավ տեղից և մի քանի արագ քայլեր փոխելով դեպի ներքև, անհայտացավ խավարի մեջ: Կարմիր լապտերներով կառքը խուլ դղրդյունով, ինչպես այդ հատուկ է հարուստների սեփական կառքերին, առաջանում էր դեպի զառիվայրի թաղը: Հասնելով այն բարձրության հանդեպը, ուր անցուդարձ էր անում ստվերը, նա կանգնեց:

Կառքի միջից դուրս եկավ մի բարձրահասակ երիտասարդ ծածկված վերարկուի մեջ և հապճեպ քայլերով ուղղվեցավ դեպի զառիվայրը հանող ճանապարհը: Բայց նա հարյուր քայլ դեռ չէր հեռացել, երբ նրան հանդիպեց մի սևազգեստ կին. սա մեզ ծանոթ ստվերն էր: Երիտասարդը ողջունեց նրան առանց ձեռք պարզելու: Երևում էր, որ կինը նույնպես անկեղծությամբ է վերաբերվում դեպի նրան, որովհետև խոնարհ գլուխ իջեցնելով միայն պատասխանեց երիտասարդի ողջույնին:

— Ի՞նչ պատահեց քեզ, որդի, էս քանի-օր է էլ քո Սալոմեին չես

հարցնում, — խոսեց սնազգեստ կինը, հետևելով երիտասարդին, որ բարձրանում էր դեպի զառիվայրը:

— Ես քեզ վերա շատ եմ բարկացած, Սալոմե, գիտե՞ս, թե ոչ:

— Ի՞նձ վերա, և ինչո՞ւ համար, որդի, — վախենալով հարցրեց նրան Սալոմեն:

— Տիկին Բերնարի կարանոցում մի աղջիկ կա, դու նրա մասին ինձ ոչինչ տեղեկություն չես տվել մինչև այսօր:

— Տիկին Բերնարի՞... այդ կարանոցը ես...

— Այդ կարանոցը դու երևի չես էլ ճանաչում:

— Այո՛, որդի՛, ինչ թաքցնեմ, չեմ ճանաչում:

— Չիմա՛ր, թե ասում էիր ամբողջ Թիֆլիսը ճանաչում ես. մինչև այսօր խաբու՞մ էիր ինձ:

— Ինչո՞ւ այդպես բան ես ասում, որդի, ես քեզ ինչո՞ւ համար պիտի խաբեմ, մի՞թե ամբողջ Թիֆլիսում մի այնպիսի կորած անկյուն չի՞ պատահիլ, որը ես չճանաչեմ:

— Բերնարի կարանոցը կորած անկյուն չէ, նա քաղաքի մեջտեղումն է և ամենալավ փողոցի վրա:

— Հազար անգամ ներողություն եմ խնդրում: Բայց ի՞նչ ես հրամայում, ասա, որդիս, ես իսկույն կկատարեմ:

— Վաղը ամեն բան վերջացած պետք է լինի:

— Այժմեն իսկ կարող ես վերջացած համարել. միայն պատմիր, թե բանն ինչումն է:

Մինչ այս նրանք հասել էին Սալոմեի տան բակը, մի շատ կարճ ճանապարհով: Պառավը հրավիրեց երիտասարդին յուր կացարանը: Սա մի փոքրիկ տնակ էր, բաղկացած երկու սենյակներից: Նրանցից մեկը տանտիրուհու և՛ հյուրանոցը, և՛ սեղանատունը, և՛ դահլիճը, և՛ ննջարանն էր, կախավորված ամենահասարակ կարասիներով, որոնք աչքի էին ընկնում իրենց զանազանակերպ աններդաշնակությամբ: Նրա աջ կողմը դրված էր մի թախտ, ծածկված թաղիքներով, իսկ նրանց վրայով փռված էր մի կոշտ և կեղտոտ օթոց: Պահարանի նման մի խորության մեջ վառվում էր կանթեղը, որի ծուռ կտրված պատրույգից առաջացած ծուխը սևացրել էր ապակիի ամբողջ կեսը: Հարևան սենյակը Սալոմեի խոհանոցը, մառանը և փայտատունն էր: Նրա բաց դռներից փչում էր մի տեսակ սառն խոնավություն, որը միանալով կանթեղից առաջացած ծխի հետ, լցրել էր սենյակը մի անախորժ գարշահոտությամբ:

Այսուամենայնիվ, երիտասարդն առանց ոչինչ զզվանք զգալու մտավ այդտեղ և անցնելով նստավ թախտի պատվավոր տեղում, այսինքն այնտեղ, ուր դրված էր հին թավշապատ մութաքը: Նրա շարժվածքից երևում էր, որ առաջին անգամը չէ այցելում այս տնակին:

— Հա՛, տիկին Բերնարի կարանոցը գտնվում է Ս... փողոցի վրա, —

շարունակեց երիտասարդն ընդհատված խոսակցությունը: — Այդտեղ մի աղջիկ կա Ելենա անունով. բարձրահասակ, գեղեցիկ դեմքով, սև և գրավիչ աչքերով, միով բանիվ բոլոր կարողուհիների մեջ նա ամենից գեղեցիկն է: Երեկ ես նրան պատահեցա այգում յուր ընկերուհիների հետ զբոսնելիս: Հետո ավելի մոտիկից զննելու համար անձամբ մտի տիկին Բերնարի մոտ և նրան դիտմամբ կես դյուժին շապիկներ պատվիրեցի:

Այդ առիթով ես մոտեցա և այդ աղջկանը. նա հայուհի է. մի քառորդ ժամու չափ խոսեցի նրա հետ. նա ինձ կախարդեց, ես հիացած եմ նրանով. հասկանո՞ւմ ես, հիացած եմ...

— Հասկանում եմ, որդի, հասկանում եմ, բոլոր աղջիկներն առաջին անգամ քեզ հիացնում են...

— Ա՜յ, որ ոչինչ չես հասկանում, — ընդհատեց Սալոմեին երիտասարդը, — նա բոլորովին ուրիշ աղջիկ է, ես մինչև անգամ նրան սիրեցի. հասկանո՞ւմ ես...

— Հասկանում եմ, որդի, հասկանում եմ, — ամենախոնարհ ձայնով պատասխանեց Սալոմեն:

— Այդպես, նա շատ սիրուն աղջիկ է, ես մինչև անգամ լավ տեղեկացա, թե նա ով է և որտեղացի է:

— Մի՞թե թիֆլիսեցի չէ:

— Ո՞չ, նա գավառական քաղաքներից է:

— Օ՜, օ՜, ասա կռո՜ է, էլի. բաս բանը շատ դժվար պիտի գլուխ գա, — հուսահատաբար խոսեց Սալոմեն և շարժեց գլուխը:

— Դժվար-մժվար չգիտեմ: Այսօր հինգշաբթի է, կյուրակե օրը նա իմ առանձնարանում պիտի լինի, որովհետև ես խոստացել եմ մեր Մարգարին, որ այդ օրը Ելենայի հետ միասին ճաշ տամ նրան այնտեղ:

Պառավը մի փոքր ժամանակ մնաց լուռ և աչքերը սևեռեց գետնին: Երևում էր, որ նա մի մեծ արգելք է նկատում յուր ճանապարհի վրա. նա հետզհետե ընկղմվում էր մտածողության մեջ:

— Սալոմե՞, ի՞նչ ես լռել, քնո՞ւմ ես, — գոչեց հանկարծ երիտասարդն այնպիսի ձայնով, որ պառավը վեր թռավ:

— Չեմ քնում, որդի, մտածում եմ:

— Ի՜նչ ես մտածում. քեզ խոսք եմ ասում, կյուրակե օրը Ելենան իմ առանձնարանում պիտի լինի:

— Լսեցի, որդի, լսեցի:

— Լսելը բավական չէ. դու ինձ ասա՞, խոստանո՞ւմ ես, որ նրան կբերես ինձ մոտ:

— Մի փոքր համբերություն ունեցիր, որդի, առաջ մի տեսնեմ ինչ աղջիկ է, ասում ես, թե Թիֆլիսեցի չէ, կարելի է ծնողները չեն համաձայնում, այն ժամանակ շատ դժվար...

— Լռի՜ր, լռի՜ր, — ընդհատեց Սալոմեին երիտասարդը, — ես քեզ

ասել եմ, որ ինձ մոտ այդպիսի բաներ չխոսես. «չեմ կարող, կամ դժվար է» բառերն ինձ մոտ բերանիցդ չհանես, հասկացա՞ր: Կյուրակե օրը նա ինձ մոտ պիտի լինի:

Այս ասելով երիտասարդը վեր կացավ տեղից:

— Ինչո՞ւ ես բարկանում, որդիս, եթե այդ է քո ցանկությունը, ինչպե՞ս կարող եմ հակառակել, — հեզությամբ պատասխանեց պառավը, — միամիտ եղիր, կերթամ, կաշխատեմ և չեմ ուտիլ, չեմ քնիլ, մինչև չկատարեմ քո ցանկությունը, Սալոմեի համար այդ խո առաջինը չէ՞:

—Ա՛յ, այդպես պետք է խոսես, Սալոմե, այն ժամանակ ես քեզանից շնորհակալ կլինիմ. աշխատիր, որ երբեք ինձ չբարկացնես. դու խո գիտե՞ս, ես ինչ բնություն ունեմ:

Այս ասելով երիտասարդը հանեց գրպանից յուր պորտմոնեն և մի քանի թղթադրամներ պառավի ձեռքը խրելով դուրս գնաց սենյակից:

Սալոմեն դարձյալ նույն ճանապարհով ուղեկցեց նրան մինչև կառքը:

— Կյուրակե օ՞րը, չմոռանաս, — կրկին հիշեցրեց նա պառավին իր պատվերը և կառքը նստելով հեռացավ:

Ընթերցողները ճանաչեցին, իհարկե, որ այս երիտասարդը Սամվելն էր, որին նրանք տեսել էին Ալեքսանդրյան այգիում Բերնարի կարողուհիների ետնից դեգերելու ժամանակ:

Սալոմեն վերադարձավ յուր բնակարանը:

ԳՐԲԱՑ ՍԱԼՈՄԵՆ

Մեզ ծանոթ Սալոմեի արտաքին կերպարանքը հակակրական չէր, ինչպես այդ հատուկ է այս քաղաքի պառավներից շատերին: Նա կարճահասակ էր, կլորիկ և քաղցր երեսով, միշտ ժպտող բերանով: Նրա աչքերը թեպետ պառավությունից կկոցված, բայց դեռ պահել էին իրենց մեջ վաղեմի գեղեցկության հետքերը, խորշոմները դեռ բոլորովին չէին գրավել նրա այտերը, որոնց վրա միշտ փայլում էր մի գունատ կարմրություն:

Նրա հայացքը երբեմն քաղցր էր և պարզ, և երբեմն սուր և խորհրդավոր: Սալոմեն թեպետ սիրում էր շատախոսել, բայց նա յուր գաղտնիքներից ոչինչ չէր հայտնում յուր մերձավորներին, իսկ գաղտնիքներ նա շատ ուներ: Եվ այդ գաղտնիքների սկիզբը դրվեցավ այն օրից, երբ յուր հանգուցյալ ամուսին դերձակ Սանդրոն գինու տկճուրը մի ձեռքում և խորովածի շամփուրը մյուսում քարափից ներքև գլորվեցավ և խեղդվեցավ Քռի մեջ: Հանգուցյալի համփոններն ասում էին, որ իբր

Սանդրոն հարբած լինելով զինու տկճուրը և խորովածը ձեռքին կամեցել է պարել քարափի ծայրին, բայց չկարողանալով պահել իրան, սահել է և գինու ու խորովածի հետ միասին գլորվել Քռի մեջ: Իսկ Սալոմեն, իհարկե, չէր հավատում Սանդրոյի համփսոնների պատմության, որովհետև յուր ամուսնու խեղդված գիշերը սուրբ Ծիրանավորը երեվացել էր նրան և ասել էր, թե Սանդրոյին ինքն է տարել իր մոտ, որ սուրբերի համար շորեր կարի: Իսկ դրա փոխարեն սուրբ Ծիրանավորը տվել էր Սալոմեին մարգարեության շնորհք, որով նա կարող էր բոլոր երիտասարդների և աղջկերանց գաղտնիքները հասկանալ, նրանց ապագան գուշակել, աստծու բարկությունը մարդիկներից հեռացնել և այլն, և այլն:

Հարկ չկա ասել, որ Սանդրոյի մահից հետո, Սալոմեն քաղցից կմեռներ, եթե սուրբ Ծիրանավորը նրան մարգարեության այդ շնորհքը չտար:

Եվ այսպես, տասը տարի առաջ Հավլաբարում «դերձակ Սանդրոյի կին» անունով հայտնի Սալոմեն մի գեղեցիկ օր երևեցավ մեզ հայտնի թաղում «գրբաց Սալոմե» անունով և ամսական երկու ռուբլիով վարձեց ա՞յն տունը, որի մեջ մինչև այսօր էլ ապրում է նա:

Հետզհետե նրա մոտ սկսավ հաճախել իրենց ապագայի հետ ծանոթանալ ցանկացող կանայք և աղջիկներ: Սալոմեն շատ ճշտությամբ գուշակում էր նրանց սրտի ցանկությունները, ցավերը, հոգեկան վշտերը և զարմանալի մարգարեություններ էր անում նրանց ապագայի համար, որոնք միշտ կատարվում էին:

Այսպես, օրինակ, մի մանկամարդ կին հայտնում էր նրան, որ ինքը սիրում է այսինչ երիտասարդին, բայց ամաչում է յուր սերը հայտնել նրան, ուստի խնդրում էր Սալոմեին, որ փալին նայե ու տեսնե, արդյոք հույս կա՞, որ այդ երիտասարդն էլ իրեն սիրե:

Սալոմեն իսկույն շարում էր յուր թղթերը զանազան ուղղությամբ, երկար նայում էր նրանց վրա, ապա զատում էր նրանցից մի քանիսը, կրկին խառնում էր, կրկին շարում, և հետո սկսում էր յուր գուշակությունները: — «Այդ երիտասարդը երեք օրից հետո առանձին քեզ նամակ կգրե, կհայտնե քեզ յուր սերը, մի տեղ կնշանակե, ուր դուք իրար հետ կտեսնվիք և ապա կսկսեք ձեր բարեկամությունը...»: Եվ իրավ, երեք օրից հետո մանկամարդ կինը ստանում էր յուր սիրած երիտասարդից առանձին նամակ, նրանք տեսնվում էին իրար հետ և սկսում էին իրենց երջանիկ բարեկամությունը...

Ի՞նչպես էր պատահում այդ. հրաշքո՞վ, — ո՛չ. ամենապարզ եղանակով: Սալոմեն մանկամարդ տիկնոջ գաղտնիքն իմանալուց հետո անձամբ տեսնվում էր երիտասարդի հետ, հայտնում էր նրան տիկնոջ խոսածները և գործը կարգադրում էր այնպես, ինչպես ինքն էր գուշակել: Հարկ չկա ասելու, որ երիտասարդն էլ իր կողմից մեծ հաճությամբ կատարում էր Սալոմեի պատվերը թե՛ նրա գուշակությունը սուտ չհանելու և թե յուր բախտը լիովին վայելելու համար: Իսկ Սալոմեն պարզ է, որ երկու կողմից էլ առատ վարձատրություն էր ստանում:

Այսպիսի հրաշագործություններով քիչ ժամանակի մեջ նա այնպիսի հռչակ ստացավ, որ քաղաքի ամեն անկյուններից կանայք, աղջիկներ և նախապաշարյալ մարդիկ բազմությամբ դիմում էին նրա մոտ իրենց ցավերին դեղ ու դարման անելու համար: Իսկ ավելի բարձր ընտանիքները նրան պատվով հրավիրում էին իրենց տունը, և ամենայն տեղ էլ առատ վարձատրությամբ վարձատրում նրան:

Նախապաշարմունքը, կախարդության և հմայության հավատալը՝ միայն աղքատ և տգետ կանանց բաժինը չէ. մեր մեջ այդ ախտով տոոգորված են նույնիսկ զարգացածները, դպրոցներ և վարժարաններ ավարտած կանայք, արիստոկրատ տիկնայք և մեծանուն օրիորդներ: Փիլիսոփայական խորհրդածություններ կարդացող և հասկացող աղջիկը նույնչափ հավատով և հաճությամբ է նայում գրքացությանը, հմայական հռութներին և նոր կախարդական խաբեություններին, որչափ հավլաբարցի մի տգետ կալատոզի աղջիկը: Պարզ է, ուրեմն, որ Սալոմեի նման մի խաբեբա պառավը մեծ ժողովրդականություն պիտի վաստակեր այս քաղաքի մեջ. Բայց — այդ դեռ բոլորը չէ:

Սալոմեն յուր այդ արհեստի շնորհիվ հետզհետե ծանոթանալով քաղաքի ամեն անկյունների հետ, յուր համար մի այլ եկամտի աղբյուր էլ հնարեց, այն է — գտնել հարուստ և շռայլող երիտասարդների համար զվարճության նորանոր առարկաներ, այսինքն՝ բարեկամուհիներ, տարփածուներ... Նա այնքան հնարագետ և ճարպիկ էր, որ այդ տեսակ գործերից ամենադժվարին անգամ աներկյուղ ձեռնարկում էր և հաջողությամբ գլուխ հանում: Յուր արհեստը այդ բանում օգնում էր նրան: Ծանոթ լինելով ամեն տեսակ ընտանիքների հետ, նա յուր առաջ փակ դուռ չուներ: Նա թափանցում էր անմատչելի զաղտնարանները, մտնում էր սկեսրարներով և տագրներով շրջապատված հարսի առանձնարանը, խոսակցում էր հոր բռնության տակ ապրող աղջկա հետ, հիմարացնում էր հարուստ և աղքատ, բայց միշտ գեղեցիկ այրիներին, խաբում էր չքավոր մայրերին և հրապուրում թեթևսոլիկ աղջիկներին...

Ահա այսպիսի մի ծառայության համար էլ նա ծանոթացավ քաղաքի մի շատ հարուստ մարդու, այն է՝ Աղաբաբ Փուլշատյանի որդու՝ Սամվելի հետ: Վերջինս մի քանի դեպքերում տեսնելով Սալոմեի արտաքո կարգի խորամանկությունը և ճարպկությունը — յուր սիրած գործերում, ընտրեց նրան յուր համար մշտական զվարճությանց մատակարար ամսական որոշ թոշակ կապելով նրա համար: Այսպիսով Սալոմեն պարտավոր էր քաղաքի մեջ լույս ընկնող ամեն մի գեղեցկուհու մասին տեղեկություններ տալ երիտասարդ Փուլշատյանին, թե արդյոք ո՞վ և ո՞ր տեղացի է այդ գեղեցկուհին, ի՞նչ պաշտպաններ ունի, ինչո՞վ կարելի է նրան ձեռք բերել — ոսկո՞վ, թե ուրիշ միջոցներով, և այս ամենը ստուգելուց հետո ծանոթացնել և բարեկամացնել նրան Սամվելի հետ...

Գրքացությունը և. զանազան հմայությունները, որոնք մինչև այն Սալոմեի համար միակ ապրուստի միջոցնեին էին, այժմ ծառայում էին նրան իբր մի ուռկան, որի մեջ անխտիր բռնվում էին թե՛ խեղճ ծնողաց աղջիկները, թե՛ անպաշտպան որբուկները և թե՛, նույնիսկ, և՛ հարստություն, և՛ պաշտպանություն վայելող գեղանիները: Հարկ չկա ասել, որ զվարճասեր Փուլշատյանն այս բավականության համար ոչինչ չէր խնայում այն մեծ հարստությունից, որը դիզել էր յուր հայրը ճակատի քրտինքով, ինչպես նա միշտ սովոր էր ասել: Եվ Սալոմեն յուր սկսած գործերի մեջ երևան եկող դժվարություններն և արգելքները հաղթելու համար ամեն միջոց առձեռն ուներ, որովհետև յուր երիտասարդ պարոնի մոտ վայելում էր անսահման վարկ և հավատարմություն:

Զվարճության մի «առարկան» ձեռք բերելուց ետ, խորամանկ պառավը իսկույն նեթ սկսում էր որոնել մի ուրիշը, որովհետև այնպես էր հրամայված յուր երիտասարդ պարոնից, որը շատ սիրում էր փոփոխությունները... Իսկ այդ «ուրիշը» գրավելուց հետո նա պարտավոր էր հետամուտ լինել «երրորդին» և այսպես շարունակ:

Նախընթաց գլխում Սալոմեի մոտ գիշերով այցելող երիտասարդի հանձնարարությունը նույնպես վերաբերում էր՝ այս «ուրիշներից» կամ «երրորդներից» մինին:

ՏԻԿԻՆ ԲԵՐՆԱՐԻ ԿԱՐԱՆՈՑՈՒՄ

Այն խանութները, որոնց մեջ զետեղված էր տիկին Բերնարի կարանոցը, բաղկացած էին մի քանի մասերից: Առաջին բաժանման մեջ, որը նայում էր մեծ փողոցի վրա, բանում էին նրա կարողուհիները, իսկ նրա ետքի սենյակներում բնակվում էր ինքը՝ տիկին Բերնարը և յուր գիշերօթիկ բանողները:

Չնայելով, որ դեռ առավոտյան ժամը յոթն էր, Բերնարի կարանոցում արդեն աշխատանքները սկսված էին: Մոտ քսաննհինգ աղջիկներ, ոմանք խմբակներով, ոմանք երկ-երկու և այլք առանձին-առանձին նստած, գլխակոր և անխոս կարում էին: Նրանց մեջ լուռ և մունջ անցուդարձ էր անում ինքը՝ տիկին Բերնարը: Սա մի հաստլիկ, միջահասակ և համակրական դեմքով կնիկ էր: Թեպետ տեսնողը նրան հազիվ քառասուն տարեկան կկարծեր, բայց, իրոք, հիսունից անց էր: Տիկին Բերնարի անցյալի մասին շատ քչերը միայն տեղեկություններ ունեին, և այդ քչերը պատկանում էին վաթսունական թվականների այն երիտասարդական խմբին, որ յուր կյանքի ամենաթանկ րոպեներն անցուցել է Օրթաճալայի այգիներում, անուշ գինիների և գեղեցիկ աղջիկների ընկերակցությամբ: Պատմում են, որ տիկին Բերնարն այդ միջոցներում արտասահմանից դեռ նոր էր եկել Կովկաս: Նա նշանավոր էր յուր գեղեցկությամբ, այդ պատճառով էլ իսկույն գնահատվեցավ զարգացած ճաշակ ունեցող երիտասարդությունից: Այդ ժամանակ ամենակատարյալ քեֆերը սարքվում էին միայն տիկին Բերնարի համար, ամենագեղեցիկ երգերը երգվում էին նրա ներկայությամբ և ամենաթանկագին գինիներով խմում էին նրա կենացը:

Ինչպես պատմում են՝ լոգարանը (ванна) շամպանիայով լցնելը, նրա մեջ լողանալը և յուր մարմինը լվացած շամպանիայով երկրպագուներին արբեցնելը առաջին անգամ Կովկաս մտցրեց տիկին Բերնարը: Քեֆերի ժամանակ նրա երկրպագուներից շատերը բաժակի փոխարեն նրա ոտնամաններով էին գինի խմում: Նա ինքը մի օր գրել է Նիցցայում ապրող յուր մի բարեկամուհուն հետևյալը.

— «Իզուր են կարծում, թե Կովկասում վայրենիներ են ապրում: Թիֆլիսը ճաշակի զարգացման կողմից ոչնչով ետ չի մնում եվրոպական նշանավոր քաղաքներից: Չի պիտի զարմանաք եթե ասեմ, թե այստեղի ապրել գիտցող երիտասարդությունը տասը տարվա ընթացքում ինձ համար զոհել է հինգ միլիոն ֆրանկից ավելի: Եվ թեպետ այդ բոլորը գործադրվել է միմիայն մեր բարեկամական շրջանի կյանքը մասամբ քաղցրացնելու համար, այսուամենայնիվ հենց այդ բարեկամաց շնորհիվ ես այսօր մի ապահովված դրություն ունիմ...»:

Այո՛, տիկին Բերնարը մի օր Թիֆլիսի երիտասարդության աստվածուհին էր. բայց չէ՞ որ քսաննհինգ տարին մի շատ երկար ժամանակ է: Իսկ ժամանակը, որ կոթողները մաշում է և կամարները կործանում, պետք է յուր դրոշմը դներ տիկին Բերնարի գեղեցիկ դեմքին և խորշոմներով ծածկեր նրան... Այդ շատ անախորժ բան է, բայց ո՞վ կարող է կռվել բնության հետ. դարձյալ խելոքը նա է, որ հարմարվում է ժամանակի հետ:

Ահա՝ թե ինչո՞ւ այսօր տիկին Բերնարը կարանոց էր պահում և այժմ էլ այդ ճանապարհով է փող վաստակում:

Դառնանք այժմ մեր պատմության:

Տիկին Բերնարը շարունակում էր յուր լուռ անցուդարձը կարանոցի մեջ. երբեմն-երբեմն էլ խոնարհվելով դեպի այս ու այն կարողը դիտում էր նրա գործը և զանազան նկատողություններ անում: Կարողուհիներից ոչ ոք գրեթե ոչինչ չէր խոսում, բացի այն ժամանակ, երբ հարկավոր էր մի բան հարցնել տիկնոջից:

Այս միջոցին Բերնարի աղախինը մտավ կարանոցը և. հայտնեց տիկնոջը, որ մի հայ կին ուզում է իրեն տեսնել: Տիկին Բերնարը դուրս գնաց: Կարողուհիներն սկսան իրենց խոսք ու զրույցը:

Մի րոպեի մեջ կարանոցը նմանվեցավ դպրոցի այն դասատուններից մեկին, որի վարժապետը բացակա է:

Ամեն անկյունից այժմ լսվում էին հարց ու պատասխաններ, ծիծաղ, քրքիջ և երբեմն էլ կանացի փոքրիկ հայհոյանքներ, անեծքներ:

Կարանոցի աջ անկյունի մոտ գտնվող մեծ պատուհանի առաջ դարձյալ միասին նստած էին մեր նախածանոթ երեք կարողուհիները՝ Ելենան, Նինոն և Շուշանը և փոքրիկ զրուցատրությամբ կարում էին իրենց գործը: Նրանց խոսակցության առարկան դարձյալ երեկվա գեղեցիկ երիտասարդն էր:

— Լավ, Ելենա, եթե այն տղի աչքը քեզ վրա չէր, ինչո՞ւ համար մեր ետքից մտավ այստեղ և շապիկներ պատվիրեց, — կամացուկ խոսում էր Շուշանը:

— Զարմանալի բան ես հարցնում, այդ մարդուն շապիկներ էին հարկավոր և եկավ պատվիրեց, ինչո՞ւ անպատճառ իմ պատճառով պիտի լիներ: Եվ վերջապես մի՞թե ես միայնակ եմ այստեղ և ուրիշ աղջիկներ չկա՞ն, որ նրանց պատճառով լիներ:

— Ուրիշ աղջիկներ էլ կան, բայց տեսա՞ր, որ նա միայն քեզ մոտեցավ և քեզ հետ խոսեց:

— Ձեզ հետ էլ խոսեց:

— Ո՞չ, մեզ հետ միայն քո պատճառով խոսեց:

— Դուք էլի՞ սկսեցիք վիճել, — մեջ մտավ Նինոն:

— Ի՞նչ անեմ, չե՞ս տեսնում, Շուշանը ուզում է անպատճառ հաստատել, որ այդ երիտասարդն ինձ ուզում է, — կես բարկությամբ հարեց Ելենան, — չեմ իմանում ի՞նչն է ստիպում նրան միշտ այդ առարկայի վերա խոսել:

— Է՛հ, լավ, Ելենա, ճշմարիտն ասա, եթե այդ տղան քեզ ուզելու լինի, չե՞ս գնալ, — հարցրեց Նինոն:

Ելենան ոչինչ չպատասխանեց:

— Քեզ հետ չե՞մ, ինչու՞ չես պատասխանում, — կրկին խոսեց Նինոն և կարը թողնելով սևեռեց աչքերը Ելենայի վրա:

— Իմ գլխի տերը ես չեմ, որ գնամ կամ չգնամ, այդ իմ ծնողների գործն է, — պատասխանեց նա:

— Իսկ եթե նրանք համաձայնվելու լինեն, կերթա՞ս:

— Ինչո՞ւ չէ, — կամացուկ պատասխանեց Ելենան և ժպտաց:

— Ա՛, ուրեմն դու սկսել ես նրան սիրել:

— Այնպես երիտասարդին ո՞վ չի սիրիլ, — նկատեց Շուշանը:

— Ճշմարի՞տ չէ. սկսել ես սիրել, — կրկին հարցրեց Նինոն:

— Այո՛, այո՛, սկսել եմ սիրել, — իբր թե բարկացած պատասխանեց Ելենան, բայց նրա հանկարծակի շառագունիլը հայտնի ապացուցանում էր, որ օրիորդն անտարբեր չէր դեպի գեղեցիկ երիտասարդը:

Համեստությունը, որ այնքան զորեղ կերպով կապանքներ է դնում

պարկեշտ աղջկա բերանին, միշտ անզոր է գտնվել նրա սիրտը շղթայելու համար: Իզուր միամիտ խնամակալները սրտի անմեղությունը չափում են նրա բերանի լռությամբ: Այդ լռությունը շատ անգամ ավելի է խոսում, քան լեզուն, որ նրան հնազանդվում է. միայն ցավալին այն է, որ շատ քչերն են ըմբռնում լռության խոսքը: Ելենան, չնայելով յուր լռակեցությանը, ճշմարիտ, որ սկսել էր սիրել գեղեցիկ երիտասարդին: Առաջին անգամից իսկ, երբ այգու մեջ նրա հայացքը հանդիպեցավ երիտասարդի հայացքին և նրանից հեռացավ, մի անծանոթ անհանգստություն պղտորեց նրա սիրտը, ի՞նչ զգացում էր այդ, նա չգիտեր, բայց կցանկանար, որ այդ հայացքը կրկին պատահեր իրեն, միայն այնպես, որ ուրիշները չնկատեին, որ նույնիսկ երիտասարդն այդ չիմանար: Հենց այդ րոպեից սկսած նա անուշադիր էր յուր ընկերուհիների խոսակցության, և միայն այն ժամանակն էր մտադրությամբ լսում նրանց, երբ խոսքը դառնում էր գեղեցիկ երիտասարդի վրա:

Երեկ իսկ, երբ նա մտավ կարանոցը շապիկներ պատվիրելու համար, և մոտեցավ իրեն հետ խոսելու, Ելենան սաստիկ շառագունեցավ, նրա սիրտն սկսեց անհանգստությամբ տրոփել. այդ բանը նկատեցին յուր ընկերուհիները և սկսան ծիծաղել, նրանք այդ վերագրում էին միայն նրա ամոթխածությանը, որը միշտ ծաղրում էին: Իսկ այս գիշեր նա մինչև անգամ շատ անհանգիստ քնեց, յուր երազներում հաճախ տեսնում էր գեղեցիկ երիտասարդին և փախչում էր նրանից: Անմեղ սիրտը սկսել էր խաղալիք դառնալ սիրո անդրանիկ հարվածին...

Այն միջոցին, երբ երեք ընկերուհիներն իրենց ծանոթ երիտասարդի մասին կամացուկ խոսելով էին զբաղված, կարանոցի ետքը առանձնարանումն էլ մի ուրիշ խոսակցություն էր շարունակվում տիկին Բերնարի և զրբաց Սալոմեի մեջ: Թե ինչ էր, իսկապես, դրանց խոսակցության առարկան, հայտնի չէր, միայն թե նրանց հետևյալ խոսքերից կա՛րելի էր եզրակացնել, որ մի ինչ-որ խորհրդավոր առևտուր պիտի լիներ նա:

— Հավատացնում եմ ձեզ, որ չեմ կարող, — համոզում էր տիկին Բերնարը Սալոմեին, — ձեր առաջարկածը շատ չնչին գին է համեմատելով առարկայի մեծության և այն վտանգի հետ, որին ինքս ինձ ենթարկում եմ:

— Թե առարկան մեծ և արժանավոր է, դրան խոսք չունեմ, բայց պիտի իմանաք, որ մեր առաջարկած վարձատրությունն էլ պակաս գին չէ: Ես այդ գնով ավելի լավերն եմ ձեռք բերել: Իսկ ինչ վերաբերում է նրան, թե դուք վտանգի եք ենթարկվում մեր առաջարկությունն ընդունելով, դա բոլորովին ավելորդ երկյուղ է: Մենք խո այս բանի մասին միմյանց թուղթ չե՞նք տալիս: Ո՞վ կարող է ապացուցանել, որ այդ գործում դուք եք մեղավորը:

Այս միամտացնող խոսքերի վերա տիկին Բերնարը ժպտաց: Նա կարծես դրանով կամենում էր հասկացնել Սալոմեին թե՝ «քո կողմից ինձ խելք սովորեցնելն ավելորդ է. այս առաջին անգամը չէ, որ ես այդ տեսակ առնտուր եմ անում: Ուրեմն որքան էլ որ քիչ հասկացողություն ունենամ այդ ճանապարհների մասին, գոնե մի որևէ գրբաց Սալոմեից հետ չեմ մնալ»:

— Այսպես թե այնպես, մա՛յրիկ, ես ձեր առաջարկությունն ընդունել չեմ կարող, — վճռաբար խոսաց տիկին Բերնարը, — ես մի գին ասացի, վերջացրի: Կամենո՞ւմ եք, տվեք՝ չե՞ք կամենում, բարով եկիք. ես երկար խոսելու ժամանակ չունիմ:

— Լավ, ուրեմն թող կրկնապատիկը լինի, սրա դեմ հո խոսք չունի՞ք, — վստահությամբ հարցրավ Սալոմեն:

— Ձեզ ասացի, որ պակաս անկարելի է, ինչու համար իզուր տեղը ժամանակ եք վատնում: — Այս ասելով, իբրև թե բարկացած, վեր կացավ տիկին Բերնարը և ուղղվեցավ դեպի դուռը:

Երևում էր, որ էլ խոսելու տեղ չկար. Սալոմեն մնացել էր շվարած:

— Լավ, մի՛ գնաք, համաձայն եմ, — գոչեց նա տիկին Բերնարի ետևից և յուր ձեռքը պարզեց դեպի նրան ի նշան հաճության: Տիկին Բերնարն յուր կողմից սեղմեց նրան, և առնտուրը վերջացավ:

— Ուրեմն ի՞նչպես կանեք, որ էգուց երեկոյան ես տանեմ նրան, — հարցրավ Սալոմեն տիկին Բերնարին:

— Դուք գնացեք փողը բերեք, իսկ մնացածը թողեք ինձ կարգադրելու, — հակիրճ պատասխանեց տիկին Բերնարը և հեռացավ:

Սալոմեն ուրախությամբ դուրս գնաց:

— Աղջիկներ, ինչո՞վ եք զբաղվում, մի քանիսդ թողեցեք քիչ հարկավոր գործերը և սկսեցեք կարել երեկվա պատվիրած շապիկները, նրանք շատ հարկավոր են, ես խոստացա վաղը երեկոյան հանձնել տիրոջը: — Այս խոսքերով տիկին Բերնարը մտավ կարանոցը և մի քանի աղջկերանց ձեռքից իրենց կարերը վերցնելով, փոխարենը բաժանեց պարոն Փուլշատյանի պատվիրած շապիկներից մի-մի հատ:

Այս կարողների շարքում կային Եղենան և յուր երկու ընկերուհիները: Նրանք անընդհատ նայում էին միմյանց իրենց խորհրդավոր հայացքներով և ժպտում:

— Ուրախացի՛ր, Եղենա, էգուց պետք է գեղեցիկ երիտասարդին տեսնես, — կամացուկ շշնջաց Նինոն Եղենայի ականջում, տիկին Բերնարի ծանուցումը լսելուց ետ:

— Անշուշտ վաղը դու մեզ նրա հետ կծանոթացնես, այնպես չէ՞, դու արդեն նրա ծանոթն ես, — ավելացնում էր մյուս կողմից Շուշանը: Իսկ Եղենան, որ արտաքուստ բնավ չէր հաշտվում յուր ընկերուհիների կատակների հետ, ներքուստ մեծ հաճույք էր զգում սիրած երիտասարդի մասին այդքան արձակ խոսակցություններ լսելուն համար: Նա մինչև անգամ մի առանձին փութաջանությամբ սկսեց յուր կարը: Բայց տիկին Բերնարի նոր պատվերն անհանգստացնելու չափ հետաքրքրում էր նրան:

Ի՛նչ էր արդյոք պատճառը, որ նա շտապեցնում էր երիտասարդի գործը: Ելենան շատ լավ հիշում էր, որ երեկ տիկին Բերնարը նրան ոչինչ խոստում չէր արել շապիկները շուտ հանձնելու համար, և եթե արած էլ լիներ, ինչո՞ւ առավոտվանից չտվավ նա այդ պատվերը կարողներին: Եվ վերջապես ո՞վ էր այն կինը, որ նրան կանչեց, ի՞նչ էր խոսում նա նրա հետ, այդ մանավանդ շատ հետաքրքրում էր իրեն, որովհետև նրա խոսածների և տիկին Բերնարի նոր պատվերի մեջ նա մի կապ էր նշմարում, բայց ճշմարտության հասու լինել չէր կարողանում:

Մինչև այն, տիկին Բերնարի մոտ շատ կանայք էին եկել, և տիկին Բերնարը շատ նոր պատվերներ էր տվել յուր կարողներին, բայց այդ դեպքերից և ոչ մեկն իրեն չէին հետաքրքրել: Իսկ այսօր ... այսօր նա ամեն ելումուտ հետաքրքրությամբ դիտում է, բոլոր խոսակցությունները լսում է, բոլոր ակնարկները զննում է: Մի գաղտնի նախազգացմունք անհանգստացնում է նրան, նա սպասում է մի ինչ-որ նորության, որ անշուշտ իրեն պիտի վերաբերեր... և այդ նորությունը, որի ինչ լինելն ինքը չգիտեր, մերթ ուրախացնում և մերթ սարսափեցնում էր նրան:

ԱՆՄԵՂՈՒԹՅՈՒՆԸ ՎԱՃԱՌՎՈՒՄ Է

Բարոյախոսները թանկագին հարստություն են համարում «վարկը» և «պատիվը», և նրանց անարատ պահելու համար քարոզներ են կարդում մեր գլխին: Բայց մարդկությունն ավելի շնորհապարտ կլիներ նրանց, եթե այդ հարստությունը պաշտպանելու համար, դրանք կարողանային զենքեր հնարել և մեր ձեռքը տալ: «Քարոզները» շատ թույլ միջոցներ են «պատվի» սեփականությունը պաշտպանելու համար, մանավանդ, որ նրանք շատ անգամ ծառայում են իբր զենք հենց ա՛յն մարդկանց ձեռքում, որոնք «վարկի» և «պատվի» գողությամբ են ապրում: Նյութական հարստություն պաշտպանելու գործն ավելի դյուրին է, քան բարոյական հարստության: Առաջինի համար բավական են երկու զորեղ բազուկներ և մի փայլուն սուր, նյութական հարստությունը մեր տան մեջ, մեր առջևն է, հափշտակողին մի հարված, և դատաստանը վերջացած է: Իսկ բարոյական հարստությունը ... ավա՛ղ նա մեր ձեռքում չէ, նա գտնվում է հասարակաց կարծիքի հրապարակի վրա: Շատ անգամ ճարպիկ սրիկաներ գողանում են նրան առանց մեր գիտության, և հենց այն րոպեին, երբ մենք պաշտպանում ենք նրան կարծելով, թե նա մեր ձեռքում, մեր գրկումն է, նա հրապարակի վրա վաճառքի է հանվում...

Հասարակաց կարծիքը չէ որոնում ավազակներին, չէ պատժում մեր բարոյական հարստությունը գաղտագողի հափշտակողներին. նա միայն մի բան գիտե, նա դատավոր է նստում մեր գլխին և դատապարտում է մեզ, որ մենք մեր «վարկը» և «պատիվը» կորցրինք... Իսկ ճշմարտությո՞ւնը . Օ՜հ նա ամենից երկչոտ արարածն է: Նա տեսնում է, թե ինչպես խորամանկները մեր շփոթությունը նկատելով անկյուններում ծիծաղում են, խեղկատակներն անխղճաբար ծաղրում են մեզ և ամբոխը քարեր է շպրտում մեզ վրա, նա տեսնում է այս ամենը, նա գիտե, որ մենք արդար ենք և դարձյալ երկյուղից կծկվում է յուր գաղտնարանում, և լույս աշխարհ գալիս միայն այն ժամանակ, երբ մենք արդեն ամբոխի կատաղի հարվածներից անշնչացած՝ գլորված ենք գետնի վրա...

Ի՞նչ դարման ունին արդյոք բարոյագետներն այս ցավալի դրության համար, իհարկե ոչինչ ...

Մութը կոխել էր, կրպակներում հետզհետե վառվում էին կանթեղները և գնալով փողոցների մեջ անցուդարձը կենդանանում էր: Բերնարի կարանոցը միայն բացառություն էր կազմում լուսավորված խանութների շարքի մեջ: Նրա դռները պինդ-պինդ կողպվում էին, որովհետև օրվան այդ ժամանակը այդտեղ դադարում էին աշխատանքները: Երթևեկ բանվորուհիներն արդեն ցրվել էին իրենց բնակարանները, և տիկին Բերնարի մոտ մնում էին նրա սակավաթիվ գիշերօթիկները, որոնք մի մեծ սենյակի մեջ հավաքված շաղակրատում էին, կատակներ էին անում և ծիծաղում էին: Ելենան նրանց մեջ չէր. այդ ժամանակ նա գտնվում էր տիկին Բերնարի առանձնասենյակում:

— Դու ասում ես պատրա՞ստ է արդեն այն պարոնի շապիկները, — հարցնում էր Ելենային տիկինը, անցուդարձ անելով սենյակի մեջ:

— Այո՛, ես ինքս իմ ձեռքով դարսեցի նրանց կողովի. նա բոլորովին պատրաստ է, կարող եք ուղարկել:

— Շատ լավ, շատ լավ, — մեքենայաբար կրկնեց տիկինը և մի քանի անգամ անց ու դարձ անելուց ետ եկավ նստեց փափուկ բազկաթոռի վրա:

— Արի նստի՞ր ինձ մոտ, Ելենա, քեզ հետ գաղտնի խոսելիք ունիմ, — ասաց նա և մի աթոռ քաշեց իրեն մոտ:

Ելենան ծանր և կարծես ակամա քայլերով մոտեցավ տիկնոջը և նստեց նրա կողքին:

— Դու տեսա՞ր երեկվա երիտասարդին, Ելենա ,-հարցրեց տիկինը:

— Ի՞նչ երիտասարդ:

— Ա՛յն, որ մեզ շապիկներ պատվիրեց:

— Այո՛... ի՞նչ կա:

— Դու նրան հավանո՞ւմ ես:

— Ի՞նչպես թե հավանում եմ, տիկին, ես ձեզ չեմ հասկանում, — հարցրեց Ելենան շառագունելով:

— Այնպես' էլի, չե՞ս հասկանում, ուզում եմ ասել, հավանո՞ւմ ես նրա գեղեցկությանը, նրա շնորհքին, նրա...

— Ա՜խ, տիկին, թողեք խնդրեմ. այդ ի՞նչ հարցեր են, — դժգոհությամբ ընդհատեց նրան Ելենան և կամենում էր տեղից վեր կենալ:

— Սպասի՞ր, ո՞ւր ես գնում, ես քեզ հետ կատակի համար չեմ խոսում, այլ կարևոր գործի և քո օգտի համար, — նկատեց նրան տիկինը և ձեռքից բռնելով նստեցրեց յուր տեղը:

— Այդ երիտասարդը, — շարունակեց տիկին Բերնարը, — մի շատ պատվական երիտասարդ է. խելոք, ուսումնական և շատ հարուստ: Նա յուր բարեկամուհու ձեռքով հայտնել է, որ քեզ հետ ուզում է ամուսնանալ, ուստի ամենից առաջ ցանկանում է, որ քեզ կրկին տեսնե:

— Այդ բանի համար, տիկին, դուք իմ ծնողաց հետ պիտի խոսեք և ոչ ինձ հետ:

— Շատ լավ ես ասում, Ելենա, բայց քո ծնողներդ գավառացի մարդիկ են, նրանց չէ կարելի համոզել, որ քեզ թողնեն գնալ երիտասարդի մոտ, որ նա քեզ տեսնե, դու ավելի շուտ մեզ կհասկանաս:

— Ինչպե՞ս թե գնալ երիտասարդի մոտ:

— Հապա նա իր տանն է ուզում քեզ տեսնել. նա մեծ մարդու որդի է, խո քո ոտքդ չի՞ գալու:

— Ներեցեք, տիկին, ոչ ե՜ս կպահանջեմ, որ նա իմ ոտքը գա, և ոչ էլ ես կերթամ նրա մոտ. խնդրում եմ, թողեցեք ինձ հետ այդ խոսակցությունը և եթե կամենում եք, տեսնվեցեք իմ ծնողաց հետ, այդպես բաների վրա խոսել իմ գործը չէ:

— Լսի՜ր, Ելենա , ես քեզ ափսոսում եմ. դու քո բախտիցդ մի զրկվիր. այսպես բան էլ քեզ հետ չի պատահիլ: Քո ծնողներին նայելով՝ քեզ հետ կամուսնանա շատ-շատ մի հյուսն կամ մի դարբին: Բայց սա քաղաքի ամենահարուստ մարդու որդին է. մոտ քսան և հինգ տեղ մեծամեծ տներ և հարյուրավոր խանութներ ունի, ապրում է իշխանի նման շքեղ պալատի մեջ. ման է գալիս սեփական կառետով, առջևը կանգնած ունի տասնյակ ծառաներ, աղախիններ և վերջապես քաղաքի առաջին մարդն է համարվում, նրա աչքը հարստության վրա չէ. քեզ տեսել է, հավանել է, և այժմ ուզում է ամուսնանալ քեզ հետ. մի՞թե հիմար չես լինիլ, որ մերժես նրա առաջարկությունը:

— Ես չեմ մերժում նրա առաջարկությունը, տիկին, ընդհակառակը, ես բախտավոր կլինեմ այդպես ամուսին ունենալով, բայց այդ առաջարկությունն ինքս ընդունել չեմ կարող. այդ պարոնը պետք է իմ ծնողացը հայտնե յուր կամքը:

— Աղջիկ, դու գժվել ես, կամ ինձ չես հասկանում: Նա խո այս

րոպեին քեզ հետ չի ամուսնանում, այլ ուզում է կրկին քեզ տեսնել, լավ տնտղել, այդ բանի համար չարժե, որ հայտնենք քո ծնողացը և նրանք էլ, ո՞վ գիտե, ի՞նչ հիմար պատասխան տան և գործը քանդվի: Այս երեկո լուռ ու մունջ կերթաս նրա մոտ (նա միայնակ մի առանձին տան է կենում), այնպես որ մեր աղջիկներից ոչ ոք ոչինչ չի իմանալ, մի կես ժամ քեզ կտեսնե, հետո կխոսա և էլի կվերադառնաս ինձ մոտ:

— Ի՞նչ եք խոսում, տիկին, ես վեր կենամ գնամ նրա մոտ, թե ի՞նչ է՝ «եկել եմ, ինձ տեսնե՞ս...»:

— Ո՛չ, ո՛չ ,հիմար չեմ. եթե ուղարկեմ, ես գիտեմ ի՛նչպես կուղարկեմ, դու քո համաձայնությունը տուր, մնացածը իմ գործն է:

Ելենայի հաստատամտությունը խախտվել էր: Յուր դեպի երիտասարդն ունեցած գաղտնի սերը, տիկնոջ խոսածների ազդեցությունը, հարուստ ամուսին ունենալու հույսը, բոլորը խառնվել միացել էին նրա մեջ. նա տարուբերվում էր հուսո և երկյուղի, ուրախության և անհանգստության մեջ, նա հակվում էր դեպի համաձայնվելու կողմը:

— Դիցուք թե համաձայնվում եմ, բայց ի՛նչ պատրվակով եմ գնում նրա մոտ և ո՞ւմ հետ:

— Պատրվա՞կը, ա՛յ, այս շապիկներն են: Ես նրանց կտամ իմ, մի բարեկամ կին ունեմ, Սալոմե անունով, նրա ձեռքը երկուսդ միասին կնստեք ծածկված կառքում, կեթաք այն պարոնի տունը: Եվ դու կասես իբրև թե շապիկները բերել եմ տիկին Բերնարի կողմից, որ հանձնեմ ձեզ: Այնուհետև երիտասարդը գուցե մի փոքր կուշացնի քեզ, թեյ, բան կառաջարկի, այդ կնոջ հետ միասին մի փոքր կնստեք, կխմեք և կրկին կվերադառնաք:

— Բայց այդ ի՛նչ կին է, որ ինձ հետ պիտի գա, — կարծես անվստահությամբ հարցրեց Ելենան:

— Օ՛, դա մի շատ բարի կին է. մի քանի տարի առաջ նա ինձ մոտ կար էր անում, այժմ խեղճի աչքերը լավ չեն տեսնում, բայց ես երբեմն-երբեմն նրան այդ տեսակ ծառայություններ եմ հանձնում և վարձատրում եմ: Այո՛, մի շա՞տ բարի կին է: Բայց դու մի ուշանար, գնա լվացվիր և մի փոքր ուղղիր հագուստներդ, — ավելացրեց տիկինը, — որքան էլ գեղեցիկ լինիս, դարձյալ լավ չէ, որ այդպես քծծված մազերով և ջարդված շորերով երևաս այն երիտասարդի մոտ. քո պակասությունն էլ իմ կարանոցին է վերաբերում:

Ելենան գնաց: Մի ներքին ուրախություն, որից դեռ չէր բաժանվում երկյուղի նման մի զգացմունք, լցրել էր նրա սիրտը: Նա պետք է տեսներ ա՛յն երիտասարդին, որին սիրում էր, որը իրեն ամուսնություն էր առաջարկում և որը գեղեցիկ ու հարուստ էր...

Եվ նա գնաց լվացվելու:

Այդ միջոցին ներս մտավ և Սալոմեն, որը մինչև այն պահված էր ետևի սենյակում:

— Հա՛, ամեն բան պատրաստ է, — խոսեց տիկին Բերնարը նրան տեսնելով, — բե՛ր մնացած փողը, որ մեր հաշիվները վերջացնենք:

Սալոմեն ուրախությամբ տարավ ձեռքը գրպանը և հանելով մի քանի ծալած թղթադրամներ, տվեց տիկնոջն ասելով՝ «Երեկ ես վճարեցի ձեզ 250 ռուբլին և ահա ինչպես պայմանավորված էինք, տալիս եմ ձեզ մյուս 250 ռուբլին»:

Տիկին Բերնարը համարեց փողերը և գրպանը դնելով գլխի թեթև շարժումով շնորհակալություն արեց Սալոմեին: Հետո նա պատմեց ինչ որ ինքը խոսացել էր Ելենայի հետ և պատվիրեց նրան, որ յուր խոսածների համաձայն վարվի և խոսա նրա հետ:

— Իսկ ինչ վերաբերում է Ելենայի երիտասարդի մոտ մնալուն, — ավելացրեց տիկինը, — նա կարող է մնալ այնտեղ այնքան ժամանակ, որքան ինքը կկամենա, նրա ծնողներին հարկ եղած պատասխանը ես ինքս կտամ:

Կես ժամից հետո Ելենան և Սալոմեն կարած շապիկներն իրենց հետ վերցրած, նստեցին մի ծածկված կառքի մեջ և ուղղվեցին դեպի Սամվել Փուլշատյանի առանձնարանը:

ՍՊԱՆԴԱՆՈՑ

Քաղաքի մի հետ ընկած մասում, բայց գեղեցիկ և մաքուր փողոցի վրա, գտնվում էր մի փոքրիկ երկհարկյան տուն, երեք կողմից շրջապատված պարսպապատ այգիով: Նրա դրացիները, որոնք գլխավորապես օտարազգիներ էին, գրեթե տեղեկություն չունեին, թե իսկապես ո՞ւմ էր պատկանում այդ շինությունը: Ցերեկով այդտեղ ոչ ոք չէր լինում, բացի մի ծառայից և աղախնուց, որոնք շատ հազիվ էին երևում փողոցի մեջ և դրացիներից ոչ ոքի հետ հարաբերություն կամ խոսակցություն չունեին: Գիշեր ժամանակ այդ տան բոլոր պատուհանները, որոնք նայում էին գեղեցիկ փողոցի վերա, փակվում էին տախտակյա փեղկերով, մինչդեռ դեպի այգին բացվողները միշտ լուսավորված էին լինում: Փողոցի վրա բացվող մուտքը նույնպես ցերեկով միշտ փակ էր, և երթևեկությունը կատարվում էր պարտեզի մի գաղտնի դռնով, որ բացվում էր նեղ և մութ փողոցի մեջ: Մերձակա դրացիների համար դա մի խորհրդավոր բնակարան էր: Շատ անգամ նրանք այդ տունը երթևեկողների մասին հարց ու փորձ էին անում այն կառապաններից, որոնք գիշերվա ժամերում կանգնած էին լինում տան գլխավոր մուտքի առաջ, բայց դրանք իրենք էլ չգիտեին, թե ո՞ւմն են բերել այստեղ և ո՞ւմ պիտի տանեն:

Այս տունը Սամվել Փուլշատյանի առանձնարանն էր, որի անունը քանիցս առիթ ունեցա հիշելու: Նրա գոյության մասին տեղեկություն չուներ մինչև անգամ յուր հայրը: Նա կառուցվել էր Սամվելի անվամբ և սեփական փողերով: (Չմոռանանք հիշել, որ երիտասարդը սեփական էր անվանում այն փողերը, որ նա ճարպկությամբ և հաշիվներ խարդախելով գողանում էր յուր հորից): Այս փոքրիկ տան մեջ ամեն բան նախատեսված և պատրաստված էր գեղեցիկ ճաշակով և այստեղ երիտասարդ Փուլշատյանն անցուցանում էր գիշերային ժամերի մեծ մասը՝ յուր գեղեցիկ սիրուհիների և երբեմն էլ քեֆ սիրող մտերիմների հետ:

Երեկոյան ժամը ութն էր և մութը տիրել էր ամեն կողմ: Սամվելը լուռ և մտախոհ ճեմում էր գեղեցիկ կահավորված ընդունարանում: Առաստաղից կախված թանկագին ջահը յուր հինգ փառավոր կանթեղներով աչք կուրացնելու չափ լուսավորում էր սենյակը: Ամեն կողմը փայլում էր հարստություն և ճոխություն: Իսկ երիտասարդ տանուտերը՝ յուր բարեկազմ հասակով, գեղեցիկ դեմքով և գանգրահեր ճակատով լրացնում էր այդ սենյակի զարդարանքը:

Բայց նրա քայլվածքն անհանգիստ էր: Նա անհամբերությամբ սպասում էր մեկին և ստեպ-ստեպ ժամացույցը հանելով նայում էր նրան: Փողոցի մեջ անցնող յուրաքանչյուր կառքի դղրդյունը նրա սիրտը թունդ էր հանում, նա ականջը կախում էր դեպի այդ ձայնը և հուսով սպասում, որ ահա՛ մի, կամ երկու րոպեից այդ կառքը կկանգնի յուր տան առաջ. բայց դղրդյունը շարունակվում էր, կառքն անցնում էր և նա հուսահատաբար կրկին առաջ էր շարժում յուր քայլերը: Վերջապես մյուս սենյակում պատի ժամացույցը զարկեց ութ և կեսը. Սամվելը չէր հավատում նրան, հանեց իսկույն և յուրը, նայեց, սխալ չկար: Նա համբերությունից դուրս եկավ և վազելով դեպի դուռը, հենց կամենում էր ծառային կանչել, և ահա գլխավոր դռան հնչակը ամուր-ամուր քաշեցին: «Նա է. եկավ...», — շշնջաց ինքն իրեն Սամվելը և գնաց նստեց թավշապատ բազկաթոռի վրա և ձեռքն առնելով օրվան լրագիրը սկսեց մեքենայաբար կարդալ նրան:

Մի քանի րոպեից հետո ընդունարանի դուռը բացվեցավ և ներս մտավ Սալոմեն:

— Միայնա՞կ ես, ի՞նչ է, ո՞ւր է Ելենան... — անհամբերությամբ վեր թռավ բազկաթոռից Սամվելը և այս խոսքերով դիմեց Սալոմեին:

— Միայնակ չեմ, նա այստեղ նախասենյակումն է, բայց ամաչում է գալ:

— Ի՞նչ հիմարություն, և դու թողել ես նրան այնտեղ միայնակ: — Այս ասելով Սամվելը դուրս թռավ նախասենյակ և տեսնելով Ելենային, որ կողովը ձեռքին կանգնած էր այստեղ, իսկույն բացականչեց՝ «Ա՜, բարյավ ձեզ, օրիորդ, ինչո՞ւ համար եք այդտեղ կանգնել, խնդրեմ ներս հրամայեցեք»:

Ելենան ոչինչ չպատասխանեց, բայց երիտասարդին տեսնելով սաստիկ շառագունեց:

— Դուք դարձյալ կանգնո՞ւմ եք. բայց ես խնդրում եմ ձեզ:

— Ներս գալու ոչինչ կարիք չկա, պարոն, ես տիկին Բերնարի կողմից բերի այս շապիկները ձեզ ցույց տալու համար. խնդրեմ նայեցեք և եթե մի որևէ պակասություն նշմարեք, ասացեք, որ ուղղենք: — Այս ասելով նա վայր դրավ ձեռքի կողովը պատուհանի վրա:

— Խնդրեմ ներս բերեք, ես այնտեղ կնայեմ, — ասաց Սամվելը և ակնարկելով Սալոմեին, ինքը ներս մտավ:

Սալոմեն վերցրեց կողովը և Ելենայի ձեռքից բռնելով, գրեթե զոռով, ներս քաշեց նրան դեպի երիտասարդի ընդունարանը:

— Ասացեք խնդրեմ, ինչ կա քաշվելու, մի քանի րոպե նստեցեք այստեղ, իսկ ես կնայեմ շապիկները, — այս խոսքերով նա աթոռ առաջարկեց Ելենային: Նրանք նստեցին:

Մի քանի վայրկյան Սամվելը տնտղեց շապիկները. նայեց աջ, ձախ և ապա «շատ լավ է, շատ գեղեցիկ է» ասելով, կանչեց աղախնին և հանձնեց նրան, միևնույն ժամանակ պատվիրելով թեյ բերել հյուրերի համար:

Իսկույն հայտնվեցավ գեղեցիկ և մաքուր հագնված ծառան և արծաթյա ափսեով թեյ առաջարկեց յուր տիրոջը և նրա հյուրերին, թեյի հետ էլ բերելով կաթ և շաքարահաց:

Ելենան դժվարանում էր մինչև անգամ այդ հասարակ հյուրասիրությունն ընդունելու, բայց Սամվելն այնքան շատ ստիպեց նրան, որ նա հակառակել չկարողացավ:

— Այժմ մենք կարող ենք գնալ, — ցած ձայնով շշնջաց Սալոմեի ականջում Ելենան յուր բաժակը դատարկելուց հետո և վեր կացավ աթոռից:

— Ո՛չ, դեռ ձեզ հետ մի փոքր խոսելիք ունիմ, օրիորդ, մի շտապեք, — նկատեց Սամվելը նույնպես տեղից բարձրանալով:

— Հրամայեցեք, ես լսում եմ, — համեստությամբ պատասխանեց Ելենան:

— Ես առանձին պետք է խոսեմ ձեզ հետ:

— Ուրեմն ես դրսումը կսպասեմ, — ասաց Սալոմեն և արագ դուրս գնաց սենյակից:

— Սպասի՛ր, ո՞ւր ես գնում — բացականչեց Ելենան Սալոմեի ետևից և պատրաստվեցավ ինքը ևս դուրս գնալու:

— Դուք ո՞ւր եք գնում, օրիորդ, սպասեցեք, ես ձեզ հետ շատ կարևոր խոսելիք ունեմ, — այս ասելով բռնեց երիտասարդը Ելենայի ձեռքից և զոռով նստեցրեց թավշապատ դիվանի վրա:

— Ասացեք խնդրեմ, ինչ որ կամենում եք. ես շատ ուշանալ չեմ կարող, տիկին Բերնարն ինձ սպասում է:

— Ես ձեզ չեմ ուշացնիլ. բնավ մի անհանգստանաք,— միամտացրեց նրան Սամվելը և սկսավ յուր «կարևոր խոսելիքը»:

Ի՞նչ էր իսկապես նրա «կարևոր խոսելիքը», ես այդ մի առ մի չեմ կրկնիլ այստեղ՝ ձեզ չձանձրացնելու համար: Այսքանը միայն կասեմ, որ դա շատ նման էր ա՛յն սիրալիր և սրտառուչ խոսակցության, որ տեղի է ունենում առաջին անգամ միայնության մեջ միմյանց պատահած երկու սիրող սրտերի, երկու միմյանց անկեղծաբար պաշտող հոգիների մեջ:

Սամվելը գեղեցիկ խոսելու ձիրք ուներ, նա գիտեր գրավել, գիտեր հրապուրել: Նույնիսկ յուր մարմնական գեղեցկությունն օգնում էր նրան այդ բանում: Նա ճանաչում էր յուր ուժը, ճանաչում էր և գեղեցիկ սեռի թուլությունը:

Եվ ահա բոլոր այդ զենքերով նա զինվել էր մի տկար և անմեղ աղջկա դեմ, մի աղջկա, որ լռիկ, յուր սրտում, սիրում էր նրան:

Կկամենա՞ք լսել մի քանի կտոր երիտասարդի խոսակցությունից, ահա՛ նրանք՝ «Օ՛, եթե գիտենաս, Ելենա, թե ինչպես սիրում ու պաշտում եմ քեզ... այն օրից, որ առաջին անգամ քեզ այգիում տեսի, ես այլևս հանգստություն չունեի, ես խելագարի նման թափառում էի փողոցներում, ամեն տեղ պտրում էի քեզ, ամեն տեղ որոնում էի քո հետքերը, քո քաղցր հայացքը, քո անուշ ձայնը... Առանց քեզ ես չեմ կամենում ապրել, առանց քեզ աշխարհը ինձ համար մութն է և կյանքը տանջանք... և եթե դու այսօր եկած չլինեիր ինձ մոտ, ես ուղղակի դեպի Քուռը կվազեի և պիտի խեղդեի ինձ նրա մեջ.,.»:

Այս և սրա նման գողտրիկ խոսքեր անընդհատ շռայլում էր նա յուր սիրուհու առաջ: Ելենան, որ յուր ամբողջ կյանքում այսպիսի քնքուշ խոսքեր լսած չուներ, զմայլած նայում էր նրան, նա հափշտակվել էր, և բնավ չէր հիշում ոչ տիկին Բերնարի կարանոցը և ոչ յուր ծնողները:

— Իսկ դու, Ելենա, մի՞թե դու ինձ չես սիրում:

— Ե՛ս, ես էլ քեզ շատ եմ սիրում, շատ, շատ... — այսքանը միայն կարողացավ արտասանել անմեղ աղջիկը և շառագունելով գլուխը կախեց ցած:

— Օ՛, քեզ կարելի է միայն պաշտել, — բացականչեց երիտասարդը և յուր հափշտակության մեջ ամուր գրկելով նրան, համբուրեց նրա շրթունքները:

Այդ համբույրից Ելենան ցնցվեցավ ամբողջ մարմնով և խլվելով երիտասարդի գրկից շառագունված ետ քաշվեցավ:

— Ա՛խ, ի՞նչ եք անում դուք, — շշնջաց նա հազիվ լսելի ձայնով և ապա տեղից վեր բարձրանալով՝ «Ես պիտի գնամ, ուշանում եմ», — ասաց նա և ուղղվեցավ դեպի դուռը:

— Ոչ, սիրելիս, ես քեզ այդպես շուտ չեմ թողնիլ, — խոսեց Սամվելը նույնպես տեղից վեր բարձրանալով և Ելենայի ձեռքից բռնելով, — դու դեռ ինձ մոտ պիտի ընթրես. մենք դեռ մի քանի ժամ էլ միասին կանցկացնենք, և հետո կերթաս:

— Ոչ, խնդրում եմ, ինձ բաց թողեցեք, ես կամենում եմ գնալ:

— Այդ անկարելի է, Ելենա, դու պիտի մնաս, ես խնդրում եմ: Եվ մի՞թե դու կկամենայիր իմ խնդիրը մերժել:

— Բայց տիկին Բերնարը... ա՜խ, նա ինձ կսպասե... գիտե՞ք, մեր այնտեղի աղջիկները շատ վատ աղջիկներ են, նրանք հազար մի բաներ կխոսեն...

Ոչի՜նչ, ոչի՜նչ, հոգյակս, նրանք ովքե՞ր են, որ դու նրանց խոսելու վրա ուշադրություն ես դարձնում, մի շաբաթից հետո մենք պսակված կլինենք, դու ամենից հարուստ մարդու ամուսինը կդառնաս և նրանք հեռվից միայն մտիկ կտան քեզ վերա և չեն համարձակվիլ անգամ քեզ բարևել: Այո՛, դու այդ տեսակ աղջիկներին քեզ աղախին պիտի ունենաս, արժե՞ ուրեմն նրանց վերա մտածել:

Այսպիսի հուսալիր խոսքերով Սամվելը դեռ հանգստացնում էր Ելենային, երբ ծառան մտավ և հայտնեց որ սեղանը պատրաստ է:

Երիտասարդը Ելենային յուր թևն առավ և ուղղվեցավ դեպի սեղանատունը:

— Բայց խնդրում եմ, այն կնոջն էլ կանչեցեք, և եթե մենք ընթրում ենք, թող նա էլ մեզ հետ ընթրի, նա երևի ինձ սպասում է այնտեղ, — ասաց Ելենան, չկամենալով միայնակ սեղանի վերա գտնվիլ օտար երիտասարդի հետ:

— Ա՛, ինչպես կարելի է, Ելենա: Էգուց մենք պետք է ամուսիններ լինենք, և այսօր ուզում ես, որ մեր սեղանի վերա մեզ հետ ընկերացնենք մի ողորմելի աղքատ պառավի: Դու անփորձ ես, դու հարուստների շրջաններում չես գտնվել, դա շատ ամոթ բան է մեզ համար: Այն կինը կարող է ներքև մեր ծառայի և աղախնի հետ ընթրել, նրա համար ամեն բան կհոգացվի, դու միամիտ եղիր:

Ելենան ոչինչ չուներ պատասխանելու, նա լռեց, որովհետև կարծում էր, թե երիտասարդի խոսածներն այնպիսի ճշմարտություններ էին, որ ինքը չէր կարող հասկանալ:

Երբ նրանք մտան սեղանատունը, օրիորդի աչքերը շլացան: Գեղեցիկ կահավորված, մանավանդ գեղեցիկ լուսավորված սենյակում բացված էր մի շքեղ սեղան, որի վերա կարգով շարված էին բազմաթիվ և բազմատեսակ ուտելիքներ, հախճապակյա և ոսկեզօծ ամանների և սկուտեղների մեջ: Շամպայնի շշերը և մի քանի ուրիշ ըմպելիքներ արծաթապատ պնակների վրա փայլում էին ինչպես բյուրեղ, նրանց մոտ շարված էին մի քանի տեսակ ոսկեզօծ բաժակներ, որոնցից յուրաքանչյուրը հատկացված էր մի տեսակ ըմպելիքի համար: Սեղանի երկու կողմերում դրված էին մի-մի արծաթի բարձրադիր աշտարակներ հնգական ճյուղերով և նրանց մեջտեղում բարձրանում էր բյուրեղյա, աստիճանավոր ափսեներից կազմված մրգերի և շաքարեղենների մի կոթող, իսկ նրա գլխին տնկված էր թարմ ծաղիկներից և վարդերից շինված մի քաղցրաբույր և գեղեցիկ փունջ: Սեղանի մոտ դրված էր մի նորաձև բազկաթոռ, որ երկու իրար կից նստատեղիներ ուներ, նրանցից մեկի վրա նստեց երիտասարդ տանուտերը և յուր կողքին էլ քնքշաբար նստեցրեց Ելենային: Եվ նրանք սկսեցին ընթրել:

Ծառան հետզհետե ներս էր բերում զանազան համեղ խորտիկներ և Սամվելն ամեն մեկից յուր ձեռքովն էր բաժին վերցնում յուր գեղեցիկ հյուրի համար: Ելենան սկզբում ամաչում էր և քաշվելով էր ուտում, բայց մի երկու բաժակ շամպանիան, որ երիտասարդ տանուտերը զոռով խմացրեց նրան, բացավ նրա երեսը: Նա մինչև անգամ սկսավ ազատ խոսել և ծիծաղել յուր ապագա ամուսնու հետ:

Գինին ընդհանրապես բարերար ազդեցություն է անում ամաչկոտ և մանավանդ տխրազգաց մարզիկների վրա: Նա համր լեզուների և անխոս շրթունքների հրաշալի բանալին է: Նրա շնորհիվ կարելի է կարդալ սրտերի մեջ այն ամենն, ինչ որ լրջությունը ծածկում, թաքցնում է: Նույնիսկ ամենագործնական մարդիկը, որոնք իրենց գոյությունը պահպանելու համար միշտ շողոքորթում և կեղծավորում են, դարձյալ չեն կարողանում մի քանի ժամ անկեղծ չլինել այս հրաշալի նեկտարը որոշ չափով իրենց մեջ հյուրընկալելուց հետո: Գինու համար առանձին աստված չստեղծելով, աստվածաբանական մի մեծ սխալ գործած կլիներ հին դիցապաշտ աշխարհը. բայց Բաքոսի անունը և նրա երբեմն գոյություն ունեցող հոյակապ տաճարները, ապացուցանում են, որ մարդկությունը դեռ շատ հեռու անցյալում ճանաչում և պաշտում էր գինվո անմահ զորությունը:

Ահա՛ այս ամենակարող զորությունն էլ իրեն օգնության էր հրավիրել երիտասարդ Փուլշատյանը: Նա հետզհետե լցնում էր Ելենայի բաժակը քաղցր և անուշահամ գինիով և զանազան ոգելից օշարակներով: Օրիորդի կողմից ամենազորեղ ընդդիմությունն էլ ապարդյուն էր անցնում. Սամվելը նրան մերթ ստիպում, մերթ թախանձում էր և վերջ ի վերջո նա ստիպված էր լինում դատարկել բաժակը:

Ընթրիքը վերջանալու մոտ Սամվելը սկսեց երգել: Նա շատ քաղցր և դուրեկան ձայն ուներ: Այս վերջաբանը այնքան շատ դուր եկավ Ելենային, որ նա ինքը մինչև անգամ սկսեց ձայնակցել գեղեցիկ երիտասարդին, յուր թևը նրա վզով բերելով և կրակվող ճակատը նրա կրծքին հանգչեցնելով: Անուշ գինիներ, գողտրիկ երգեր, սիրալիր զրկախառնություն և կաթոգին համբույրներ... Այս բոլորը միախառնված ո՞ւր պիտի տանեին երկու երիտասարդներին... Իհարկե հանգստյան կայանը...

— Ա՜խ, ես ուշացա, ես պիտի գնամ, — նվաղած ձայնով շշնջում էր օրիորդը, բայց, անզոր ինքն իրեն տիրապետելու, թուլացած ընկնում էր իրան գրկող բազուկների վրա:

— Դու կերթաս, միամիտ եղիր... դու կերթաս, — մեքենայաբար

կրկնում էր Սամվելը: Ելենան հավատում էր յուր ապագա ամուսնուն և չէր ընդդիմանում նրան...

ՀԵՂԻՆԵԻ ԾՆՈՂՆԵՐԸ

Արեգակը դեռ նոր էր բարձրանում Մախաթի ետևից, և նրա բեկբեկուն ճառագայթները ծիրանի գույնով խաղում էին քաղաքի հին բերդի ավերակների վրա: Քարափի թաղում հարուստ մարդիկ դեռ հանգիստ քնում էին. բայց մեր ծանոթ Ելենայի հայրը — հյուսն Անտոնը վաղուց արդեն զարթել, լվացվել և շտապել էր եկեղեցի՝ կյուրակե օրվա պատարագին ներկա գտնվելու: Նրա կինը՝ Հռիփսիմեն, տուն տեղը արբել, մաքրել ու կարգավորել էր և այժմ զբաղված էր կեսօրվան ճաշի համար մի քանի պատրաստություններով:

Առավոտները նա եկեղեցի չէր գնում, որովհետև իրենից հետո տանը ոչ ոք չէր մնում, ուստի և բավականանում էր մի քանի անգամ երեսը խաչակնքելով, երբ լսում էր Բեթխայինի զանգակների ձայնը: Իսկ կեսօրին, Ելենայի գալուց ետ, իհարկե, նա պիտի ներկա գտնվեր պատարագին մի որևէ եկեղեցում, ուր առավոտյան ժամասացությունը կեսից չէր եղած: Ելենան սովորություն ուներ կյուրակե օրերը շատ վաղ յուր ծնողաց մոտ գալու, և այդ էր պատճառը, որ Անտոնը մինչև պատարագի վերջը եկեղեցում սպասել չէր կարողանում: Սուրբ-սուրբը լսելուց ետ նա դուրս էր գալիս: Եվ որքա՜ն մեծ էր լինում նրա ուրախությունը, երբ մի ամբողջ շաբաթ յուր սիրելի Ելենային չտեսնելուց հետո պատահում էր նրան բակի դռան մոտ՝ իրեն սպասելիս, կամ մաքուր-պսպղան ինքնաեռի մոտ՝ թեյ շինելիս:

Անտոնը կրթված քաղաքացիների նման ջերմությամբ չէր ողջագուրում յուր աղջկանը, նա միայն մի քաղցր ժպիտով էր դիմավորում նրան, բայց այդ ամաչկոտ ժպիտի մեջ որքա՜ն բուռն սեր, որքա՜ն հայրական խանդ և գորով էին պարունակում... Ամբողջ շաբաթվա մեջ, յուր տաժանակիր աշխատության ժամանակ կրած նեղությունները նա իսկույն մոռանում էր, հենց որ տեսնում էր նրան: Այդ միամոր աղջկա մեջ նա ամփոփել էր յուր բոլոր բախտը, կյանքը և հարստությունը: Ելենան նրա համար մի ամբողջ աշխարհք էր...

Իսկ Հռիփսիմեն, իհարկե, Անտոնի նման չէր: Մայրական սիրտը ամենայն տեղ միևնույն է. նա նույնչափ քնքուշ, նույնչափ զթոտ է աղքատի խրճիթում, որչափ և մեծատան սրահներում: Դեռ մի քանի տասնյակ քայլ իրենց տնից հեռու, երբ նա նկատում էր Ելենային, իսկույն վազում, փաթաթվում էր նրան, սեղմում էր կրծքին, համբուրում էր, կարծես թե երկար տարիներ էին անցել, ինչ որ նա չէր տեսել Ելենային, և ապա ձեռքիցը բռնած բերում էր տուն: Յուրաքանչյուր կյուրակե հյուսն

Անտոնի տունը կերպարանափոխվում էր. Ելենայի ներկայությունը լցնում էր ամեն դատարկություն, տան թե՛ ներսը և թե՛ դուրսը մի առանձին կենդանություն էին ստանում: Շաբաթվա մեջ խնայածներն այդ օրը սեղանի վրա էին հանվում: Ելենայի ուրախությունը կատարյալ անելու համար հրավիրում էին դրացի աղջիկներից մի քանիսը, որոնք ճաշից հետո դաիիրա էին ածում և Ելենայի հետ միասին երգում և պարում էին:

Միով բանիվ այդ օրն Անտոնի և Հռիփսիմեի աղքատիկ տնակը կատարյալ երջանկության մեջ էր լինում:

— Մեր ուրախությունը ոչնչով պակաս չէ մեր հարուստ դրացիների ուրախությունից, — հաճախ կրկնում էին մարդ ու կին և երախտագետ սրտով փառք տալիս աստծուն:

Ահա՛ այս երջանիկ օրը վայելելու համար էր, որ Անտոնը եկեղեցուց շտապով վերադառնում էր տուն:

— Ո՛ւր է Ելենան, դեռ չէ՛ եկել, — հարցրեց Անտոնը կնոջը՝ տուն մտնելով և «ողորմի աստված» ասելով:

— Չէ, դեռ չէ եկել, չգիտեմ ինչո՞ւ այսօր այսքան ուշացավ:

— Զարմանալի է, նա այս ժամին միշտ այստեղ է լինում:

— Ի՞նչ զարմանալու բան կա. երևի այն անպիտան վարպետուհին էլի գործ է տվել շինելու: Խեղճ երեխաս ամբողջ շաբաթը տանջվում է բավական չէ, և դեռ կյուրակե օրն էլ հանգիստ չեն թողնում:

— Չէ՛, ա՛յ կին, ես պետք է Ելենայիս հանեմ այդ կնոջ մոտից, նա նրան բոլորովին կմաշե:

— Ես խո սկզբից էի ասում, թե Բերնարի համար լավ չեն խոսում, ասում էին, որ նա աղջկերանց միսն ուտում է, բայց դու ինձ չլսեցիր և աղջիկդ տվիր նրան:

— Ոչինչ, թող այս ամիսն էլ անցնի, այն ժամանակ ես գիտեմ ինչ կանեմ, — ասաց Անտոնն սպառնացող եղանակով, և ապա դուրս եկավ բակը տեսնելու համար, թե արդյոք հեռվից չէ երևում Ելենան:

Նա երկար նայեց այստեղից դեպի ներքևի փողոցը, և ոչինչ չնշմարեց: Վերջապես կամաց-կամաց բարձրացավ դեպի քարափի բարձրությունը, այնտեղից ավելի լավ դիտելու համար: Երկար ժամանակ նա այդտեղ արձանացած կանգնած էր, բայց Ելենան չէր երևում: Անհանգստությունը սկսեց նրան տանջել, նա իջավ տուն:

— Ա՛յ կին, ես գնում եմ դեպի կարանոցը., տեսնեմ երեխային ինչ պատճառով են այսքան ուշացնում, — ասաց նա Հռիփսիմեին, գլուխը սենյակի պատուհանից ներս մտցնելով:

— Գնա՛, գնա՛, գուցե այն անզգամ կինը քեզ տեսնելով ամաչե, — պատասխանեց Հռիփսիմեն, — գնա և խնդրիր, որ երկրորդ անգամ այսքան երկար չպահե երեխային. թող միշտ առավոտը ղրկե:

Անտոնը շտապ-շտապ դիմեց դեպի տիկին Բերնարի կարանոցը:

Բակը մտնելով նա առաջին անգամ պատահեց Շուշանին:

— Ինչո՞ւ քո տիկինը Ելենային այսքան ուշացնում է, ամոթ չէ՞, — ասաց նա նրան, — ամբողջ շաբաթ խեղճը տանջվում էր բավական չէ, դեռ կյուրակե օրերն էլ է բանեցնում:

— Ի՞նչ եք խոսում դուք, — զարմացմամբ հարցրավ Շուշանը, — Ելենան երեկ երեկոյան է եկել ձեզ մոտ:

— Գժվե՞լ ես, ի՞նչ է, ի՞նչպես թե երեկ երեկոյան է եկել մեզ մոտ. նա այստեղ է. նա... ո՞ւր է տիկինդ, ո՞ւր է Ելենան, — այս խոսքերով նա խելագարվածի նման վազեց դեպի տիկին Բերնարի առանձնարանը: Տիկինն այդ ժամանակ կանգած հայելու առաջ սանդրվում էր, նա հայելու մեջ տեսավ, թե ինչպես Անտոնը շփոթված ներս ընկավ յուր սենյակը. բայց նա այդ բանից բնավ չվրդովվեցավ:

— Հա, ի՞նչ կա, Անտոն, բա՞ն ունիս ասելու, — հարցրեց, նա նրան կատարյալ հանգստությամբ և առանց երեսը շուռ տալու:

— Տիկի՛ն, ո՞ւր է Ելենան, ինչու՞ մինչև այժմ պահել եք նրան:

— Ելենա՞ն, — զարմացմամբ հարցրեց նա:

— Այո՛, այո՛, Ելենան, ո՞ւր է, ինչու՞ է ուշանում:

— Ի՞նչ եք ասում: Ելենան երեկ երեկոյան եկավ ձեզ մոտ:

— Տիկի՛ն, դուք կատակ եք անում, — վայրենի ձայնով գոչեց Անտոնը, և նրա դեմքը կտավի գույն ստացավ...

— Ի՞նչ կատակ, ի՞նչ բան, ձեզ ասում են, որ երեկ երեկոյան նա եկել է ձեզ մոտ: Ի՞նչ անեմ, շատ խնդրեց, ես էլ չկարողացա բացասել. մի՞թե վատություն եմ արել:

Անտոնի ոտքերը թուլացան: Նա երերվեցավ և քիչ էր մնում, որ գետին ընկնի, բայց իսկույն հենվեցավ պատուհանին:

— Տիկի՛ն, դուք ինձ խելագարեցնում եք. նա մեզ մոտ չի եկել, ասացեք, ի սեր աստծո, ո՞ւր է նա...ո՞ւր է գնացել...

— Ձեր հայերը միշտ այդպես կոպիտ են, պարոն, — կեղծ բարկությամբ նկատեց տիկին Բերնարը, — ես ձեզ սուտ չեմ ասում խո. ի՞նչ է, ինձ մոտ է և ես ծածկո՞ւմ եմ:

— Բայց նա մեզ մոտ չի եկել տիկին, ո՞րտեղ է ուրեմն...

— Գուցե ձեր բարեկամներից մեկի տանն է, ես ի՞նչ գիտեմ, ո՞րտեղ է. ես խո փողոցում էլ նրա պահապանը չեմ:

Անտոնը ոչինչ չպատասխանեց, նա երերվելով դուրս գնաց:

— Աղջկերք, գուցե դուք գիտեք, ասացեք, ո՞ւր է Ելենան, — գրեթե շնչասպառ մոտեցավ նա մի քանի կարողուհիների, որոնք հավաքված էին պատշգամբի մի անկյունը:

— Ի՞նչ է, չէ՞ եկել ձեզ մոտ, — զարմացմամբ հարցրեց նրանցից մինը:

— Նա երեկ երեկոյան դուրս գնաց այստեղից, — հարեց մի ուրիշը:

— Ի՞նչ է պատահել, մի՞թե իրենց տուն չէ գնացել, — մի երրորդը հարցնում էր իր ընկերուհուն:

— Այ, չե՞ս տեսնում, հայրն ասում է, որ չէ գնացել, — պատասխանում էր նա:

— Աստված իմ, ի՞նչ եք ասում, ուրեմն ո՞ւր պետք է գնացած լինի, — բացականչում էր Նինոն:

— Գուցե ձեր քրոջ տանն է, պարոն, այնտեղ հանդիպեցեք — վերջապես խորհուրդ էր տալիս Շուշանը:

Անտոնն այս բոլոր հարց ու պատասխաններից ոչինչ նոր բան չհասկացավ, նրա համար միայն այն տխուր լուրը հաստատվեցավ, որ Ելենան երեկ երեկոյան կարանոցից դուրս է գնացել, բայց թե ո՞ւր է գնացել, նա չէր կարողանում հասկանալ: Վերջապես նա շվարած դիմեց դեպի իր քրոջ՝ Եղիսաբեթի տունը, որը Բերնարի կարանոցից մոտ էր գտնվում:

Ճանապարհին մի նվազ հույս պահում էր նրան, նա ուզում էր հավատալ, որ Ելենան երևի իր քրոջ տունն է գնացել, որովհետև քաղաքի մեջ նա էր իրենց միակ ազգականը, թեպետ այդ բանը նա առանց ծնողներին իմացնելու չէր անիլ: Բայց չէ՞ որ խեղդվող մարդն ամեն անզոր ճյուղից էլ բռնում է, հուսալով, որ նա կազատե իրեն...

— Այստե՞ղ է Ելենան, — հարցրեց Անտոնը քրոջից բակի մեջ նրան պատահելով:

— Ելենա՞ն, — զարմացմամբ հարցրավ քույրը:

— Այո՛, ուրեմն այստե՞ղ չէ... կորե՞լ է... — էլ ոչինչ չկարողացավ շարունակել Անտոնը և սկսեց գլուխը ծեծել:

— Ի՛նչ է պատահել, Անտոն, ոչինչ չեմ հասկանում, ասա, ի սեր աստծո, ի՞նչ է պատահել...

— Ելենա՛ն.,. Ելենա՛ն կորել է, երեկ երեկոյան դուրս է գնացել կարանոցից և այժմ չկա... — դողալով մրմնջում էր Անտոնը և գլուխն ու ծնկները հարվածում...

— Ի՞նչ ասացիր այդ, Անտոն, — սարսափով բացականչեց Եղիսաբեթը և սկսավ բարձրաձայն հեկեկալ:

— Գնանք, գնանք մոր մոտ, գնանք ասենք, որ Ելենան չկա, մեռել է... — խելագարի նման մրմնջում էր Անտոնը, — գնանք, նա սպասում է ինձ...

Եվ հեկեկալով ու վայ տալով քույր և եղբայր ճանապարհ ընկան դեպի տուն:

Հռիփսիմեն դեռ կանգնած բակի ծայրում անթարթ աչքերով նայում էր հեռու, դեպի փողոցը, նա սպասում էր իր գեղեցիկ Ելենային... Եվ ահա՝ նկատեց փողոցի ծայրում Անտոնին, նրա հետ մի կին էլ կար, բայց հագուստները Ելենայի հագուստների նման չէին նա հետաքրքրությամբ դիտում էր նրանց, վերջապես ճանաչեց Եղիսաբեթին: Իսկ Ելենան ինչու՞ չկար, Եղիսաբեթը ու՞ր էր գալիս, նա ոչինչ չէր կարողանում հասկանալ:

Նրանք մոտեցան: Հռիփսիմեն նկատեց նրանց հուսահատ

շարժումները, նա վերջապես տեսավ, որ Եղիսաբեթը լաց էր լինում, և ծնկները դողդողացին...

— Ի՞նչ է պատահել, ո՞ւր է Ելենան, ինչո՞ւ առանց նրան եք եկել... — իրար ետևից հարցրեց Հռիփսիմեն, առանց մի քայլ անգամ առաջ գնալ կարողանալու:

— Ելենան... երեկ երեկոյան...— կակազեց Անտոնը և հեկեկանքը խեղդեցին նրա ձայնը:

— Ի՞նչ, երեկ երեկոյան մեռա՞վ... — սարսափով գոչեց Հռիփսիմեն:

— Ու՞ր էր թե մեռներ... երեկ երեկոյան կարանոցից դուրս է գնացել և էլ չկա... — դառն կսկիծով հարեց Եղիսաբեթը:

— Ա՛հ, Ելենա՛ս, — սուր ձայնով ճչաց Հռիփսիմեն և ուշաթափ գլորվեցավ գետին:

— Ի՞նչ արի՞ր դու, Եղիսաբեթ, ինչո՞ւ սրան էլ ես սպանում, — սոսկալով գոչեց Անտոնը և շտապով գրկեց դալկահար և ուշաթափ ամուսնուն:

Եղիսաբեթը դողալով վազեց տուն և ջրի սափորը քարշ տալով բերավ և սկսեց ջուր սրսկել Հռիփսիմեի վրա: Անտոնը որքան ուժ ուներ ձեռքերում, սկսավ շփել նրա մարմինը, քաշել ականջներից և կամ մատներն ատամների մեջ խրելով աշխատում էր զոռով բաժանել նրա միմյանց հետ կպած ծնոտները:

Անցան մի քանի վայրկյաններ, և Հռիփսիմեն աչքերը բացավ՝ «Ելենաս, ո՞ւր է Ելենաս...», — նվաղած ձայնով մրմնջաց նա, և կրկին թուլացավ:

Անտոնը և Եղիսաբեթը կրկնապատկեցին իրենց ջանքերը և մի քառորդ ժամից հետո հազիվ հաջողեցան ուշքի բերել Հռիփսիմեին, որն այժմ սկսել էր դառնապես լալ և մազերը փետել:

— Անտո՛ն, ո՞ւր է Ելենաս, նրան տարել են, նրան սպանել են... ինչու՞ համար ես կանգնել, գնա՛, գնա՛ գտիր նրան... — անդադար հեծեծում էր խեղճ կինը և անխնայաբար գլուխը և ծնկները հարվածում:

Թշվառ ընտանիքի լաց ու կոծի վրա հավաքվել էին դրացիներից և դրացուհիներից մի քանիսը. նրանք սիրտ էին տալիս Հռիփսիմեին, հուսադրում էին նրան, բայց բոլորի ջանքերն էլ ապարդյուն էին անցնում. Հռիփսիմեն ոչինչ չէր, ուզում լսել, նա անդադար յուր անձը կոծում էր: Վերջապես խառատ Օսեփը, որ նրանց դրացիներից մինն էր, առաջարկեց Անտոնին յուր հետ միասին գնալ և ոստիկանության հայտնել, խուզարկություն անելու համար:

Խեղճ Անտոնը մինչև այն արձանացած կանգնած էր. արտասվաց կաթիլները սառել մնացել էին յուր ծնոտների վրա: Դրացու առաջարկությունը լսելուն պես, կարծես նա նորից արթնացավ, և յուր կորուստի սոսկալի ծանրությունն զգալով սկսավ դառնապես լալ: Հետո գլխակոր առաջ անցավ ոստիկանատունը գնալու համար:

— Ո՞ւր ես գնում, ինձ էլ տար հետդ, — ճչաց Հռիփսիմեն նրա ետևից, — տար, ես չեմ կարող այստեղ մնալ, ես էլ եմ ուզում որոնել իմ Ելենային...

Շրջապատող կանայք շատ աշխատեցին պահել նրան, բայց հնար չեղավ. «Ես չեմ մնալ, ես կմեռնեմ...», — շարունակ կրկնում էր խեղճ կինը: Բայց նա չկարողացավ մի քանի քայլ անգամ փոխել, նրա ծնկներում ուժ չէր մնացել: Վերջապես կառք բերել տվին և նրանով չորս հոգի ուղղվեցան դեպի ոստիկանատունը՝ Անտոնը, Հռիփսիմեն, Եղիսաբեթը և խառատ Օսեփը:

Բայց դեռ ճանապարհի կեսը չանցած, Հռիփսիմեն կանգնեցրեց կառքը և պահանջեց, որ գնան առաջ Բերնարի կարանոցը, «Գնանք այնտեղ, Ելենան այնտեղ է, ես գիտեմ... — խելագարի նման խոսում էր նա, — գնանք, ես ինքս ուզում եմ ստուգել ամեն բան...»:

Կառքը ուղղվեցավ դեպի Բերնարի կարանոցը:

ԿՐԿԻՆ ՏԻԿԻՆ ԲԵՐՆԱՐԻ ԿԱՐԱՆՈՑՈՒՄ

Ժամը 12-ի մոտ էր. տիկին Բերնարը վաղուց արդեն հագնվել պատրաստվել էր: Այժմ նա հենված փափուկ բազկաթոռին լրագիր էր կարդում, իսկ առջևը գտնվող կլորիկ սեղանի վերա դրված էր կաթով սուրճ և պաքսիմատ: Նրա դեմքը ոչինչ անհանգստություն չէր արտահայտում, նա նույնն էր, ինչ որ երեկ կամ անցյալ օրը: Յուր ամբողջ ընթերցանության ժամանակ նրա ճակատի կնճիռները միահավասար և անշարժ դրություն էին պահպանում. ամենաhետաքրքիր գրվածքն անգամ նրա ուշադրությունը չէր լարում, ամենասարտաշարժ նկարագիրն անգամ նա կարդում էր անտարբերությամբ: Տիկին Բերնարը նմանում էր ա՛յն անձիքներից մինին, որ անցնելով աշխարհային կյանքի ամենաքաղցր և ամենադառն փորձերից, կանգնել է գործնական հողի վերա և յուր բոլոր առած դասերով հասել ա՞յն թշվառ եզրակացության, որ զգալը և կարեկցիլը առաջնորդում են մարդուն միմիայն դեպի թշվառություն, մինչդեռ անտարբերությունը բերում է նրան հանգիստ և խաղաղություն: Տիկին Բերնարը յուր գեղեցկությամբ հանդերձ, մի ամենօրյա կին էր, և կյանքի փորձերից պիտի հաներ այդ եզրակացությունը... մի բան, որ անում են ներքին արժանավորությունից և հոգվո մեծությունից զուրկ բոլոր մարդիկը:

Հազիվ նա վայր դրավ թերթը և պարզեց ձեռքը սուրճը առնելու, ահա կարողուհիներից մեկը ներս մտավ և հայտնեց, որ Ելենայի ծնողները և բարեկամները եկել են իրեն տեսնելու:

— Ի՞նչ է պատահել, ի՞նչ ունին նրանք ինձ հետ, — դժգոհությամբ հարցրեց տիկին Բերնարը, — չե՞ն կամենում մի օր հանգիստ տալ մեզ: — Բայց խոսքը դեռ չէր վերջացրել, երբ խելացնորի նման ներս ընկավ Հռիփսիմեն:

— Տիկին, ո՞ւր է Ելենաս, — գոչեց նա Բերնարին դիմելով, — ինչո՞ւ նա մեզ մոտ չէ այսօր, ո՞րտեղ ես ղրկել նրան...

— Ձեր աղջիկը երեկ ես ղրկեցի ձեր տուն, — սառնությամբ պատասխանեց տիկին Բերնարը, — ես միննույնն ասացի՝ այսօր առավոտ ձեր մարդուն, ուրեմն էլ ի՞նչ հարկ կար կրկին հարցուփորձի գալ այստեղ:

— Տիկի՛ն, իմ աղջիկը, իմ Ելենաս... նա մեզ մոտ չէ եկել... ես նրան ձեզ եմ տվել, ես պահանջում եմ իմ աղջիկը...

— Ի սեր աստծո, ես ոչ ժամանակ և ոչ ցանկություն ունեմ ձեզ լսելու, ձեր աղջիկը ինքը խնդրել և դուրս է գնացել եմ կարանոցից, ի՞նչ մեղավոր եմ ես այստեղ, հանգիստ թողեցեք ինձ, — ասաց տիկին Բերնարը և կրկին թերթը ձեռքն առնելով սկսավ կարդալ:

— Օ՛հ, տիկի՛ն, աղաչում եմ ձեզ, անգութ մի՛ լինեք, խղճացեք ինձ վրա... — այս խոսքերով նա ընկավ տիկին Բերնարի ոտքերը և նրա ծնկներին փարելով աղիողորմ ձայնով շարունակեց, — իմ Ելենան, տիկի՛ն, ասացեք, ի սեր աստծո, ո՞ւր է նա, ի՞նչպես հեռացավ նա ձեզանից, ո՞վ գողացավ նրան, տիկին, այս բոլորը դուք կարող եք գիտենալ. դուք կարող եք նրան գտնել. դուք փորձված եք... օ՛հ, ես խելագարվում եմ, տիկին, օգնեցեք ինձ. տվեք ինձ իմ աղջիկը... իմ Ելենան...

— Դուք կարծես թե դիտմամբ ինձանի՞ց եք պահանջում ձեր աղջիկը, — բարկացած վեր թռավ սեղանից տիկին Բերնարը և մի կողմ հրեց Հռիփսիմեին:

— Այո՛, տիկին, իմ աղջիկը ես ձեզանից եմ պահանջում, — հաստատ ձայնով գոչեց Հռիփսիմեն, — ես նրան ձեզ հանձնեցի, և դուք պիտի նրան իմ ձեռքը տաք... ես ոչ ոքին չեմ ճանաչում:

Այս միջոցին գրեթե բոլոր կարողները հավաքվել էին տիկին Բերնարի սենյակը, վերջինս բարկացած անցուդարձ էր անում նրանց մեջ: Հռիփսիմեի վերջին խոսքերը լսելով՝ «Կարոլի՛նա, — դարձավ նա աղջիկներից մինին, — կանչիր այստեղ ծառային, այս մարդկանցը ես խոսք չպիտի կարողանամ հասկացնել, թող ուրիշները այդ անեն»:

Կարոլինան իսկույն դուրս գնաց: Մի րոպեից հետո ծառան ներս մտավ:

— Ա՛յ տղա, գնա՛ այս րոպեին կանչիր այստեղ ոստիկանական վերակացուին, — ասաց նրան տիկին Բերնարը, — թող նա գա և արձանագրություն կազմե մի փախստական աղջկա համար, որի պատճառով մեզ զրպարտում են այստեղ:

Ծառան դուրս գնաց:

— Փախստակա՞ն... ուրեմն իմ Ելենան մի փախստակա՞ն է... — կսկծալով խոսեց Հռիփսիմեն, — ինչպես հեշտությամբ անպատվում են նրան... օ՛հ, ո՛չ, ես չեմ հավատում, այնպես չէ՞, Անտոն, չէ՞ որ մեր Ելենան մի անմեղ, մի սուրբ աղջիկ էր. իմ սիրտս վկայում է, որ նրան գողացել են, որ նրան ծախել են... նա ինքը չէր փախչիլ...

Այդ միջոցին Հռիփսիմեի աչքն ընկավ Նինոյի և Շուշանի վերա, նա իսկույն վեր թռավ տեղից և դիմեց դեպի նրանց:

— Նինո՛, Շուշա՛ն, դուք այստե՞ղ եք. ի՞նչպես ես ձեզ չտեսի, ա՛խ, ինչպես ես ուրախ եմ, դուք կասեք ինձ, թե ո՞ւր է գնացել Ելենան, այնպես չէ՞, դուք նրա ընկերուհիներն եք.

Նա ձեզ սիրում էր... դուք անպատճառ կգիտենաք նրա տեղը ձեր տիկինը ինձ խաբում է. ասացեք սիրելիներս, ասացեք ո՞ւր է ձեր ընկերուհին... ո՞ւր է Ելենան, ասացեք, ես խելագարվում եմ, ո՞ւր է իմ աղջիկը... — և նա բարձր ձայնով սկսեց հեկեկալ: Շուշանը և Նինոն չդիմացան այս աղիողորմ տեսարանին և փղձկալով ընկան Հռիփսիմեի գիրկը և սկսան լաց լինել: Բոլոր ներկա գտնվողները հետևեցին նրանց: Անտոնը սրտի կսկծից մորմոքելով կոտրատում է յուր մատները և խառատ Օսեփը սենյակի անկյունում կծկված լռիկ արտասվում էր...

Այս բոլորի մեջ անտարբեր և անողոք երեսով անց ու դարձ էր անում տիկին Բերնարը, լացի և մորմոքվելու ձայները ոչինչ չէին ազդում նրա կարծրացած սրտի վերա...

Մի քառորդ ժամից հետո ներս մտավ ոստիկանական վերակացուն:

— Ի՞նչ եք հրամայում, տիկին, — դարձավ նա Բերնարին:

— Երեկ երեկոյան իմ գիշերօթիկ կարողուհիներից մինը, Ելենա անունով, այս պարոնի և այս տիկնոջ աղջիկը, — այս խոսքերով նա մատնացույց արավ Անտոնին և Հռիփսիմեին, — խնդրեց ինձանից, որ թույլ տամ իրեն գնալ յուր հոր տունը, ինչպես միշտ սովորություն ուներ տոն օրերին գնալու, և ես արձակեցի: Այդ աղջիկը դուրս գալով իմ կարանոցից, չգիտեմ ո՞ւր է գնացել, որովհետև ինչպես սրանք ասում են, իրենց տանը չէ. այժմ նրա այս հարգելի ծնողները եկել և ինձանից են պահանջում իրենց դուստրը, հազար մի տեսակ զրպարտող ակնարկություններ անելով ինձ դեմ: Խնդրում եմ այդ բանի մասին հարցուփորձեցեք բոլոր իմ կարողներին և հարկ եղած արձանագրությունը կազմելով, ազատեցեք ինձ այս մարդիկների անիրավ և ձանձրացուցիչ պահանջներից:

Այս փաստաբանական ճառից ետ տիկին Բերնարը բարկացած գնաց և նստեց բազկաթոռի վերա և յուր փղոսկրյա հովհարը վերցնելով, երեսը շուռ տվավ դեպի պատուհանը և սկսավ արագ-արագ հովհարել երեսը, որը, իբրև թե այրվում էր բարկության սաստկությունից:

Ոստիկանական վերակացուն, ինչպես որ սպասելի էր, օտարոտի

գտավ Ելենայի ծնողների պահանջը: Նա երկար հարցուփորձեց թե՞ նրանց, թե՞ ներկա գտնվող աղջիկներին և թե՞ տան ծառային, և ապա ստանալով մանրամասն ցուցումներ տիկին Բերնարի կողմից, կազմեց կարևոր արձանագրությունը: Հետո դառնալով որդեկորույս ծնողներին ասաց.

— Ձեր աղջկա կորուստի կամ փախստյան համար ամենից առաջ դուք պարտավոր էիք դիմել ոստիկանությանը. տիկին Բերնարին անհանգստացնելը բոլորովին անիրավացի է ձեր կողմից: Այսուամենայնիվ հույս ունեմ, որ նա կարեկցելով ձեր դրությանը կներե և ձեր այդ սխալմանցը, որը օրենքը կարող էր դատապարտել իբր զրպարտություն: Ինչ վերաբերում է ձեր աղջկա մասին լինելիք հետախուզությանը, այդ կկատարե ոստիկանությունը ամենայն աչալրջությամբ և եռանդով: Կարող եք հուսալ, որ նա շուտով կգտնե և կհանձնե ձեզ ձեր աղջիկը կամ գոնե կարելին եղած տեղեկությունները կհաղորդե ձեզ նրա ուր գտնվելու վերաբերությամբ: Այժմ դուք կարող եք հանգիստ թողնել տիկնոջը:

Անտոնը և Եղիսաբեթը վերցրին Հռիփսիմեին, որը ուժասպառ ընկած էր դեռ հատակի վրա, և նրա թևի տակը մտնելով, դուրս հանեցին սենյակից: Խառատ Օսեփը և ապա ոստիկանական վերակացուն հետևեցին նրանց:

ՍԹԱՓՈՒԹՅՈՒՆԻՑ ՀԵՏՈ

Առավոտյան ա՛յն ժամին, երբ Ելենայի ծնողներն անհամբերությամբ սպասում էին նրա գալստյանը, Ելենան զարթեցավ Փուլշատյանի առանձնարանում: Առաջին անգամ հենց որ աչքերը բացավ, վեր թռավ բացականչելով՝ «Աստվա՞ծ իմ, այս ո՞րտեղ եմ ես, այս ո՞ւմ տունն է...երազի մեջ եմ, թե՞ արթուն»: Եվ նա սկսավ ուշադրությամբ դիտել յուր չորս կողմը: Նա գտնվում էր մի գեղեցիկ ննջարանի մեջ, այդտեղ ոչ ոք չկար, ինքը միայնակ էր...

— «Ճշմարիտ որ սա երազ է... — կամացուկ շշնջում էր նա ինքն իրեն, — ես ինչու՞ համար պետք է այս տան մեջ լինիմ... ո՞վ բերեց ինձ այստեղ... բայց չէ, ես չեմ հավատում... ես չեմ եկել այստեղ...»: Եվ յուր սևորակ, մեծ-մեծ աչքերը նա ծանր և մտախոհ դարձնում էր այս ու այն կողմը և կես զարմացման մեջ: Մի քառորդ ժամ այս թմրած դրության մեջ մնալուց հետո նա հանկարծ բացականչեց.

— Ա՛հ, հասկանում եմ, հասկանում եմ... — և ապա կարծես ինքը յուր ձայնից սարսափելով, սկսավ կծել շրթունքները, խփել ճակատին և քաշել մազերը. — օ՛, օ՛ , այս ի՛նչ արի ես... ի՛նչ արի... և մի՞թե ճշմարիտ է... մի՞թե այս բոլորը երազ չէ... մի՞թե ես անպատված եմ.. — շարունակ հեծեծում էր խեղճ աղջիկը: Վերջապես նա դողալով ոտքի կանգնեց, մի քանի քայլ առաջ գնաց և կրկին կանգ առնելով, սկսավ ապուշ-ապուշ յուր շուրջը դիտել: Հետո հանկարծ աչքերը հառեց մի կետի վերա, որի մեջ կարծես որոնում էր մի բան, որ կորցրել էր... և մի րոպեից ետ սարսափահար շուռ տվավ երեսը, ճչաց և ուշաթափ փռվեցավ հատակի վրա:

Երևում էր, որ այդ տան մեջ ոչ ոք չլսեց խեղճ աղջկա ճիչը, որովհետև ոչ ոք էլ չմտավ նրա մոտ:

Թշվառ զոհը երկար ժամանակ զգայազուրկ ընկած էր հատակի վրա: Վերջապես նա կամաց-կամաց սթափվեցավ, բացավ աչքերը և բարձրացավ նստեց աթոռի վրա: Մի քանի վայրկյան ոգի առնելուց հետո նա արագ վեր թռավ տեղից. հագնվեցավ և դիմեց դեպի դուռը: Նա այնքան շփոթված էր, որ դռան փեղկը բանալու համար շարունակ դեպի հակառակ կողմն էր ձգում և հետո կարծելով, որ կողպված է, սկսավ ոտքերով հարվածել նրան: Այդ ձայնի վրա միայն երևեցավ տան աղախինը և բացավ դուռը: Երկու անծանոթ հայացքներ պատահեցին միմյանց և մի քանի րոպե սևեռվեցան դեպի իրար: Աղախնվո հայացքի մեջ պարզ կարդացվում էր կարեկցություն և խղճահարություն՝ անմեղ աղջկա դրության վրա, մինչդեռ Ելենայինը արտահայտում էր կատարյալ ապշություն:

— Դուք կամենո՞ւմ եք լվացվել, — հարցրեց առաջին անգամ աղախինը:

— Այո՛, կամենում եմ, — մեքենայաբար պատասխանեց Ելենան և հետևեց աղախնին, որը առաջնորդեց նրան դեպի ննջարանին կից լվացարանը: Այդտեղ լվացվելուց և վերիվերո պատրաստվելուց հետո Ելենան կիսաձայն հարցրեց աղախնուց:

— Ո՞ւր է նա...

— Ո՞վ, աղա Սամվե՞լը:

— Այո՛:

— Նա մյուս սենյակումն է և սպասում է ձեզ հետ միասին թեյ առնելու:

Ելենան լռեց:

— Դուք կամենում եք գնալ նրա մոտ, այնպես չէ՞. գնանք, ես ձեզ ցույց կտամ նրա սենյակը: — Ելենան դարձյալ անխոս հետևեց աղախնուն:

— Ահավասիկ, այստեղ է աղա Սամվելը, կարող եք մտնել: — Այս ասելով աղախինը հեռացավ:

Ելենան չհամարձակվեցավ դուռը բանալու, նա անշարժ կանգնել էր նրա մոտ: Բայց աղախնու խոսակցությունը լսել էր Սամվելը, ուստի և շտապով սենյակից դուրս եկավ:

— Դու արդեն զարթել ե՞ս, ես դիտմամբ թույլ տվի քեզ երկար քնելու. ինչու՞ համար ես կանգնել այդտեղ, արի՛, արի՛ ներս, — և այս ասելով նա կամեցավ բռնել Ելենայի ձեռքը:

— Հեռու, հեռու ինձանից, — ետ-ետ քաշվելով բացականչեց Ելենան, — ես սարսափում եմ ձեզանից...

— Ելենա, հոգյակս, ի՞նչ է պատահել քեզ. մի՞թե դու տխուր ես, մի՞թե դու ինձ ատում ես...

— Այո՛, ես ձեզ ատում եմ. ես ի՞նչ ունիմ այստեղ, ո՞վ եք դուք, ինչու՞ համար ես ձեր տան մեջ եմ, ինչու՞ համար ինձ խաբեցիք... ի՞նչ պիտի անեմ ես այսուհետև... — իրար ետևից հարցրեց Ելենան և սկսեց հեկեկալ: Նրա՝ ամոթից, երկյուղից և հոգեկան տանջանաց սաստկությունից կապված արտասուքներն սկսան առվի պես հոսել:

— Ելենա՛, հոգյա՛կս, ինչու՞ համար ես այդպես նեղսրտում, ինչու՞ համար ես արտասվում, մի՞թե ես քեզ խաբել եմ, և մի՞թե ես կարող եմ խաբել: Ամոթ չէ՞, որ այդպես խոսք ես ասում ինձ: Գնա՛նք, գնա՛նք, հոգյակս: Այդպես հիմար մտածմունքներով մի նեղացնիլ քեզ. մի՞ թե դու մոռացար այն ամենն, ինչ որ ես քեզ հետ երեկ խոսեցի: Դու իմ նշանածն ես. մի քանի օրից հետո մենք կպսակվենք, մենք բախտավոր կլինենք... Եվ այս խոսքերի հետ նա Ելենային զոռով յուր թևն առավ և մտավ սենյակը:

— Բայց ո՞ւր եք քարշ տալիս ինձ. ես պետք է իմ ծնողաց մոտ գնամ. նրանք այժմ ինձ սպասում են, նրանք կգան իմ ետևից և ինձ կարանոցում չգտնելով կշվարեն, կխելագարվեն... թողեք ինձ, որ ես գնամ նրանց մոտ. գոնե նրանցից կարողանամ ծածկել առայժմ իմ ամոթալի արարքը... իմ խայտառակությունը...

Բայց Սամվելը չէր կարող նրան թողնել. Ելենան դեռ մի քանի ժամ էլ հարկավոր էր իրեն, — նա պետք է յուր խոստումը կատարեր, այսինքն յուր ընկեր Մարգարին պիտի ծանոթացներ Ելենայի հետ և երեքը միասին պիտի ճաշեին այսօր, ինչպես Սամվելը խոստացել էր այդ Մարգարին մի քանի օր առաջ:

— Դու այժմ չես կարող գնալ, Ելենա, դու այսօր պիտի ճաշես այստեղ, — ասաց Սամվելը, — որովհետև...

— Ո՛չ, ո՛չ, մի՛ ասեք, ես չեմ կարող մնալ, — լալով ընդհատեց նրան Ելենան, — իմ ծնողներն այժմ ինձ պտրտում են, նրանք ցավից կմեռնեն, ես պետք է գնամ նրանց մոտ:

— Լսի՞ր, սիրելի Ելենա, ես այսօր հրավիրել եմ այստեղ իմ բարեկամ և ընկեր Մարգարին, որը պետք է իմ և քո խաչեղբայրը լինի: Մեր պսակի մասին մենք այսօր միմյանց հետ կարևոր խոսելիք ունինք, և դու էլ անպատճառ ներկա պիտի լինիս այդ խոսակցությանը, ուրեմն քո ծնողներդ մի քանի ժամ առաջ տեսնելու պատճառով այդ կարևոր գործը մի խանգարիր, Մարգարը գուցե երկրորդ անգամ քեզ տեսնել չկարողացավ. իսկ ես կամենում եմ, որ մեր պսակը շատ շուտ կատարվի, հասկանո՞ւմ ես. բայց եթե դու թողնես գնաս, այն ժամանակ ամիսներով կուշանա մեր ամուսնության գործը: Դու ինքդ չպետք է ցանկանաս այդ բանը, որովհետև դրանով կդժբախտացնես թե՛ ինձ և թե՛ քեզ...

Ի՞նչ աներ Ելենան, այն խեղճ, անմեղ աղջիկը: Կամուրջն արդեն ետևից վերցված էր, ճանապարհի կիսից ետ դառնալն անհնարին էր... Բացի այդ, նա սիրում էր Սամվելին. նա հավատում էր նրան, և մի՞թե կարող էր ընդդիմանալ, մանավանդ, երբ հարցը օրինավոր ամուսնության էր վերաբերում:

Եվ նա համաձայնվեցավ մնալ:

ԽՈՍՏՈՒՄՍ ԿԱՏԱՐԵՑԻ

Կեսօրից երկու ժամ արդեն անցել էր: Սամվելը Ելենային յուր թևն առած զբոսնում էր առանձնարանի հովանավոր այգիում և զանազան խոսակցություններով ու սիրալիր կատակներով զբաղեցնում էր նրան, աշխատելով միառժամանակ ցրել նրա տխրությունը: Նրանք դեռ չէին ճաշել և սպասում էին իրենց ապագա խաչեղբայր Մարգարին: Վերջինս շատ էլ սպասեցնել չտվավ: Հազիվ երկու զույգերը մի փոքր հանգստանալու համար նստեցին շատրվանի մոտ գտնվող նստարանի վերա և, ահա, պարտիզի կանաչ վանդակադռան մեջ երևեցավ Մարգարը: Մոտենալով շատ քաղաքավարությամբ ողջունեց նա Ելենային և Սամվելին: Վերջինս ծանոթացրեց նրան յուր սիրուհվո հետ, յուր «ապագա հարսնացուն» անվանելով նրան:

— Ամենից առաջ պատիվ ունեմ ձեր, թանկագին առողջության մասին հարցնել, օրիորդ: Ես ինձ բախտավոր եմ համարում այս րոպեին ձեր ընկերության մեջ գտնվելուս համար, — այս բերան արած հաճոյախոսությամբ դիմեց Մարգարը Ելենային:

— Շնորհակալ եմ, պարոն, շատ լավ եմ, — ամաչկոտ ձայնով պատասխանեց Ելենան և աչքերը զցեց գետնին:

— Իսկ հետո սրբազան պարտք եմ համարում խոստովանել ձեր առաջ, — դարձավ նա Սամվելին, — որ դուք մի շատ քաջ երիտասարդ եք, և արժե ձեզ հարգել, որովհետև ինչ որ խոստացաք, այն էլ կատարեցիք: Այսուհետև ես ձեզ կանվանեմ «ամենակարող»...

— Դուք այն առևտրական գործի վերաբերությա՞մբ եք խոսում, — ընդհատեց նրան Սամվելը (տեսնելով, որ յուր բարեկամը քիչ է մնում, թե յուր հիմարությամբ ամեն գաղտնիք լույս աշխարհ հանե). — այո՞, այդ գործում ես շատ ճարպիկ շարժվեցա:

Մարգարն իսկույն հասկացավ յուր սխալը և խոսքը շուռ տվեց:

— Այդ բոլորը թողնենք մյուս կողմը, դուք ա՞յն ասացեք, թե ե՞րբ եք հանձնում ինձ իմ պաշտոնը:

— Խաչեղբայրությո՞ւն, — հարցրեց Սամվելը:

— Իհարկե. ես այսօր հենց այդ բանն իմանալու համար եկա:

— Շատ շուտ, մինչև երկու շաբաթը:

— Օ՛, օ՛, ոչ, ես համաձայն չեմ, այդ շատ է հեռի. միայն մի շաբաթ կարող եմ ես ժամանակ տալ ձեզ:

— Դո՞ւք ինչ կասեք սրա համար, օրիորդ, արդյոք ես ավելի լավ չե՞մ խոսում:

Ելենան ոչինչ չպատասխանեց, այլ շառագունվելով աչքերը դարձրեց մյուս կողմը:

Սամվելը նրա շփոթությունը տեսնելով, նկատեց. — Այդ բանի համար մենք այսօր առանձին կխոսենք, օրիորդը երևի չէ ուզում մասնակցել մեր այդ զրույցին: Առայժմ երթանք ճաշելու, — հարեց նա, — ծառան ահա մեզ հրավիրելու է գալիս:

Եվ նրանք ուղղվեցան դեպի տուն:

Այսօր ճաշը փառավոր և բազմախորտիկ էր. և սակավաթիվ հյուրերին ծառայում էին երկու մաքուր հագնված սպասավորներ: Թանկագին գինիների և օշարակների թիվը նույնպես կատարյալ էր: Կենացներից առաջինը նվիրվեցավ Ելենային. երկրորդը Սամվելին և երրորդն ապագա խաչեղբայր Մարգարին, այնուհետև առաջ անցան ապագա նշանադրության, հարսանյաց, ծննդյան և այլ կենացներ, որոնք բոլորն էլ համեմվում էին ախորժելի երգերով: Այդ բոլորը մի փոքր ուրախացնում էր Ելենայի սիրտը և մոտալուտ երջանկության մի հույս պարուրում էր նրա ճնշված և կոտրված սիրտը...

Բայց ճաշից հետո երբ Սամվելը Մարգարի հետ առանձնացավ դահլիճը, իբր թե իրենց ամուսնության մասին նրա հետ խորհրդածելու համար, և Ելենան մնաց միայն, դարձյալ տխուր մտատանջությունները պաշարեցին նրան:

«Այս ո՞րտեղ եմ ես, այս ի՞նչ եմ անում... — մտածում էր նա ինքն իրեն, — փախստական իմ ընկերուհիների միջից, ես նստել եմ մի օտարի տանը, օտար տղաների հետ, և քեֆ եմ անում... գինի եմ խմում, կենացներ եմ դատարկում... բայց իմ մայրը, իմ հայրը... ո՞ւր են նրանք, ո՞րտեղ են, չէ որ ինձ են պտրտում... Եվ մի՞թե ես խելագարվել եմ, ո՞ւր եմ մնում այստեղ և մինչև ե՞րբ պիտի մնամ...»: Այս մտածմունքները նրան շատ վրդովեցին: Նա վեր կացավ տեղից և դիմեց դեպի դահլիճի դուռը՝ դուրս գնալու դիտավորությամբ: Հանկարծ նրա ականջին զարկեց Մարգարի ձայնը, նա այնպես բարձր էր խոսում, որ Ելենան որոշ կերպով լսեց հետևյալ խոսքերը.

— Բայց գիտես ի՞նչ իրարանցում է եղել այսօր տիկին Բերնարի կարանոցում. Ելենայի ծնողները գնացել են այնտեղ, պահանջել են իրենց աղջիկը:

Տիկին Բերնարը նրանց հետ կռվել է. վերջը ոստիկանությունը

հրավիրելով արձանագրություն է կազմել տվել իբր թե նրանց պատմելու համար, որովհետև իրեն զրպարտել են: Հենց այն ժամին, երբ ես անցնում էի կարանոցի առջևից, Ելենայի ծնողները նոր էին դուրս եկել տիկին Բերնարի մոտից. խեղճ մայրը այնպես էր լաց լինում, այնպես էր կոծում իրեն, որ ամբողջ փողոցը թափվել էր գլխին... — Ելենան այլևս սպասել չկարողացավ, նա արագությամբ բացավ դուռը և խելագարի նման ներս ընկավ դահլիճը:

— Այդ ինչե՞ր եք պատմում, այդ ինչե՞ր են պատահել, իմ ծնողները պտրտում են ինձ, նրանք լաց են լինում, նրանք ծեծում են իրենց... իսկ այդ բոլորը դուք թարցում եք ինձանից... ա՛խ անգութներ, ինչու՞ քնացրիք ինձ, ինչու՞ սպանում եք մեզ...

— Ի՞նչ է պատահել, Ելենա, հոգյակս, ի՞նչ բանից ես վրդովվել, — փաղաքշում էր նրան Սամվելը, իբր ոչինչ չիմանալով:

— Ի՞նչ բանից... դեռ նո՞ր եք հարցնում, բայց ես բոլորը լսեցի... ի սեր աստծո, պարոն, ազատեցեք ինձ այստեղից. տարեք ինձ իմ ծնողների մոտ. ես չեմ կարող ուշանալ, իմ շունչը կտրվում է, ես խելագարվում եմ... տարեք ինձ...

— Բայց ես այսպես ցերեկով քեզ հետ գնալ չեմ կարող, դա ամոթ բան է ինձ համար. սպասիր մութը մի փոքր կկոխե, այն ժամանակ ես կուղեկցեմ քեզ:

— Ամոթ բա՞ն է... օ՛ օ՛, ամոթ բան է ինձ հետ մանգալ, շատ լավ. ուրեմն ես միայնակ կերթամ. գոնե ցույց տվեք ինձ ձեր տանից դուրս գալու ճանապարհը:

— Բայց այժմ ո՞ւր ես գնում դու, գոնե մի երկու ժամ էլ սպասիր...

Ելենան թողեց Սամվելի խոսքը յուր բերանում և ինքը դուրս պրծավ դեպի պատշգամբը. այդտեղից այծյամի արագությամբ վար իջավ պարտեզը: Զբոսանքի ժամանակ նա այդտեղ նկատել էր մի գաղտնի դուռ, որ և յուր բախտից բաց գտավ:

Այդ դռնից նա դուրս փախավ և այլայլված սկսավ վազել մենավոր մի նեղ փողոցի մեջ:

— Ինչո՞ւ համար ծառաներից մեկին չես հրամայում ետ դարձնել նրան, — հարցրավ Մարգարը Սամվելից, երբ Ելենան իջավ պարտեզ:

— Ի՞նչ հարկ կա. թող ուր ուզում է գնա, — պատասխանեց Սամվելը, — այդպիսով նա իմ գործը դյուրացրավ: Իմ միակ ցանկությունն այն էր, որ այսօր քեզ նրա հետ ճաշ տայի իմ տանս. խոստումս կատարեցի և այժմ հանգիստ եմ:

ՃԳՆԱԺԱՄ

Հասնելով մի մեծ փողոց, Ելենան, դանդաղեցրավ յուր քայլերը, որպեսզի երագելով անցորդների ուշադրությունը չգրավե: Եվ թեպետ նրա վրա ոչ ոք մի առանձին ուշադրություն չէր դարձնում, բայց ինքն անդադար աջ, ձախ և ետ էր նայում: Նա կարծում էր, որ բոլորը գիտեն յուր արածը, որ բոլորը յուր վերա են խոսում... Նա մինչև անգամ յուր երևակայության մեջ լսում էր, թե ինչպես յուր ետևից ծաղրում են իրեն: Եթե մեկը ճանապարհին դեմուդեմ պատահում էր նրան և աչքերն ուղղում էր յուր վերա, ինքը երեսը շուռ էր տալիս, վախենալով թե՝ իսկույն մի նախատինք պիտի լսի այդ անցորդից, նա մինչև անգամ ամաչում էր օրը ցերեկով փողոցի մեջ, բաց երկնքի տակ գտնվելու համար և անհանգստությամբ շտապում էր մի զաղտնարանի մեջ ծածկվելու: Փուլշատյանի առանձնարանից դուրս գալու րոպեին նա միայն մի բան էր մտածում՝ դիմել յուր ծնողաց մոտ, հայտնել, որ ինքը կորած չէ, որ ինքը կենդանի է, և այսպիսով ուրախացնել նրանց... իսկ այժմ նա այդ մտքից անգամ սարսափում էր: Ի՞նչ երեսով գնալ յուր ծնողաց մոտ, ինչո՞վ արդարացնել յուր անհայտանալը...

Վերջապես նա վճռեց դեռ գնալ տիկին Բերնարի մոտ, այն կնոջ, որ յուր համար պատրաստեց այս հոգեկան տագնապը... Գուցե նա նրան մի ելք սովորեցներ... ուստի և ուղղեց յուր քայլերը դեպի կարանոցը:

Կյուրակե լինելով օրվան այդ ժամին կարանոցի մեջ ոչ ոք չկար: Թե՛ կարողուհիները և թե՛ ինքը՝ տիկին Բերնարը դուրս էին եկել զբոսնելու, միայն պառավ աղախինն էր, որ յուր տիկնոջ առանձնարանի դռան առաջ պառկած քնած էր: Ելենան առանց նրան զարթեցնելու, անցավ նախասենյակից և մտավ ա՛յն փոքրիկ սենյակը, ուր սովորաբար իրենց կարերով առանձնանում էին ինքը, Նինոն և Շուշանը կարողուհիների շաղակրատությունից և ափեղցփեղ խոսակցություններից ազատվելու համար: Նա տխուր և լռիկ նստեց յուր սիրելի անկյունում և ընկավ մտածողության մեջ:

Կարանոցի ամայությունն այժմ ավելի և ավելի զգալի էր դարձնում նրան յուր դրության ծանրությունը, «Անցյալ կյուրակե այս միևնույն ժամին ես էլ զբոսնում էի նրանց հետ», — մտածում էր խեղճ աղջիկը. — «այն օրը ես էլ ուրախ և անհոգ էի իմ ընկերուհիների նման, ոչ մի միտք ինձ չէր տանջում... իսկ այսօր... օ՛հ, ինչպես ծանր է. ինչպես անտանելի է... և այս բոլորը փոխվեցավ միմիայն մի շաբաթվա մեջ... այսօր ես վախենում եմ մինչև անգամ մարդու երես դուրս գալու, մարդու հետ խոսակցելու... իսկ իմ ծնողները... աստված իմ, ես սարսափում եմ, թե ի՞նչպես կարող եմ երևալ նրանց աչքին...»:

Այս և սրա նման մտքերով բավական երկար տանջվեցավ խեղճ աղջիկը: Ապա կես տխրությունից և կես հոգնածությունից նրա աչքերը ծանրացան և նա քնեց հենց այն փոքրիկ թախտի վերա, ուր նստած էր:

Երեկոյան դեմ բոլորը վերադարձան տուն, բայց Ելենայի բախտից ոչ ոք չմտավ այն սենյակը, ուր նա պառկած էր: Ամբողջ գիշեր նա հանգիստ քնեց այնտեղ:

Առավոտը մի ինչ որ գործի համար Նինոն մտավ այդտեղ և որքա՛ն մեծ եղավ նրա զարմանքը, երբ Ելենային քնած գտավ այդ սենյակի մեջ: — Ելենա, մի՞թե դու այստեղ ես... — ուրախությամբ բացականչեց նա և վազեց փաթաթվեց յուր ընկերուհուն, որ դրան ձռնչալուց արդեն զարթել էր:

— Ա՛խ, այդ դո՞ւ ես, Նինո... — մրմնջաց Ելենան և գրկեց նրան:

— Ո՞րտեղ էիր դու, ասա, հոգիս, ո՞ւր էիր գնացել, ամբողջ քաղաքում քեզ պտրտում են: Ո՛րքան մենք տխրեցինք, ո՛րքան լացինք, եթե գիտենայիր... ասա, խնդրում եմ, ո՞րտեղ էիր, ե՞րբ եկար այստեղ:

— Ինձանից ոչինչ մի հարցնիլ, Նինո, հոգյակս, ես այժմ ոչինչ չեմ կարող ասել քեզ ...

— Ի՞նչպես թե ոչինչ չես կարող ասել, մի՞թե մի դժբախտություն է պատահել քեզ հետ:

— Ոչինչ, դժբախտություն չէ պատահել, միամիտ եղիր, միայն թե այժմ ես ոչինչ չեմ կարող խոսել, ես հիվանդ եմ...

— Ուրեմն սպասիր, որ տիկնոջն ու Շուշանին հայտնեմ քո գալդ, նրանք էլ շատ անհանգիստ են:

— Ո՛չ, դեռ ոչ ոքին ոչինչ մի՞ հայտնիր, ամենից առաջ խնդրում եմ պատմի՛ր ինձ, թե ի՞նչ է պատահել ինձանից հետո: Դրանով դու ինձ շատ կպարտավորեցնես. իսկ հետո ես քեզ իմ ուր գնացած լինելս կասեմ:

Եվ Նինոն սկսավ մանրամասնաբար պատմել բոլորը, ինչ որ երեկ անցել էր կարանոցի մեջ. նա շատ սրտաշարժ ձևով նկարագրեց և Ելենայի ծնողաց դրությունը, նա պատմեց մինչև անգամ կարողուհիների մեջ յուր մասին տեղի ունեցած կեղտոտ խոսակցությունները...

Այդ բոլորը Ելենան լսեց մերթ ապշությամբ, մերթ կսկիծով և մերթ սարսափելով: Երբ Նինոն վերջացրավ յուր պատմությունը — «այժմ կարող ես իմ մասին հայտնել տիկնոջը», — ասաց նա ընկերուհուն, — «ես այստեղ սպասում եմ նրան»:

— Եվ միայն տիկնո՞ջը:

— Այո՛, առայժմ նրան. Շուշանին անգամ ոչինչ չասես, աղաչում եմ:

— Բայց դու խոստացար ասել ինձ, թե ո՞ւր էիր գնացել:

— Հետո՛, հետո՛, աղաչում եմ, այժմ մի՞ հարցնիր այդ, — թախանձեց նա Նինոյին և վերջինս դուրս գնաց:

Մի քառորդ ժամից հետո տիկին Բերնարը մտավ Ելենայի մոտ:

— Այս ո՞րտեղ էիք դուք, Ելենա, ձեզ չարաչար պտրտում էին ձեր ծնողները:

կանայք...

— Շնորհակալ եմ, տիկին. դուք ինձ լավ խորհուրդ եք տալիս, — վերջապես խոսեց Ելենան նվաղած ձայնով, — ես կերթամ, կհեռանամ այստեղից, միայն մինչև երեկո թույլ պիտի տաք մնալ այստեղ, ես օրը ցերեկով չեմ կամենում ոչ ոքի երևալ:

— Շատ լավ, ինչպես կամենում եք, — ասաց տիկին Բերնարը և դուրս գնաց սենյակից:

Ելենան մնաց միայնակ. նա գլուխը կախեց և ընկղմվեցավ տխուր մտածմունքների և հոգեկան տանջանաց անհատակ ծովի մեջ:

— Այո՞, ես մի անպատված աղջիկ եմ, և տիկին Բերնարն իրավունք ունի ինձ յուր կարանոցից արտաքսելու. ես կարող եմ արատավորել նրա անունը... նա մինչև անգամ ինձ խղճում է, նա չէ կամենում, որ յուր աղջիկները ծաղրեն ինձ... Աստված իմ, աստված իմ, և մի՞թե ես անարգության մինչև այս աստիճանը պետք է հասնեի, մի՞թե ես այնքան պիտի ստորանայի, որ տիկին Բերնարի կարողներն անգամ ծաղրեին ինձ: Եվ տիկին Բերնարը, որ թշվառության այս արկածը յուր ձեռքով իմ գլխի վերա փաթաթեց, չէ կամենում մի օր անգամ պատսպարել ինձ յուր տան մեջ. նա վախենում է հասարակության բերանից, նա պատվավոր կին է.. Իսկ ես ո՞ւր գնամ, աստված իմ, ո՞ւմ դիմեմ, մի՞թե իմ ծնողաց մոտ. բայց ի՞նչ երեսով, ինչու՞ համար, որպեսզի նրանց էլ ընկեր հարևանի մոտ ծաղրի և խայտառակության առարկա շինե՞մ... խեղճ իմ բարի ծնողներ, և դուք երբեք չէիք կարծիլ, թե ձեր Ելենան, ձեր համեստ և ամոթխած աղջիկը, որին այնքան փայփայում, սիրում և պաշտում էիք, մի օր պիտի կորցներ ձեր միակ և թանկագին հարստությունը՝ ձեր անարատ անունը և պատիվը... Օ՜հ, ո՛չ, ես չեմ ապրիլ, որ ձեզ անպատվություն բերեմ, ես կմեռնեմ. ավելի լավ է ինձ կորցնեք, քան թե ձեր բարի անունը...

Այս խոսքերից ետ նա վեր կացավ տեղից և սկսեց հուզված անցուդարձ անել սենյակի մեջ: Հանկարծ մի լուսավոր միտք ծագեց նրա գլխում և նրա երեսը փայլեց մի անսովոր ուրախությամբ:

— Ինչո՞ւ համար այս աստիճան ես կորցրել եմ ինձ, — բացականչեց նա, — ինչո՞ւ համար սպանեմ ինձ, մի՞թե ես այլևս պաշտպան չունեմ, իսկ իմ Սամվե՞լը, ինչու՞ համար ես մոռացել եմ նրան, չէ՞ որ նա ինձ սիրում է. չէ՞ որ նա իմ նշանածն է: Այո՛ ես կերթամ նրա մոտ, նա ինձ կպաշտպանե, նա չի թողնիլ, որ ուրիշները ծաղրեն յուր Ելենային... Ես կխնդրեմ, որ հենց վաղը նա դիմե իմ ծնողներին, խնդրե իմ ձեռքը և իսկույն պսակվի ինձ հետ. Նա իմ խնդիրը չի մերժիլ. նա ինձ սիրում է, նա գիտե, որ ես էլ յուր սրրո համար զոհեցի ինձ... Այո՛, նա կկատարե իմ խնդիրը և այդպիսով կփակե բոլոր խոսող բերանները և այն ժամանակ ես չեմ քաշվիլ բոլոր եղելությունը պատմել իմ ծնողներին, նրանք չեն դատապարտիլ ինձ, որ ես սիրել եմ և կհամոզվեն, որ իզուր չեմ սիրել...

Այս մտքով ոգևորված, Ելենան անհամբերությամբ սպասում էր ցանկալի երեկոյին: Նա տիկին Բերնարի միջոցով կանչեց յուր մոտ Նինոյին և կրկին անգամ թախանձանոք պատվիրեց նրան, որ ոչ ոքի հետ ոչինչ չխոսե յուր մասին մինչև մյուս առավոտ: Նինոն խոստացավ ճշտությամբ կատարել յուր սիրելի ընկերուհվո խնդիրը:

ՏԽՈՒՐ ՎԵՐՋԱԲԱՆ

Մթին և աստեղազարդ գիշեր էր: Լուսին չկար: Ելենան յուր շղարշի մեջ երեսը փաթաթած շտապ-շտապ դիմում էր յուր փեսացուի տունը: Միայն մի ուրիշ միտք, որի մասին նա առաջ չէր մտածել, նրան տանջելու չափ անհանգստացնում էր: «Գուցե տանը չգտնեմ նրան, ո՞ւր պիտի դիմեմ այն ժամանակ», — ասում էր նա: Բայց որքան մեծ եղավ յուր ուրախությունը, երբ հասնելով Փուլշատյանի առանձնարանը պատող պարսպապատ այգուն, ծառերի միջից նշմարեց, որ տան դեպի այգին նայող բոլոր պատուհանները պայծառ լուսավորված էին: Նա ուրախությամբ սկսեց քաշել այգվո փոքրիկ դռան հնչակը: Իսկույն ծառան հայտնվեցավ և բացավ դուռը:

— Ո՞ւմ եք կամենում, տիկին, — հարցրեց նա Ելենային:

— Սամվելին. տա՞նն է նա:

— Այո՛, տանն է, բայց ձեզ ընդունել չէ կարող:

— Դուք ինձ երևի չեք ճանաչում, — ասաց Ելենան, — բայց հոգ չէ, ես նրան կտեսնեմ: — Այս ասելով նա մտավ պարտեզը և իրեն ծանոթ ծառուղիով դիմեց դեպի տան կողմը:

— Ես ձեզ ճանաչում եմ, տիկին, — նրան հետևելով ասաց ծառան, — բայց նա ձեզ էլ չէ կարող ընդունել, նա հյուր ունի յուր մոտ:

— Հոգ չէ. ես առանձին կտեսնվեմ նրա հետ, — պատասխանեց Ելենան առանց յուր քայլերի արագությունը նվազեցնելու: Մի քանի րոպեից ետ նա իր ապագա փեսացուի ընդունարանումն էր: Բայց որքա՜ն շփոթվեցավ նա, երբ Սամվելին կանչելու համար գնացող ծառան ետ դարձավ և հայտնեց նրան, որ յուր աղան այս երեկո իրեն հետ տեսնվել չէ կարող:

— Ի՞նչպես թե տեսնվել չէ կարող. ո՞վ է այժմ նրա մոտ, — դողացող ձայնով հարցրեց ծառային Ելենան:

— Մի մեծ և պատվավոր տիկին է:

— Մի տիկի՞ն, հոգ չէ. ես կմտնեմ: — Այս ասելով նա արագությամբ վեր կացավ տեղից և առանց ծառայի թախանձանաց ուշադրություն դարձնելու, մտավ շքեղ կերպով լուսավորված դահլիճը, ուր գտնվում էր Սամվելը:

Առաջին անգամ նրա ծնկները դողացին, երբ տեսավ յուր փեսացուին: Նա թևն առած մի բարձրահասակ և գեղեցիկ կին, անցուդարձ էր անում դահլիճի մեջ. տիկնոջ կարմիր թավիշից կարած հարուստ շրջազգեստը, նրա ձեռքերի, կրծքի և ճակատի վերա փայլող շքեղ ադամանդները, նրա մեծավայելուչ հայացքն ու շարժվածքը ցույց էին տալիս, որ նա մի հասարակ կին չէր. թեպետ բարոյական և պատվավոր մի տիկին լինելու էլ ապացույց չուներ վրան: Նա Սամվել

Փուլշատյանի նշանավոր և հայտնի սիրուհին էր, մի սիրուհի, որ միննույն ժամանակ գեղեցիկ երիտասարդի բռնակալուհին էր, որ խոնարհեցնում էր յուր ոտքերի առաջ նրա բոլոր ուժը, հարստությունը և ծնողաց անսասան կամքը... Նա իտալուհի էր:

— Ի՞նչ ունիք այստեղ, ի՞նչ եք կամենում, — շփոթված հարցրեց երիտասարդը, երբ Ելենային տեսավ:

— Ես եկա քո պաշտպանությունը խնդրելու, Սամվել, ես...

— Խնդրում եմ, խնդրում եմ գնացեք. հետո կարող եք ինձ տեսնել, այս տիկնոջ հետ կարևոր գործ ունեմ, դուք ինձ կխանգարեք, — շտապով ընդհատեց նրան երիտասարդը:

— Բայց ես կարոտ եմ քո օգնությանը, ես տանջվում եմ, ի սեր աստծո, մի քանի րոպե լսիր ինձ...

— Ո՞վ է այդ աղջիկը, ի՞նչ է ասում, — բարեհաճեց հետաքրքրվել գեղեցիկ տիկինը:

— Մեր աղքատ հարևանուհիներից մինն է. օգնություն է խնդրում, չգիտեմ ո՞ւմ համար, նա մի փոքր խելագար է, — պատասխանեց նրան երիտասարդը տիկնոջ մայրենի լեզվով և ապա Ելենային դառնալով — «Գնացեք, հեռացեք, — ասաց նա մի փոքր այլայլված, — դուք ինձ ամաչացնում եք այս բարձրաստիճան տիկնոջ մոտ. գնացեք, վաղը կարող եք գալ:

— Գնա՞մ, բայց ո՞ւմ մոտ գնամ, — դողացող ձայնով խոսեց Ելենան, — ինձ ամեն տեղից արտաքսում են, ես ձեզ մոտ եմ եկել. դուք եք իմ միակ հույսը, իմ ապավենը, գթացեք ինձ վերա, աղաչում եմ. գթացեք ինձ վերա, Սամվել, դուք ինձ սիրում եք, դուք այդ ինձ ասել եք:

Երիտասարդը տեսնելով, որ գործը ծանր կերպարանք է առնում, ընդհատեց Ելենային և ծառային կանչելով բարկությամբ հրամայեց.

— Դուրս տար այս աղջկան, ես քեզ կանխավ պատվիրեցի, որ ոչ ոքին չթողնես:

— Ես չէի... ես չթողեցի... — կակազեց ծառան և մոտեցավ Ելենային:

— Հեռու ինձանից, — կանչեց նա դեպի ծառան, — չհանդգնես քայլ անգամ փոխել. — և ապա դառնալով Սամվելին, զայրացած շարունակեց. — պարո՞ն, դուք է՞լ եք արտաքսում ինձ ձեր տանից. դուք, որ այնքան բարի և ազնիվ էիք երևում իմ աչքում, դո՞ւք, որ նենգությամբ մոտեցաք ինձ, դո՞ւք, որ ինձ սիրել կեղծեցիք, դո՞ւք, որ ինձ ամուսնություն խոստացաք և իմ անմեղությունից օգտվելով, իմ միակ հարստությունը, իմ միակ պատիվը գողացաք... պարո՞ն, դուք ցած և ստոր մարդ եք. դուք անբախտացրիք ինձ և ինձմով իմ խեղճ և աղքատ ընտանիքը. դուք մարդկանց աչքում ինձ խաղք ու խայտառակ շինեցիք և այսօր անամոթաբար դուրս եք քշում ինձ փողոց... Ասացեք ինձ, պարոն, ո՞ւր դիմեմ, ո՞ւր գնամ ես այսուհետև:

— Ի՞նչ եք սառել դուք, պարոն, ո՞վ է այս աղջիկը և ի՞նչ է ուզում ձեզանից,— կրկին հարցրավ գեղեցիկ տիկինը Սամվելից, որ հիմարացած և լուռ կոթնել էր սեղանին: Տիկնոջ ձայնը կարծես նրան սթափեցրավ և յուր տկար ախոյանին հաղթահարելու համար մի նոր ուժ տվավ իրեն. «Դո՛ւրս, դո՛ւրս գնա, քեզ ասացի», — դիմեց նա Ելենային և ձեռքից քաշելով կամենում էր զոռով արտաքսել նրան:

Ելենան կատաղությամբ խլվեցավ նրա ձեռքից և սուր ձայնով գոչեց. «Ինձ զոռո՞վ ես կամենում դուրս անել, զարշելի արարած, բայց ետ դարձրու ինձ առաջ իմ պատիվը, որ գողացար, իմ անունը, որ անարգեցիր...», — և այս ասելով կատաղաբար խլեց նա սեղանի վրայից արծաթի հինգձյուղյան աշտանակը և բոլոր ուժով զարկեց Սամվելի երեսին ու արագությամբ դուրս թռավ դահլիճից:

Ես այլևս չեմ կարող հետևել նրան. ինձ համար շատ ծանր է այդ...

Բայց իմ ընթերցողներն անշուշտ կհետաքրքրվին իմանալ, թե վերջն ի՞նչ պատահեց իմ հերոսների հետ: — Ի՞նչ պետք է պատահեր, մի՞թե այդ հայտնի չէ:

Ելենան սովորական անձնավորություն չէր, եթե նա այդպիսին լիներ, այն ժամանակ նա կերթար այն ճանապարհով, որով իրենից առաջ գնացել են հազար հազարավորները.. Բայց նրա ազնիվ և հպարտ հոգին չէր կարող տանել ամոթը և վիրավորանքը, նրա սիրտը թունավորված էր, և կյանքը կորցրել էր նրա համար յուր նշանակությունը... ամեն բարիք այժմ նրա աչքում երևում էր իբրև մի խաբուսիկ ստվեր... հուզված հոգին հանգիստ էր որոնում... նա այդ հանգիստը գտավ Քուռ գետի ալիքների մեջ...

Իսկ պարոն Սամվել Փոլշատյա՞նը... Նա այժմ էլ ապրում է, դարձյալ ուրախ, դարձյալ զվարթ: Նա հաճախում է պատվավոր հասարակություններ. նրան ամենքը հարգանքով ողջունում են. նրա հայտնած կարծիքներին ծափահարում են: Աղջիկներ ունեցող ընտանիքները մեծ պատիվներով հյուրասիրում են նրան. մանկամարդ երիտասարդուհիները հիանում են նրա գեղեցկությամբ, նրա շարժվածքով, նրա խոսակցությամբ. «он просто душка» շշնջում են ամեն անկյուններում... Իսկ նրա ամոթալի գործե՞րը... մի՞թե ոչ ոք չգիտե. — ի՞նչպես չէ. «զինչ իցէ ծածուկ, որ ոչ հայտնեսցի». բայց նա փող ունի. «կապեր» ունի. և բարեկամներ, որոնք «հասարակաց կարծիք» են կառավարում. ահա՞ այդ է պատճառը, որ «Ձայն բազմացը» նրանց չէ դատապարտում...

ՊԱՏԿԵՐ ԵՐԵԿՎԱ ԿՅԱՆՔԻՑ

Ա

Ամենից առաջ բարեհաճեցեք լսել մի փոքրիկ պատմություն, որ անմիջապես կապ ունի իմ «պատկերի» հետ:

Հինգ տարի սրանից առաջ էր. հենց միևնույն երեկվա օրը, այսինքն՝ ս. աստվածածնա տոնին, արհեստավոր հայ երիտասարդների մի փոքրիկ խումբ Վերայի այգիներից մինում քեֆ էր անում: Թամադան դերձիկ Սերգոն էր, մի գեղեցիկ, առողջակազմ և զվարճախոս երիտասարդ: Պետք է գիտենալ, որ դերձիկ Սերգոն ինչ ընկերության մեջ ներկա գտնվեր, այնտեղ քեֆը կատարյալ կլիներ: Այդ պատճառով էլ նրան ամեն տեղ թամադա էին ընտրում:

Բացի հիշյալ բարեմասնությունները, Սերգոն հայտնի էր յուր սրտի բարությամբ և մինչև այն օրը, օրինակ, չէր պատահել, որ նա յուր ընկերներից մինին վիրավորեր, կամ նրանցից ինքը վիրավորանք ստանար: Բոլոր տղերքը Սերգոյի արևով երդվում էին:

Բայց այդ օրը բանը շատ թարս պատահեց: Չգիտեմ ինչ մի դև մտավ խարազ Օհանի տղի գլուխը, որ նա կարևոր համարեց անպատճառ մի թամադայի օգնական էլ ընտրել: Նրա ընկերներից ոչ ոք այդ բանին չընդդիմացավ. վիճակ գցեցին և վիճակը ընկավ ոսկերիչ Դարչոյի վերա: Սա էլ շատ լավ տղա էր, բայց դժբախտաբար միայն լուրջ ժամանակը. իսկ մի քանի բաժակ խմելուց ետ՝ չէր կարելի երաշխավորել թե՛ հանգիստ կարող է տեղը նստել:

Մի քանի ժամ քեֆը կանոնավոր շարունակվում էր. բավական թվով շշեր դատարկվեցան. ներկա եղողների կենացները խմվեցան. այժմ մնում է նոր-նոր կենացներ հնարել:

Կարծեմ բանը «համքյարի հաստատության» կենացի վրա էր, երբ թամադան հրամայեց օգնական Դարչոյին, իրար վրա երկու բաժակ գինի խմացնել խարազ Օհանի տղին իբր պատիժ, նրա մի ինչ որ անհնազանդության համար: Դարչոն թամադայի հրամանը կատարելու փոխարեն, սկսավ պաշտպանել Օհանի տղին, երևի շարժված երախտագիտական զգացմունքից, որովհետև վերջինս էր, որ իրեն օգնականի պաշտոն տալ տվավ: Թամադան երկրորդ և երրորդ անգամ հրամայեց, բայց Դարչոն միշտ ընդդիմացավ նրան:

Սերգոյի իշխանական պատվասիրությունը առաջին անգամն էր վիրավորվում. նա համբերությունից դուրս եկավ:

— Քեզ հրամայում եմ, որ անպատճառ խմացնես, թե չէ, կվերկենամ և այդ երկու բաժակը քու գլխին կթափեմ:

— Ես էլ քեզ ասացի, որ չեմ խմացնում, որովհետև դու անիրավ տեղն ես պատժում նրան:

Սերգոն զայրացավ և տեղից թռչելով վերցրեց երկու լիքը բաժակները, և առանց աջ ու ձախ նայելու, թափեց Դարչոյի վերա: Վերջինիս երեսն ու սպիտակ չթե արխալուղը կարմիր ներկվեցան: Է՛հ, ի՞նչ եք կարծում, Դարչոն կդիմանա՞ր: Նա էլ վերցրեց գինով լիքը շիշը և շրխկ — Սերգոյի ճակատին:

«Վա՜յ, մեռա...», — գոչեց երիտասարդը և գլորվեց գետին:

— Քո տունը, չքանդվի, Դարչո, մեր հացը հարամ արիր, — բացականչեցին ամեն կողմից տղերքը և թափվեցան Սերգոյի վերա, որը ուշաթափվել էր: Երկար խեղճ երիտասարդները շփեցին նրան, ջուր սրսկեցին վրան և հազիվհազ մի կերպ սթափեցրին: Առաջին անգամ հենց որ Սերգոն աչքերը բացավ, մի փորձ փորձեց յուր հակառակորդի վերա հարձակվելու, բայց կրկին ուժասպառ գետին գլորվեցավ: Հարվածը խիստ զորեղ էր եղել:

Մեր տղորց քեֆը խանգարվեցավ. բոլորի սրտերն էլ կոտրվեց և սեղանը իսկույն հավաքեցին: Եվ որովհետև Սերգոյի դրությունը վտանգավոր էր երևում, շտապով դրին նրան կառքի մեջ և ուղղվեցան քաղաք: Միմյանցից բաժանվելու միջոցին Սերգոյի աչքն ընկավ Դարչոյի վերա, և նա ցած ձայնով մրմնջաց. «Լավ, Դարչո. եթե այսուհետև դու օր տեսնես, իմ հերը անիծիր», — այս խոսքերից ետ նա շուռ տվավ գլուխը մյուս կողմը, որ այլևս յուր թշնամու երեսը չտեսնե:

Երկու ամիս շարունակ մեր թամաղան պառկած մնաց, երբեմն վտանգավոր և երբեմն հուսալի դիրք առնելով: Բայց ի վերջո հեքիմ Կոստոն (լիս դառնան նրա հերն ու մերը), կատարելապես առողջացրավ նրան:

Բ

Մի քանի օր էր, ինչ որ Սերգոն վեր էր կացել և գնում էր յուր գործին:

Մի մութ երեկո, Հավլաբարի կամուրջի վերա «թրխկ» մի մահակ տրաքեց մի երիտասարդի ճակատին: «Վա՜յ, մեռա...», — ճչաց երիտասարդը և ընկավ գետին: Հարված տվողը Սերգոն էր, որ իսկույն փախավ, հարված ստացողը Դարչոն էր, որին ոստիկանությունը կառքի մեջ դնելով տարավ յուր տունը:

Անցավ էլի մի փոքր միջոց: Դարձյալ գիշեր էր: Բերդի զառիվայրի վրա մի զորեղ աքացի երեսի վերա փռեց Դարչոյին:

Աքացի տվողը դարձյալ Սերգոն էր, որ սատանայի նման չքացավ:

Մի գեղեցիկ առավոտ (օրը կյուրակե էր), Դարչոն մի մեծ թաշկինակ ձեռքը, մեջը զանազան պաշարեղենով լիքը վերադառնում էր տուն: Դեռ իրենց մուտքին չհասած, մի ահագին քար թռավ հարևան տան կտուրի վրայից և իջավ ուղիղ խեղճ երիտասարդի ուսի վերա: Թաշկինակը ընկավ նրա ձեռքից, և մեջը եղածները ցրվեցան գետին, իսկ ինքը Դարչոն աղիողորմ կսկիծով ներս ընկավ տուն: Այս անգթությունն էլ Սերգոյի գործն էր:

Խեղճ Դարչոն ոչինչ հնար չէր գտնում յուր ոխերիմ հակառակորդի վրեժխնդրությունից ազատվելու համար, որովհետև վերջինս այնքան ճարպիկությամբ էր անում յուր հարձակումները, որ Դարչոն ոստիկանության կամ դատարանի առաջ հանելու համար ոչինչ ապացույց կամ փաստ չէր կարողանում ձեռք բերել: Ի՞նչ պետք էր անել: Մնում էր, որ յուր մայրը անձամբ գնար հակառակորդի տունը և շնորհ խնդրեր նրանից:

— Սաբեթ ջան, թե հոգիդ կսիրես, մի ասա քո անդնջում Սերգոյին թե՝ ախր ի՞նչ է հոգեհան դառել իմ խեղճ երեխայի համար: Այդպես բան չի լինիլ. քեֆի ժամանակ ամեն ինչ կպատահի. ինքը իմ տղին է վիրավորել, նա էլ հարբած, ու յուր արածը չիմանալով նրան է խփել: Փառք աստծու, Սերգոն խո տակը չմնաց: Մեկի տեղ երեք է հասցրել, ավել էլ ի՞նչ է ուզում, մի՞թե բավական չէ: Հենց աստվածդ կսիրես, Սաբեթ ջան, աղաչում եմ քեզ, այնպես արա, որ տղադ ձեռք վերառնի իմ եթիմից. մենք էլ խեղճ ենք, աչքումս մազ է բուսել, որ նրան էն բոյին եմ հասցրել. հիմա էլ մի մայր ու աղջիկ նրա աչքին ենք մտիկ տալիս. եթե նրան չէ խղճում, գոնե ինձ ու նրա քրոջը խղճա...

Այսպես պաղատում էր Դարչոյի մայր Քեթևանը Սաբեթին և խնդրում էր նրա բարեխոսությունը յուր որդու համար: Բայց Սաբեթի մեղադրական ճառին Սերգոն անտարբերությամբ պատասխանեց.

— Դեդա, ինչե՞ր ես խոսում, ո՞վ է Դարչոյին խփել, ես նրա հետ չեմ էլ խոսում. ես ինչ բան ունիմ նրա հետ. գուցե ուրիշ մարդիկ են խփել, ես ի՞նչ մեղավոր եմ... — այս վայրիվերո խոսքերով դուրս գնաց նա մոր մոտից և էլի շարունակեց յուր վրիժառու պարապմունքը:

Դարչոն այժմ դիմեց ոստիկանության և նրա պաշտպանությունը խնդրեց: Ոստիկանական պաշտոնյան կանչեց Սերգոյին և որովհետև նրան մեղադրելու համար փաստեր չուներ ձեռքին, ուստի բավականացավ լոկ սպառնալիքներ տալով նրան, որ եթե մյուս անգամ կհամարձակվի կրկնել յուր բարբարոսական վարմունքը նա անշուշտ կարգելվի բանտում և կամ կքշվի հայրենիքից դուրս:

Բայց ոստիկանության այս սպառնալիքներն էլ ոչինչ ազդեցություն չարին Սերգոյի վերա. նա միշտ մնաց նույնը:

Վերջապես Քեթևանը դիմեց իրենց ծխական քահանա տեր-Մինասին և լալով խնդրեց նրան մի ճար անել և հաշտություն կայացնել Սերգոյի և Դարչոյի մեջ:

Բայց տեր-Մինասի երկար ու բարակ քարոզները ոչ միայն ետ

չկանգնեցրին ստահակ երիտասարդին, այլ ավելի ևս կատաղեցրին նրան: Հետևյալ գիշերը անհայտ չարագործներ կոտրեցին Դարչոյի խանութը, նրա արծաթեղեն ու ոսկեղեն իրեղենները գողանալու դիտավորությամբ:

Այս բանի մեջ էլ Սերգոյի ձեռքը խառն էր. և այն, իհարկե, ոչ թե մի շահադիտական, այլ լոկ վրեժխնդրության նպատակով:

Բարեբախտաբար ոստիկանությունը վերա հասավ և թեպետ գողերին բռնելու ձեռնահաս չեղավ, բայց Դարչոյի աղքատիկ հարստությունը հափշտակությունից ազատեց:

Այս անհաջողությունը ստիպեց Սերգոյին այժմ էլ ուրիշ նոր չարություններ նյութելու Դարչոյի դեմ: Վերջինս էլ հանգիստ չուներ յուր տմարդ թշնամու ձեռքից: Նա ամեն տեղ և ամեն րոպե դողալով սպասում էր նրա հարձակմանը կամ մի նոր դժբախտության՝ նրա կողմից: Մի որևէ խնջույքում, կամ հացկերության վերա անգամ մի ժամ ուրախ լինել չէր կարողանում. ամեն մի անգամ Սերգոյին հիշելով նա կորցնում էր յուր ուրախությունը և զվարթությունը: Սերգոն դարձել էր նրա սատանան: Սաստիկ երկյուղը և մտատանջությունը նրան այնքան մաշել և նիհարացրել էին, որ մայրն ու քույրը շատ անգամ նրան տեսնելով տխրում և լաց էին լինում: Մի օր, վերջապես, Դարչոն մտածեց դիմել յուր և Սերգոյի համփոնների միջնորդության, խոստանալով մինչև անգամ դրամական վարձատրություն, եթե այդ Սերգոն կպահանջեր:

Բայց համփոնների թախանձանաց առաջ էլ նա անդրդվելի մնաց: Միայն, իհարկե, սրանց առաջ նա չուրացավ յուր գործածները:

— Դարչոն ինձ ա՞յն վիրավորանքն է հասցրել, — ասում էր նա, — որ քանի կենդանի եմ, նրան հալածելուց չի պիտի դադարեմ. և եթե հարկ լինի այդ բանի համար աքսոր անգամ գնալ, այսուամենայնիվ ես իմ վճռից չեմ դառնալ և երբեք նրա հետ չեմ հաշտվիլ:

Եվ իրոք երկար ժամանակ նա հաստատ մնաց յուր անգութ վճռի մեջ:

Ընթերցողը մի դժվարալուծ հանելուկի նման հակասություն կնշմարե իմ պատմածների մեջ: Ես առաջ ասացի, որ Սերգոն հայտնի էր յուր սրտի բարությամբ, որ նա յուր կյանքում յուր ընկերներից ոչ ոքին վիրավորած չէր և այլն, և այլն. բայց այսօր ի՞նչ է պատճառը, որ մի ամենաչնչին դեպք նրա սրտի մեջ այնպիսի մի դժոխք է վառել, որին հանգցնել չեն կարողանում ոչ յուր ծնողը, ոչ ոստիկանությունը, ոչ խոստովանահայր քահանան և ոչ յուր սրտին և հոգվույն սիրելի համփոնները:

Պատճառը հենց նա է, որ մարդկային սրտի և զգացմունքների հետ ըստ հաճոյից խաղալ անհնարին է. նրանց չէ կարելի հրամայել, որ սիրեն և խնդրել, որ ատեն: Սիրտը ինքն է ընտրում յուր պաշտելին և ինքն է կործանում նրան: Շատ անգամ ամենաչնչին համարված դեպքերը նրա փոքրիկ թագավորության մեջ այնպիսի հեղափոխություն են հարուցանում, որ ծանոթ մարդիկը և բարեկամները իրենց կողմնացույցը կորցնում են — հին բարեկամին ճանաչելու համար: Երբեք անբնական չէ, որ բնության ամենակատարյալ հրաշակերտը — մարդկային սիրտը, նույնիսկ մարդկության համար շատ մի անբացատրելի գաղտնիքներ է պարունակում յուր մեջ. ահա հենց այդ գաղտնիքներից մինն էր, որ Սերգոյի սիրտը չարության գործարան էր դարձել, և յուր ծանոթներին շվարացրել, և դուք կտեսնեք, որ մի օր էլ այդ գաղտնիքներից մինը, մի նոր և հաճոյական կերպարանափոխություն կստեղծե նրա մեջ:

Գ

Երեկ, այսինքն 1884 թվի օգոստոսի 12-ին, հինգ տարին լրացավ ա՛յն դժբախտ դեպքի, որ տեղի ունեցավ Վերայխ այգիներից մինում: Այս հինգ տարվա ընթացքում ս. Աստվածածնա տոնին Սերգոն և ոչ մի տեղ քեֆի չէր գնում, չնայելով որ յուր համփոնները միշտ հրավիրում էին նրան: Հիշյալ անցքը այնպես վատ էր ներգործել նրա վերա, որ յուրաքանչյուր տարի ս. Աստվածածնի օրը մի առանձին նախապաշարմունքով տանից դուրս չէր գալիս, նմանօրինակ դժբախտության չպատահելու համար:

Բայց երեկ յուր հարևան մի երիտասարդի թախանձանաց զիջանելով, նրա հետ միասին գնաց Խոջիվանքի գերեզմանատունը և չզղջաց: Այդտեղ, ինչպես գիտեք, կա ս. Աստվածածնա անվամբ շինված մի հին եկեղեցի, ուր Աստվածածնա տոնին հավաքվում է ուխտավորների մեծ բազմություն, քաղաքի ամեն կողմերից: Այսօր էլ անցյալ տարիներից պակաս չէր այդտեղ ուխտավորների թիվը: Եկեղեցու բակը մի նորանշան կենդանություն էր ստացել: Մի քանի տեղ կրակներ էին վառած և մատաղներ կամ կերակուրներ էին եփում: Մի քանի տեղ էլ փոքրիկ վրաններ էին խփած, որոնցից մինի մեջ կանայք, աղջկերք և երեխաներ նստոտած ճաշում էին, մյուսի մեջ ընկեր, հարևան հավաքված զրույց էինք անում, և մի երրորդի մեջ չգիտես ո՞ր խմբի համար զանազան պատրաստություններ էին տեսնում: Մի ուրիշ տեղ մի քանի աշուղներ նստած ջոշ էին եկել, երգում էին, չունգուր էին ածում և հիացնում էին իրենց շրջապատող մշեցիներին և մշեցուհիներին: Իսկ մի երկու տեղ էլ երիտասարդներից, երիտասարդուհիներից և հասակավոր կանանցից և երեխաներից շրջան կազմած դահիրա էին խփում, հարմոն էին ածում և հերթով լեզգինկա էին պարում: Վերջապես եկեղեցու դռանն էլ նստած էր երիտասարդ բարեպաշտ Մազմանյանը և եկեղեցվո համար նվերներ էր հավաքում խիստ եռանդով հորդորներ տալով առատաձեռն ուխտավորներին և հանդիմանելով ժլատներին:

Սերգոն սկսավ պարող խմբերի չորս կողմը շուռ գալ և մի տեղի

բոլոր պարողները և դաhիրա ու հարմոն ածող հարսներն ու աղջիկները տնտղելուց ետ, մյուս տեղն էր փոխվում:

Եկեղեցու հարավային կողմը խփած մի վրանի առաջ բազմությունը խիստ շատ էր և պարողների ու դաhիրա խփողների եռանդը զգալի կերպով գերազանցում էր մյուս խմբերին: Սերգոն դիմեց այդ կողմը: Հենց այն միջոցին, որ նա յուր վիզը երկարացրավ խմբի պարողները դիտելու, դաhիրան խփում էր մի բարձրահասակ, գեղեցկակազմ և նուրբ ու գրավիչ դեմքով աղջիկ: Նա թեպետ հարուստ տանից չէր երևում, բայց հագնված էր բավական ճաշակով: Նրա ամբողջ շարժվածքը ազնվական և հրապուրիչ էր. դեմքի ժպիտը քաղցր և կախարդող: Ցուր փափուկ մատները ա՞յնպես ճարպկությամբ էին թրթռում դաhիրայի վրա, որ ամբողջ խմբակի աչքերը ավելի նրա ձեռների վերա էին հառած, քան թե պարողների: Երկար նա խաղաց դաhիրան և մի քանի պարողներ հետզհետե հաջորդեցին միմյանց:

— Հիմա հերթը Նինուցինն է. էլ պարող չլինի, — ձայնը բարձրացրեց խմբակի մեջ մի հաստ ուսերով և բարձրահասակ տիկին, որը, ինչպես երևում էր, խմբակի պարապետուհին էր: Նա ձեռքը դեպի խառնված կանանց կողմը ձգելով, բռնեց մի խիստ շքեղ հագնված, բայց ո՞չ այնքան գեղեցիկ տիկնոջ ձեռքից և սկսավ զոռով ներս քաշել նրան:

— Չեմ կարող, աստված վկա, չեմ կարող, ընդդիմանում էր շքեղ հագնված տիկինը:

— Չի լինիլ, քո արևը գիտենա, չի լինիլ, պիտիս պարզա, — պնդում էր նրան պարապետուհին:

— Վա՛, քեզ ասում եմ չեմ կարող, ես պարել չգիտեմ:

— Է՛, լավ. նազ մի անիլ, թե աստվածդ կսիրես, եթե կուզես կասեմ, որ հարմոնն էլ քու խաթրին մեր Մաշոն ածի.դու խո գիտես նա ինչպես լավ է ածում:

Մաշոն մեզ ծանոթ գեղեցիկ դեմքով և գեղեցիկ դաhիրա խփող աղջիկն էր: Պարապետուհին նրան նշան արավ և Մաշոն դաhիրան տվավ յուր կողքին կանգնած մի ուրիշ աղջկան և ինքը սկսավ հարմոնը: Անշունչ գործիքը կարծես իսկույն նոր հոգի և կենդանություն ստացավ Մաշոյի ձեռքում: Մինչև այժմ հանդիսատեսներին դաhիրան էր գրավում, այժմ էլ բոլորի աչքերը շուռ եկան հարմոնի վրա: Նրա սպիտակ ըստեղուքները այնպես արագ և փափուկ ոստոստում էին գեղեցիկ աղջկա ճարտար մատների տակ, որ լեզգինկան' պար չիմացող անդամների մեջ էլ գրգիռ էր զարթեցնում:

Մաշոյի հարմոն ածելը վերջապես ամոքեց համառ Նինուցիի սիրտը և նա բարեհաճեց պարել «միմիայն Մաշոյի խաթեր համար»:

Բայց շատ քրքրվող տիկնոջ պարն էլ իսկի մի զատ չէր. հանդիսատեսներից ոչ ոքին նա ոչինչ գոհություն չպատճառեց յուր պարով, բացի պարապետուհուց, որ խիստ ամուր ծափահարում էր նրան՝ անընդհատ «տաշ-տաշի, տաշ-տաշի» բացականչելով, իսկ պարապետուհիվոյն իրեն ձայնակցում էին մի քանի հին պառավներ, որոնք նույնպես իմանում էին, որ Նինուցին խիստ հարուստ և բախտավոր տան հարսն է: Վերջապես նա էլ դուրս գնաց և ասպարեզը մնաց ազատ: Պարապետուհին ձեռները այս և. այն կողմն էր ձգում, սրան էր քաշում, նրան էր քաշում, բայց ոչ ոք հանձն չէր առնում պարել, որովհետև մնացել էին միայն այն հարսներն ու աղջկերքը, որոնք ի ներքուստ թեպետ մեռնում են պարելու համար, բայց արտաքուստ սուտ համեստությունից ստիպված, այնպես են կեղծում, որ իբր թե չեն կամենում պարել: Դրա պատճառն էլ այն է, որ շատերը խնդրեն և գրեթե զոռով ներս գցեն իրենց, որ հետո ասեն թե՝ «ես սկի չէի ուզում, համա խիստ զոռեցին»: Բայց որովհետև այդպիսի դեպքերում ամեն մի առաջարկող յուր սրտումը ուզում է, որ ինքը պարե, ուստի շատ էլ չի զոռում յուր ընկերուհուն, որ ասպարեզը իրեն մնա: Բայց խիստ շատ է վրդովվում այդպիսին, երբ տեսնում է, թե մինչև յուր բանը շինելը՝ հանկարծ մի անկյունից դեղաներից մինը գդելով ներս ձգեց յուր տգեղ դեմքով ու կոպիտ հագուստով աղջկանը: Վայ ինձ. այդպիսի դեպքերում ես բնավ չեմ ծափահարում, և եթե դահիրան իմ ձեռքումը լիներ, կամ վայր կնկներ և կամ լեզգինկայի փոխարեն ես կսկսեի «երի, երի, չոբան երի» ածիլ, որով միայն արջերն ու կապիկներն են պարում: Ուրիշ բան է, իհարկե, երբ ասպարեզ է մտնում ամբողջ խմբի սիրելին, այդ ժամանակ ծափահարությունն էլ սրտաբուխ է, հիացմունքն էլ:

Վերջապես պարողների այս ընդհանուր ճգնաժամի միջոցին, չգիտեմ, ո՞ր աստծու օրհնածն էր, հանկարծ ձայն տվավ. «Հիմի էլ հերթը Մաշոյինն է»: Այդ ձայնը կարծես էլեկտրական ազդեցություն արավ ամբողջ շրջապատի վերա: Բոլորն էլ միաբերան գոչեցին, «Մա՞շոն, Մա՞շոն»: Իսկ մեր ծանոթ Սերգոն, որ մինչև այն հափշտակվել և ընդարմացել էր գեղեցիկ աղջկա դաշնահարությամբ, քնից զարթածի նման այնպես բարձր «Մաշո» կանչեց, որ բոլորն էլ երեսները դեպի իրեն դարձրին, իսկ հեգնասեր աղջիկներից մի քանիսը մինչև անգամ ծիծաղեցին նրա վերա: Երիտասարդը իսկույն կարմրեց և գլուխը թաքցրավ ընկերոջ ետքում: Բայց պետք է խոստովանել, որ միայն նրա ձայնն էր, որ կարողացավ ազդել պարապետուհու վերա, թե չէ անպիտան պառավը էլի կպել էր մի ինչ-որ փոդրաթչի Ծղալոբի մեծ քթավոր կնկա օձիքից և նրան էր ուզում ներս քաշել՛ ի ցավ և ի վիշտ շրջապատող երիտասարդների:

Այսքան ձայների և աչքերի առաջ՝ անկարելի էր, որ Մաշոն անտարբեր մնար. իսկույն մի վարդագույն կարմրություն պատեց նրա երեսը, և նա աշխատեց ծածկվիլ վրանի ետքում, բայց պարապետուհին վրա հասավ: — «Մի՛ փախչիր, պտիս պարի», — ասաց նա և ձեռքիցը բռնելով քաշեց դեպի իրեն:

Դաhիրան ու հարմոնը ձեռք առին երկու ուրիշ աղջիկներ, որոնք նույնպես վարպետ դաշնահարներ էին և խիստ տակտով սկսան «լեզգինկան»: Գեղեցիկ Մաշոն ասպարեզ իջավ, ուրախության ձայները և ծափահարությունները օդը թնդացրին: Հանդիսատեսների խումբը հետզհետե սկսավ ստվարանալ, իսկ ուրիշ կողմերում պարերը դադարեցին: Մաշոն սկսավ պարել, բայց ի՞նչպես էր պարում, իհարկե դժվար է նկարագրել. արժեր, որ իմ ընթերցողները անձամբ ներկա լինեին այնտեղ: Նրա քնքշիկ ոստյունները, մերթ հապճեպ և մերթ ծանր շրջադարձը, նրա թրթռուն պտույտները և վերջապես գողտրիկ ձեռների շարժումները ա՜յնքան ճարտար, ա՜յնքան հաշված և գրավիչ էին, որ անկարելի էր չհիանալ նրանով: Ամբողջ քառորդ ժամ նա պարեց, բայց երբ վերջի պտույտը ավարտելով կամեցավ շրջապատից դուրս գալ, իրմով կախարդված և սիրահարված խմբակը ոչ մի տեղից ճանապարհ չտալով ընդհանուր աղաղակներով ու ծափահարությամբ ստիպեց նրան կրկին պարել: Մաշոն ընդդիմանալ չկարողացավ և սկսավ նորից յուր պարը, բայց խեղճը չափից դուրս վաստակած լինելով, շատ փոքր ժամանակ կարողացավ հաճույք պատճառել յուր խմբակին, և մի քանի պտույտներից ետ շառագունած և քրտնաթոր թողեց ասպարեզը:

Դաշնահարությունը իսկույն դադարեց, որովհետև նրանից հետո էլ ո՞վ կհանդգներ պարել, կամ ո՞վ մտիկ կտար այդ պարողին:

— Ալեքսի, քո տունը չքանդվի, սա ո՞ւմ աղջիկն է. սա ինսա՞ն է, թե հրեշտակ, — հիացմամբ հարցրավ Սերգոն յուր հարևան երիտասարդից, երբ պարողների խումբը ցրվեցավ:

— Չգիտեմ, Սերգո, ես էլ քեզ էի ուզում հարցնել:

— Է՜հ ի՞նչ դառավ... — դժգոհությամբ պատասխանեց Սերգոն և անցավ ուրիշ կողմ, որ գուցե կարողանար մի ուրիշ ծանոթից իմանալ այդ բանը:

Դժբախտաբար այնպիսի բազմաճանաչ ծանոթներ էլ չկային և եղածներն էլ, մի որոշ բան ասել չկարողացան նրան: Իսկ կանանց մոտենալ և հարցնել Սերգոն ամաչում էր, մանավանդ, երբ նկատել էր, որ մի քանի աղջիկներ յուր վերա, մատնացույց անելով՝ «ա՜յ, սա էր Մաշո կանչողը» ասելով, կրկին ծիծաղել էին:

Այսուամենայնիվ երիտասարդը եկեղեցու բակից շուտով չհեռացավ, և անընդհատ պտույտներ անելով աշխատում էր որքան կարելի է շատ անգամ տեսնել գեղեցիկ Մաշոյին:

Վերջինս էլ կարծեմ նկատել էր այդ բանը, և թեպետ յուր սիրուն հայացքներին շատ չէր արժանացնում Սերգոյին, այնուամենայնիվ պատահած ժամանակ, եթե մի անգամ աչքի տակովը նայում էր նրան խեղճ երիտասարդը, հարյուր անգամ գնում էր էն կյանքը ու մեկ էլ ետ գալիս:

Իսկի չծիծաղես մեր Սերգոյի վերա, սիրելի ընթերցող: Սա կյանքի

մեջ հաճախ պատահող ա՛յն երևույթներից մինն է, որ միանգամից վճռում է մարդու բախտը դեպի երջանկություն կամ դեպի կործանումն, և սրան անվանում են սիրահարություն: Եթե երբևիցե սիրահարվել ես, դու անշուշտ կկարեկցես խեղճ Սերգոյին, որովհետև իսկույն կնկատես, որ նրա մեջ էլ արդեն սկզբնավորվում է այդ քաղցր հիվանդությունը, բայց եթե մինչև այսօր այդ ցավի համը առած չես, կուզենայի (ներիր անկեղծությանս), որ դու առանց դալմադալի դուրս գայիր իմ ընթերցողների շարքից, ես կամենում եմ, որ ավելի զգայուն մարդիկ լսեն իմ պատմությունը:

Արեգակը վաղուց մայր էր մտել, մութը հետզհետե կոխում էր, և ուխտավորներից շատերը պատրաստվում էին հեռանալ դեպի իրենց տները: Սերգոյի տնից ոչ ոք այստեղ չլինելով, յուր համար էլ անհարմար էր երկար դեգերել այս ու այն ընտանիքի շուրջը. ուստի երբ տեսավ, որ Մաշոն էլ պատրաստվում է մի ինչ որ ընտանիքի հետ դուրս գնալու, ինքն էլ ուղղեց յուր քայլերը դեպի տուն:

Դ

— Դեդի ջան, ո՞վ էր ա՛յն սիրուն աղջիկը, որ այնպես լավ պարում ու դահիրա էր խփում, — հարցրավ Սերգոն մորը, տուն մտնելով:

— Ի՞նչ աղջիկ, ո՞րտեղ:

— Վա, չտեսա՞ր, Խոջիվանքում...

— Որդի, ինչե՞ր ես հարցնում, հնա՞րքով ես ընկել, ի՞նչ է, ե՞րբ եմ Խոջիվանքում եղել:

Սերգոն նոր մտաբերեց, որ, իրավ, յուր դեդին այսօր այնտեղ չէր:

— Ա՛խ, գլուխս բոլորովին կորցրել եմ, — ինքն իրենից տրտնջաց նա և ապա դառնալով մորը, շարունակեց, — դեդի, այսօր Խոջիվանքում մի աղջիկ տեսա, մի աղջիկ, որ ասես թե աստղերիցն էր ներքև իջել. տե՞ր աստված, այնպես էլ բան կլինե՞ր, օ՛, հո՛, հո՛, մի սիրուն էր, մի դահիրա էր խփում, մի հարմոն էր ածում, մի պարում էր, որ ինձ իստակ գժվեցրեց էլի... ախ, դեդի, բաս դու նրան չե՞ս ճանաչում:

— Որդի, որ չեմ տեսել ի՞նչպես կարող եմ ճանաչել:

— Ա՛խ, էլի ասում է չեմ տեսել. բաս մեր Հավլաբարումը չես իմանում, թե ով է ամենից սիրունը, նա կլինի էլի:

— Վա, սիրուն աղջկերք շատ, ես ինչպես իմանամ, թե որն է քո ասածը:

— Հա՞, մոռացել էի. անունն էլ Մաշո է:

— Որդի, Մաշո անունով մեր Հավլաբարում քի՞չ աղջկերք կան. ա՞յ, ղազազ Արութինի աղջկա անունն էլ Մաշո է. հալլաբ Սաքոյի աղջկա անունն էլ Մաշո է, մեր Փեփելի քրոջ աղջկա անունն էլ Մաշո է... Հա՞, քիչ էր մնացել, որ մոռանայի — զառափ Կակուլու քրոջ անունն էլ Մաշո է, էլ ո՞ր մեկն ասեմ...

Հենց այս վերջի խոսքերի վերա էր Սաբեթը, երբ խարազ Օհանի տղան ներս մտավ:

— Օ՛, այս ի՜նչ լավ եղավ, որ դու եկար, Սանդրո ջան, — ուրախությամբ բացականչեց Սերգոն, — ախր դու այսօր մի ժամանակ աչքովս ընկար Խոջիվանքում, դո՞ւն էլ այնտեղ էիր, այնպե՞ս չէ՛:

— Բա՞ս, ես էլ այնտեղ էի, մատաղ էլ ունեինք: Ի՞նչ է, դո՞ւն էլ կայիր:

— Հապա՞:

— Ի՞նչ է ասում, տո հեր օրհնած, մի կմոտենայիր է՛, ո՞նց պատահեց, որ ես քեզ չտեսի:

— Լավ, Սանդրո ջան, այդ թողի՞ր, առաջ մի ինձ ասա՞՛, թե ո՞վ էր այն լավ դաիիրա խփող ու պարող սիրուն աղջիկը:

— Ո՞րը, Մաշո՞ն:

— Հա՛, հա՛, Մաշոն, ես նրա հոգուն մեռնեմ. յարաբ նա ի՞նչ աղջիկ էր:

— Տո, քո թշնամու քույրն է, չե՞ս ճանաչում:

— Ի՞նչպես թե իմ թշնամու. Դարչոյի՞...

— Բա՞ս:

— Թե ախպեր ես, սիրտս մի՛ տրաքացնիլ, դո՞րթ նրա քույրն է:

— Վա, քո արևը, նա է, սո՞ւտ եմ ասում: Ամա, հախ աստծու, ոսկի աղջիկ է, ոսկի:

Այս հայտնությունը կարծես թե Սերգոյի գլխին կայծակ իջեցրավ, նա շփոթվեցավ և ընկավ մտատանջության մեջ:

— Ա՞յ, դեդի, եթե Սերգոն այսպես թշնամություններ չաներ Դարչոյի հետ, Մաշոն նրա համար կուզեինք, — դարձավ Սանդրոն Սաբեթին, — նա մի անգին աղջիկ է, ու լավ էլ իրար սազ կգային:

— Ի՞նչ անեմ, որդի, Սերգոն իրեն էլ խայտառակեց, ինձ էլ, բաս ես չէի՞ ուզիլ, — տխրությամբ հարեց Սաբեթը:

Բայց Սերգոն այդ ժամանակ խորասուզվել էր մտածմունքների անհատակ ծովի տակ:

— Հա՞, ի՞նչ պատահեց քեզ . բաներդ մոշլա է՞ն, — կատակով ընդհատեց նրան Սանդրոն:

— Վա՞յ իմ մեղքը. ես իմ ձեռքով իմ տունը քանդել եմ, էլ ի՞նչ հույս կարող եմ ունենալ... — ինքն իրեն խոսում էր Սերգոն և գլուխը շարժում:

— Ի՞նչ պատահեց քեզ, ո՞րդի. ինչի՞ վերա ես ինքդ քեզ հետ խոսում, — հարցրավ Սաբեթը անհանգստությամբ: Սերգոն ոչինչ չպատասխանեց և շարունակում էր ինքն իրեն մրթմրթալ: Բայց մի քանի վայրկյանից հետո հանկարծ տեղիցը թռավ և բացականչեց.

— Դե՞դի, ես գնում եմ Դարչոյենց տուն...

— Ինչո՞ւ է համար, որդի, ի՞նչ պատահեց:

— Ոչինչ. գնում եմ, որ չոքեմ Դարչոյի առաջ, նրա ոտքերը համբուրեմ, մեղա գամ իմ գործած անիրավությունների համար և հաշտվիմ նրա հետ...

— Բայց այսպես անժամանա՞կ...

— Վնաս չունի, եթե նրանք ինձ դուրս կանեն, էլի ետ կգամ, — ասաց նա և շտապով գդակը վերցնելով դուրս գնաց:

Սանդրոն ու Սաբեթը մնացին շվարած:

Ե

Դարչոն յուր մոր և քրոջ հետ նստած դեռ թեյ էր խմում, երբ հանկարծ Սերգոն ներս մտավ: Սարսափը տիրեց ամբողջ ընտանիքին. Դարչոն ու Մաշոն անգիտակցաբար տեղերնրից վեր թռան և պաշտպանողական դիրք բռնեցին. Քեթևանը մինչև անգամ մի թեթև ճիչ արձակեց: Բայց Սերգոն թույլ չտվավ, որ նրանց երկյուղը շարունակվի, նա մի քանի քայլ առաջանալով հանկարծ չոքեց Դարչոյի առաջ և անկեղծ սրտից բխած աղաչավոր ձայնով ասաց. «Դա՛րչո, քո հոգուն մեռնեմ. եկա որ մեղա գամ քեզ մոտ, և իմ գործած անիրավությունների համար թողություն խնդրեմ քեզանից: Ես մեղավոր եմ քո առաջ, ես այդ խոստովանում եմ. բայց դու ազնիվ տղա ես. ինձ պետք է ներես և պետք է հաշտվես ինձ հետ, թե կուզես ոտքդ էլ կհամբուրեմ...»: Այս ասելով նա մինչև անգամ խոնարհեց, որ Դարչոյի ոտքը համբուրե: Դարչոն զարմացած ետ քաշվեց, նա այդ բոլորից ոչինչ չէր հասկանում, նա չէր հավատում յուր աչքերին:

— Դարչո ջան, զարմանում ես հա՞, — կրկին խոսաց Սերգոն, — իրավունք ունիս, ե՛ղբայր, իրավունք ունիս ինձ չհավատալու: Աստծուց թաքուն չէ, քեզանից ի՞նչ թաքցնեմ, ես քեզ հետ մինչև այժմ արյան թշնամի էի, և կամենում էի քեզ ոչնչացնել. այս դու ինքդ էլ գիտես. բայց այսօր մի բան պատահեց, որ ինձ սաստիկ զղջալ տվավ իմ բոլոր արածների վերա. ես այժմ ինձ դատապարտում եմ ինչպես մի ավազակի, մի մարդասպանի, ես ինձ չեմ ներում, բայց աղաչում եմ քեզ, դու ների՛ր և հաշտվիր ինձ հետ...

Դարչոն մոտեցավ յուր նախկին ընկերոջը և նրա ձեռքից բռնելով.

— Վեր կա՛ց, Սերգո, մենք կանգնած է՛լ միմյանց կարող ենք լսել, — ասաց նա և երբ վերջինս ոտքի ելավ, շարունակեց. — Ճշմարիտն ասա, Սերգո, սրտով կամենում ես հաշտվե՞լ ինձ հետ, թե՞ էլի մի չարություն ունիս մտքումդ:

— Դարչո ջան, ես ոչնչով չեմ երդվում, բայց հավատացիր, որ անկեղծ սրտով կամենում եմ հաշտվել քեզ հետ. իմ խիղճը տանջում է ինձ, ես կամենում եմ ազատվել այդ տանջանքից...

— Լավ, ես հավատում եմ և հաշտվում եմ քեզ հետ. ես քեզ ներում եմ, ես մոռանում եմ քո գործածները դու ոչինչ թշնամություն չես արել ինձ... — Այս ասելով նա ձեռը մեկնեց Սերգոյին և երկուսը միասին իրար գրկելով համբուրվեցան, երկուսի աչքերն էլ ուրախությունից լցվեցան արտասուքով:

Քեթևանը նույնպես մոտեցավ նրանց, ուրախությամբ գրկեց երկուսին էլ, ճակատները համբուրեց, և ապա դառնալով Սերգոյին ասաց.

— Սերգո ջան, էլի մի բան ինձ համար մութ է: Մինչև այսօր ինչ միջոցներ որ գործ դրինք, մենք քո սիրտը շահել չկարողացանք: Մի ինձ ասա տեսնեմ, թե այժմ ի՞նչ պատահեց քեզ, որ հանկարծ այդպես փոխվեցար:

Սերգոն սկսավ մանրամասնաբար պատմել նրանց այն ամենը, ինչ որ այն օրը ինքը տեսել և զգացել էր: Նա պատմեց ամեն ինչ անկեղծությամբ և առանց քաշվելու, նա հայտնեց և այն, թե քանի՛ քանի՛ անգամ ինքն իրեն անիծել էր, որ Մաշոյի նման աղջկա եղբոր հետ նա այն աստիճան տմարդությամբ էր վարվել, ուստի և մինչև այն րոպեն յուր խիղճը անգթաբար տանջում է իրեն:

Այստեղ մայր և որդի հասկացան, որ երբեմն իրենց փափագած այդ թանկագին հաշտությունը շնորհել են նրանց միմիայն Մաշոյի գեղեցկությունը և շնորհքը...

Մի ստահակ սիրտ, որ երբեմն չէր ընկճվում ո՛չ մայրական արտասուքների, ո՛չ արդարադատության, ո՛չ քահանայի և ոչ անձնվեր մտերմության առաջ, այսօր նա ծունր է դնում գեղեցկության ոտքերի մոտ...

Եվ մի՞թե բնությունը անարդարությամբ է վարվում այստեղ. բնավ: Եթե գեղեցկության համար սահման որոշենք միմիայն մարդկային դեմքը, մենք նրանից խլած կլինենք յուր մեծ զորությունը, բայց եթե գեղեցկությունը արտափայլում է և՛ սրտի, և՛ հոգվո, և՛ մտաց, և՛ բարուց, մեջ, այն ժամանակ նա հայտնվում է իբրև մի ամենակարող ուժ, որի առաջ, առանց բացառության, պիտի խոնարհեն բոլոր ապստամբ, բայց զգայուն ոգիները...

Սերգոն յուր պատմությունը վերջացնելուց ետ ամենայն պարզությամբ հայտնեց և յուր միտքը, որ նա կամենում էր Մաշոյի հետ ամուսնանալ:

Այս առաջարկությունը մի փոքր շվարացրեց թե՛ Քեթեվանին և թե՛ Դարչոյին: Եվ իրավ, ի՞նչպես կարող էին նրանք մի այդպիսի շուտափույթ վճիռ կայացնել իրենց աղջկա ապագայի մասին: Բայց ամեն դժվարություն լուծեց ինքը՝ գեղեցիկ Մաշոն: Երբ Քեթևանն ու Դարչոն Սերգոյի առաջարկության պատասխանեցին թե՝ «այդ բանը պետք է դեռ Մաշոյից հարցնենք և առաջուց նրա հաճությունը առնենք», Մաշոն, որ մինչև այն ծածկված էր ինքնաեռի ետքում, առաջ անցավ և լուրջ ու վճռական ձայնով ասաց. «Ես համաձայն եմ»:

— Եթե այդպես է, աստված շնորհավոր անի, — ասաց Քեթևանը, — ես չեմ ընդդիմանում:

— Աստված շնորհավոր անի, — կրկնեց Դարչոն և սեղմեց Սերգոյի

ձեռքը: Մի քառորդ ժամից ետ Դարչոյի և Սերգոյի հին ու նոր համփոնները և ազգականները հավաքվեցան այդտեղ: Սազանդարները կարծես գետնի տակից բուսան: Եկավ այդտեղ և տեր-Մինասը, որ երիտասարդ զույգերի նշանը օրհնեց և այնուհետև քեֆը սկսավ: Բայց ի՛նչ քեֆ: Մի կողմից երկարամյա խռովության վերանալը և երկու բարեկամների հաշտությունը, և մյուս կողմից գեղեցիկ զույգերի նշանադրությունը: Կարող եք այժմ երևակայել, թե ինչ տեսակ քեֆ պետք է լիներ մեր թիֆլիսցի քաջերի հնարածը:

Շլեր էին, որ հաջորդում էին միմյանց և կենացներ, որոնք դատարկվում էին մեկը մյուսի ետևից: Երգերին ու պարերին խո չափ ու սահման չկար: Հավլաբարի ա՞յն թաղը, ուր Դարչոյենց տունն էր, ամբողջ գիշեր թնդում էր ուրախության ձայներից: Շատ ընտանիքներ էլ, որոնք թեպետ այդ քեֆին մասնակից չէին, այնուամենայնիվ ստիպվեցան մասնակցողների հետ հազիվ առավոտը քնել, որովհետև սրանց աղաղակները կատարելապես խանգարում էին նրանց: Առավոտյան դեմ ամեն բան հանդարտ էր:

Այսօր ճաշից հետո ես պատահեցի տեր-Մինասին, որ պատմեց, թե մեզ հայտնի զույգի պսակը այս երեկո պիտի կատարե: Ես շատ ուրախացա: Եվ թեպետ չեմ ճանաչում ոչ իմ հերոսին և ոչ հերոսուհուն, այսուամենայնիվ ես անկեղծ և ուրախ սրտով շնորհավորում եմ նրանց միությունը և երկար ու երջանիկ օրեր եմ մաղթում նրանց համար:

ԱՆՊԱՏՃԱՌ ԻՇԽԱՆՈՒՀԻ

Ա

Օրիորդ Աննա Լազարյան. — Հարուստ ծնողաց տեր, մեծ օժիտով, տասննութ տարեկան, ուսումնավարտ, հասակը գեղեցիկ, դեմքը գրավիչ, աչքերը կրակոտ, պչրող, նորասեր և երբեմն փիլիսոփա:

Օրիորդ Վարդուհի Սամվելյան. — Աննայի մի հեռավոր ազգականը, բայց մոտիկ բարեկամուհին, նրան հասակակից, որբ հոր կողմից, միջակ կարողության տեր նրբակազմ, գեղադեմ, խելոք հայացքով, հրապուրիչ ձայնով, համեստ և ավելի քան բարեսիրտ:

Տիրան Մարության. — Նորեկ Պետերբուրգից, կանդիդատ լեզվագիտության, երկու հազարանոց պաշտոնում, վայելչակազմ, գեղեցկադեմ, ճարտարախոս և այս բոլորից հետո՝ հայագետ:

— Ի՞նչ ես կարծում, Վարդո, չէ՞ որ մեր դրությունը ծիծաղելի է, և պետք է մի օր բարեփոխել նրան, — հարուստ բազկաթոռի վերա ընկած խոսում էր օրիորդ Լազարյանը յուր ընկերուհու հետ, որը հենց նոր էր այցելել նրան:

— Ինչո՞ւ համար է ծիծաղելի, ես այդ չգիտեմ, — հարցրեց Վարդուհին հետաքրքրությամբ:

— Մի՞թե ես այդ պետք է դեռ բացատրեմ քեզ: Ծիծաղելի է ասում եմ, և դու համոզվիր, որ այդպես է: Ինչ արարածներ ենք նույնիսկ մենք, արիստոկրատ ընտանիքի աղջիկներս: Ամեն օր անհոգությամբ ուտում ենք, խմում ենք, կամ զուգվում, փողոցներն ենք չափում: Ով է մեզանից մտածում, թե ո՞րտեղ է տանում մեզ այս ճանապարհը և կամ ո՞ւր պիտի հանգի նա:

— Ես էլի քեզ չեմ հասկանում, Անիչկա, — ընդհատեց նրան Վարդուհին, — խոսի՛ր ավելի պարզ:

— Ավելի պա՛րզ, շատ լավ: Դու հո գիտե՞ս, Վարդո, որ մեր ապագա բախտավորությունն ամուսնության մեջ է, այդպես չէ՞:

— Իհարկե:

— Շատ լավ. այժմ ասա, հոգիս, ո՞րքան ենք մենք մտածում մեր այդ ապագա բախտավորության համար: Ո՞վ է մեզանից հոգում, թե ի՞նչ ամուսին պետք է ընտրե յուր համար, կամ ո՞վ է հետամուտ լինում յուր սրտի ցանկացածը գտնելու: Ամեն հոգս ու դարդ մենք թողել ենք մեր ծնողների վերա, և մեր մահու ու կյանքի խնդրի լուծումը միայն նրանցից ենք սպասում: Այժմ ասա՛, իրավունք ունի՞նք միթե գանգատվել ապագայում, թե նրանց ընտրությունը մի որևէ դժբախտություն բերե մեր գլխին:

— Ուրեմն, ի՞նչպես պետք է վարվել այդ դեպքում:

— Շատ հասկանալի եղանակով: Երիտասարդներն ուղղակի իրենք են ընտրում իրենց հարսնացուներին և ծնողները խոնարհվում են նրանց ընտրության առաջ, միևնույնն էլ պետք է անենք մենք աղջիկներս և սովորեցնենք մեր ծնողներին մեր ընտրությունը հարգելու, որովհետև ամուսնությունից առաջացած չարն ու բարին միայն մեր բաժինն է լինում:

— Եվ դու կարծում ես թե մեր սահմանափակ և անփորձ կյանքում մենք էլ նույնքան ճանաչողականություն կունենանք, որքան երիտասարդները:

— Իհարկե, եթե մեր ամուսնության գործն ուղղակի մեր հոգածության առարկան կդառնա, մենք էլ նրանց պես ճանաչելու մեջ կվարժվենք:

— Քո հայտնած մտքերդ, Անիչկա, նոր վարդապետություններ են, հապա քաջ եղի՛ր, առաջին օրինակը, եթե կարող ես, ինքդ մեզ տուր, և այնուհետև մենք կհետևենք քեզ, — ասաց Վարդուհին և անհոգությամբ ծիծաղեց:

— Իզուր ես ծիծաղում, սիրելիս, այս հարցի մասին ես շատ լրջությամբ եմ խոսում, — նկատեց օրիորդ Աննան, — իմ հայտնած մտքերը վաղուց է, որ զբաղեցնում են ինձ, և առանց քո ասելուն էլ ես հաստատապես վճռել եմ իմ մեջ այսպիսի մի օրինակ տալ ձեզ:

— Եվ դու այդքան հաստատակամություն կունենա՞ս:

— Դու այդ կտեսնես...

Դեռ երկու օրիորդները իրենց խոսակցությունը չէին վերջացրել, երբ տան ծառան ներս մտավ և հայտնեց յուր տիրուհուն մի անծանոթ պարոնի գալուստը:

— Հրավիրեցեք, — հրամայեց օրիորդը և ուղղվեցավ յուր բազկաթոռի մեջ:

Երկու րոպեից ետ ներս մտավ Տիրան Մարությանը և մայրաքաղաքում ընդունված քաղաքավար ձևերով ծանոթացավ տիրուհի օրիորդի և նրա ընկերուհու հետ:

— Գուցե դուք ինձ չէիք սպասում, օրիորդ, — սկսավ խոսել պարոն Մարությանը, — բայց ես ա՛յնքան սիրեցի ձեր ծնողաց առաջարկությունը, որ մի ժամ առաջ ձեր տան հետ ծանոթանալու ինձ համար մեծ բախտ եմ համարում:

— Ընդհակառակը, իմ հորեղբայրն այնքան գովությամբ էր խոսում ձեր հայազգիության մասին, որ ես մի օր առաջ էի ցանկանում ձեզ աշակերտել: Շատ ուրախ եմ, որ բարեհաճել եք այդպես շուտ մեզ այցելելու:

Այցելող երիտասարդը հայերենի ուսուցիչ էր հրավիրված օրիորդ Աննայի համար: Այո՛, բանն, իհարկե, շատ օտարոտի չպետք է երևա ձեզ, որովհետև այդ ժամանակները հայոց թատրոնի շնորհիվ հայերեն սովորելը haute nouveauté էր համարվում մեր արիստոկրատ ընտանիքների մեջ: Հայ աղջիկները բարեհաճում էին հայերեն սովորել..

— Տասը տարի առաջ, երբ ես իմ հայրենիքից եկա այստեղ, — շարունակեց պարոն Մարությանը, — Թիֆլիսը շատ վատ ազդեցություն արավ ինձ վերա: Ուր որ գնում, ուր որ հանդիպում էի, ամեն տեղ հայերը օտար լեզվով էին խոսում. մի-մի հայերեն խոսք միայն կինտոներից կամ բախալներից էի լսում, բարձր ընտանիքների մեջ հո հայերեն լեզուն չինականի նման անծանոթ էր: Իմ հայրենի քաղաքում այդպիսի բան ես տեսած չէի. այնտեղ անկարելի էր գտնել մի հայ անձն, որ հայերեն խոսել չգիտենար. եթե մինչև անգամ պատահեր, որ հարուստ ընտանիքներից մինում հայ կինը կամ աղջիկն օտար լեզվով խոսելու փորձ աներ, իսկույն յուր շրջապատողների ծաղրածության առարկա կդառնար: Ես, որ այստեղ եկած ժամանակ դեռ տասննութ տարեկան էի, իմ հասակակից ընկերների հետ միասին հայերեն լեզուն և նրա գրականությունն արդեն մեր քաղաքում ուսած ավարտած էի: Պարզ է ուրեմն, որ այդ ժամանակվա Թիֆլիսը իմ աչքում շատ հրեշավոր կերևար: Բայց տասը տարուց ետ կրկին այստեղ վերադառնալով, ես մեծ փոփոխություն եմ նկատում: Այժմ գրեթե ամեն շրջաններումն էլ հայերեն խոսում ու կարդում են: Պակասը մեր արիստոկրատ ընտանիքներն էին, և ահա՛ դեռ իմ գալստյան հինգերորդ օրը ես դրանցից մեկի հրավերն եմ ստանում, իրենց ազնվաշուք օրիորդին դասախոսելու: Այս բոլորը, իհարկե, մխիթարական երևույթներ են: Եվ ահա, այս էր պատճառը, օրիորդ, որ ես ասացի ձեզ, թե մի ժամ առաջ ձեզ հետ ծանոթանալս ես ինձ համար մեծ բախտ եմ համարում:

Երիտասարդի վերջին հաճոյախոսությունները բոլորովին գրավեցին օրիորդ Աննային: Նա ոչ միայն մոռացավ ամուսնական խնդրի մասին ունեցած յուր նոր վարդապետությունը, այլ մինչև անգամ պատրաստ էր այդ րոպեին մոռանալ նույնիսկ ամուսնությունը, միայն թե հայերեն լեզուն ուսումնասիրելու համար բավական ժամանակ ունենար:

Մի քանի փոխադարձ հարց ու պատասխաններից հետո, արդեն սկսվում էին դասախոսության վերաբերյալ հարցերը: Օրիորդ Վարդուհին յուր բացակայությունը կարևոր համարելով, ողջունեց յուր խոսակիցներին և հեռացավ: Օրիորդ Աննան կամեցավ ճանապարհ դնել նրան մինչև սանդուղքի դուռը: Երբ նրանք հասան այնտեղ, Վարդուհին կամացուկ շշնջաց ընկերուհու ականջին.

— Եթե դու հաստատապես վճռել ես քո նոր վարդապետությանը

աշակերտել, հարմար առիթը պատրաստ է. պարոն Մարությանն ամենալավ ամուսինը կարող է լինել քեզ համար, աչքի առաջ ունեցիր նրան, նրա վերա մինչև անգամ կարելի է սիրահարվել...

— Է՛հ, կատակներդ թո՛ղ, Վա՛րդո, ինձ այժմ դեռ մի բան է զբաղեցնում — սովորել իմ մայրենի լեզուն և սովորել որքան կարելի է լավ, ուրիշ էլ ոչ մի բանի վերա չեմ ուզում մտածել:

— Հավատում եմ. բայց դու իմ քեզ տված խորհուրդը չմոռանաս... — ժպտալով ասաց Վարդուհին և դուրս գնաց:

Շատ անգամ մի դատարկ խոսքը կամ մի անմեղ հայացքը մի ամբողջ ապագայի բախտն է վճռում:

Աննայի վերա յուր ընկերուհու խոսքը յուր չափով ազդեց: Վարժապետի մոտ վերադառնալիս, նա ծանրացրեց յուր քայլերը, ըստ երևույթին Վարդուհու տված խորհուրդը սկսել էր զբաղեցնել նրան, իսկ երբ ընդունարանը մտավ, նա մի ընդհանուր ակնարկ ձգեց վարժապետի վերա և ժպտաց:

Պարոն Մարությանն, իհարկե, այդ չնկատեց և սկսավ զբաղվել յուր դասատվության վերաբերյալ հարցերով:

Բ

Անցավ երկու ամիս: Այդ բոլոր ժամանակ պարոն Մարությանը կանոնավորապես այցելում էր Լազարյանների տունը և դասախոսում էր Աննային: Վերջինս յուր կողմից ոչ մի աշխատանք չէր խնայում յուր վարժապետի ասած դասերը յուրացնելու համար: Թատրոնի մեջ արդեն խոսում էին, որ օրիորդ Լազարյանը Թիֆլիսի բոլոր հայուհիների մեջ ամենալավ հայագետը և հայախոսն է:

— Այդ շատ բնական է, — նկատում էր նախանձոտ աղջիկներից մինը հեգնությամբ, — քանի որ վարժապետը միևնույն ժամանակ և օրիորդի սիրահարն է, ի՞նչպես կարելի է որ ուրիշ կերպ լինի: Մինը եռանդով կդասախոսե, մյուսն էլ եռանդով կսովորե:

— Սխալվում եք. պարոն Մարությանը Անիչկի սիրահարը չէ, այլ Վարդուհի Սամվելյանի, նրա ընկերուհու, — պատասխանում էր Լազարյանների մի բամբասասեր դրացուհին, — ես ամեն օր մեր պատուհանից դիտում եմ: Հենց որ Մարությանը գալիս է Անիչկին դասախոսելու, նրա ետևից մտնում է Վարդուհին իբրև թե յուր. ընկերուհուն այցելելու համար, բայց իսկապես Լազարյանների տունը նրա և Մարությանի ժամադրության տեղն է:

Այս և սրա նման շատ բաներ խոսվում ու լսվում էին բամբասասեր կանանց հասարակության մեջ, բայց թե ո՞րքան ճշմարտություն կար այս բոլորի մեջ, դեռ ոչ ոք հաստատապես չգիտեր:

Մի կյուրակե առավոտ, երբ խայտաճամուկ հասարակությունը

խռնված էր քաղաքային այգու ճեմելիքների մեջ, երկու բարեկամուհի օրիորդները՝ Վարդուհին և Աննան հանդիպեցան միմյանց, յուրաքանչյուրը յուր մոր հետ: Վերջիններս ուրախությամբ իրար մոտեցան, ողջունեցին և խիստ բարեկամաբար միմյանց ձեռքն էին սեղմում, երկու օրիորդների մեջ, ընդհակառակը, մի ինչ-որ անսովոր փոփոխություն էր նկատվում: Օրիորդ Լազարյանը շատ սառնությամբ ընդունեց ընկերուհու ողջույնը և բոլոր զբոսանքի ժամանակ լուռ մնաց: Այս հանգամանքը միայն Վարդուհին էր նկատում և խիստ զարմանում: Ինքը՝ օրիորդը, որքան մտածում էր, նրան անհաճո մի բան արած չուներ, կամ որևէ մի վարմունքով վիրավորած չէր: Ինչո՞ւ պետք է յուր ընկերուհին այդքան սառը լիներ դեպի ինքը, այս միտքը նրան անհանգստացնում էր:

Զբոսանքից վերադառնալուց ետ, նույն օրը ևեթ Վարդուհին շտապեց ընկերուհու մոտ նրանից բացատրություն պահանջելու յուր օտարոտի վարմունքի համար, որովհետև նա Աննային շատ էր սիրում և չէր կամենում, որ իրենց բարեկամությունը մի որևէ իրեն անծանոթ գժտությամբ խախտվի:

— Դու քո վարմունքով խոսացնել ես տալիս մարդկանց թե՛ իմ և թե՛ քո վերա, — պատասխանեց Աննան ընկերուհուն: — Մենք բարեկամներ էինք, ճշմարիտ է, նույնիսկ պարոն Մարությանին ճանաչելուց առաջ, և այդ ժամանակները դու ինձ այցելում էիր հազիվ շաբաթը մի անգամ: Իսկ այն օրից սկսած, երբ Մարությանը հաճախում է մեզ մոտ, դու գրեթե՝ շաբաթվա չորս օրը նրա հետ մեր տանն ես լինում: Դրանով դու առիթ ես տալիս, որ ուրիշները բամբասեն մեզ ու հազար ու մի տգեղ պատմություններ հյուսեն մեզ համար...

— Ի՞նչ պատմություններ են հյուսում, օրինակ, — հարցրեց Վարդուհին, — պատմի՛ր ինձ գոնե մեկը:

— Ա՛յ, օրինակ, ասում են, որ դու սիրում ես նրան, որ մեր տունը ձեր սիրակցությունների ժամադրության տեղն է, որ ես ձեր սիրակցական հարաբերությունների միջնորդն եմ և այլն, և այլն: Այս բոլորը թե՛ մեր տան և թե՛ մասնավորապես ինձ համար անպատվաբեր լուրեր են. ես սաստիկ վիրավորված եմ. պետք է անպատճառ վերացնել մեջտեղից այդ խոսք ու զրույցների շարժառիթը:

— Ուրեմն ե՞ս եմ քո կարծիքով այդ բոլորի մեջ հանցավորը, — հարցրեց Վարդուհին:

— Անկասկած:

— Ի՞նչ կկամենայիր, որ ես անեի քեզ գոհացնելու համար:

— Ինձ գոհացնել հարկավոր չէ, պետք է խոսող բերանները լռեցնել:

— Իսկ դրանց լռեցնելո՞ւ համար...

— Պետք է դադարես միառժամանակ մեզ մոտ հաճախելու:

Վարդուհին լռեց և մի քանի րոպե ընկավ մտածության մեջ: Հետո

աչքերը բարձրացնելով ուղղեց յուր հայացքը ընկերուհու անհանգիստ դեմքին և հարցրեց,

— Անկեղծ եղի՛ր ինձ հետ: Անիչկա՛, ինչպես անկեղծ էիր մինչև այսօր, խոսողները լռեցնելու համա՞ր ես կամենում, որ ես չհաճախեմ ձեզ մոտ, թե քո սրտի իսկական ցանկությունն է այդ:

— Խոսողները լռեցնելու համար միայն:

— Անկեղծ սրտո՞վ ես խոսում:

— Բոլորովին անկեղծ:

— Շատ լավ, ուրեմն ես դեռ կարող եմ խոստովանել քեզ իմ սրտի գաղտնիքը:

— Գաղտնի՞քը, մի՞թե դու գաղտնիք ունիս և մինչև այժմ ծածկել ես քո ընկերուհուց, — խորամանկությամբ հարցրեց Աննան:

— Այո՛, Անիչկա, հոգյակս, հասարակությունը չի խաբվում, խոսողները չեն ստում, ես սիրում եմ Տիրանին...

Աննայի դեմքը մռայլվեցավ. Վարդուհու խոստովանությունը կայծակի մի հարված էր նրա համար:

— Վերջապես դու այդ խոստովանեցիր, Վարդո՛, բայց ես վաղուց էի գուշակում քո հանցավոր դիտավորությունը, — դառնությամբ նկատեց նա ընկերուհուն, — դու ի չարն ես գործ դրել իմ տան բարեկամությունը և այդ պատիվ չէ բերում, քեզ:

— Ինչո՞վ եմ ես հանցանք գործել կամ դավաճանել ձեր տան բարեկամությունը, — վրդովված հարցրեց Վարդուհին:

— Նրանով, որ դու հափշտակում ես ինձանից իմ սիրած անձը, և այն էլ իմ տան մեջ, գաղտնի, գողունի...

Վարդուհին հասկացավ, որ յուր ընկերուհին յուր հակառակորդն էր, բայց սխալն ուղղելու էլ ճանապարհ չկար:

— Տիրանի մասի՞ն է քո խոսքը, — մեղմությամբ հարցրեց նա:

— Այո՛, նրան ես եմ սիրում և ես պիտի սիրեմ, իսկ դու նրան պիտի մոռանաս:

Վարդուհին ժպտաց յուր ընկերուհու պարզության վերա:

— Նրան մոռանա՞լ, և դու կարծում ես, թե կարելի է այդպես հեշտությամբ սրտի զգացմունքներին հրամայել:

— Կարելի է, թե ոչ, այդ ես չգիտեմ, բայց հաստատ գիտեմ, որ դու պիտի մոռանաս նրան, որովհետև նա իմ ընտրած փեսացուն, իմ ապագա ամուսինն է:

— Քո փեսացո՞ւն, քո ամուսի՞նը և դու կատակ չե՞ս անում:

— Բնավ:

— Իսկ քո ծնողները, իսկ Մարությանը, մի՞թե նրանք արդեն տվին իրենց համաձայնությունը, — անհանգստությամբ հարցրեց Վարդուհին, կարծելով թե սա արդեն վերջացած գործ է:

— Ես նրանց համաձայնության պետք չունիմ, — վճռաբար պատասխանեց Աննան:

Վարդուհին հանգստությամբ շունչ քաշեց և ապա հեգնությամբ նկատեց:

— Այո, ես մոռացել էի. չէ՞ որ դու նոր վարդապետություն էիր քարոզում, երևի իմ խորհուրդը չես մոռացել և առաջին օրինակը, ինչպես խոստացար, քեզանից ես տալիս: Ուրեմն շնորհավորում եմ: — Այս ասելով նա բարձրացավ տեղից և մի նետող հայացք ձգելով յուր պարզամիտ ընկերուհու վերա, ասաց. «Ես կատարում եմ քո ցանկությունը, Անիչկա, և հեռանում եմ քեզանից, բարեմաղթելով քեզ հաստատակամություն քո ընտրության մեջ. իսկ ես կաշխատեմ մոռանալ Մարությանին, քանի որ նա քո ընտրած փեսացուն է: Ինչ վերաբերում է մեր բարեկամությանը, մենք նրան կշարունակենք, երբ դու արդեն ամուսնացած կլինես, իսկ մինչև այն ես չեմ խանգարիլ ձեր տեսակցությունները...»: Այս ասելով նա դուրս գնաց:

Վարդուհու որոշումը մի ներքին ուրախություն պատճառեց Աննային, որովհետև նրանով նա ազատվում էր յուր վտանգավոր հակառակորդից, մանավանդ որ ճանաչում էր Վարդուհու ինքնասիրության չափը և գիտեր, որ նա այլևս հետամուտ չէր լինիլ Մարությանին»:

Թեպետ Աննայի ծնողները մեծ հարստության և հայտնի անվան տեր էին քաղաքում, իսկ ինքը՛ օրիորդը շատ հարուստ օժիտ ուներ և այս բավական էր մի աղջկան՝ մեր ժամանակի ամենալավ փեսաներին յուր ետևից քարշ տալու համար, այսուամենայնիվ օրիորդ Աննան վախենում էր կարողությամբ և անունով իրենից ստոր Վարդուհուց, որովհետև վերջինս գերազանցում էր նրան յուր գեղեցկությամբ: Օրիորդ Լազարյանն այնքան միամիտ չէր, որ չգիտենար, թե դեռ գտնվում են աշխարհում հիմարներ, որոնք գնահատում են գեղեցկությունը և գերադասում են նրան հարստությունից, և որ Մարությանը կարող է այդ հիմարներից մինը լինել: Եվ ահա՛ հենց այս տեսակետից կարևոր էր, որ Մարությանը այլևս չտեսներ Վարդուհուն: Աննայի այդ ցանկությունը կատարված էր:

Գ

Այս անցքից հետո Վարդուհին այլևս չայցելեց յուր ընկերուհուն և աշխատում էր մոռանալ Մարությանին: Թեպետ նա բոլորովին հակառակ համոզմունք ուներ այդ երիտասարդի վերաբերությամբ և հավատում էր, որ նա ոչինչով չի զանազանվիլ արդի նյութապաշտ երիտասարդներից, մանավանդ երբ գործը ամուսնության վերաբերեր և հետևապես Լազարյանների հարուստ աղջկան, նա ավելի կգնահատեր, քան իրեն, այսուամենայնիվ փափագում էր իմանալ, թե արդյոք նա յուր մասին տածե՞լ էր երբևիցե մի քնքուշ զգացմունք, կամ գուշակե՞լ էր, որ ինքը սիրում է նրան:

— «Ո՞վ գիտե. գուցե հենց նա ինքն էլ սիրում էր ինձ, բայց համարձակություն չունեցավ ինձ յուր սիրտը բանալու, — երազում էր երբեմն ինքն իրեն Վարդուհին, — և եթե արդարև նա սիրում լիներ ինձ, և եթե այս բանը ես մի կերպ կարողանայի իմանալ, օ՜ ես ուշադրություն չէի դարձնիլ ո՜չ օտարների բամբասանքին, և ո՜չ իմ ընկերուհու սպառնալիքներին, ես ինքս կերթայի պտրտելու նրան հենց յուր տան մեջ, ես առաջինը կբանայի նրան իմ սիրտը, ես կասեի նրան՝ Տիրա՜ն, սիրում եմ քեզ, Տիրա՜ն, ես խելագարված եմ քեզմով... Եվ նա, օ՜հ, եթե մի անգամ լսեի նրա բերանից... հենց մի խոսք, հենց մի բառ, որ նա սիրում է ինձ, ես իսկույն կփարվեի նրա վզով, կսեղմեի նրան իմ կուրծքի վերա, և այնպես կպահեի իմ գրկում երկա՜ր, շա՜տ երկար... Եվ այնուհետև, օ՜հ, ինչպե՜ս մենք երջանիկ կլինեինք, ինչպե՜ս կփափագեի, որ բոլոր աշխարհին իմանար, որ մենք երջանիկ ենք...»: Այս և սրա նման գողտր երազներով շատ անգամ Վարդուհին փայփայում էր իրեն, բայց և հակառակ ու տխուր գուշակություններ անպակաս էին նրա գլխում:

Մի օր, երբ նա ըստ սովորականին, նստած յուր սիրելի պատուհանում, զբաղված էր նմանօրինակ մտածմունքներով, հանկարծ հայտնեցին նրան, որ պարոն Մարությանը ցանկանում է յուր հետ տեսնվիլ: Խեղճ օրիորդը քիչ մնաց, որ պատուհանից գետին չգլորվեր, նա շտապեց ընդունարանը ու հրամայեց աղախնին ներս հրավիրելու: Բայց մինչև երիտասարդի գալը ինչե՜ր չանցան նրա գլխից: Նա հավատաց իսկույն յուր երազներին և կարծում էր, որ Մարությանը երկար ժամանակ յուր տեսությունից զրկված լինելով, վերջապես վճռել էր իրենց տունը գալու: Եվ հենց որ դահլիճի մեջ նրա ոտնաձայնը լսվեցավ, խեղճ աղջկա սիրտը սկսեց անհանգստությամբ բաբախել: Վերջապես սիրելի երիտասարդը ներս մտավ: Վարդուհին կորցրեց յուր քաջությունը, շփոթվեցավ և քիչ էր մնում, որ մի հիմար շարժմունքով չմատներ յուր սրտի բոլոր հուզմունքը:

Բայց շուտով գիտակցության գալով նա կարողացավ զսպել իրեն և միայն երիտասարդի հետ ձեռք սեղմելու ժամանակ զգաց, որ յուր ձեռքը դողաց:

— Ձեր երկար բացակայությամբ դուք պատժեցիք ինձ, օրիորդ, — սկսավ խոսել Մարությանը, — վերջին օրերս ես մտադիր էի մի խոստովանություն անել ձեզ, հուսալով, որ դրանով կօգնեի իմ սրտի անդորրությանը, դժբախտաբար դուք հենց այդ օրերում զրկեցիք ինձ ձեր տեսակցություններից: Ավելի տանել չկարողանալով ձեր բացակայությունը, ես վճռեցի ուղղակի գալ այստեղ, և ձեր առաջ բանալ իմ սիրտը: Միայն չգիտեմ, դուք իրավունք կտա՞ք ինձ վստահանալ ձեր բարեսրտության վերա:

Վարդուհին յուր ականջներին չէր հավատում, նա քիչ էր մնում, որ ուրախությունից խելագարվեր: Եվ իրավ, էլ ուրիշ ի՞նչ էր մնում նրան, եթե ոչ հաստատապես կարծել, որ Մարությանը սիրում է իրեն և որ նրա բոլոր խոսքերը մի նախերգանք էին այդ սիրո խոստովանության համար:

— Եթե մի խոստովանանք ունիք, կարող եք վստահանալ ինձ վերա, — պատասխանեց Վարդուհին ժպտալով և շառագունելով:

— Այո՛, և՛ խոստովանանք, և՛ խնդիր, բայց առաջ խոստացեք, օրիորդ, որ դուք կկարեկցեք ինձ և կկատարեք իմ խնդիրը:

— Հավատացեք, որ ես նույնպես զգայուն եմ, որքան և դուք, իսկ ձեր խնդիրը կատարել կարողանալու համար, ես գործ կդնեմ իմ բոլոր ուժը:

— Այժմ ես ձեզ կբանամ իմ սիրտը: Գիտե՞ք, օրիորդ. ա՛յն օրից ի վեր, երբ ես առաջին անգամ ոտք դրի Լազարյանների տունը և ծանոթացա ձեզ և ձեր ընկերուհու հետ, օրիորդ Աննան ինձ զրեթե դյութել է: Այն օրից սկսած ես մի րոպե անգամ նրան չեմ մոռանում...

Վարդուհին իսկույն հիասթափվեցավ և նրա երեսի շառագույնը փոխվեց դալկության: Նա տեսավ, որ Մարությանի սիրո խոստովանությունն ուրիշին էր վերաբերվում, իսկ իրեն միայն մնում էր հուսախաբությունը... Այսուամենայնիվ նա աշխատեց ծածկել յուր ներքին ալեկոծությունը և կեղծում էր, իբր թե շատ հետաքրքրությամբ լսում էր յուր խոսակցին:

Երիտասարդը երևի ոչինչ փոփոխություն չնկատեց նրա վերա և շարունակում էր.

— Առաջին անգամները ես աշխատում էի զգույշ լինել և չգրավվիլ նրանով, որովհետև ճանաչում էի իմ և նրա ծնողաց անհավասարության չափը, բայց իմ աշակերտուհու հայացքներն ավելի զորեղ էին, նրա կրակոտ աչքերը հաղթեցին իմ հաստատակամությանը և ես իմ բուռն զգացմունքներին դիմադրել չկարողանալով՝ թույլ տվի, որ նրանք իմ անզոր իմացությունը կառավարեն...

Եվ այսպես, ես սկսա սիրել նրան և իմ սերը աճում էր վայրկյաններով: Քանի-քանի անգամ ես որոշեցի իմ մեջ հայտնել նրան իմ զգացմունքը, բանալ նրան այս դժբախտ սիրտը, խոստովանել, որ ես սիրում և պաշտում եմ նրան, բայց յուրաքանչյուր անգամին էլ ես կորցնում էի իմ քաջությունը: Վերջապես ես որոշեցի գոնե ձեզ, ինչպես իմ հարազատ քրոջս, բանալ իմ սիրտը և խնդրել ձեր աջակցությունը այս գործում: Եվ երբ հակառակ սովորականին այսքան օր շարունակ ձեզ տեսնել չկարողացա այնտեղ, ինքս ահա եկա այստեղ աղաչելու ձեզ, օրիորդ, որ խղճաք ինձ վերա, հայտնեք ձեր ընկերուհուն իմ խոստովանությունը և ազատեք ինձ տարտամ դրությունից: Եթե նա ինձ չի արհամարհում, եթե նա կարող է բաժանել իմ զգացմունքները, թող ձեր միջոցով հայտնե ինձ յուր կամքը, ես պատրաստ եմ ամեն ինչ զոհելու, միայն թե ազատորեն նրան սիրել և նրանից սիրվել կարողանամ: Իսկ եթե իմ առաջարկությունը նա հանդգնություն է համարում, խնդրում եմ ձեզ, օրիորդ, որ դուք ինքներդ անկեղծաբար հայտնեք ինձ այդ և հավատացեք, որ ես այնուհետև բավական ուժ կունենամ իմ զգացմունքները հաղթահարելու: Ում որ վիճակված է դժբախտ լինել, նա պիտի հնազանդվի յուր ճակատագրին:

Ինչ դժոխային տանջարան ավելի անողոք կերպով կարող էր կեղեքել մի մարդու հոգին, քան այս խոստովանությունը թշվառ Վարդուհու սիրտը: Այդ երիտասարդը, որին նա սիրել և գողտր զգացումներով փայփայել էր յուր սրտում, այժմ յուր առջև նստած, ուրիշի սիրո խոստովանությունն է անում: Ադամանդյա սիրտը միայն կարող է դիմանալ բախտի այդ տեսակ խաղերին: Իսկ մի աղջիկ, որի սիրտը հավասարապես թույլ է և՛ սիրելու, և՛ նախանձելու մեջ, յուր խելքն անգամ կկորցներ այդպիսի տխուր զուգադիպության ժամանակ:

Բայց Վարդուհին միայն մի փոքր տատանվեցավ, իսկ հետո սկսավ սառնասրտությամբ լսել Մարությանին մինչև սրա ամենավերիջն խոսքը: Երբ երիտասարդը ավարտեց, նա ծանրությամբ պատասխանեց.

— Որովհետև դուք արդեն խոստովանեցիք ինձ ձեր սրտի գաղտնիքը, ես էլ ուրեմն կհայտնեմ ձեզ իմ ընկերուհու խոստովանությունը: Նա ձեզ սիրում է, չգիտեմ ի՞նչ չափով և որքա՞ն, բայց գիտեմ, որ նա ձեզ իրեն փեսացու է ընտրել և ձեզ յուր ապագայի ամուսինն է անվանում:

Մարությանը հանկարծ վեր թռավ յուր աթոռից, ինչպես մի աղքատ, որը հանկարծ մի մեծ հարստության է հանդիպել, և ուրախությունից քիչ էր մնում, որ Վարդուհու ոտքերին չփաթթվեր:

— Օրիորդ, դուք ինձ խելագարեցնելու չափ ուրախացնում եք, կրկնեք ձեր ավետիքը, աղաչում եմ. ես ցանկանում եմ, որ նա ճիշտ լինի: Օ՜, դուք չգիտեք, թե ես ո՛րքան եմ սիրում նրան...

— Կարող եք կատարելապես վստահ լինել իմ խոսքերի ճշմարտության վերա. ինչ որ ես ասացի ձեզ, դրանք օրիորդ Աննայից լսածներս են:

Մարությանն ուրախությունից չէր կարողանում խոսել, նա կարծես այլևս երկրի վերա չէր ապրում, և փոխվել էր իմանալյաց երջանիկ աշխարհը... Բայց երբ մի փոքր սթափվեցավ, հարցրեց Վարդուհուն.

— Ուրեմն առանց քաշվելու կարո՞ղ եմ այս խոստովանությունն անել իրեն՝ օրիորդին:

— Անկասկած, քանի որ նա ինքն է առաջինը խոստովանել, որ ձեզ սիրում է:

— Իսկ նրա ծնողները, օրիորդ, կհամաձայնե՞ն արդյոք Աննայի ձեռը տալ ինձ:

— Այդ հարցին պատասխանելը արդեն իմ կարողությունից վեր է: Այդ մասին ինքն օրիորդը կարող է ավելի ճիշտ պատասխան տալ ձեզ:

Մարությանին այլևս երկարելու ոչինչ չէր մնում, նա վեր կացավ տեղից, անկեղծ և սրտեռանդ շնորհակալություն արավ Վարդուհուն յուր տված տեղեկությունների համար և դուրս գնաց ամենաուրախ տրամադրության մեջ:

Վարդուհին մնաց միայնակ, տխուր և հուսահատ:

— «Երեկ այս ժամանակ ես դեռ հույսերով խաբում էի ինձ, — ինքն իրեն մտածում էր նա, — գուցե Տիրանը ինձ սիրում է, գուցե մենք դեռ երջանիկ կլինենք, երազում էի ես, իսկ այսօր, ավա՛ղ, այդ մխիթարությունն էլ խլեցին ինձանից... Այժմ էլ ոչինչ չէ մնում ինձ, բացի մի տխուր հիասթափություն իմ գողտրիկ և սիրապատար երազներից...Բայց ի՞նչ, մի՞թե ես իրավունք ունեի սպասել այդ երիտասարդից, որ նա սիրեր ինձ. չէ՞ որ նա գիտեր, որ ես հարուստ չեմ, որ ես օժիտ չունիմ... իսկ սիրտը ո՞վ է քննում, ո՞վ է գնահատում նրան: Թող աղջիկը փող բերե յուր փեսացուին և նրա հետ էլ թեկուզ մի երկաթե սիրտ, հոգ չէ, ամուսնությունը դարձյալ երջանիկ կլինի, բավական է, որ շռայլելու ցանկությունը չխեղդվի...

Այս և սրա նման մտածմունքներ երկար ժամանակ տանջում էին Վարդուհուն, մինչև որ մայրը ընդունարան մտավ Մարությանի այցելության պատճառն իմանալու: Մինչև այդ, Վարդուհին յուր սիրո արկածներից ոչինչ յուր մորը չէր հայտնել, բայց այս անգամ արդեն ամեն բան բացավ և մանրամասն պատմեց»:

— Քո տխրությունն իզուր է, — ասաց նրան մայրը, — Մարությանը որքան էլ որ զարգացած և նշանավոր լինի, և Աննան որքան էլ սիրահարված չլինի նրա վերա, դարձյալ Աննայի ծնողները նրան աղջիկ չեն տալ, հանգիստ եղիր, նա վերջ ի վերջո էլի կմնա քեզ համար:

— Ինձ համա՞ր. բնավ, վերջ ի վերջո մնացողներ ինձ համար հարկավոր չեն:

— Ինչո՞ւ, չէ՞ որ դու նրան սիրում ես, — զարմացած հարցրեց մայրը:

— Ես նրան սիրում էի մինչև այժմ և գուցե հենց մի քանի ժամ սրանից առաջ, բայց այս րոպեին ես նրան արհամարհում եմ:

Մայրը աղջկա խոսքերից ոչինչ չհասկացավ, բայց բացատրություն էլ չպահանջեց: Իսկ այնուհետև այլևս երկար ժամանակ Մարությանի մասին խոսք ու զրույց չեղավ նրանց տանը:

Դ

Հետևյալ առավոտը, որոշյալ ժամին, Մարությանն արդեն յուր սիրուհու մոտ էր: Քաջալերված Վարդուհու տված տեղեկություններով, նա խոստովանեց Աննային յուր սրտի սրբազան գաղտնիքը, պատմեց նրան, թե ինչպե՛ս երկար տանջվել էր նրա սիրով, թե քանի անգամ որոշել էր ընկնել նրա ոտքերի մոտ և խոստովանել նրան յուր հրաբորբոք սերը թե ի՛նչպես ամեն անգամ էլ անզոր է գտնվել այդպիսի հանդուգն քայլ անելու, և այլն:

Օրիորդը նստել էր երիտասարդի առաջ բոլորովին զգացված նրա պատմություններով: Նրա դեմքն ամբողջ ժամանակ շառագունված էր և ուրախությունից փայլում էր մի անսովոր կրակով: Վերջացնելով յուր պատմությունը, Մարությանը ծունկ չոքեց Աննայի առաջ և խնդրեց նրան բախտավորացնել իրեն յուր պատասխանով:

— Ես ձեզ սիրում եմ, կարող եք վստահ լինել, — լակոնաբար պատասխանեց օրիորդը, — և իբրև ապացույց յուր խոսքերի ճշմարտության, պարզեց յուր փոքրիկ և գեղեցիկ ձեռքը դեպի ծնկաչոք սիրահարը, որը նա քնքշաբար բռնելով ջերմաջերմ համբույրներով ծածկեց:

Միրո դաշնը արդեն կոված էր: Այդ պատճառավ և դասատվության ժամերը սկսան այնուհետև ծառայել սիրահարական տեսակցություններին:

Ճշմարիտ է, Աննայի ծնողաց համար երբեմն զգալի կերպով երկարում էին այդ ժամերը, բայց դրա համար նրանք ուրախ էին, որովհետև հավատում էին, որ աշխատասեր վարդապետը յուր ամսական ռոճիկի համեմատ է աշխատում:

Ե

Բայց Աննայի համար օրստօրե զգալի էր դառնում Վարդուհու վերաբերմամբ յուր գործած հանցանքը: Նա չէր կարողանում մոռանալ, որ յուր միակ և մտերիմ ընկերուհուն նա անպատվությամբ հեռացրել էր յուր տանից: Եվ այժմ, երբ ինքը արդեն երջանիկ էր համարում իրեն Մարությանի սիրուն արժանացած լինելովն, մյուս կողմից էլ կարևոր էր համարում սփոփել յուր զրկված ընկերուհուն: Այդ պատճառով որոշեց անձամբ այցելել նրան և ներողություն խնդրել նրանից յուր պատճառած վիրավորանքի համար:

Առաջին անգամ երբ նրանք հանդիպեցան միմյանց, ամեն գժտություն մոռացած էին, երկուսն էլ մի անգամ վազեցին և ջերմ սիրով գրկեցին իրար, ինչպես երկար ժամանակով միմյանցից հեռացած հարազատներ:

— Այդքան սիրալիր ընդունելություն ես չէի սպասում քեզանից, Վարդո, և սպասելու էլ իրավունք չունեի, — առաջին անգամ խոսեց օրիորդ Աննան, — ես այնքան կոպիտ կերպով վարվեցա քեզ հետ իմ տան մեջ, որ էլ քո ներողության արժանանալու հույս չունեի, թեպետ քեզանից ներողություն խնդրելու համար եմ եկել:

— Անցյալից ես ոչինչ չեմ հիշում, հոգյակս, և ցանկանում եմ, որ դու էլ ոչինչ չհիշեցնես, մենք մի օր անկեղծ ու մտերիմ ընկերուհիներ էինք, այսօր էլ նույնն ենք: — Դու ինձ հիացնում ես քո բարեսրտությամբ, Վարդո, բայց մյուս կողմից էլ տանջում ես, որովհետև իմ հանցանքի կնիքը անջնջելի է:

— Ինչի՞ մասին է քո խոսքը, — պարզասրտությամբ հարցրեց Վարդուհին:

— Դու ամեն բան գիտես, — երկյուղած ժպիտով պատասխանեց Աննան:

— Ես ոչինչ չգիտեմ:

— Ուրեմն դու ներո՞ւմ ես, որ սիրում եմ Տիրանին:

— Օ՛, դրա մասին բնավ մի մտածիր, Տիրանը միայն քեզ է պատկանում, որովհետև նա միայն քեզ է սիրում:

— Եվ դու դժգոհ չե՞ս նրա այդ զգացմունքից:

— Երդվում եմ նրանով, ինչ որ սուրբ է ինձ համար, որ այն օրից սկսած, որ նա խոստովանեց ինձ յուր դեպի քեզ ունեցած սերը, ես այլևս նրա մասին չեմ մտածում: Եթե դուք անկեղծությամբ սիրում եք միմյանց, այդ ինձ ուրախացնում է. ես ցանկանում եմ որ դուք բախտավոր լինիք:

— Դու հրեշտակի չափ բարի ես, Վարդո, արի, ես կամենում եմ քեզ համբուրել, — ոգևորված բացականչեց Աննան և ջերմությամբ սեղմեց ընկերուհուն յուր գրկում: Այսպիսով երկու բարեկամուհիները նորեն հաշտվեցան միմյանց հետ:

Ջ

Վասիլ Իվանովիչ. — Օրիորդ Աննայի հայրը. հաղթանդամ, բարձրահասակ և հիսուն տարեկան մի տղամարդ,. կարմիր ու սափրած երեսով, զվարթ ձայնով, միշտ ծիծաղելու տրամադիր, բայց բարկանալու համար էլ դյուրապատրաստ, աստիճանավորների բարեկամ, կապալների սիրահար:

Մարիա Սերգեևնա. — Աննայի մայրը. դեռ քառասուն և հինգ տարեկան. խնամքով պահված դեմքով, գրավիչ աչքերով, մեծ քթով (որի մասին երկար ժամանակ նա տխրել էր), բնությամբ արհամարհող, պչրող, քրքրվող, և միայն ազնվականության երկրպագու:

Իշխան Դիմիտր Սոլոմոնովիչ Շախ-Մելիքով. — Մի շատ նշանավոր անձնավորություն (գոնե Թիֆլիսում այդպես էին ճանաչում նրան): Ծնվել է 1840 թվականին, մայիսյան գեղեցիկ օրերում, իշխանական ցեղի ծնողներից, սնվել ու մեծացել ամենաքնքուշ խնամակալության ներքո, առաջին տարիների կրթությունը ստացել մի քանի հազարանոց եվրոպացի դաստիարակուհիների ձեռքով: Գիմնազիական կուրսը շատ լավ է ավարտել, բայց համալսարանից վռնդվել է. պատճառը ոչ ոք չիմացավ, ասում էին, որ գեղեցիկ սեռի արժանիքը ճանաչելու ճաշակը խիստ զարգացած է եղել նրա մեջ, այդ պատճառով Պարիզը նրան գնահատել էր, մոտ տասննիհնգ տարի նա համեստությամբ ապրել էր այնտեղ, ուսումնասիրելով գեղեցիկ ֆրանսուհիների վարքն ու բարքը և շամպանիայի արդյունաբերության գաղտնիքը...

Երբ նա բարեհաճեց վերադառնալ Կովկաս, արդեն քառասուն և հինգերորդումն էր. բայց այդ բանը արգելք չեղավ, որ աղջիկ ունեցող մայրերը նրան իրենց փեսաների կարգում չհաշվեին, մանավանդ, որ նա զտարյուն իշխան էր և ահագին քանակությամբ կալվածներ դեռ մնում էին նրան, որոնց նա չէր կարողացել մանրացնել Պարիզում:

Ինքնստինքյան նա բնությամբ բարի էր, առատաձեռն, ապրում էր շատ ճոխ և իշխանական անվան արժանավոր նիստ ու կացով: Արտաքին կերպարանքն էլ համապատասխան էր յուր անվան, մի բան էր միայն նրան պակաս, այն էլ շատ ուշ իմացան...

Լազարյանի տանը փառավոր խնջույք էր. իշխան Շախ Մելիքովը հրավիրված էր ընթրիքի, նրա պատճառով էլ հարյուրավոր մարդիկ և կանայք մասնակցում էին երեկույթին: Երկար ահագին դահլիճները, որոնք աչք շլացնելու չափ լուսավորված էին, խեղդվում էին հարուստ հյուրերի բազմությամբ: Դահլիճներից մեկի օթյակում թնդում էր եվրոպական երաժշտությունը, որը անհանգստացնում էր երիտասարդների և երիտասարդուհիների ոսկրները՝ ստիպելով նրանց գրկախառնված խումբերով թրթռալ դահլիճի մի ծայրից մյուսը, գրգռելով հասակավորների նախանձն ու բարկությունը: Դահլիճի մի ուրիշ անկյունում էլ կծկված էր ասիական մուզիկայի խմբակը յուր թառ ու դափով, դուդուկով ու քյամանչով և անզուգական դիպլիպիտոյով: Նրանց շրջապատած էին փոքրաթիվ գնահատողները և հիացմունքով լսում էին մահուռն ու հեյրաթին, սեգահը. Մնացած պարապ անկյուններն էլ մի քանի հաստ ու բարակ տիկիններ բամբասանքի համար էին հատկացրել, որովհետև իրենք չէին մասնակցում ոչ պարերին, ոչ մահուռին ու հեյրաթուն:

Վասիլ Իվանովիչի զվարթ ձայնը տիրում էր յուր հասակակիցների վերա և սազանդարների խումբն էր միայն նրանց հլու հպատակը: Մարիա Սերգեևնան կառավարում էր ռամս ու պրեֆերանս խաղացող սեղանները և բամբասող անկյունները, իսկ օրիորդ Աննան այդ երեկույթի միահեծան թագուհին էր, որ հրամայում էր պարերին ու երաժշտությանը, երիտասարդներին ու երիտասարդուհիներին:

— Ի՞նչ եք խոսում, նա արդեն ընտրել է յուր փեսացուն, այժմ ո՞վ է մորը նայում, որ Անիչկան էլ նայեր. — կամացուկ խոսում էր հաստլիկ մի կին՝ աղջկերանց բախտով հետաքրքրվող յուր մի քանի ընկերուհիների հետ:

— Ո՞վ է, հապա ասա, Նինո ջան, դու երևի գիտես:

— Ես գիտեմ, բայց չեմ ասիլ:

— Ի սեր աստծո, աղաչում ենք, խնդրում ենք, — թախանձեցին նրան մի քանի կողմերից:

— Խոստանո՞ւմ եք, որ ոչովի բան չասեք:

— Խոստանում ենք, խոստանում ենք:

— Այ, տեսեք, դիվանի մոտ, կրեսլոյի վերա նստած:
— Տեսնում ենք, այն գեղեցիկ երիտասա՞րդը:
— Այո՛, հենց նա:
— Ի՞նչ ես խոսում, Նինո ջան, նա խո Անիշկի վարժապետն է:
— Հա, ի՞նչ է, վարժապետին չէ՞ կարելի սիրել:
— Կարելի է. բայց Լազարյանները նրան աղջիկ կտա՞ն:
— Երբ որ աղջիկը գնա՞:
— Է՛, նրան ո՞վ մտիկ կտա:
— Ով մտիկ կտա՞... լավ եք ճանաչել Անիչկին:
— Թողեք ես նրա մորից հարցնեմ, — մեջ մտավ մի երրորդը:
— Չէ՛, չէ. այդպես բան չանես:
— Ես ուրիշ բան կհարցնեմ, թողեք, — և նա սկսավ կանչել տանտիկնոջը:
— Մաշա՛, Մաշա՛, — Մարիա Սերգեևնան թողեց յուր խոսակիցներին և կոտրատվելով անցավ մի խումբ երիտասարդների միջից և նրանցից ամեն մինին մի ժպիտ բաշխելով մոտեցավ իրեն կանչող բարեկամուհուն:
— Մաշա՞ ջան, մի Անիչկիդ մտիկ արա՛ է:
— Հա՛ ի՞նչ կա, մտիկ եմ անում:
— Ախար էս բոյին, էս շենքն ու շնորհքին աղջիկն առանց փեսա կթողնե՞ն, մի ասա տեսնեմ, ե՞րբ ես նշանելու, է՛:
— Նուշկա ջան, դուն իսկի դարդ մի անի, փեսաները քանիսն ուզես ջեբումս պատրաստ են, որն ուզենամ կհանեմ:
— Չէ, չէ. Մաշա ջան, դու այն ասա, մեկ լավ տղա իսկի մտքումդ ունի՞ս, թե չէ:
— Լավ տղա՞, այ, նրանից ավելի լավ տղա՞ , — և այս ասելով նա մատնացույց արեց իշխան Դիմիտրին, որը փառավոր շիկով կանգնած էր երիտասարդուհիների խմբի մեջ:
Խոսակից կանայք միմյանց նայեցին խորհրդավոր հայացքով:
— Իմ Անիչկան հասարակ մարդու կին չի դառնալ. նա իշխանուհի պիտի լինի, — ավելացրեց Մարիա Սերգեևնան և ծիծաղեց:
— Ուրեմն կարո՞ղ ենք շնորհավորել, — հարցրին նրան մի քանի կողմից:
— Կարող եք, բայց մի քանի օրից հետո, — պատասխանեց նա և ուրախ-ուրախ հեռացավ դեպի մի ուրիշ խմբակ, որ կանչում էր նրան:
Բայց Մարությանը դեռ հոգեկան արբեցության մեջ էր, դյութում էր նորից: Եվ ո՞րտեղից կարող էր նա գուշակել, թե այդ միևնույն րոպեին, երբ նա իրեն ամենից երջանիկ մարդն էր համարում, ընդհակառակն, ամենից դժբախտն էր: «Մի փոքր ժամանակից հետո մի այսպիսի երեկույթ էլ ինձ համար կպատրաստվի, — մտածում էր նա, — բոլոր քաղաքը կշնորհավորի մեր միությունը և Աննան հավիտյան իմս կլինի»:

Բայց չարաճճի աղջիկներից մի երկուսը լսել էին Մարիա Սերգեևնայի հայտնությունը և նրանք շտապեցին շնորհավորել Անիչկային նրա իշխանուհի դառնալը:

— Դուք կատա՞կ եք անում, ես ձեզ չեմ հասկանում, — հարցրեց Աննան շփոթված:

— Դու իզուր ես ծածկում, մենք գիտենք, որ այս երեկույթը իշխան Դիմիտրի համար է ստեղծված:

— Դուք չեք սխալվում, այդ ճշմարիտ է:

— Եվ իշխանը ձեր փեսացուն է:

— Այդ սուտ է:

— Ձեր մայրն ասաց:

— Անկարելի է, — բացականչեց օրիորդը և շտապեց մոր մոտ, կանչելով նրան յուր առանձնարանը:

— Հա, ի՞նչ է պատահել, Անիչկա, ինչո՞ւ համար ես վրդովված:

— Դու իշխան Դիմիտրին քո փեսա՞ն ես համարում, — բարկացած հարցրեց օրիորդը:

— Ի՞նչ կա, ի՞նչ է պատահել:

— Ես դեռ խոսք եմ հարցնում:

— Հա, ի՞նչ է, չե՞ս հավանում:

— Այդ վերջին խոսքը լինի նրա մասին, թե չէ ես այս րոպեին սկանդալ կանեմ ամբողջ դահլիճի մեջ:

— Դու գժվել ե՞ս, Անիչկա, ի՞նչ է պատահել:

— Իմ ամուսնության գործը ինձ է վերաբերում և ոչ թե ձեզ, խնդրում եմ այդ մասին էլ խոսք ու զրույց չանեք ոչ մի տեղ:

— Բայց առաջ բանը հասկացիր...

— Բավական է, էլ ոչինչ չեմ ուզում լսել, — զայրացած ընդհատեց օրիորդը մոր խոսքը և դուրս գնաց:

«Հիմա՛ր, հիմա՛ր», — շշնջաց նա և աղջկա ետևից դուրս գնաց դահլիճը:

Պարոն Մարությանը, որ հեռվից դիտում էր Աննայի ամեն մի շարժումները, շատ անհանգստացավ նրա վրդովված դեմքով դահլիճ մտնելը տեսնելով և հետևապես շտապեց պատճառն իմանալու:

— Ոչինչ չկա, — հակիրճ պատասխանեց Աննան նրա հարցին:

— Այդ անկարելի է, Անիչկա, դու չափից դուրս վրդովված ես, ես այդ տեսնում եմ:

— Հավատացիր, որ ոչինչ չկա:

— Չեմ կարող հավատալ, ես անհանգստությունից մեռնում եմ:

— Բայց ես չեմ կամենում, որ դու էլ տխրես:

— Օ՜հ, Աննա, մի՞թե կարող էի սպասել քեզանից այդ խոսքը, ինչո՞ւ համար պետք է ես ուրախ լինեմ, երբ դու արդեն տխուր ես:

— Լա՛վ, արի, ես կասեմ քեզ պատճառը: — Եվ նրանք քաշվեցան դահլիճի մի անկյունը:

— Իմ մայրը մտածում է ամուսնացնել ինձ այս հիմար իշխանի հետ, և այս խոսքը այս երեկո խոսացել է յուր մի քանի բարեկամուհիների հետ:

— Աստված իմ, ի՞նչ եմ լսում, — սարսափով բացականչեց Մարությանը, — մի՞թե այդ հնարավոր է:

— Իհարկե չէ. և ես նրան հասկացրի, որ այդ յուր գործը չէ, որ իմ ամուսնության խնդիրը միայն ինձ է վերաբերում:

— Բայց ես վախենում եմ, Անիչկա, որ քեզ կխլեն ինձանից...

— Ինձ կխլե՞ն. երբեք. ամեն բան կարող են անել դրանք, բայց բռնանալ իմ զգացմունքների վերա, այդ չեն կարող: Ես ավելի լավ կհամարեմ իմ կյանքից զրկվել, քան թե իմ Տիրանից:

— Դու մի հրեշտակ ես, Անիչկա, մարդկային մարմնով աշխարհ իջած, — զգացված բացականչեց երիտասարդը և քնքշաբար սեղմեց սիրուհու աջը յուր ձեռների մեջ:

Բայց Աննայի մայրը հեռվից դիտում էր աղջկա բոլոր քայլերը. նա տեսավ, թե ինչպես Մարությանը մոտեցավ նրան, անհանգստությամբ հարցեր արավ և հետո թե ինչպես երկուսի մեջ սկսվեցավ մտերմական խոսակցություն: Մի թիֆլիսեցի կին, որ քառասուննհինգ տարի ապրել էր և սիրահարության ամեն չարն ու բարին սովրել, անկարելի էր, որ չհասկանար, թե ի՞նչ խոսք ու զրույց էր անցնում երիտասարդ խոսակիցների մեջ: Նա երկար դիտում էր նրանց: Հետո երբ բաժանվեցան, նա մոտեցավ Վարդուհուն, որը հենց նոր էր յուր պարընկեր ասպետից ազատվել և շնչասպառ հանգստանում էր աթոռի վերա, և խորամանկությամբ հարցվեց.

— Վարդո ջան, երբ որ Անիչկան սիրում է եղել Մարությանին, դու ինչո՞ւ ինձ առաջօրեն չես հայտնել, ես ուրախությամբ կշտապեցնեի նրանց միությունը:

— Ե՞ս, դուք էլ գիտեք, որ բավական ժամանակ է ձեզ հետ տեսնվել չէի կարողանում, — միամտությամբ պատասխանեց Վարդուհին, — բայց միշտ կարծել եմ, որ դուք արդեն գիտեք, և մանավանդ կարիք էլ չկար, որ ես այդ բանը ձեզ հայտնեի, որովհետև Անիչկան ինքն էլ շատ էլ ամաչկոտ չէ: Բայց ի՞նչ, մտադի՞ր եք շուտով ամուսնացնել նրանց:

— Ես դեռ այս երեկո իմացա, իհարկե կամուսնացնեմ:

— Այս երեկո՞, օ՜, նրանք շատ ժամանակ է, որ սիրում են միմյանց:

— Ավելի լավ, միմյանց բնությունը լավ կճանաչեին, — պատասխանեց Մարիա Սերգեևնան և մի քանի հարց ու պատասխանից հետո հեռացավ:

Այս միջոցին Աննայի հորեղբայր Արտեմ Իվանիչը յուր հին դասընկեր իշխան Դիմիտրին յուր թևն առած մտերմաբար խոսում էր նրա հետ, ճեմելով դահլիճի մի ծայրից դեպի մյուսը: Նրա խոսակցության նյութը վերաբերում էր իշխանի և յուր եղբոր դստեր ապագա երջանկությանը: Սա կանխավ պատվիրված մի զրույց էր:

— Իհարկե, դուք Պարիզ և ուրիշ տեղեր շատ գեղեցկուհիներ կլինեիք տեսած, — ասում էր նա, — բայց որ դրանք իրենց արտաքին գեղեցկության համահավասար ներքին գեղեցկություն էլ ունենային, այդ հազիվ թե պատահեր:

— Այդ նկատողությունը ճշմարիտ է. առաքինությունը, բարքի մաքրությունը, խնայող տանտիկնությունը և այլ տեսակ բարեմասնությունները հազվագյուտ են նրանց մեջ, այդ կողմից հայ աղջիկը գերազանցում է բոլորին, — պատասխանում էր իշխան Դիմիտրը, որը յուր բոլոր պանդխտության ժամանակ երբեք կարիք չէր ունեցել այդպիսի բարեմասնություններով օժտյալ մի կնոջ հետ ծանոթանալու:

— Այո՛, իշխան, հենց պատճառն էլ այդ է, որ ձեզ համար ամենահարմար հարսնացուն ես միայն մեր Աննային եմ գտնում, մի աղջիկ, որը գեղեցիկ է և՛ դեմքով և՛ բարքով:

Այդ միջոցին օրիորդը սիգաճեմ անցնում էր նրանց մոտով մի պառավ խոշորագեղ աղջկա ընկերակցությամբ:

— Նայեցեք, իշխան, — հարմարությունից օգտվելով շարունակեց Արտեմ Իվանիչը, — նա մի կատարյալ դիցուհի է, նայեցեք, նա արժանի է ձեր ուշադրության:

— Ես արդեն հիացած եմ նրանով, և հավատացեք, քիչ է մնում, որ սկսեմ սիրել նրան...

— Եվ ի՞նչ, մի՞թե ամոթ չի լինիլ, եթե այս գիշեր դուք՝ սիրահարված չդուրս գաք այս դահլիճից, — ժպտալով նկատեց հորեղբայրը և իշխանը սկսավ ուրախ-ուրախ ծիծաղել:

— Շատ դուր է գալիս ինձ, երբ իմ իշխանին ուրախ եմ տեսնում. կարո՞ղ եմ արդյոք մասնակցել ձեր զվարճախոսություններին, — անուշ ժպտալով և կոտրատվելով մոտեցավ երկու խոսակիցներին Մարիա Սերգեևնան:

— Շատ հաճելի է մեզ ձեր ընկերակցությունը, տիկին, — պատասխանեց իշխանը, — ձեր պատվական տագրը մեծ հաճույք է պատճառում ինձ յուր զվարճախոսություններով, արժե նրան լսել:

— Իմ տագրը, օ՛, նա անհամեմատելի է, և արդարև արժե նրան լսել:

— Այո՛, Մարիա Սերգեևնա, ճիշտ նկատեցիք երկուսդ էլ, ես էլ կամենում եմ, որ թե՛ իշխանը և թե՛ դուք լսեք ինձ:

— Մեզ այդ շատ հաճելի է, — գրեթե միաբերան պատասխանեցին նրանք:

— Ուրեմն գործը վերջացած է, այնպես չէ՞, — հարցրեց Արտեմ Իվանիչը խորամանկությամբ:

— Ի՞նչ գործ, — հարցրեց տիկինը:

— Ես արդեն խոսացել եմ. ես կամենում եմ, որ իշխանը մեր փեսան լինի և դուք հանձնեք նրան Աննայի ձեռքը:

— Ես դրա դեմ ոչինչ չունեմ, եթե իշխանին հաճելի է իմ տան բարեկամությունը, — պատասխանեց Մարիա Սերգեևնան, մի հարցական հայացք ձգելով իշխանի վերա:

Վերիջնս էլ խույս տալու ճանապարհ չուներ:

— Ես ինձ համար պատիվ կհամարեմ, տիկին, լինել այդ տան բարեկամը:

— Իմ Անիչկան ձեր հարսնացուն է, — վճռական եղանակով ասաց տիկինը և սեղմեց իշխանի ձեռքը:

Արտեմ Իվանիչը սկսեց յուր շնորհավորական ճառը, որին հետևեցին մի շարք բարեմաղթություններ:

Շուտով Վասիլ Իվանիչն էլ թողեց սազանդարների շրջանը, ուր նա ոգևորված երաժշտապետի պաշտոն էր կատարում և եկավ խնդակցելու քուր եղբորն ու տիկնոջը, որոնք յուր կապալներից ավելի շահավոր գործ էին գլուխ բերել:

Սկզբում թեպետ որոշվեցավ գաղտնի պահել այս դաշնադրությունը մինչև հանդիսավոր նշանադրության օրը, բայց երեկույթը վերջանալու վերա՝ դահլիճի ամբողջ կեսն արդեն գիտեր գաղտնիքը: Հյուրերից շատերը շնորհավորեցին տանտիկնոջը յուր դստեր բախտավորությունը, շատերը նախանձից պապանձվեցան, հավատալով, որ Լազարյանները մի անգին հարստություն են ձեռք բերել, շատերն էլ ծիծաղեցին նրանց հիմարության վերա, որ տասնութ տարեկան քնքուշ աղջիկը համաձայնվել էին նշանելու մի քառասունևհինգ տարեկան, աշխարհի բոլոր բարիքները վայելած և արդեն վաստակած մարդու հետ:

Ինչ պարոն Մարությանին է վերաբերում, նա դահլիճից դուրս գնաց գրեթե կիսամեռ:

Է

Հետևյալ օրը Աննայի ծնողները առանձնացած էին իրենց աղջկա հետ տան ամենախուլ սենյակներից մեկի մեջ և խրատականներ էին կարդում նրա գլխին:

— Որդի, դու դեռ ջահել ես, քո օգուտն ու վնասը չես կարող ճանաչել, — ասում էր նրան հայրը, — որին որ մենք ընտրել ենք, նա ամենից հարմար փեսացուն է, դու իզուր մի հակառակիլ մեր ընտրությանը:

— Ես արդեն ասացի ձեզ իմ վերջնական որոշումը, ես Շահ-Մելիքյանի ամուսին դառնալ չեմ կարող, իմ ընտրած, իմ սիրած փեսացուն Մարությանն է, Մարությանն է, Մարությանն է. վերջացավ:

— Տե՛ր ամենակարող աստված... Ա՛յ աղջիկ, ախր Մարությանը ո՞վ է, ինչ մարդ է, ի՞նչ ունի, ի՞նչ կարող է անել, մի մտածիր է: Շահ-Մելիքովը, սաղ աշխարհին էլ գիտե, որ Շահ-Մելիքովն է, իշխան է, փող ունի, կալվածներ ունի, էգուց-էլօր մի հարկավոր գործ ունենամ, կամ մի կապալ ուզենամ վերցնել, ամեն տեղ ինձ կօգնի, մեծ մարդկանց հետ ծանոթ է, բարեկամ է...

— Ի սեր աստծո, մի կողմը թող կորչեն քո գործերն ու կապալները, ինձ նրանց պատճառով հո չպիտի ծախես, — զայրացած բացականչեց Աննան:

Վասիլ Իվանիչը կատաղեց. աղջիկը համարձակվել էր յուր գործերն ու կապալներն անիծելու, սա աններելի հանցանք էր:

— Անզգա՛մ, դու համարձակվում ես ինձ մոտ այդպես վայրահաչել... — գոռաց նա խելագարի նման և քիչ էր մնում հարձակվեր աղջկա վերա... Բայց կինը արգելեց նրան և ստիպեց սենյակից դուրս գնալու:

— Գնա՛, գնա՛, դու խոսել չգիտես, — ասաց նա, — ե՞ս իմ աղջկա հետ կխոսեմ, նա ինձ կհասկանա:

Վասիլ Իվանիչը մռթմռթալով դուրս գնաց խորհրդարանից:

— Անիչկա ջան, քո հայրը տղամարդ է, նա ամեն բան կարգին խոսել և հասկացնել չէ կարող, բայց դու ինձ լսի՞ր մի փոքր համբերությամբ և տե՞ս, եթե լավ խորհուրդներ չեմ տալիս քեզ, էլի քո գիտեցածն ու ցանկացածը կարող ես անել, ես քեզ չեմ ընդդիմանալ:

— Խոսի՞ր, մայրիկ, լսում եմ, — հանդարտությամբ պատասխանեց Աննան և սկսավ ուշադրությամբ լսել նրան:

— Մարությանը, սիրելիս, վատ տղա չէ, ես էլ համաձայն եմ քեզ հետ. նա խելոք է, զարգացած է, երևելի ուսումնական է, բայց մի մեծ պակասություն ունի — նա հարուստ չէ, փող չունի: Իսկ հարուստ չլինելը, իսկ փող չունենալը գիտե՞ս ինչ մեծ ցավ է, օ՛, անկարելի է, որ դու գիտենաս. դու աղքատություն չես տեսել, դու աչքդ բացել ես հարստության և լիության մեջ. բայց ես, օ՛, ես շատ աղքատություններ եմ տեսել, նույնիսկ իմ հորանց տանը շատ դառնություններ եմ քաշել: Շատ վատ բան է, սիրելիս, երբ տեսնում ես, որ քո ընկերները լավ հագնում են, լավ զուգվում են, թատրոններ, բալեր, մասկարադներ են հաճախում, իսկ դու հագնելու շոր չունիս, նրանց պես ման գալ, զվարճանալ չես կարող: Սիրտդ ուզում է, որ դու էլ նրանց նման լինիս, ցանկանում ես դուրս գալ նրանց հետ զբոսանքի, մի թամաշի և դուրս ես գալիս, բայց նրանք քեզանից քաշվում են, քո հասարակ հագուստների վերա ծաղրում են, շատ անգամ էլ ծաղրում են քեզ:

— Բայց, մայրիկ, մի՞թե Մարությանն աղքատ է, նա պաշտոն ունի, երկու հազար ռուբլի ռոճիկ է ստանում, և, վերջապես, ես էլ իմ օժիտն ունիմ. մի՞թե մենք սրանցով չենք կարող անկարոտ ապրել:

— Է՛, սիրելի, ապրիլ կա երկաթ է, ապրիլ կա երծաթ է. կապրեք, ինչո՞ւ չեք ապրիլ: Տարեկան երկու հազար ռուբլու հենց մենք հագուստ ենք փչացնում մեր տանը, իսկ ձեզ դեռ տուն է հարկավոր, տան սարք է հարկավոր, ուտելու ծախք, ծառաների ռոճիկ, և ուրիշ հազար ու մի ծախքեր են հարկավոր: Քո օժիտն էլ շատ-շատ մի երկու տարի բավականացավ, մանավանդ, որ հայրդ Մարությանին շատ փող չի տալ, քանի որ յուր սրտի մարդ չէ. այնուհետև ի՞նչ պիտի անեք: Վերջապես դու սովոր ես տարեկան մի քանի անգամ խնջույքներ, ընթրիքներ և երեկույթներ սարքելու, կարո՞ղ ես միթե Մարությանի տանը տարեկան գոնե մեկը սարքել, ախար չէ՞ որ ամեն մի խնջույքին հազար ռուբլին չի բավականանում: Դու մանկությունից սովոր ես սեփական կառքով ման գալու, կարո՞ղ ես Մարությանի մոտ գոնե միշտ վարձու կառքեր ունենալ: Այս բոլորը մտածելու բաներ են:

— Իսկ Շահ — Մելիքովի մոտ մի՞թե դրանք բոլորը կան:

— Շահ — Մելիքովի մո՞տ, ի՞նչ ես խոսում, հոգիս. Շահ-Մելիքովի տունը մի թագավորական տուն է. ահագին պալատ, փառավոր սարք ու կարգ, տասնյակ ծառաներ, սեփական կառքեր, անթիվ կալվածներ, արիստոկրատ ընտանիք ճոխ ապրուստ, ես ո՞ր մեկն ասեմ: Եվ այս բոլորից հետո մի մտածիր է՛, ախար դու հասարակ մարդու կին չես դառնում, այլ մի հայտնի իշխանի: Մարությանի հետ ամուսնանալով շատ-շատ դու կդառնաս տիկին Մարության, Մարության... ֆո՞ւ, լավ է, որ չես զզվում... Բայց Շահ — Մելիքովի մոտ, մի լավ մտածի՞ր, իշ-խանու-հի, իշխանուհի՛ Շահ — Մելիքով, կամ եթե կուզես հենց իշխանուհի Շահ — Մելիքյան...

Օրիորդ Աննային շատ դուր եկան վերջին տիտղոսները, նա ծիծաղեց:

— Հապա, հեշտ բան չէ իշխանուհի դառնալը. իշխանուհի եմ ասում: Դեռ ռուսերեն էլ տես ինչպես լավ սազ է գալիս — կնյազինյա Աննա Շախ-Մելիկովա...

Մեր փիլիսոփա օրիորդը յուր սիրահարությունը մոռացավ, վերջին բառերը լսելուց նրա խելքը գնում էր:

— Լավ, մայրիկ, դիցուք թե ես ընդունեմ ձեր առաջարկությունը, բայց չէ որ Մարությանին խոսք եմ տվել:

— Օ՛հ, ինչ միամիտ ես, Անիչկա, կարծես Մարությանի հետ նոտարյուսով կապվել ես, քեզանից մեծ տուգանքներ պիտի առնի:

— Հապա ի՞նչ ասեմ նրան:

— Մի շատ պարզ խոսք. «Պարոն, ես էլ ձեզ չեմ սիրում, խնդրեմ մոռացեք ամեն բան»:

— Ա՛խ, մայրիկ, չգիտես, թե ո՛րքան դժվար է նրան այդպես խոսք ասելը:

— Երեխա ես դու, երեխա, բայց չէ՞ որ ամբողջ կյանքը աղքատության մատնելը ավելի դժվար է: Եթե ամաչում ես երես առ երես նրա հետ խոսել, մի քանի խոսք է, նամակով գրիր և ուղարկի՞ր իրեն, դրանով ամեն բան կվերջանա:

Աննային այնքան խելացի թվաց մոր առաջարկած միտքը, որ նա ուրախությունից գրկեց մորը և համբուրեց, խոստովանելով, որ այդպիսի խելացի միտք երբեք յուր գլխում չէր կարող ծնվել:

Տիկնոջ զեկուցման համաձայն Վասիլ Իվանիչն էլ ներս եկավ, լսեց աղջկա խոստումը Շահ — Մելիքովի հետ ամուսնանալու համար, և երեք անգամ համբուրեց նրա ճակատը:

Ամեն բան վերջացած էր, մնում էր իշխանական հարսանիքի պատրաստությունը:

Ը

Այս անցքից մի քանի օր հետո Մարությանը եկավ Վարդուհու մոտ: Առաջին անգամից օրիորդը չկարողացավ իմանալ, թե ի՞նչ հանգամանք կարող էր ստիպել նրան այցելել իրեն, բայց երբ մտաբերեց երեկույթի երեկոյան Լազարյանների տան մեջ յուր լսածները, իսկույն գուշակեց, որ պարոն Մարությանին մի անհաջողություն է պատահել:

Երիտասարդը մտավ ընդունարանը շատ տխուր և վշտացած դեմքով, բայց Վարդուհին ընդունեց նրան յուր սովորական ժպիտով:

— Դուք չափից դուրս տխուր եք այսօր, ի՞նչ է պատահել, — առաջին անգամ հարցրեց օրիորդը:

— Դուք այդ արդեն նկատեցի՞ք, օրիորդ, այո՛, ես շատ տխուր եմ, շատ տխուր...

— Բայց ի՞նչ է պատահել ձեզ, ասացեք խնդրեմ:

— Ոչինչ, մի փոքրիկ դժբախտություն... Երբ մարդիկ այնքան են հիմարանում, որ իրենց բախտը հողմաղացների վերա են կախում, շատ պարզ է, որ միայն դժբախտությունը կմնա նրանց բաժին... Ես այդ մարդիկներից մեկն էի:

— Բայց ի՞նչ դժբախտություն է այդ, խոսեցեք խնդրեմ:

Մարությանը չպատասխանեց, այլ ծանրությամբ հանեց ծոցից մի նամակ և տվեց նրան:

— Կարդացեք, օրիորդ, բարձր կարդացեք, ես կամենում եմ մի անգամ էլ լսեմ իմ սիրուհուն:

Սա մի նամակ էր օրիորդ Աննայից Մարությանին ուղղած: Վարդուհին սկսեց կարդալ:

«Հարգելի պարոն.

Կարևոր եմ համարում հայտնել ձեզ իմ սիրելի ծնողաց կամքը. — ես այսուհետև այլևս չպիտի շարունակեմ իմ հայերեն լեզվի ուսումը, հետևապես դուք այսօրվանից ազատ եք և ինձ դասախոսելու համար հատկացրած ժամանակը կարող եք ըստ ձեր հաճույից գործադրելու: Որքան էլ որ ինձ համար ցավալի է ձեր օգտավետ դասախոսություններից զրկվիլը, այսուամենայնիվ ես իբրև մի թույլ աղջիկ, պարտավոր եմ ճակատագրին հնազանդվել: Իմ սիրելի ծնողքը ցանկանում էին, որ ես ընդունեմ իշխան Շահ — Մելիքյանի առաջարկությունը՝ նրա հետ ամուսնանալու համար, և ես կատարեցի նրանց ցանկությունը. հուսով եմ, որ ձեզ չի վշտացնիլ իմ այս որոշումը:

Ձեր ամենախոնարհ աղախին

Աննա Լազարյան»:

Նամակի ընթերցանությունից հետո մի փոքր ժամանակ լռություն տիրեց. Վարդուհին և Մարությանն անխոս նայում էին միմյանց: Բայց վերջապես երիտասարդը առաջինը ընդհատեց լռությունը:

— Ի՞նչ եք հասկանում դուք այս նամակից, օրիորդ, հայտնեցեք ինձ ձեր կարծիքը:

— Ա՛յն, ինչ որ գրված է:

— Ո՛չ, այստեղ քիչ բան է գրված, բայց այդ քիչ բանից շատ բան պետք է հասկանալ:

— Իմ կարծիքով շատ բաներ հասկանալու կամ երևակայելու հարկ չկա: Օրիորդ Աննան ձեզ հայտնում է, որ այլևս նեղություն չկրեք նրան այցելելու կամ իրեն ձեր հարսնացուն հաշվելու, որովհետև ինքն ամուսնանում է արդեն իշխան Շահ — Մելիքյանի հետ, ահա բոլորը:

Բայց մի՞թե այդ հնարավոր բան է, օրիորդ, միթե դուք կարծում եք, որ այդ հնարավոր է... Վարդուհին ծիծաղեց:

— Դուք է՞լ ուրեմն ծիծաղում եք ինձ վերա. օրիորդ, բայց չէ՞ որ ես կարեկցության եմ արժանի:

— Ո՛չ դուք կարեկցության արժանի չեք, — սառնությամբ պատասխանեց Վարդուհին. — ձեզ, երիտասարդներիդ պետք է ծաղրել, և ա՜յն, որքան կարելի է, անգթաբար:

— Բայց մեր ո՞ր հանցանքի համար, օրիորդ, ա՛յն հանցանքի, որ մենք հավատում ենք աղջկերանց ազնվությանը...

— Ազնվության համար թող խոսք չլինի, որովհետև ազնվությունը միայն կարող է հետամուտ լինել ազնվությանը, բայց դուք, պարոններ, ազնվություն չեք փնտրում, և ոչ արժանիք, և ոչ զգացմունք, և ոչ սիրտ, և ոչ ճշմարիտ սեր, ձեր փնտրածը փողն է և օժիտը, ուրեմն մի՛ վշտանաք, երբ ոչ մի տեղ ազնվության չեք պատահում, որովհետև դուք նրան չեք գնահատում: Եվ շատ բնական է, երբ վաճառականը նուրբ գործվածքներ չէ բերում վաճառելու, քանի որ գիտե, թե յուր գնողները նրանց չեն գնահատում:

— Օրիորդ, դուք դալար փայտն էլ չոր փայտի հետ այրում եք. մի՞թե բոլոր երիտասարդներն էլ միևնույնն են և նրանց մեջ բացառություններ չկան:

— Բացառություններ, այո՛, միայն բացառություններ կան, բայց շատ ցավալի է, որ բացառությունները ձեզ զոհացնում են: Եվ եթե դուք Մարությաններին էլ բացառությանց կարգն եք դասում, այն ժամանակ պետք է ասեմ, որ մեր դրությունը ողբալի է, որովհետև այդ նշանակում է, թե ուրեմն բացառություններ էլ չկան...

— Ի՞նչ, մի՞թե դուք ինձ այդ շահամոլ և նյութապաշտ երիտասարդների կարգն եք դասում,— վրդովված հարցրեց Մարությանը:

— Այո՛,պարոն, ես ձեզ նրանցից չեմ զանազանում, — սառնությամբ պատասխանեց Վարդուհին, — դուք բոլորդ էլ, միևնույն փայտից եք տաշված: Ձեր անհեռատես վարմունքով դուք անբարոյականացնում եք ձեր ապագա ամուսիններին, սովորեցնելով նրանց արհամարհել բարուց մաքրությունը, սրտի ազնվությունը, սրբությամբ սիրելու անհրաժեշտությունը, և այլ առաքինությունները, և միայն հետամուտ լինել օժիտը հարստացնելու, որովհետև դա ծածկում է արդեն բոլոր բարոյական պակասությունները... Եվ դուք դեռ զարմանո՞ւմ եք, երբ աղջիկները ծաղրում են ձեր զգացմունքները...

Մարությանը զարմացած աչքերով նայում էր Վարդուհու վերա, բայց հետո կարծես նրա անվրդով հայացքից և խոսքերից հաղթվելով պատասխանեց.

— Հավատացեք, օրիորդ, որ ոչ մի նյութական շահ ինձ չէ կապել օրիորդ Լազարյանի հետ. ես արդեն իմ առաջին խոստովանության ժամանակ ձեզ ասացի, թե ճանաչելով իմ և նրա ծնողաց անհավասարության չափը, ես աշխատում էի զգույշ լինել, չգրավվիլ նրանով, բայց հետո ես իմ զգացմունքներին դիմադրել չկարողացա, հավատացեք, օրիորդ, որ ես նրան սիրել եմ անկեղծությամբ և իմ բոլոր սրտով...

— Այսուամենայնիվ ձեզ չեք կարող արդարացնել, որովհետև նրա մեջ դուք չեք որոնել մի ներքին արժանավորություն, որից մարմին է առնում ճշմարիտ սերը. իսկ եթե դուք դրան որոնած լինեիք, այն ժամանակ նրա մեջ բացի փոփոխամտությունը և դյուրահավանությունն ուրիշ բան չէիք գտնիլ, իսկ այդ թերությունները սիրո դահիճներն են: Եվ որովհետև նույնպիսի թերություններ էլ դուք ձեր ընտրության ժամանակ եք ունեցել, ուրեմն մի՞ վշտանաք, եթե միևնույն ճանապարհով էլ պատժում են ձեզ: Օրիորդ Լազարյանն առաջ կարծում էր, որ պարոն Մարությանի հետ ամուսնանալը երջանկություն է: Բայց այժմ համոզված է, որ իշխան Շահ — Մելիքյանի հետ նա ավելի կարող է բախտավոր լինիլ. սա համոզմունք է, սրա դեմ ի՞նչ կարող եք ասել:

— Իհարկե ոչինչ, մի փոքր առաջ ես ինքս ձեզ խոստովանեցի, որ իմ բախտը հողմաղացի վերա էի կախել...

— Ուրեմն էլ բողոքելու տեղ չէ մնում, հանցանքը ձերն է, պատիժն էլ դուք պիտի կրեք:

Մարությանը լռեց: Նա մտածում էր: Վարդուհու խոսքերը նրա առաջ մի նոր և բոլորովին անծանոթ աշխարհի բացին: Նա տեսավ, թե որքան ետ էր մնացել մարդկանց սիրտը և հոգին ճանաչելու արհեստին մեջ. տեսավ թե ինչպես մի խեղճ աղջիկ, յուր սահմանափակ շրջանի մեջ ավելի էր ճանաչում երիտասարդների ներքին աշխարհը, քան թե ինքը յուր բոլոր զարգացմամբ՝ մի հասարակ և թեթևամիտ աղջկա սիրտը: Վարդուհու խոսքերը փոխանակ յուր սիրտը վիրավորելու, ընդհակառակը, նրա մեջ մի խորին ակնածություն և համակրանք էին զարթեցնում: Նրա անկեղծ և աներկյուղ հանդիմանությունը, իբրև մի ապաքինող բալասան, զալիս իջնում էին յուր հոգեկան վերքերի վերա, և նա զգում էր, թե ինչպես այդ վերքերը վայրկյաններով բուժվում, անհետանում են... Իսկ այդ բոլորից հետո նա մի համեմատություն է անում Աննայի և Վարդուհու մեջ, տեսնում էր այն ահագին անջրպետը, որ բաժանում էր այդ երկու բնավորությունները միմյանցից, տեսնում էր առաջինին ինչպես մի եղեգն, որին հողմերն են կառավարում, որի մոտ խելքը զգացմունքների ստրուկն է, իսկ սիրո զգացումը՝ վայրկենական տպավորությունների... Տեսնում էր երկրորդին ինչպես մի մարմնացած բնավորություն, որի խելքը իշխում էր յուր զգացմունքների վերա, որի սիրտը և հոգին հետամուտ էին ճշմարտության, որը գիտեր արդեն անկեղծությունը գնահատել և կարող էր անշուշտ արժանավորությանը սիրահարիլ... Նա տեսնում և զգում էր այս բոլորը և խորը հառաչում, որովհետև յուր սխալանքը արդեն անուղղելի էր համարում...

— Դուք իրավունք ունիք, օրիորդ, — երկար լռությունիցետ պատասխանեց երիտասարդը, — հանցանքն իմն է, պատիժն էլ ես պիտի կրեմ... — և այս ասելով նա վեր կացավ տեղից, ողջունեց օրիորդին և տխրությամբ հեռացավ նրանից:

Թ

Մարությանի հեռանալուց ետ Վարդուհին խղճահարվեցավ նրա դրության վերա, նա զգաց, որ անզգաբար վարվեցավ խեղճ երիտասարդի, առանց այն էլ վիրավոր սրտի հետ, մանավանդ, որ արդեն հավատում էր, թե նա առանց շահադիտական նպատակների էր սիրել Աննային: — «Ես պարտավոր էի մխիթարել նրան, — ասում էր նա ինքն իրեն, — Մարությանը հանցավոր չէ, որ սիրել է Աննային առանց նրա ներքին արժանավորությունները ճանաչելու: Սա մի սխալմունք է և ոչ հանցանք: Ի՞նչ անեն խեղճ երիտասարդները, մեր կյանքն այնքան փչացել, այնքան ապականվել է, որ հրապարակում ոչ ոք առանց դիմակի չէ շրջում, ինչպե՞ս և ո՞ւր գտնել ճշմարտությունը... Եթե ճիշտը խոստովանինք, դեռ մենք ինքներս պետք է կարմրենք մեր սեռի այս խարդախ թուլությունների համար: Իսկ Մարությանը... նա վատ տղա չէ, — շարունակում էր Վարդուհին, — սիրտ ունի, նա կարողանում է սիրել... Նրան կարծես թե ես դեռ սիրում եմ. ինձ այնպես է թվում... Բայց ո՞չ, ո՞չ, նա արժանիք չէ ճանաչում, — կարծես ինքն իրենից ամաչելով հերքում էր

Վարդուհին յուր խոսածները. — նա սիրեց մի թեթևսոլիկ աղջկա, և նա պետք է պատժվի...»:

Բայց Մարությանը բոլորովին ուրիշ տպավորության տակ հեռացավ Վարդուհուց. նրա խոսքերը, նրա մտքերը, նրա դատողությունները այն աստիճան էին գրավել իրեն, որ նա մոռացել էր Աննային, և յուր նրա հետ ունեցած սիրային մտերմությունը, տեսակցությունները, աղջկա կողմից իրեն հասած վիրավորանքը, բոլորը, բոլորը երազ էին թվում իրեն: — «Ինչո՞ւ համար սխալվեցա ես, մտածում էր նա. — ինչո՞ւ համար այս անգին գանձը ես չտեսա այն ժամանակ, երբ արվեստական գոհարը շլացնում էր ինձ, ինչո՞ւ համար ես այդ աստիճան կուրացել էի... Բայց ի՞նչ, մի՞թե դեռ ուշ է, մի՞թե բախտը չէ այս, որ ծիծաղում է ինձ, և նախախնամության շնորհը չէ՞, որ ապագա դժբախտություններից ազատում է ինձ:

Ես դեռ կարող եմ հուսալ, որ Վարդուհին մի օր կճանաչե իմ սիրտը, կհամոզվի, որ ես շահամոլի մեկը չեմ, որ ես զգացմունք ունիմ, որ ես կարող եմ սիրել... Եվ նա կցանկանա բախտավորացնել ինձ... Ո՞վ գիտե, գուցե հենց մոտ է ա՞յն վայրկյանը, երբ նա ինքը կասե ինձ՝ «Տիրա՛ն, սիրում եմ քեզ»... Բայց չէ, ես զառանցում եմ. ես արժանի չեմ նրան և նա իմը չի լինիլ»:

Այս մտածմունքով ամբողջ օրը տանջվեցավ խեղճ երիտասարդը, և երեկոյան դեմ վճռեց կրկին անգամ այցելել Վարդուհուն: — «Գուցե մի բան կարողանամ ասել նրան», — մտածեց նա և դուրս գնաց տանից:

Բայց հազիվ թե մտել էր նրանց տան փողոցը, և ահա հեռվից նշմարեց նա նրանց պատշգամբի վերա մի շրջազգեստի ծայր. — «Նա Վարդուհին է», — շշնջաց նա և ինչպես մի հանցավոր արագ քայլերով խույս տվավ այդ փողոցից, կարծես վախենալով հանդիպել նրան:

Այսուամենայնիվ բախտը մեր Մարությանին հաջողում էր, պատշգամբի շրջազգեստը Վարդուհունը չէր. նա այդ ժամանակ զբոսնում էր պրոսպեկտի վերա յուր մի նորեկ ազգականուհու հետ: Մարությանը վերադառնալով նրանց փողոցից, պիտի անցներ պրոսպեկտը և նա այստեղ նշմարեց հեռվից Վարդուհուն:

Ամոթը, երկյուղը և ուրախությունը միախառնվեցան նրա մեջ, նա կամենում էր և խույս տալ նրա աչքերից, և մոտենալ նրան... Վերջին ցանկությանը օգնեց ինքը՝ Վարդուհին: Տեսնելով հեռվից Մարությանին, նա ժպտաց և քայլերը ուղղեց դեպի նրան:

Վերջինս յուր կողմից ավելի շտապեցրեց յուր քայլերը և նրանք շատ մտերմաբար ողջունեցին իրար, բայց երկուսն էլ միանվագ շառագունեցին. ինչո՞ւ համար, երևի իրենք էլ չգիտեին:

— Ես այսօր շատ խստությամբ խոսեցի ձեզ հետ, դուք անշուշտ վիրավորվել եք, այնպես չէ՞, — հարցրեց Վարդուհին ծիծաղելով:

— Օ՛հ, ո՛չ, օրիորդ, ընդհակառակը, դուք շատ ճշմարտություններ

խոսացիք և շատ զատնիքների խելամուտ արիք ինձ: Ես այսօր վրդովված էի և չկարողացա շնորհակալություն անել ձեզ. բայց մի փոքր առաջ ես որոշեցի գալ կրկին ձեզ մոտ, իմ այդ պարտքը հատուցելու համար:

— Եվ եթե ինձ չպատահեիք այստեղ, ուրեմն մեր տունը պիտի գայի՞ք, — ժպտալով հարցրեց Վարդուհին:

— Այո՛, օրիորդ, բայց գիտե՞ք... ես եկա, ճշմարիտն ասած, ամաչում եմ խոստովանել... եկա և ձեր պատշգամբի վերա հեռվից մի շրջազգեստ նշմարելով ձերը կարծեցի և ետ փախա:

— Ինչո՞ւ համար, չէ՞ որ ասում եք, թե ինձ պետք է շնորհակալություն անեիք:

— Այո՛, բայց ամաչում էի կրկին երևալ ձեր աչքին: Վարդուհին ծիծաղեց, բայց միևնույն ժամանակ էլ շատ սիրեց երիտասարդի անկեղծությունը:

— Ես շնորհակալություն չեմ սպասում ձեզանից, այնքան միայն լինի, որ իմ խոսածները կարողանան մոռացնել տալ ձեզ ձեր կորուստը, — խորհրդավոր եղանակով նկատեց Վարդուհին:

— Հավատացեք ինձ, օրիորդ, ես այս րոպեին ոչ մի կորստի վերա չեմ մտածում և այսօր չեմ մտածել: Ես, ընդհակառակն, անչափ ուրախ եմ, որ իմ հիվանդությունը բուժվել է և այն ձեր շնորհիվ: Բայց եթե կա մի մտածմունք, որ ինձ տանջում է, դա բոլորովին նոր է, հենց այսօրվանից. և նրա պատճառած տուգանքը հոգեկան զվարճություն է բերում ինձ...

Վարդուհին հասկացավ երիտասարդի խոսքերի նշանակությունը, բայց կեղծեց իբր թե ոչինչ չէ հասկանում:

— Աշխատեցեք, որ մտածմունքները չտանջեն ձեզ, թե չէ տանջանքի մեջ զվարճություն չկա, — ասաց նա:

— Այո՛, եթե միայն դա սիրո տանջանք է, — նկատեց Մարությանը:

Վարդուհին ժպտաց, բայց ոչինչ չպատասխանեց, ընկերուհու ներկայությունը չէր ներում նրան զգալի կերպով շոշափել այդ խորհրդավոր ակնարկությունը:

Շուտով նրանք պիտի բաժանվեին ուղիղ ճանապարհով, ուստի Մարությանը առնելով նրանց ողջույնը և Վարդուհու սիրալիր ժպիտը՝ հեռացավ զոհ սրտով:

Հետևյալ առավոտը Մ՝արությանը շատ հանդուգն միտք հղացավ: Քաջալերվելով նախընթաց ավուր տեսակցությունով, նա որոշեց մի անգամով վախճան տալ գործին և գնաց Վարդուհու մոտ:

— Օրիորդ, ես ամեն վտանգ հանձն եմ առել ինձ համար մի որոշ վիճակ ստեղծելու համար, — ասաց նա, ողջունելով Վարդուհուն, — այդ պատճառավ և այսօր կրկին ես գտնվում եմ ձեզ մոտ:

— Ի՞նչ վիճակ եք ուզում ստեղծել ձեզ համար, — հարցրեց օրիորդը, կարծելով, որ գործը դարձյալ Լազարյանի աղջկանն է վերաբերում:

— Դժբախտ կամ բախտավոր, ցավերով լի, կամ երջանկությամբ:

— Ձեզ չեմ հասկանում ես:

— Իսկույն կիասկանաք: Ես այժմ հառաջաբանությամբ չեմ խոսում, օրիորդ, որովհետև ձեզ ճանաչում եմ և այս բավական է: Դուք գիտեք իմ անմիտ սիրո անցյալը, որի համար ես ի սրտե զղջում եմ. բայց չգիտեք այն, ինչ որ երեկվանից է սկսվել, ես ձեզ սիրում եմ: Ձեր ինձ արած հանդիմանությունները փոխանակ իմ սիրտը վհատեցնելու, նրա մեջ նոր ուժ և կենդանություն են ներշնչել, ես ծանոթացել եմ ձեր արժանյաց և ձեր սրտի ազնվության հետ, և ես չեմ կամենում բաժանվիլ նրանից, այժմ հանդգնում եմ հարցնել — իրավունք կտա՞ք արդյոք սիրել ձեզ և հուսալ, որ կարող եմ սիրվել ձեզանից...

Վարդուհին լուռ նայում էր Մարության վերա և չէր պատասխանում:

— Դուք ուրեմն ստիպում եք ինձ հավատալ, որ ձեր լռությամբ արհամարհում եք իմ զգացմունքները, — կրկին խոսեց Մարությանը:

— Չե՞ք վախենում, որ ես էլ դավաճանեմ նրանց, — հանդարտությամբ հարցրեց Վարդուհին:

— Ո՞չ, չեմ հավատում:

— Շատ լավ լսեցեք: Աննայից առաջ ե՛ս էի սիրում ձեզ և սիրում էի խելագարված...

— Աստված իմ, դուք ինձ անիծում եք, — զգացված բացականչեց երիտասարդը, — այդ անկարելի է...

— Լսեցեք, անկարելի ոչինչ կա. ես ձեզ սիրում էի, ասում եմ, և այն ժամանակ, երբ ես քաղցր հույսերով օրորում էի ինձ, դուք իմ առաջ անգթաբար Աննայի սիրո խոստովանությունը արիք. ես սեղմեցի իմ կուրծքը և տարի ձեր ձեռքով ինձ համար պատրաստած տանջանքները: Նրանից հետո տեղի ունեցած անցքերը դուք գիտեք... Այսօր էլ ահա՛ նոր սիրո առաջարկություն եք անում ինձ: Այժմ ձեզանից եմ հարցնում՝ ընդունե՞մ այդ առաջարկությունը, թե ոչ:

— Ո՛չ, օրիորդ, մի՛ ընդունեք, մի անարժան մարդու անմտությունը թող արատ չբերե ձեր ազնիվ զգացմունքներին և ձեր մեծանձնությանը. թողեք, որ տանջվի այդ մարդը, որովհետև նա արժանի է յուր հատուցման...

— Գիտե՞ք ինչ կա. եթե ա՛յն ազնվարյուն հոգիներից լինեի, որոնք ստեղծված են միմիայն ազնվության գոյությունն ապացուցանելու համար, ես ձեզ կարհամարհեի, որովհետև դուք մի օր ուրիշին էիք սեր երդվում. բայց որովհետև այդ հոգիներից չեմ, և մեր մեջ ասած, միևնույն փայտից եմ տաշված, ինչ որ մեր ուրիշ շատ աղջիկները, և այդ միայն այն զանազանությամբ, որ գիտակցաբար գործելու ընդունակությունն իմ մեջ մի փոքր ավելի է զարգացած, այդ պատճառով ընդունում եմ ձեր առաջարկությունը. որովհետև զգում եմ, որ ես չեմ կարողանում սպանել այն քնքուշ զգացմունքները, որոնց մի օր ձեզ համար տածել եմ իմ սրտում: Եթե իմ այս խոսակցությունից ետ դուք դեռ կարող եք սիրել ինձ, սիրեցեք, ես ձերն եմ...

— Այդ խոստովանությունից հետո դուք իմ աստվածուհին եք, — ոգևորված բացականչեց երիտասարդը և բռնելով Վարդուհու ձեռքը՝ ջերմաջերմ համբուրեց:

Մի փոքր ժամանակից ետ Վարդուհու մայրը խնդակցում էր աղջկանը և սիրալիր զգվանքներ նվիրում յուր թանկագին փեսային:

Ժ

Օրիորդ Լազարյանի և իշխան Շահ — Մելիքյանի նշանադրության հանդեսը մի քանի օր առաջ տեղի էր ունեցել ոչ շատ շքեղ կերպով, բայց քաղաքի մեջ շատ էին խոսում նրանց հարսանիքի մեծածախ և փառավոր պատրաստությունների մասին: Վասիլ Իվանիչը յուր կողմից աշխատում էր ապացուցանել, որ կյանքի վայելչությունների մեջ փողի արիստոկրատիան կարող է մրցել արյան արիստոկրատիայի հետ. և թե առատաձեռնության կողմից կապալառու Լազարյանը ոչինչով պակաս չէր յուր ազնվական փեսայից: Իշխան Շահ — Մելիքյանն, ընդհակառակն, չէր ընդունում այն միտքը, թե վաճառական մարդու նիստն ու կացը կարող է երբևիցե հավասարվիլ իշխանական տան ապրուստի հետ, այդ պատճառով, և ձգնում էր յուր հարսանյաց հոյակապ պատրաստություններով զարմացնել բոլոր առևտրական աշխարհը: Վերջապես հարսանյաց օրը հասավ: Գիշեր էր և գեղեցիկ լուսին, բայց Լազարյանների տունը ստվեր էր զգում այդ խեղճ լուսնի վերա: Նա լուսավորված էր շատ շքեղ և գրեթե աչք շլացնելու չափ փառավոր: Դրսից նրան զարդարում էին հարյուրավոր լապտերներ գույնզգույն կրակներով, իսկ ներսում վառվում էր ջահերի ու ճրագների մի կատարյալ հրդեհ: Երաժշտությունը, որ որոտալով թնդում էր ներսում, հավաքել էր այդ տան չորս կողմը մի բազմաթիվ ամբոխ, որը հիացմունքով դիտում էր հարուստների ուրախությունը:

Իսկ տան մուտքի առաջ, ուր վառվում էին գազեղեն ղամբարները, խռնվել էր կառքերի և դեսպակների մի ահագին կույտ: Ոստիկանական պաշտոնյաները ջերմեռանդությամբ հսկում էին այդտեղ կարգապահությանը:

Գիշերվա ճիշտ տասներկու ժամին Լազարյանների փողոցը մտան իշխանական ընտանիքի քառալուծ կառքերը, որոնց հետևում էին բազմաթիվ փեսավերները իրենց բազմազան կառքերով և դեսպակներով: Իսկույն երաժշտական խումբը դուրս եկավ փողոցը (այդպես էր ցանկացել Վասիլ Իվանիչը) և թանկագին հյուրերի գալուստը ողջունեց մի որոտաձայն և երկարատև տուշով:

Վերջապես փայլուն նորեկները դուրս եկան և ցրվեցան հոյակապ դահլիճների մեջ, յուրաքանչյուրն իրեն արժանավայել տեղ ընտրելով յուր համար: Բայց իշխան փեսային ինքը տիկին Լազարյանն առաջնորդեց դեպի յուր համար պատրաստած փառավոր գահույքը, որի վերա արդեն բազմած էր օրիորդ Աննան յուր մեծավայելուչ փառքով: Երկու զույգերն էլ արժանի էին միմյանց:

Իշխան Շահ-Մելիքյանը, յուր վայելուչ հասակով, գեղեցիկ դեմքով, գեղազանգուր մազերով, ազնվական շարժվածքով և վերջապես յուր նրբաճաշակ զգեցվածքով գերազանցում էր գրեթե բոլոր հյուրերին: Նրա տարիքով լինելը բնավ չէր նշմարվում: Աղջիկներից շատերը նախանձում էին Աննայի բախտին, իսկ մանկամարդ տիկիններից յուրաքանչյուրը, միայն իրեն էր արժանի համարում այդ ազնվական իշխանի ամուսինը լինելու:

Օրիորդ Աննան, ընդհակառակն, երիտասարդների նախանձն էր շարժում: Նրա գեղեցկությունը թեպետ գերբնական չէր, բայց յուր վերայի հարստությունները նրան գերբնական էին դարձրել: Նրա հագուստը, որ կարված էր սպիտակ, թանկագին մետաքսից և զարդարված արվեստական հարուստ ծաղիկներով, ֆրանսիական ճարտարության մի կատարյալ հրաշակերտն էր ներկայացնում: Նրա գլխի խոպոպներն ու հյուսերը, մարմարյա կուրծքը և փափկիկ դաստակները զարդարված էին հարյուրավոր ադամանդներով, որոնք բյուրեղյա ջահերի առաջ ցրվում էին աջ ու ձախ բյուրավոր կայծեր ու շողեր: Բոլորի աչքերը նայում էին նրան, բոլորի աչքերը շլացած էին նրանով:

Մի քանի երաժշտական նվագներից և թեթև պարերից հետո, որոնք տեղի ունեցան ի պատիվ նորեկ հյուրերի, սկսան կատարել հանդերձ — օրհնեքի կարգը, որին մասնակցում էին բազմաթիվ քահանաներ իրենց երգիչներով և դպիրներով: Իսկ մի ժամից հետո արդեն իշխանական զույգը շրջապատված բազմաթիվ հյուրերով, գտնվում էր արիստոկրատների եկեղեցում, ուր խրոխտաձայն տեր-Մուշեղը հանդիսավոր եղանակով հարցաքննում էր նրանց. — «Որդյակ իմ», մինչև ի մահ տե՞ր ես» և կամ «Որդյակ իմ, մինչև ի մահ հնազա՛նդ ես» — և պատասխան առնում մի «Այո՛» և մի բազմիմաստ գլխի շարժում...

Եկեղեցուց վերադառնալուց ետ հարսանյաց հանդեսը կատարյալ կերպարանք առավ, երաժշտությունը նոր ուժով սկսավ թնդալ, պարերը նորից կենդանություն առին, հարսը և փեսան ասպարեզ մտին, հարսնավերքը և փեսավերքը միմյանց խառնվեցին, գրկեցին, գրկվեցան և մի կես ժամվա մեջ կապալառու Լազարյանի տունը Կիթերական դիցուհվո տաճարը շինեցին:

Վասիլ Իվանիչն ու Մարիա Սերգեևնան անընդհատ շնորհավորություններ և բարեմաղթություններ էին լսում և ուրախությունից քիչ էր մնում, որ գժվեին:

Այնուամենայնիվ սեղանների բացվելն ու ընթրիքի սկսվիլը ամեն տեսակ ոգևորություն միառժամանակ չափավորեցին: Թե՛ հրավիրյալները և թե՛ հրավիրողները ընթրիքի նստան, հարգելով ստամոքսի իրավացի պահանջը: Բայց ինչպես Լազարյանի տան մարդիկը, այնպես էլ դուք, իմ սիրելի ընթերցողներ, իսկի չեք հարցնում, թե բաս ո՞ւր մնացին մեր խեղճ Վարդուհին ու սիրահար Մարությանը:

Պատիվ ունիմ հայտնելու, սիրելի բարեկամներս, որ նրանք էլ հենց այս երեկո պսակվեցան մայր եկեղեցում: Բայց նրանց հարսանիքը փառավոր չէր, նրանք մեծ պատրաստություններ, հարուստ լուսավորություն, բազմաթիվ հյուրեր, մեծածախ սեղան և այլ այս տեսակ բաներ չունեին:

Եկեղեցին եկան միայն Վարդուհին և Մարությանը. նրանց մայրն ու խաչեղբայրը և Վարդուհու մի երկու կլորիկ սիրունիկ ընկերուհիները:

Տեր-Ղևոնդը մի տիրացուի և մի ժամկոչի օգնությամբ պսակեց նրանց և հետո բոլորը միասին կառք նստեցին և գնացին Վարդուհու մոր պատրաստած համեստ ընթրիքը վայելելու:

Սեղանի վերա տերտերը մի քանի լավ հայերեն երգեր ասեց, փեսա Տիրանն ու տիրացուն էլ իրենց գիտեցածից մի — մի բան երգեցին և այսպես ամեն բան առանց դալմադալի վերջացնելով, յուրաքանչյուրը յուր տունը գնաց: Տիրանն ու Վարդուհին արդեն Մորփեոսի գրկումն էին, երբ իշխան և իշխանուհի Շահ-Մելիքյանները դեռ նոր դուրս էին գալիս Լազարյանների տանից և բազմաթիվ կառքերի ընկերակցությամբ դիմում էին իշխանի ապարանքը:

Բայց սրանով, իհարկե, դեռ չէր վերջանում իշխանական հարսանիքը: Իշխանը և իշխանուհին պսակվելուց հետո միայն սկսան իրենցը և երեք օր շարունակ զանազան բնավորությամբ հացկերույթներ և երեկույթներ ունեին նրանք իրենց ապարանքում:

Ամբողջ քաղաքը այդ միջոցին զբաղված էր Լազարյաններով և Շահ — Մելիքյաններով. ամեն տեղ նրանց վերա էին խոսում, նրանց համար պատմում և նրանց լսում:

Վարդուհու և Մարությանի վերա գրեթե ոչ մի տեղ խոսք ու զրույց չկար:

ԺԱ

Հարսանեկան հանդեսներից ետ հասան հանգստության ժամերը, բայց իշխան Դիմիտրը կարծես խուսափում էր իշխանուհուց: Նա թողնում էր նրան միայնակ յուր առագաստում, իսկ ինքը քաշվում էր յուր ննջարանը, միայնակ քնանալու համար:

— Քո վարմունքը շատ օտարոտի է թվում ինձ, Միտյա, — նկատեց մի առավոտ իշխանուհին յուր ամուսնուն, — դու ինձ միայնակ ես թողնում իմ ննջարանում, և ես ամբողջ գիշեր քնել չեմ կարողանում...

— Ինչո՞ւ, հոգիս, մի՞թե դու վախենում ես միայնակ քնելու:

— Ո՛չ, ես անհանգստանում, ես կարծում եմ թե... դու ինձ չես սիրում... այդպե՞ս է, հա՞, դու ինձ չե՞ս սիրում...

— Ա՛, մի՞թե կարելի է այդպես մտածել, Անիչկա, ընդհակառակն, քեզ շատ սիրելուս համար է, որ այս զոհողությունը ես հանձն եմ առնում... Ես չեմ գալիս քեզ մոտ, որպեսզի այս քանի օրերում քո ունեցած հոգնածությունը հանգիստ քնանալովդ անցնե:

— Ո՞չ, ես այդ չեմ կամենում, ես հոգնած չեմ, ես կամենում եմ, որ դու ինձ մոտ լինես, — ժպտալով պատասխանեց իշխանուհին և ձեռքը ամուսնու պարանոցով պատելով սկսավ քնքշաբար շոյել նրա գեղեցիկ գանգուրները, որոնց այնքան շատ էր սիրում ինքը:

— Շատ լավ, հոգյակս, ես այսուհետև այլևս բացակա չեմ լինիլ քո սենյակից, եթե դու այդպես ես կամենում, — ասաց նրան իշխանն և անցավ ուրիշ հարցերի:

Բայց առաջիկա գիշերն էլ նա թողեց իշխանուհուն միայնակ: Խեղճ Աննան սրտնեղությունից տանջվում էր: Սկզբում նա ցանկացավ մտնել յուր ամուսնու ննջարանը և կրկնել նրան յուր նկատողությունը և այս անգամ ավելի հանդիմանական եղանակով, բայց հետո մտածեց՝ դեռ մի փոքր էլ սպասել: Ուստի անցյալ օրերի նման ժամանակը սպանելու համար նա սկսավ կրկին քննել յուր ննջարանի հարուստ կարասիները, թանկագին զարդերը, յուր ոսկենկար առագաստը, նրա փնջազարդ վարագույրները և այլ բազմաթիվ ճոխություններ, որոնց տեսքը միայն պարուրում էին յուր աչքերը: Երկար նա նայում և զննում էր նրանց, չնայելով, որ սա առաջին անգամը չէր, սակայն իշխանը դարձյալ չէր երևում:

— Անկարելի է, որ նա սիրում չլինի ինձ, — ինքն իրեն մխիթարում էր Աննան, — եթե այդպես լիներ, ուրեմն ինչն էր ստիպում նրան ամուսնանալ ինձ հետ, ինչո՞ւ համար նա այնպիսի հարուստ ննջարան կպատրաստեր ինձ համար. ինչո՞ւ այդպիսի մեծածախ հացկերույթներ ու երեկույթներ կսարքեր... չէ. անկարելի է, նա ինձ պաշտում է, նա այդ խոսքերը մի քանի անգամ ասել է ինձ...

Բայց իշխանը դարձյալ չէր երևում...

Իշխանուհու անհանգստությունը փոխվում էր հուսահատության:

— «Վերջապես էլ սպասել անկարելի է, նա ինձ անպատվում է»... — մտածեց իշխանուհին և զայրացած ներս վազեց ամուսնու ննջարանը:

— Ա՜խ, Միտյա, դու ինձ տանջում ես... — բացականչեց նա և հենց պատրաստվում էր ամուսնու գիրկը ընկնելու, երբ մի օտարոտի պատկեր կանգնեցրեց նրան ճանապարհի մեջտեղում:

Ամուսնու տուալետի մոտ կանգնած էր մի մարդ բոլորովին մերկ գլխով, ներս ընկած ծնոտներով ու կիսահան հագուստով և ձեռքի մեջ ինչ որ բան բռնած մաքրում էր խոզանակով:

— Ա՛, այդ դու՞ ես, Անիչկա, — խոսեց կանգնած մարդը մի փոքր շփոթված, — երևում է դու էլի բարկացել ես ինձ վերա, ես իսկույն պիտի գայի քեզ մոտ...

Աննան մնաց քարացած, յուր առաջ կանգնած անծանոթը յուր ամուսինն էր, բայց նա այնքան էր փոխված, որ անկարելի էր նրան ճանաչել:

— Դուք ուրվակա՞ն եք, թե՞ կախարդ, ես ձեզ չեմ ճանաչում, — սարսափելով հարցրեց խեղճ աղջիկը, — բացատրեցեք, ի սեր աստծո, ես խելագարվում եմ:

— Հանգիստ կացիր, հոգիս, վախենալու ոչինչ չկա, — ժպտալով խոսեց իշխանը, — եթե կարծում ես, որ իմ մեջ մի փոփոխություն է կատարվել, այդ փոփոխությունը ա՛յ թե ինչից է առաջացել... — Այս ասելով նա վերցրեց սեղանի վերայից յուր գանգրավոր կեղծամը և դնելով գլխի վերա, շարունակեց. — տեսնո՞ւմ ես, էլի միևնույն մարդն եմ. ուրեմն ինձանից վախենալու բան չունիս:

— Ա՛, կնշանակե շինծո՞ւ էին քո այդ գեղեցիկ գանգուրները, որոնց ես այնքան շատ սիրում էի, — դառնությամբ նկատեց Աննան:

— Նրանք բնականից ավելի արժեն, հոգիս. Պարիզի ամենանոր արտադրություն է սա, — արդարացրեց իրեն իշխանը, — և գիտե՞ս, երկու հազար ֆրանկ փող արժե այս մի հատ կեղծամը և ամբողջ քսան տարի կարելի է գործածել նրան:

Աննան արհամարհանքով խոժոռեց աչքերը, բայց հենց այդ միջոցին էլ նա նկատեց նրա փոս ընկած ծնոտը և հարցրեց,

— Այս ի՞նչ է. մի օրվա մեջ դուք այդպես նիհարեցի՞ք:

— Ա՛յ, տեսնո՞ւմ ես, դու ինձ շփոթեցրի՞ր, հոգիս, ես խսկույն կամենում էի մաքրել իմ ատամները և այնպես դնել նրանց բերանումս, որ դու չտեսնեիր, բայց չեղավ, մեղավորը դու ես:

— Աստված իմ, ձեր ատամներն էլ ուրեմն արվեստական են, հապա բնական ի՞նչ մնաց ձեզ, պարոն, — սարսափահար բացականչեց Աննան:

— Մի ծնոտս, միայն մի ծնոտս, թե չէ մյուսը բոլորովին առողջ է, — հանգստացնում էր իշխանը ամուսնուն, բայց վերջինս զզվանքով ետ դարձրեց երեսը և ուղղվեցավ դեպի դուռը: Իշխանի չար բախտից աթոռի վերա ընկած էր և յուր կորսետը, որով նա սեղմում էր յուր իրանը և որը Աննայի աչքովն ընկնելով նրա ուշադրությունը գրավեց.

— Սա ի՞նչ բան է, — վերցնելով նրան, հարցրեց Աննան: Իշխանը կեղծեց՝ իբր ինչ որ բան է պտրտում և իրեն չի լսում:

— Ձեզ եմ հարցնում, պարոն, սա ի՞նչ բան է, — կրկնեց նա յուր հարցը:

— Թողեք խնդրեմ, դա իմ մեջքի հիվանդության համար է պատվիրել բժիշկը, թողե՛ք, դա մի առանձին հետաքրքրական բան չէ, — պատասխանեց իշխանը:

Այս բոլորից հետո Աննայի համար լուծվեցավ ա՛յն հանելուկը, թե ինչու ամուսինը յուր առագաստից հեռու է փախչում: Նա մի փոքր ժամանակ մտածմունքի մեջ ընկավ, ապա ետ դառնալով կանգնեց յուր ամուսնու առաջ և աչքերը ուղղակի նրա աչքերին սևեռելով, զայրույթից դողացող ձայնով խոսաց.

— Պարոն, եթե դուք ոչ այլ ինչ էիք, եթե ոչ՝ մի կատարյալ ավերակ, ինչո՞ւ համար էիք ինձ դժբախտացնում. մի՞թե դուք այնքան խիղճ չունեցաք, որ խնայեիք գոնե իմ՝ երիտասարդ հասակը...

— Ես այդպես վատ կարծիք չունիմ իմ մասին, տիկին, — ցինիկական անտարբերությամբ պատասխանեց իշխանը, — ես դեռ հույս ունեմ, որ կարող եմ կազդուրվել, ինձ բժիշկներն իրենք խորհուրդ տվին ամուսնանալ. ուրեմն իզուր եք. դուք վշտացնում ձեզ. մի փոքր համբերություն է հարկավոր:

— Դուք դեռ համարձակվում եք բերան բանալ, պարոն, եթե ամեն բարեմասնություններից թափուր եք, գոնե կեղծեցեք, որ մի փոքր ամոթխածություն ունիք, — դառնությամբ նկատեց Աննան:

— Ինձանից մի՛ նեղանաք, տիկին, ես ձեզ չեմ զրկում ոչ մի բանից, ինչ որ ես ունեի, այն էլ ձեզ է պատկանում: Ձեր ծնողները ցանկանում են ձեզ իշխանուհի տեսնել և ահա՛ այդ կոչումը ես ձեզ եմ նվիրում, օգտվեցեք իմ պատվանունից, որքան կարող եք, իսկ մյուս բարիքների համար խնդրում եմ ինձ ժամանակ տվեք, ես առայժմ ոչինչ չեմ խոստանում, մի փոքր համբերեցեք գուցե բժիշկների զուշակությունը կատարվում է...

— Դուք մի ամենաստոր արարած եք, պարոն, ամոթ է այլևս տանել ձեր ներկայությունը... — զզվանքով պատասխանեց Աննան և դուրս գնաց:

Հետևյալ օրը իշխանուհին արդեն յուր հոր տանն էր:

Մի քանի օրից ետ Վարդուհին և Տիրանն իբրև նորապսակներ գնացին իշխան Շահ — Մելիքյանի տունը, Աննային այցելելու, բայց տան ծառայից իմանալով, որ նա արդեն հորանց տանն է, վերադարձան նրանց մոտ:

Տիկին Լազարյանը ընդունեց նրանց պարտ ու պատշաճ հարգանքով, բայց Աննան դուրս չեկավ նրանց մոտ: Վարդուհին չկամեցավ պատճառը հարցնել, կարծելով, որ Տիրանի հետ տեսնվելուց է խուսափում: Բայց երբ նրանք ցած իջան փողոց, նրանց ճանապարհակցող ծառան մի փոքրիկ տոմսակ հանձնեց Վարդուհուն, որի մեջ Աննան գրել էր հետևյալը. «Սիրելի Վարդուհիս.

Մի վշտանար, որ ես չկամեցա տեսնվել քեզ հետ, որովհետև տեսնվելու և խոսակցելու սիրտ չունիմ, իմ մոր փառամոլությունը ինձ գլորեց դժբախտության անդունդը, և ես կամենում եմ այստեղ էլ վերջացնել իմ կյանքը. մնաս բարով, երջանիկ եղի՛ր, և սիրիր քո Տիրանին...

Քո դժբախտ Աննա»:

Մի քանի ժամանակից ետ ամեն գաղտնիք արդեն պարզված էր հասարակության համար և գիտեր, թե ի՞նչ գնով է հայ օրիորդը անպատճառ իշխանուհի դառնում:

Յանկ

www.ingramcontent.com/pod-product-compliance
Lightning Source LLC
Chambersburg PA
CBHW050525260626
47157CB00004B/1468
9781604447804